KB068138

삼국지

10

삼국지

10

이문열 평역

정문 그림 ― 나관중 지음

# 三國志

오 장 원 五丈原 에   지 는   별

**RHK**
알에이치코리아

등애
鄧艾

강유
姜維

왕쌍
王雙

종회
鍾會

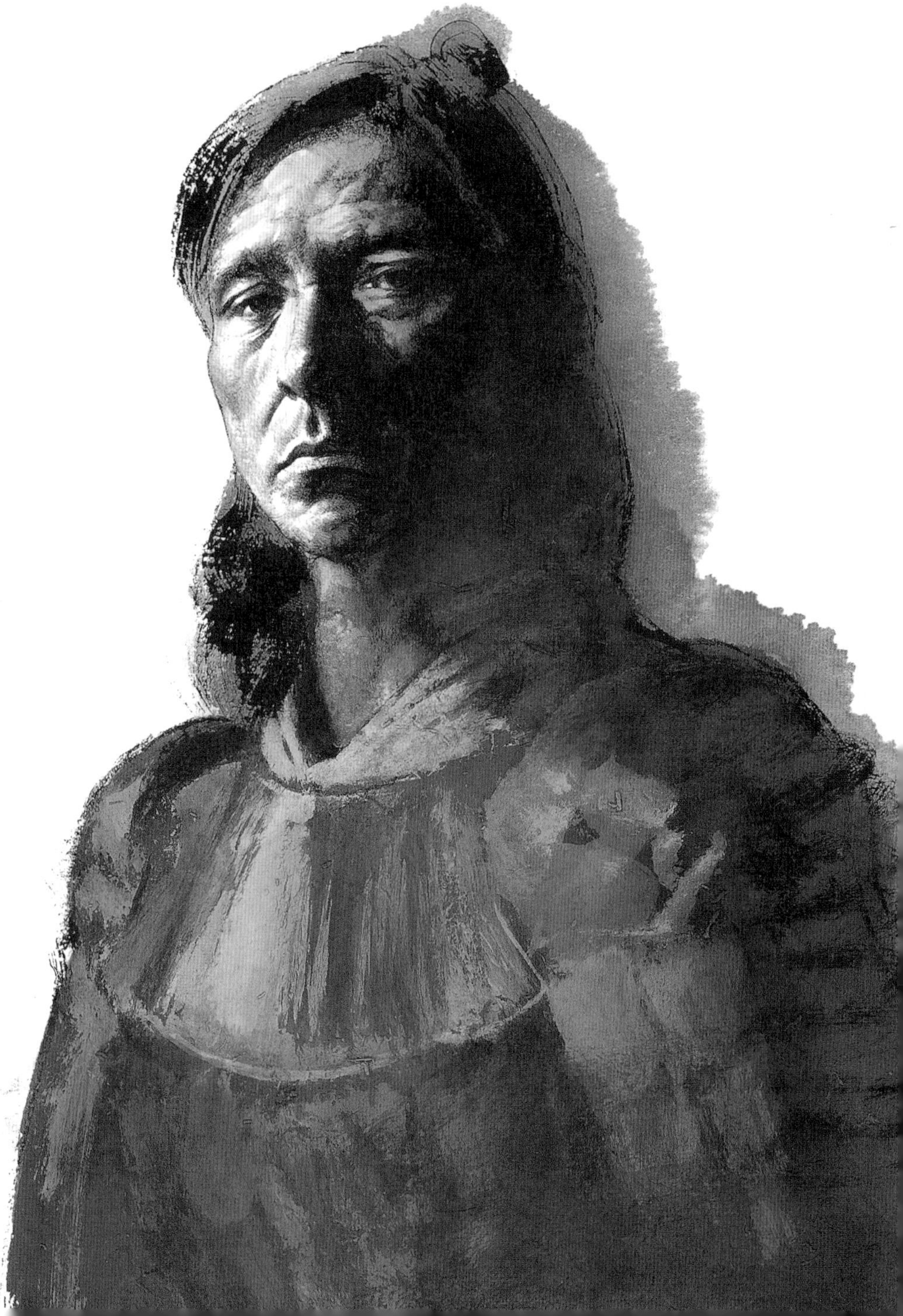

# 10
## 오장원五丈原에 지는 별

# 왕쌍을 베어
# 진창의 한은 씻었으나

"짐이 이같이 큰 장수를 얻었으니 걱정할 게 무엇 있겠는가!"

위주는 그렇게 기뻐하며 왕쌍(王雙)에게 은포(銀袍)와 금갑(金甲)을 내리고, 호위장군을 삼은 뒤 전부 선봉으로 세웠다.

조진은 다시 대도독이 되어 위주의 은혜에 감사하고 조정을 나왔다. 왕쌍을 앞세운 십오만 정병을 이끌고 농서에 이른 뒤에는 다시 곽회, 장합과 만나 각기 제갈량이 올 만한 길목을 나누어 맡았다.

그때 촉군의 앞머리는 이미 진창에 가까워지고 있었다. 앞서 살피러 나갔던 군사가 돌아와 공명에게 알렸다.

"진창으로 빠지는 길 어귀에는 벌써 성이 하나 세워져 있습니다. 한 장수가 맡아 지키는데 그 이름은 학소(郝昭)라고 합니다. 성을 살펴보니 벽은 높고 그걸 에워싼 도랑은 깊었으며 그 바깥의 녹각도 자못 굳게 보였습니다. 그 성은 버려두고 태백령 고갯길을 따라 기산(祁山)으로 빠지는 게 나을 듯합니다."

제법 밝게 살피고 온 말이었으나 공명은 고개를 가로저었다.

"진창은 가정 바로 북쪽에 있다. 그 성을 뺏어야만 우리 군사가 나아갈 수 있을 것이다."

그러고는 위연을 불러 성을 치게 하였다. 그곳이 요긴하기도 했지만, 학소를 얕보는 마음 또한 없지 않았다. 위연 역시 그 성과 학소를 대단하게 여기지 않았다. 한달음에 성을 에워싸고 들이치기 시작했다.

그런데 이게 어찌 된 일인가. 위연이 아무리 힘을 다해 들이쳐도 그 작은 성은 꿈쩍도 않았다. 며칠이나 잇달아 헛된 힘만 쏟고 성을 떨어뜨리지 못한 위연은 하는 수 없이 공명에게 돌아가 말했다.

"정말로 그 성을 쳐부수기는 몹시 어려울 듯합니다. 달리 대책을 세우십시오."

그 말을 들은 공명은 전에 없이 성을 냈다. 알던 정 보던 정 없이 위연을 끌어내 목 베라고 소리쳤다. 곁에 있던 사람들이 어쩔 줄 몰라 허둥대고 있을 때 문득 한 사람이 나와서 말했다.

"제가 비록 재주 없으나 승상을 따라 다닌 지 여러 해 되었으면서도 아직 이렇다 하게 세운 공이 없습니다. 바라건대 저를 진창성으로 보내주십시오. 가서 학소를 달래 승상께 항복해 오도록 하겠습니다. 그리되면 활에 화살을 잴 일조차 없을 것입니다."

여럿이 그 사람을 보니 그는 부곡(部曲, 한나라 군대 단위. 여기서는 그저 군인 혹은 사병 정도의 뜻) 은상(鄞祥)이었다.

"네가 무슨 말로 그를 달래겠느냐?"

"학소는 저와 같은 농서 사람입니다. 어렸을 적부터 몹시 가깝게 지내왔으니 이제 그에게로 가서 이해로 달래면 반드시 항복하러 올 것입니다."

은상이 그렇게 대답했다. 공명이 들어보니 될 법도 했다. 위연에게 내쏟았던 앞뒤 없는 노기를 거두며 은상의 청을 허락했다.

"그렇다면 네가 한번 가보아라. 만약 일이 그렇게만 되면 크게 상을 내리리라."

이에 힘을 얻은 은상은 얼른 말 위에 올라 진창으로 달려갔다.

"학백도(伯道, 학소의 자)는 어디 갔는가? 옛 친구 은상이 만나러 왔으니 어서 문을 열라!"

성문 앞에 이른 은상이 성벽 위를 보고 그렇게 소리쳤다. 그 소리를 들은 군사들이 학소에게 달려가 들은 대로 전했다. 학소는 문을 열어 은상을 성안으로 들이게 했다.

"옛 친구가 웬일로 여길 왔는가?"

은상이 들어오자 학소가 반가워하며 물었다. 은상은 주위에 사람이 없기를 기다려 숨김 없이 털어놓았다.

"나는 서촉 제갈공명의 장막 안에서 군기(軍機)를 맡아보고 있네. 공명은 나를 귀한 손님같이 대접하고 있는 바, 오늘 특히 내게 명하시어 자네를 찾아보라 하시더군. 꼭 들려줄 말이 있어 왔으니 한번 들어보지 않겠나?"

그러자 학소가 대뜸 낯빛이 변해 은상의 입을 막았다.

"제갈량은 우리 위나라의 으뜸가는 원수가 되네. 그런데 자네는

측을 섬기니 모두 각기 그 주인을 위해 일할 수밖에 없지 않겠는가. 지난날은 형제처럼 지냈다 해도 이제는 서로 적이 되었으니 다른 소리 이래저래 할 것 없네. 제발 어서 이 성을 나가게!"

미처 속얘기를 다 털어놓기도 전에 학소가 그렇게 나오자 은상은 급했다. 다시 그에게 좋은 말로 다가가보려 했으나 학소는 벌써 방을 나가 성벽 위의 망루로 오르고 있었다. 뿐만이 아니었다. 무슨 명을 받았는지 위나라 병사 몇이 다가와 은상에게 말에 오르기를 재촉하더니 끌어내듯 성 밖으로 내보냈다.

얼결에 성 밖으로 끌려나오던 은상이 돌아보니 학소가 성벽 위의 가슴 가리개 난간에 기대 있는 게 눈에 띄었다.

"백도 아우야, 네 어찌 이리 나를 박절하게 대접하느냐?"

그대로 떠나기가 아쉬워 은상이 꾸짖듯 소리쳤다. 학소가 차분한 목소리로 대꾸했다.

"우리 위나라의 법도는 형도 아실 게요. 나는 나라의 은혜를 받았으니 다만 죽음으로 갚을 뿐이외다. 형은 쓸데없이 나를 달래려고 애쓰지 말고 어서 제갈량에게 돌아가시오. 그리고 그에게 어서 빨리 쳐들어오라고 일러주시오. 나는 조금도 두려워하고 있지 않소!"

그 말을 듣자 은상도 어찌해볼 수가 없었다. 풀죽은 모습으로 공명에게 돌아가 말했다.

"아무래도 제가 잘못 짚은 듯합니다. 학소는 제가 제대로 입을 열기도 전에 성 밖으로 내쫓아버렸습니다."

그래도 공명은 싸우지 않고 이기는 쪽에 미련을 끊지 못했다. 다시 은상에게 권했다.

"네가 한 번 더 가서 그를 만나보아라. 이해로 그를 잘 달래면 이번에는 들을지 어찌 알겠느냐?"

공명이 그렇게 나오니 은상은 마다할 수 없어 온 길을 되짚어 갔다.

은상이 성 아래 이르러 다시 학소에게 보기를 청하자 학소가 성벽 위 망루로 나왔다. 은상은 말고삐를 당겨 말을 세우고 성벽 위를 바라보며 소리쳤다.

"백도 아우야, 내가 충고하는 말을 들어라. 너는 외로운 성에 의지해 이곳을 지키려 하나 어찌 우리 십만 대군을 당해내겠느냐? 지금 빨리 항복하지 않으면 나중에는 뉘우쳐도 이르지 못하리라! 너는 어찌하여 대한을 따르지 않고 간사한 위를 섬기며 또 어찌하여 흐리고 맑은 것을 구별하려 하지 않느냐? 바라건대 백도 아우는 다시 한번 깊이 생각해보라!"

그러자 학소는 벌컥 성을 냈다. 화살을 뽑아 시위에 얹고 은상을 겨누며 큰 소리로 꾸짖었다.

"나는 이미 앞서 한 말로 내 마음을 정했으니 너는 다시 와서 떠들 필요가 없다. 어서 빨리 돌아가라! 어서 돌아가면 나는 너를 쏘지 않을 것이다."

그 기세에 은상은 그만 말문이 막혔다. 목을 움츠리고 말 머리를 돌려 공명에게 돌아갔다.

은상이 돌아가 학소에게 당한 일을 빠짐없이 들려주자 공명이 크게 노해 소리쳤다.

"그 하찮은 것이 너무도 무례하구나! 내가 어찌 그따위 성 하나 깨뜨릴 기구를 가져오지 않았겠느냐?"

그러고는 그곳 토박이를 찾아오게 하여 물었다.

"진창성 안에 인마가 얼마나 되는가?"

"잘은 모르겠으나 삼천 명쯤 될 것입니다."

그곳 토박이가 아는 대로 그렇게 대답했다. 그 말을 들은 공명은 학소를 비웃어 말했다.

"그렇게 작은 성으로 어찌 나를 막을 수 있겠는가? 저희 구원병이 오기 전에 어서 빨리 성을 치도록 하라."

이에 진창성 공격이 시작되었다. 공명은 군중에 백 대[乘]의 구름사다리를 세우게 하고, 그 한 대에 여남은 명의 군사를 태운 다음 나무 널빤지로 몸을 가리게 했다. 그 군사들은 또 각기 짧은 사다리와 고리 달린 줄을 지니고 있었다. 구름사다리를 성벽에 붙임은 안으로 뛰어들 때 쓰기 위함이었다.

북소리에 맞춰 그 같은 촉군의 구름사다리가 일제히 진창성으로 몰려갔다. 학소는 성벽 위에서 촉병들이 구름사다리를 밀며 사방으로 에워싸고 밀려드는 걸 보자 소리쳤다.

"저 구름사다리가 다가오거든 불 붙은 화살을 일제히 쏘아 붙여라!"

그 말에 성안의 삼천 군사는 모두 불화살을 갖추고 사방으로 나뉘어 촉군의 구름사다리가 다가오기를 기다렸다.

공명은 성안에 아무런 준비가 없을 줄 알고 크게 만든 구름사다리를 앞세운 뒤 삼군을 몰아 성으로 다가갔다. 북소리와 함성만으로 그 성을 삼켜버릴 듯한 기세였다.

그런데 이게 어찌 된 일인가. 구름사다리가 성벽에 가까웠다 싶었을 때 갑자기 성벽 위에서 불화살이 쏟아졌다. 나무로 만든 데다 널빤지까지 댄 구름사다리는 금세 불길에 휩싸였다. 그 안에 타고 있던 군사들이 돌이나 쇠로 된 사람이 아닌 바에야 어찌 타 죽지 않고 배기겠는가. 거기다가 성벽 위에서 다시 돌과 통나무가 비오듯 쏟아지니 뒤따르던 촉군도 혼이 빠져 쫓겨났다.

그 뜻밖의 광경에 공명은 크게 노했다.

"좋다. 네가 우리 구름사다리를 태웠으니 나는 충차(衝車, 성문을 부수는 기구)를 쓰겠다. 어디 이번에도 견뎌내는가 보자!"

그렇게 이를 갈며 그날 밤으로 수많은 충차를 만들게 했다.

다음 날이 되었다. 촉군은 밤새 만든 충차를 앞세우고 다시 사방에서 성을 공격해 들어갔다.

학소는 얼른 성벽 위로 큰 돌을 옮겨와 거기 구멍을 뚫고(아마도 미리 준비해두고 있었다고 보는 게 좋을 듯하다) 칡을 찢어 만든 밧줄을 끼운 뒤 충차를 향해 날렸다(일설에는 절구통에다 밧줄을 묶어 날렸다고도 한다). 그 바람에 촉군의 충차는 다시 모조리 부서지고 말았다.

공명은 더욱 화가 났다. 군사를 풀어 흙으로 성 밖의 도랑을 메우게 하는 한편 요화를 불러 명했다.

"너는 가래와 큰 호미를 든 군사 삼천을 이끌고 성벽 아래로 굴을 뚫도록 하라. 밤중에 일을 해 몰래 성안으로 들어갈 수 있도록 해야 한다."

하지만 그것도 소용이 없었다. 그걸 미리 안 학소는 성벽 안에다 길게 도랑을 파 촉군이 땅굴을 파고 성안으로 들어와도 금세 눈에 띄게 만들어버렸다.

그렇게 밤낮 없이 서로 싸우며 스무 날이 지났다. 그동안 공명은 짜낼 수 있는 계책은 모두 짜내보았으나 언제 그 성을 떨어뜨릴 수 있을지는 아득했다.

일이 문턱도 넘어보지 못하고 꼬이자 공명의 마음은 괴롭고 우울했다. 밤잠도 못 이루고 날을 보내는데 홀연 급한 전갈이 왔다.

"동쪽으로 적의 구원병이 오고 있습니다. 앞세운 깃발에는 '위 선봉대장 왕쌍'이라 씌어졌습니다."

왕쌍이 누군지는 몰랐으나 구원병이 왔다니 걱정이 아닐 수 없었다.

"누가 가서 맞싸우겠는가?"

공명이 장수들을 돌아보며 물었다. 위연이 얼른 나섰다.

"제가 가보겠습니다."

"그대는 선봉대장이다. 가볍게 움직여서는 아니 된다."

공명은 그렇게 말하고 다시 나머지 장수들을 돌아보며 물었다.

"누가 한번 나가보겠는가?"

그러자 비장 사웅(謝雄)이 말 떨어지기 바쁘게 달려 나왔다. 공명은 먼저 그에게 삼천 군사를 주어 왕쌍을 맞이하러 보냈다.

하지만 공명은 아무래도 마음이 놓이지 않은 듯 잠시 뒤에 다시 물었다.

"위가 특히 그를 보내 학소를 구하게 했다면 왕쌍은 예사 장수가 아닐 것이다. 사웅 홀로서는 어렵겠다. 누가 다시 가보겠는가?"

"제가 가보겠습니다."

이번에는 비장 공기(龔起)가 나섰다. 공명은 다시 그에게 삼천 군사를 주어 사웅을 뒤따라 보냈다.

공명은 또 성안의 학소가 구원병이 온 걸 알고 뛰쳐나올까 봐 두려웠다. 사웅과 공기가 잘못될 경우 앞뒤로 적을 맞게 될 우려가 있었다. 이에 인마를 성에서 이십 리나 물려 진채를 세웠다.

첫 번째 출사에서 가정이 한스런 곳이 된 것처럼 이번에는 진창이 한스런 땅이 되고 말았다. 학소가 잘 버티어준 그 스무 날은 아직 동오와의 싸움이 끝나지 않은 위에게는 천금 같은 시간이었다. 그러나 공명에게는 또 그만큼 뼈아픈 실기(失期)가 되었다. 그 때문에 공명은 두 번째 출사에서도 중원으로는 한 발짝도 들여놓지 못하고 만다.

한편 삼천 군사를 이끌고 떠난 사웅은 오래잖아 왕쌍과 만났다. 그러나 한낱 촉의 비장에 지나지 않는 그는 애초부터 왕쌍의 적수가 아니었다. 진세를 벌이고 왕쌍과 맞붙은 것까지는 좋았으나 세 합을 넘기지 못하고 왕쌍의 칼에 쪼개져 죽었다.

장수가 그 모양으로 죽자 촉병은 제대로 싸워보지도 않고 달아나기 바빴다. 왕쌍은 기세가 오른 위병을 이끌고 그런 촉병을 뒤쫓았다. 오래잖아 다시 촉장 공기가 이르렀다. 공기는 쫓겨오는 촉병을 수습하고 왕쌍과 맞붙었으나 그 또한 왕쌍의 적수는 못 되었다. 두 말이 엇갈리기 세 번도 안 돼 왕쌍에게 베이고 말았다.

간신히 달아난 촉병들이 공명에게 돌아가 사웅과 공기가 죽은 일을 알렸다. 공명은 깜짝 놀랐다. 요화와 왕평, 장의 세 사람을 한꺼번에 내보내 왕쌍과 맞서게 했다.

양군이 마주쳐 둥그렇게 진세를 펼친 가운데 장의가 먼저 말을 몰아 나갔다. 요화와 왕평은 각기 진채 모퉁이에 서서 변화를 살펴보기로 했다.

이윽고 왕쌍이 나와 장의와 어울렸다.

장의만 해도 촉에서는 이름 있는 장수라 여러 합을 싸워도 승패가 뚜렷하지 않았다. 왕쌍이 꾀를 써서 거짓으로 패한 체 달아나기 시작했다. 장의가 멋모르고 그런 왕쌍을 뒤쫓았다.

싸움을 보고 있던 왕평은 왕쌍이 꾀를 쓰고 있음을 알아차렸다. 장의가 적의 꾀에 빠져드는 걸 소리쳐 말렸다.

"뒤쫓지 마시오. 그놈이 계책을 쓰고 있소!"

왕평이 그같이 소리치는 걸 듣자 장의도 금세 정신을 차렸다. 얼른 말 머리를 돌려 자기편 진채로 돌아오려는데 어느새 왕쌍의 유성퇴(流星鎚)가 날아와 등을 쳤다.

장의는 몸을 가누지 못해 말안장에 엎드린 채 급히 달아났다. 왕쌍이 얼른 말 머리를 돌려 그런 장의를 뒤쫓았다. 장의가 위태로운 걸 본 요화와 왕평이 한꺼번에 달려 나가 겨우 장의를 구해 왔다.

하지만 그렇게 되고 보니 촉병의 사기는 말이 아니었다. 왕쌍이 그 틈을 놓치지 않고 크게 군사를 휘몰아 덮치자 촉병은 싸움다운 싸움도 없이 뭉그러졌다. 왕쌍은 그런 촉병을 한바탕 마구 죽인 뒤에야 저희 진채로 돌아갔다.

왕쌍의 유성퇴에 맞은 장의는 싸울 몸이 못 돼 공명이 있는 진채로 보내졌다. 공명을 만난 장의는 몇 번이나 피를 토하며 말했다.

"왕쌍은 영웅답기가 맞설 이 없는 장수였습니다. 지금 이만 군사를 거느리고 진창성 밖에 진채를 세웠는데 그 또한 비범한 데가 있습니다. 사방에 목책을 벌려 세우고도 그 안에 든든한 성을 쌓고 깊은 도랑을 두른 것이 여간 삼엄하지 않습니다."

공명은 장수 둘이 죽고 하나가 다친 데다 그런 소리까지 듣자 여간 걱정이 되지 않았다. 그 자리에서 강유를 불러 물었다.

"진창으로 들어가는 길목은 이제 지나가기 어렵게 되었다. 따로 무슨 좋은 계책이 없겠는가?"

강유가 진작부터 생각한 게 있는 듯 대답했다.

"진창성은 굳고 높은 데다 학소의 지킴도 물샐 틈 없습니다. 거기에 또 왕쌍이 와서 도우니 이제 그 성을 뺏기는 틀렸습니다. 여기에 한 대장을 남겨 물을 끼고 산에 의지해 굳게 지키게 하시고, 다시 좋은 장수 하나를 뽑아 가정 쪽에서 오는 길목을 막게 하십시오. 그런 다음 대군을 이끌고 기산을 들이치는 계책을 쓰시면 조진을 사로잡을 수 있을 것입니다."

그리고는 목소리를 낮추어 공명만 알아듣게 자신의 계책을 말했다. 듣고 난 공명은 강유의 말대로 따랐다. 곧 왕평과 이회(李恢)에게 군사 이천을 주어 가정에서 오는 샛길을 막게 하고, 위연에게도 일군을 주어 진창의 길목을 지키게 했다.

그리고 자신은 마대를 선봉으로 삼고 장포와 관흥에게 앞뒤를 돌아보게 하여 나머지 대군을 딴 곳으로 몰아 나갔다. 샛길을 따라 야곡으로 나간 뒤 바로 기산을 덮치려 했다. 위의 대도독 조진을 노려 진창에서 허비한 시간을 한꺼번에 되찾기 위함이었다.

그 무렵 조진은 한창 조급에 빠져 있었다. 지난번에 모든 공을 사마의에게 뺏긴 걸 괴로워하며 이번에는 만에 하나라도 실수가 없게 하려고 온갖 애를 썼다. 낙구(洛口)에 이르자 곽희와 손례를 동서로 나누어 지키게 하고, 다시 진창이 위급하다는 소리를 듣기 바쁘게 왕쌍을 보내 구하게 했다.

곧 왕쌍이 적장을 베고 공을 세웠다는 소식이 들어왔다. 조진은 몹시 기뻐하면서도 쉽게 마음을 놓지 않았다. 중호군대장 비요(費耀)에게 전부를 도맡아 다스리게 하고, 여러 장수들도 모두 험한 길목을 맡아 굳게 지키도록 했다.

그러던 어느 날이었다. 가까이 두고 부리는 군사 하나가 들어와 알렸다.

"멀지 않은 산골짜기에서 촉의 세작을 잡아왔다고 합니다."

그 말을 들은 조진은 곧 그 세작을 끌어오게 했다. 조진의 장막으로 끌려와 무릎을 꿇고 있던 세작이 문득 말했다.

"저는 세작이 아닙니다. 도독을 뵙고 기밀한 것을 말씀드리려 왔다가 길에 숨어 있던 군사들에게 붙들려 세작으로 몰린 것입니다. 잠깐 좌우를 물리쳐주시면 제가 온 까닭을 모두 말씀드리겠습니다."

조진이 살펴보니 거짓말을 하고 있는 것 같지는 않았다. 이에 그의 결박을 풀어주고 좌우를 잠시 물러가 있게 했다. 단 둘이 남게 되자 그가 엄청난 일을 털어놓았다.

"저는 강백약(伯約, 강유의 자)이 자신처럼 믿고 보낸 사람입니다. 밀서를 감추어 온 게 있으니 보아주십시오."

"그게 어디 있는가?"

조진이 은근히 놀라 물었다. 그러자 그 사람은 속옷에 감추어두었던 편지를 꺼내 바쳤다. 조진이 뜯어보니 거기에는 대강 이렇게 적혀 있었다.

'죄 많은 강유는 백 번 절하며 대도독께 글을 바쳐 올립니다.

돌이켜보면 이 유는 대대로 위의 봉록을 먹으며 변성을 지켜 나라의 두터운 은혜를 입었으되 이제는 그걸 갚으려 해도 갚을 길이 없게 되었습니다. 지난날 제갈량의 속임수에 빠져 몸은 까마득한 벼랑 아래로 떨어져 있으나, 옛나라를 생각하는 마음이야 아무리 많은 날이 지난다 한들 없어질 수 있겠습니까?

이제 다행히 촉병이 서쪽으로 나오고, 제갈량은 나를 의심하지 않기에 특히 글을 올려 말씀드립니다. 도독께서 몸소 대병을 몰아오시되 적병을 만나거든 거짓으로 패한 체 물러나십시오. 그때 저는 적군의 뒤에 있다가 불을 지르는 걸 신호로 먼저 촉군의 군량과 마초를 태워버리겠습니다. 도독께서 그걸 보고 대병을 되돌려 촉군을 치시면 제갈량을 사로잡기도 어렵지 않을 것입니다. 제가 이렇게 하는 것을 감히 공을 세워 나라의 은혜에 보답하려는 뜻이 아니라 오직 지난 죄를 씻고자 함에 지나지 않습니다. 밝히 살피시고 되도록 빨리 명을 내려주십시오.'


강유의 그 같은 편지를 본 조진은 몹시 기뻐했다.

"이는 하늘이 나로 하여금 공을 이루게 하려고 도우신 것이다!"

그렇게 말하며 강유가 보낸 사람에게 듬뿍 상을 주고 날짜를 맞추어 만나도록 하자는 말을 강유에게 전하도록 돌려보냈다.

이어 조진은 곧 비요를 불러 가만히 의논했다.

"강유가 밀서를 보내 왔는데 거기에는 이렇게 씌어 있었소."

조진이 그러면서 강유의 밀서를 보여주자 읽고 난 비요가 말했다.

"제갈량은 꾀가 많고 강유는 아는 게 넓습니다. 혹 이 일도 제갈량이 시킨 게 아닌지 걱정됩니다."

한번 해봄직한 걱정이었으나 조진은 귀담아들으려 하지 않았다. 까닭 없이 강유를 편들어 우겼다.

"그 사람은 원래가 우리 위나라 사람이었소. 하는 수 없어 촉에 항복했던 것밖에 없는데 또 무엇을 걱정하시오?"

그래도 비요는 의심을 거두지 않았다.

"도독께서는 가볍게 나아가지 마시고 여기 머물러 본채나 지키십시오. 차라리 제가 일군을 이끌고 강유의 뜻에 호응해보겠습니다. 만약 공을 세우면 그것은 도독께로 돌아갈 것이요, 간계가 있으면 그것은 제가 스스로 당해 막아보겠습니다."

조진이 듣고 보니 그 말도 그럴듯했다. 곧 비요에게 오만 군사를 주어 야곡으로 보냈다.

비요는 여섯 마장쯤 간 뒤에 군마를 멈추게 하고 사람을 풀어 앞을 살펴보게 했다. 신시쯤 되어 살피러 간 군사가 돌아와 알렸다.

"야곡 길 가운데로 촉병이 오고 있습니다."

그 말을 들은 비요는 얼른 군사를 몰아 앞으로 나아갔다. 알 수 없는 것은 촉병이었다. 한번 싸워보지도 않고 물러나기 시작했다.

비요는 꺼림칙한 대로 군사를 몰아 그런 촉병을 뒤쫓았다. 얼마 안 돼 촉병이 다시 밀려왔다. 그러나 비요가 막 진세를 벌이고 맞싸우려 하자 촉병은 또 물러가버렸다.

그렇게 세 차례를 거듭하고 나니 꼬박 하루가 가고 다음 날 신시가 되었다. 위병은 하루 밤 하루 낮을 조금도 쉬지 못하고 보낸 셈이었다. 촉병이 금세 공격해 올 것 같아 긴장했다가 달아나고 쫓고 하느라 밥조차 제대로 지어 먹을 틈이 없었던 것이다.

"잠시 여기 머문다. 솥을 걸고 밥을 지어라."

비요는 한군데 알맞은 곳을 골라 장졸들에게 그렇게 영을 내렸다. 그런데 위병들이 밥을 짓느라 한창 부산을 떨고 있을 때였다. 갑자기 북소리 징소리가 요란하고 함성이 크게 일며 촉병이 몰려왔다. 산과 들을 뒤덮을 듯한 대군이었다.

비요가 놀라 보는 사이에 촉진의 문기가 열리며 네 바퀴 수레 한 대가 굴러 나왔다. 그 수레 위에는 공명이 단정하게 앉아 있었다.

"적장은 어디 있는가? 승상께서 보자고 하신다."

수레 곁에 섰던 촉병들이 위진을 향해 그렇게 소리쳤다. 비요가 말을 달려 나가 공명과 마주섰다. 비요는 문득 강유의 밀서가 생각나 속으로 기쁜 마음이 일었다. 만약 그게 거짓이라면 공명이 그토록 애를 써서 자기들에게 계책을 베풀지 않았을 것이란 생각이 든 때문이었다.

"만약 적병이 몰려오거든 얼른 물러나 달아나라. 그러다가 산 뒤에서 불길이 일거든 되돌아서서 적을 들이치라. 우리를 도울 군사가 저쪽에 있을 것이다."

비요는 강유가 밀서에서 말한 대로 좌우의 장수들에게 일러주고 말을 내달으며 공명을 향해 소리쳤다.

"지난날 싸움에 져서 쫓겨간 장수가 이제 무슨 까닭으로 다시 왔는가?"

그러자 공명이 조용히 그 말을 받았다.

"나는 너 같은 조무래기와 입씨름을 하려고 여기 나온 게 아니다. 어서 조진을 불러오너라."

"조도독은 금지옥엽 같으신 분이다. 어찌 너 같은 역적과 얼굴을 맞대겠느냐?"

비요가 분김에 그렇게 욕설을 퍼부었다. 그 말을 들은 공명의 얼굴에 노한 기색이 떠올랐다. 문득 접는 부채를 들어 한번 흔들자 왼쪽에서는 마대, 오른쪽에서는 장의가 두 길로 밀고 들었다.

미리 비요에게 들은 말이 있는 위병들은 얼른 물러났다.

위병이 쫓긴 지 한 삼십 리쯤 됐을까, 홀연 촉병의 등 뒤에서 불길이 일며 함성이 끊이지 않았다. 비요는 그게 강유가 말한 군호라 생각했다. 얼른 몸을 되돌려 촉병들에게 덤벼들었다. 정말로 등 뒤에서 무슨 일이 났는지 촉병들은 그때까지의 기세와는 달리 돌아서서 내빼기 바빴다.

부쩍 힘이 난 비요는 칼을 빼들고 앞장서서 함성이 이는 곳까지 촉병을 뒤쫓았다. 그런데 함성과 불길이 가까워졌을 무렵 뜻밖의 일이 벌어졌다. 산 중턱에서 북소리 나팔 소리가 하늘을 떨쳐 울리고, 새로운 함성이 땅을 뒤흔드는가 싶더니 두 갈래 군마가 쏟아져 나왔다. 왼쪽은 관흥이요, 오른쪽은 장포가 이끄는 촉병이었다. 거기다가 산 위에서는 돌과 화살이 비오듯 쏟아졌다.

그 갑작스런 변괴에 놀란 위병은 여지없이 뭉그러졌다. 비요도 그제야 자신이 적의 계책에 떨어진 줄 알았다. 얼른 군사를 물려 산골짜기 가운데로 달아나기 시작했다.

하룻밤 하룻낮을 제대로 쉬지도 못하고 뛰어다닌 끝이라 위병은 말과 사람이 아울러 지쳐 있었다. 거기다가 기세가 솟은 관흥이 촉병을 이끌고 힘을 다해 뒤쫓으니, 위병은 저희끼리 밟고 밟히며 골짜기와 낭떠러지에 떨어져 죽는 자만도 수를 헤아릴 수 없을 만큼이었다.

비요도 끝내 무사하지는 못했다. 죽을힘을 다해 달아나던 비요는 한군데 산언덕 초입에서 한 떼의 군마와 마주쳤다. 바로 강유가 이끄는 촉병이었다.

"나라를 저버린 역적 놈을 믿은 게 잘못이다. 네놈의 간사한 계책에 빠지다니!"

강유를 알아본 비요가 이를 갈며 소리쳤다. 강유가 껄껄 웃으며 받았다.

"내가 사로잡으려 한 것은 조진이었는데 네가 잘못 걸려들었구나. 어서 말에서 내려 항복하라!"

그러나 비요는 아무런 대꾸 없이 말 배를 걷어차고 한 갈래 길을 앗아 산골짜기로 달아났다. 문득 산골짜기에서도 하늘을 찌를 듯 불꽃이 치솟는 게 보였다. 더 나아갈 수 없게 된 비요가 머뭇거리는 사이에 등 뒤에는 벌써 뒤쫓는 군사가 다가오고 있었다.

비요는 마침내 빠져나갈 길이 없음을 알았다. 잡혀 죽거나 항복하느니보다는 스스로 목숨을 끊는 편이 낫다 싶어 제 칼로 제 목을 찔렀다. 대장이 그렇게 죽는 걸 보자 나머지 위병들은 더 싸울 마음이 없었다. 모두 무기를 버리고 촉에 항복하고 말았다.

공명은 그 기세를 몰아 곧바로 기산 아래 이른 뒤에야 진채를 내렸다.

그리고 싸움 중에 흩어진 군사들을 수습하는 한편 강유에게 무거운 상을 내렸다.

"조진을 잡아 죽이지 못한 게 실로 한스럽습니다."

상을 받기 부끄럽다는 듯 강유가 그렇게 말했다. 공명 또한 아쉬움을 감추지 못하며 탄식처럼 그 말을 받았다.

"큰 계책을 작게 쓰고 말았으니 실로 아깝구나!"

한편 조진은 비요가 죽었다는 소식을 듣고서야 가볍게 강유를 믿은 걸 뉘우쳤으나 소용없는 일이었다. 그러나 더 큰일은 눈앞에 밀어닥친 촉의 대병이었다. 다시 곽회를 불러 적을 물리칠 계획을 의논했다. 곽회가 조심스레 말했다.

"아무래도 조정에 이 일을 알리는 게 옳을 듯합니다."

조진도 달리 좋은 수가 없었다. 손례와 신비에게 표문을 주어 위주에게 갖다 바치게 했다.

촉병이 다시 기산으로 나왔으며 조진은 군사를 잃고 장수가 꺾였다는 말을 들은 위주는 깜짝 놀랐다. 곧 사마의를 불러들여 말했다.

"조진은 이번에 다시 싸움에 져 군사를 줄이고 장수를 꺾였다 하오. 촉병이 또 기산으로 나왔다니 어찌하면 적을 물리칠 수 있겠소? 좋은 계책이 있으면 들려주시오."

사마의가 별로 걱정하는 빛도 없이 대답했다.

"신은 이미 제갈량을 물리칠 계책을 세워두었습니다. 번거롭게 군사를 움직이고 위엄을 떨쳐 보이지 않으셔도 촉병은 저절로 물러갈 것입니다."

"그게 어떤 계책이오?"

위주가 궁금해 물었다. 사마의가 차근차근 늘어놓았다.

"일찍이 신은 공명이 다음에는 반드시 진창으로 나올 것이라고 말씀드린 적이 있습니다. 특별히 학소를 뽑아 진창으로 보낸 것도 그 때문이었는데 이제 정말로 그리되었습니다. 만약 제갈량이 진창을 지나는 길로 오게 된다면 군량을 운반하기에 매우 편합니다. 그런데 다행히도 학소와 왕쌍이 지키고 있어 감히 그 길로는 군량을 옮기지 못하고 있습니다. 그밖에 다른 길이 있긴 하지만 모두 좁아 그리로 군량을 옮기기에는 매우 어렵습니다. 신이 헤아리기로 촉병은 잘해야 한 달치의 군량을 가졌을 뿐이니 급히 싸워야 이로울 것이나 우리는 오래 끌며 다만 지키기만 하면 됩니다. 이제 폐하께서는 조진에게 조서를 내리시어 좁은 길목과 험한 산마루를 굳게 지킬 뿐 나가 싸우지 말라 이르십시오. 그리하면 촉병은 한 달도 안 돼 절로 물러갈 것입니다. 그때 빈틈을 보아 적을 들이치면 제갈량도 사로잡을 수 있습니다."

조예는 그 말에 막혔던 가슴이 확 뚫리는 듯했다. 그러나 사마의가 전과는 달리 직접 나서려 하지 않는 게 이상했다.

"경은 모든 일을 미리 꿰뚫어보는 밝음이 있으면서 어찌하여 스스로 군사를 이끌고 나가 적을 치려 하지 않으시오?"

사마의가 빙긋 웃으며 까닭을 밝혔다.

"신이 몸을 아끼고 목숨을 무겁게 여겨서가 아니라 실은 신이 이끄는 군사로는 동오의 손권을 막고자 이렇게 남아 있는 것입니다. 여러 가지로 미루어 손권은 오래지 않아 스스로 천자를 참칭(僭稱)할 것입니다. 그리고 그때는 폐하께서 그를 칠 것이니, 그게 두려워 그가 반드시 먼저 쳐들어올 것입니다. 신은 바로 그 때문에 군사를 쉬게 하며 기다리고 있습니다."

그리고 이어 위주와 사마의가 그 일을 더 깊이 얘기하고 있는데 문득 근시가 들어와 아뢰었다.

"조도독이 다시 군중의 사정을 알려왔습니다."

그러자 사마의는 한 번 더 위주에게 당부하듯 말했다.

"폐하께서는 당장 사람을 조진에게 보내 일러주시는 게 좋을 듯합니다. 무릇 촉병을 뒤쫓을 때는 반드시 그 허실을 살펴서 하라 하십시오. 무턱대고 적의 땅 깊이 들어갔다가는 제갈량의 계책에 빠지고 말 것입니다."

이에 조예는 곧 조서를 내려 태상경 한기로 하여금 조진에게 전하게 했다.

"결코 싸워서는 아니 된다. 오직 삼가 지키기만 힘쓰라. 촉병이 스스로 물러가기를 기다려 그때 들이치면 된다."

그런 경계의 말이었다. 사마의는 그것도 모자란다 싶었던지 떠나는 한기를 성 밖까지 배웅하며 가만히 당부했다.

"나는 이번의 공(功)을 자단(子丹, 조진의 자)에게 양보하려 하니, 공은 자단에게 가서 이 뜻이 내게서 나온 것이 아니라 천자께서 조서로 내린 것임을 분명히 해주시오. 지키는 게 가장 나은 계책임을 일러주고 아울러 적을 추격할 때는 모든 일을 꼼꼼히 살펴 하라고 전해주시오. 성질이 급하고 공을 서두르는 사람을 보내 적을 뒤쫓게 해서는 결코 아니 되오."

"알겠습니다."

한기도 사마의의 참뜻을 알아듣고 그대로 전할 것을 다짐했다.

한기가 조진의 진중에 이른 것은 조진이 장수들을 장막에 모아놓고 한창 의논에 빠져 있을 때였다.

"태상경 한기가 천자의 지절(持節)을 받들고 왔습니다."

그 같은 전갈을 들은 조진은 진채를 나가 한기를 맞아들였다. 한기는 천자가 내린 조서를 읽어주고, 사마의가 시킨 대로 거기 딴 사람의 뜻이 들어 있다는 걸 전혀 내비치지 않았다.

하지만 그래도 그걸 알아보는 눈이 있었다. 천자의 조서를 받은 조진이 다시 곽회와 손예를 불러 그 일을 의논하려 하자 곽회가 빙긋이 웃으며 말했다.

"이것은 결코 폐하의 뜻이 아닙니다. 틀림없이 사마중달의 견식입니다."

"어째서 그런가?"

조진이 알 수 없다는 듯 물었다. 곽회가 까닭을 밝혔다.

"천자의 조서에 담겨 있는 그 말에는 제갈량이 군사 부리는 법을 깊이 알고 있는 이의 뜻이 담겨 있습니다. 틀림없이 사마중달의 말을 천자께서 들으셨을 것입니다. 하지만 모두가 매우 옳은 말입니다. 제가 보기에 오랜 세월 뒤까지 촉병을 막아낼 수 있는 사람은 반드시 사마중달일 듯합니다."

그러자 조진이 실쭉해서 물었다.

"그건 그렇고, 아직 촉병이 물러나지 않고 있는데, 이제 어찌하면 좋겠는가?"

"왕쌍에게 가만히 영을 내려 군사를 이끌고 샛길마다 순초를 돌

왕쌍을 베어 진창의 한은 씻었으나　　　35

게 하십시오. 그러면 적은 감히 군량을 운반하지 못할 것입니다. 그렇게 해 적의 군량이 떨어지기를 기다렸다가 물러나는 적을 들이치면 됩니다. 기세를 타고 적을 뒤쫓으며 짓두들기면 크게 이길 수 있습니다."

곽회가 사마의의 뜻을 잘 살려 그런 계책을 내었다. 그때 곁에 있던 손례가 말했다.

"제가 기산으로 가서 거짓으로 군량을 운반하는 체하며 적을 꾀어보는 게 어떻겠습니까? 수레에다 마른 풀과 땔나무를 가득 싣고 그 위에 유황과 염초를 부어 군량처럼 꾸민 다음, 농서에서 군량을 가져왔다고 헛소문을 퍼뜨려볼까 합니다. 촉병은 군량이 없는 까닭에 그 소리를 들으면 틀림없이 덤벼들어 뺏으려 할 것입니다. 그들이 덮쳐오기를 기다렸다가 안으로는 수레에 불을 지르고 밖으로는 복병이 달려 나와 들이치면 우리가 이길 수 있습니다."

곽회의 계책과는 달리 손례의 말을 들은 조진이 기쁜 얼굴로 말했다.

"그것 참 좋은 계책이오!"

사마의가 멀리 앉아 시키는 대로 해야 된다는 데 시무룩해 있던 조진에게는 그보다 더 나은 계책이 없어 보였다.

조진은 곧 손례에게 군사를 떼어주며 그가 말한 계책을 써보게 했다. 그리고 한편으로는 곽회의 말도 들어, 왕쌍에게도 몰래 진창의 모든 샛길을 살피란 영을 내렸다. 곽회는 곽회대로 군사를 이끌고 기곡과 가정의 여러 길목을 돌며 그곳을 지키는 군사들을 다잡았다. 그밖에 조진은 또 장요의 아들 장호(張虎)를 선봉으로 삼고, 악진의 아들 악침을 부선봉으로 삼아, 으뜸되는 영채를 지키게 하고 나가 싸우는 걸 금하였다.

그때 공명은 기산의 진채에 머물면서 연일 군사들을 보내 싸움을 걸었으나 위병들은 굳게 지킬 뿐 나올 생각을 안했다. 공명은 답답한 나머지 강유를 불러놓고 의논했다.

"위병이 굳게 지키면서 나오지 않는 것은 우리가 군량이 없는 걸 헤아린 까닭이다. 지금 진창을 지나는 길로는 전혀 군량을 운반할 수 없고 나머지 다른 샛길도 많은 군량을 나르기는 매우 어렵다. 내가 셈해보기로 우리 군량과 말먹이는 기껏해야 한 달을 이어가기 힘드니 이제 이 일을 어찌하면 좋겠는가?"

공명이 그렇게 걱정하며 강유를 쳐다보았다. 그러나 강유라고 무슨 뾰족한 수가 있을 리 없었다. 서로 마주보며 답답해하고 있는데 문득 군사 하나가 들어와 알렸다.

"위군이 농서에서 수천 수레의 군량을 옮겨오고 있는데, 지금 기산 서쪽을 지나가고 있습니다. 그 군량을 지키는 장수는 손례라고 합니다."

그러자 공명이 좌우를 둘러보며 물었다.

"손례는 어떤 사람인가?"

"그 사람을 헤아릴 수 있게 하는 일로는 이런 게 있습니다. 하루는 손례가 위주를 따라 대석산에 사냥을 간 적이 있는데, 갑자기 사나운 호랑이 한 마리가 뛰어나와 위주에게 덤볐습니다. 그걸 보고 말에서 뛰어내린 손례는 칼을 뽑아 그 호랑이를 한칼에 베어 죽였습니다. 그 때문에 그는 상장군에 올랐고, 지금은 조진이 매우 믿는 장수가 되어 있습니다."

마침 거기 있던 위나라 출신의 장수 중에 하나가 그렇게 손례의 사람됨을 들려주었다. 공명은 그 말을 듣자 빙긋 웃으며 말했다.

"그렇다면 이번의 군량 운반은 위장들이 우리가 군량이 모자라는 걸 노려 쓴 계책이다. 수레에 실린 것은 결코 양식이 아닐 것이다. 틀림없이 마른 풀 따위 불이 잘 붙기 쉬운 것들이 실려 있다. 내가 평생 화공을 잘 쓰는 걸 보고 그것들이 이 계책으로 나를 꾀려 한 것이다. 그래서 내가 군량을 뺏으러 나가기만 하면 바로 우리 진채를 들이치려는 수작이다. 이제 오히려 저것들의 계책을 거꾸로 이용하는 계책을 써야겠다."

그러고는 마대를 불러 명했다.

"너는 삼천 군마를 이끌고 지름길로 위병들이 군량을 쌓아둔 곳으로 가라. 그러나 적의 영채 안으로는 들어가지 말고 바람머리 쪽에다 불만 놓아라. 그 불길이 수레에 옮아 붙으면 위병들은 틀림없이 우리 진채로 쳐들어올 것이다. 우리가 군량을 뺏으러 가느라 진채를 비워둔 줄 알 것이기 때문이다. 하지만 거기에는 또 대비가 있다."

공명은 그 말과 함께 다시 마충과 장의를 불렀다.

"너희들은 각기 오천 군사를 이끌고 적의 영채 밖 멀찌감치 에워싸고 있다가 마대와 함께 안팎에서 협공하도록 하라."

공명의 계책은 거기서도 끝나지 않았다. 마대, 마충, 장의 세 사람이 모두 영을 받고 물러나자 공명은 다시 관흥과 장포를 불러 말했다.

"위병의 으뜸가는 영채는 사방으로 통하는 길가에 있다. 오늘 밤 기산 서쪽에서 불길이 일면 그곳의 위병들은 반드시 우리 진채를 급습하러 올 것이다. 너희들 둘은 그들의 진채 좌우에 숨어 있다가 그들이 진채를 나가거든 얼른 덮쳐버려라."

그다음은 오반과 오의였다. 공명은 그들에게도 분부를 내렸다.

"너희 둘은 각기 한 떼의 군마를 이끌고 우리 영채 밖에 숨어 있다가 위병이 오거든 그 돌아갈 길을 끊으라."

실로 물샐틈없는 계책이었다. 공명은 그 모든 배치가 끝난 뒤 기산 높은 곳에 자리 잡고 앉았다. 자기가 펼친 계책대로 이루어지는가를 살펴보기 위함이었다.

한편 위병은 촉군이 군량을 빼앗으러 올 듯한 기미를 보이자 놀라 그 일을 손례에게 알렸다. 손례는 손례대로 또 사람을 시켜 나는 듯 그 일을 조진에게 알리게 했다.

조진도 그 소식에 바빠졌다. 으뜸되는 영채로 사람을 보내 그곳을 지키는 장호와 악침에게 이르게 했다.

"오늘 밤 기산 서쪽에 불길이 오르면 촉병은 반드시 자기편을 도우러 진채를 떠날 것이다. 그때는 군사를 이끌고 나가 이렇게 이렇게 하라."

이에 두 사람은 군사들을 높은 망루에 올려 불길 신호가 오르는 걸 살피게 하며 기다렸다.

한편 손례도 촉군을 맞을 채비에 바빴다. 군사들을 산 서쪽에 매복시키고 촉병들이 군량을 뺏으러 오기만을 기다렸다.

그날 밤 이경 무렵이었다. 마대가 삼천 군마를 이끌고 그곳으로 왔다. 사람은 모두 소리를 못 내게 하는 나무막대[枚, 하무]를 물고, 말들은 재갈을 단단히 채워 가만가만 산 서편에 이르러 보니 정말로 위병의 군량이 쌓인 게 보였다. 무언가를 가득가득 실은 수레가 수없이 모여 그대로 한 영채를 이루고 있는데 사람은 안 보이고 꽂아둔 깃발만 가득했다.

마대는 가만히 바람 부는 방향을 가늠해보았다. 마침 서남풍이 일고 있었다. 마대는 얼른 군사를 그 영채 남쪽으로 옮기고 그 근처에 불을 질렀다. 불길은 바람에 날려 금세 수레에 옮아 붙었다. 마른 풀에 유황까지 부어둔 것이라 불길은 하늘을 찌를 듯 높게 치솟았다.

숨어 있던 손례는 촉병이 저희 영채 안으로 들어와 불을 지른 줄 알았다. 이제는 독 안에 든 쥐다 싶어 군사들을 이끌고 한꺼번에 밀고 나갔다. 그런데 이게 어찌 된 일인가. 등 뒤에서 북소리 나팔 소리가 높이 울리며 두 갈래 군마가 덮쳐왔다. 바로 마충과 장의가 이끄는 촉병이었다.

위병은 어느새 그들에게 에워싸여 거꾸로 독 안에 든 쥐꼴이 되었다. 손례는 깜짝 놀랐다. 얼른 군사를 수습해 벗어나보려 하는데 다시 함성이 크게 일며 한 떼의 군마가 불빛을 등지고 뛰쳐나왔다. 이번에는 마대가 이끄는 촉병이었다.

마충과 장의, 그리고 마대가 이끄는 촉병들이 안팎에서 들이치니 위병은 싸워볼 것도 없이 대패였다. 불길은 매섭고 바람은 거세 거기 쫓긴 인마가 어지럽게 흩어지다 보니 죽는 자만도 얼마나 되는지 헤일 수 없을 만큼 많았다. 손례는 불에 데고 창칼에 다친 군사들을 이끌고 간신히 불길을 뚫어 달아났다.

한편 위의 으뜸가는 영채를 지키던 장호는 한밤중에 불길이 하늘로 치솟는 걸 보자 바로 조진이 일러준 때가 왔다 생각했다. 진채의

문을 크게 열고, 악침과 함께 모든 군사를 끌어모아 진채를 나섰다. 비어 있을 촉병의 진채를 들이치기 위함이었다.

장호와 악침이 촉진에 이르니 사람이라고는 그림자도 하나 얼씬않았다. 아무리 저희 편 구원을 간다 해도 그렇게 진채를 비워둘 수는 없는 일이었다. 그 때문에 속은 줄 안 장호와 악침은 얼른 군사를 거두어 물러나려 했으나 이미 때는 늦어 있었다.

진작부터 숨어 기다리던 오반과 오의가 각기 한 갈래 인마를 이끌고 뛰쳐나와 위병이 돌아갈 길을 막아버렸다. 장호와 악침은 겨우겨우 촉병의 에움을 뚫고 나가 저희 본채로 달려갔다.

하지만 거기서는 또 놀라운 일이 기다리고 있었다. 본채에 쌓아둔 토성 위에서 화살이 메뚜기처럼 날아들었다. 관흥과 장포가 그곳을 차지하고 앉아 퍼붓는 화살이었다.

여지없이 짓뭉개진 장호와 악침의 위병은 하는 수 없이 대도독 조진의 진채로 쫓겨갔다. 그들이 막 그 진채로 들려 하는데 다시 어디선가 한 떼의 위병들이 쫓겨왔다. 바로 손례가 이끄는 군사들이었다. 이에 그 두 갈래 군마는 함께 조진의 진채로 들어가 자기들이 제갈공명의 계책에 빠진 일을 상세히 말했다.

조진은 쓸데없는 공명심에 들떠 얕은 꾀로 공명을 이겨보려다 죄없는 군사들만 잃었음을 알자 정신이 확 들었다. 삼가며 대채를 지킬 뿐 두 번 다시 나가 싸우려 들지 않았다.

싸움에 크게 이긴 촉병은 신이 나서 저희 진채로 돌아갔다. 장수들은 모두 공명을 찾아보고 저마다의 공을 자랑했다. 그러나 어찌된 셈인지 정작 공명의 얼굴에는 기뻐하는 빛이 없었다. 말없이 듣고 있다가 문득 위연에게 사람을 보내 무언가 계책을 주고, 이어 나머지 장졸들에게는 진채를 뽑아 돌아갈 채비를 하라는 영을 내렸다.

"이제 크게 승리를 거두어 위병의 날카로운 기세를 함빡 꺾어놓았는데 어찌하여 도리어 군사를 거두려 하십니까?"

양의가 알 수 없다는 듯 공명에게 물었다. 공명이 씁쓸한 얼굴로 그 까닭을 일러주었다.

"우리 군사는 양식이 없어 빨리 싸우는 쪽이 낫다. 그런데 적은 굳게 지키고 나와 싸우지 않으니 그게 지금 내가 앓는 병이다. 적은 지금 잠시 싸움에 져서 주춤해 있으나 중원은 사람과 물자가 넉넉한 곳이다. 곧 잃은 군사는 보태고 없어진 물자는 채울 것이다. 만약 적이 가볍게 차린 기마대로 우리가 양식을 운반하는 길을 끊어버리면 그때는 돌아가려 해도 돌아갈 수가 없다. 이제 위병이 싸움에 진 지 오래잖아 감히 촉병을 바로 보지도 못하고 있으니, 그들이 뜻하지 않고 있는 곳으로 나가, 알맞은 때에 물러나는 게 좋다. 걱정되는 것은 오직 위연이 이끄는 군사들이다. 그들은 지금 진창 길목에서 왕쌍과 맞서고 있는데 때맞추어 몸을 빼내지 못할까 두렵구나. 하지만 나는 이미 사람을 위연에게 보내 왕쌍을 죽일 수 있는 계책을 일러주었다. 왕쌍만 죽인다면 위병들은 감히 그들을 뒤쫓지 못할 것이다. 어서 군사들에게 영을 내려 떠날 채비를 하게 하라. 후대가 먼저 떠나고 선봉이 뒤를 맡는다."

그 말을 듣자 아무도 물러남을 이상히 여기는 장수가 없었다. 이에 공명은 그날 밤으로 군사를 물리기 시작했다. 북과 징만 진채에 남겨 밤새도록 요란하게 두드리는 사이에 군사들은 모두 썰물 빠져

나가듯 물러났다. 이윽고 북과 징을 두드리던 군사들마저 물러가버리자 촉병의 진채는 그대로 텅 비어버렸다. 단 하룻밤 사이의 일이었다.

한편 조진은 자신의 장막에서 걱정과 고민에 빠져 있었다. 조서를 듣지 않고 섣불리 꾀를 부리려 들다가 적지 않은 인마와 물자를 잃은 데다, 군사들의 사기마저 떨어져 촉군이 힘을 다해 밀어붙이면 견뎌낼 수 있을지 불안했다. 그런데 문득 좌장군 장합이 군사를 이끌고 왔다는 전갈이 들어왔다.

장합은 말에서 내리기 바쁘게 조진의 장막을 찾아와 말했다.

"저는 폐하의 뜻을 받들어 특별히 대도독의 형편을 들으러 왔습니다."

"그럼 중달을 만나보셨소?"

조진이 대뜸 사마의 얘기부터 물었다. 자신에 대해서 사마의가 무어라고 그러는지 궁금한 까닭이었다. 장합이 주저 없이 대답했다.

"만나보았습니다. 중달은 제게 이르기를 우리 군사가 싸움에 이겼으면 촉병은 틀림없이 물러나지 않았을 것이고 만약 우리 군사가 졌으면 촉병은 반드시 물러갔을 것이다, 라고 했습니다. 그런데 이제 우리 군사가 싸움에 이롭지 못했으니 촉병이 물러갔을지도 모르겠습니다. 도독께서는 촉병의 소식을 알아보셨습니까?"

"아니, 아직 알아보지 않았소."

조진은 알 수 없다는 얼굴로 그렇게 대답했다. 그러나 사마의의 말이 꺼림칙해 곧 사람을 풀어 촉진을 살펴보게 했다.

정말로 사마의가 예측한 대로였다. 오래잖아 살피러 간 군사가 돌아와 알렸다.

"촉진은 텅 비어 있고 정기만 수십 개 꽂혀 있을 뿐이었습니다. 알아보니 촉병이 떠난 지는 벌써 이틀이나 되었다고 합니다."

그제야 조진은 자신의 살피지 못함을 후회했으나 소용없는 일이었다. 다시 한번 자신의 재주가 사마의에게 까마득히 미치지 못함을 한탄하고 괴로워할 뿐이었다.

한편 위연은 공명의 밀계를 받자 그날 밤으로 진채를 뽑아 급히 한중으로 돌아갔다. 곧 세작이 그 일을 알아내 왕쌍에게 전했다.

위연이 물러갔다는 소식을 들은 왕쌍은 가만있지 못했다. 거느린 군사를 모조리 휘몰아 힘을 다해 위연을 뒤쫓았다.

한 이십 리나 뒤쫓았을까, 달리는 말에 거듭 채찍질을 하며 앞을 보니 저만치 위연의 이름이 크게 씌어진 깃발이 보였다. 왕쌍은 벌써 위연을 잡은 듯이나 들떠 크게 소리쳤다.

"위연은 달아나지 말라!"

그러나 촉병들은 뒤도 안 돌아보고 달아날 뿐이었다. 왕쌍은 급했다. 달리는 말에 더욱 박차를 가하며 촉병을 뒤쫓았다. 그를 뒤따르던 위병들이 등 뒤에서 큰 소리로 왕쌍에게 알렸다.

"성 밖에 있는 우리 진채에서 불길이 오르고 있습니다! 적의 간교한 계책에 떨어진 게 아닌가 걱정됩니다."

그 소리를 들은 왕쌍은 뜨끔했다. 급히 말 머리를 돌리고 자기 진채를 바라보니 정말로 한 줄기 불꽃이 하늘 높이 치솟고 있었다. 그 뜻밖의 사태에 왕쌍은 몹시 놀랐다.

"모두 돌아서라! 어서 진채로 되돌아가자!"

그렇게 소리치고 앞장서서 자기 진채 쪽으로 달려갔다.

그런데 왕쌍이 어떤 산등성이 왼편을 돌 때였다. 홀연 한 장수가 말 한 필을 몰아 숲속에서 달려 나오며 크게 소리쳤다.

"왕쌍은 어디로 가려느냐? 위연이 여기 있다!"

그 소리에 왕쌍은 깜짝 놀랐다. 정말로 위연인지 거느린 군사가 얼마나 되는지 알아보기도 전에 겁부터 먹으니 손발이 제대로 말을 듣지 않았다. 평소에 자랑하던 큰 칼 한번 제대로 휘둘러보지 못하고 위연의 한칼에 갈라져 말 아래로 떨어졌다.

왕쌍이 그 꼴이 되니 그를 뒤따르던 위병들은 더 말할 나위도 없었다. 으레 복병이 따라나오려니 하고 사방으로 흩어져 달아나기 바빴다.

하지만 그때 위연이 거느리고 있는 것은 겨우 서른 기에 지나지 않았다. 왕쌍을 죽인 위연은 아무도 따라오지 않는 길을 천천히 말을 몰아 한중으로 돌아갔다.

위연이 그토록 쉽게 왕쌍을 죽이게 된 경위는 이러했다. 공명의 밀계를 받은 위연은 모든 군사를 한중으로 출발시킨 뒤 날랜 서른 기만 뽑아 데리고 왕쌍의 진채 근처에 숨어 있었다. 그러자 오래잖아 세작이 왕쌍에게 촉병이 떠난 걸 알리고, 왕쌍은 급히 군사를 몰아 그들을 뒤쫓으러 진채를 떠나는 게 보였다. 그때를 기다리고 있던 위연은 거의 비어 있다시피 한 왕쌍의 진채를 들이치고 불을 질렀다.

역시 공명이 미리 헤아린 대로 자기 진채에서 불길이 오르는 걸 본 왕쌍은 허둥지둥 군사를 돌려 달려왔다. 위연은 그런 왕쌍을 뜻밖의 곳에서 뛰쳐나가 한칼에 베어버렸다. 사람의 심리가 지닌 허점을 노린 교묘하고도 빈틈 없는 계책으로, 위연의 용맹 또한 없어서는 안 될 성공의 요소였다.

위연은 왕쌍을 베고 유유히 한중으로 돌아가 공명을 찾아갔다. 공명은 다시 그에게 인마를 나누어주고 크게 잔치를 열어 그 공을 치하했다.

한편 장합은 처음부터 촉병을 뒤쫓지 않고 자기 진채로 되돌아갔다. 쫓아봐야 부질없다는 걸 알고 한 일이었다. 그런데 홀연 진창성의 학소가 사람을 보내 알려왔다.

"왕쌍이 위연의 칼에 목숨을 잃었습니다."

그 소식은 조진의 귀에도 들어갔다. 자신이 천거해 선봉대장으로 세우고 진창성의 싸움에서는 공도 적잖은 왕쌍이 그토록 허무하게 죽음을 당했다는 말을 듣자 조진은 괴로움과 슬픔을 견디기 어려웠다. 그게 병이 되어 더는 싸움터를 지킬 수 없게 되자 낙양으로 돌아갔다. 장안(長安)으로 이르는 길목은 곽회와 손례, 장합이 나누어 지키게 했다.

위의 맹장 왕쌍을 죽인 것은 공명의 이름을 또 한번 드높였고, 어느 정도 진창의 한을 푼 듯도 보인다. 그러나 그것이 바로 촉이나 공명의 승리를 뜻하는 것은 아니었다. 두 번째의 출사도 적지 않은 인마와 물자만 축냈을 뿐, 촉병은 결국 한 발짝도 중원으로 들여놓지 못하고 물러나야 했다.

# 세 번째로 기산을 향하다

한편 오주 손권은 촉에 청해 위로 군사를 내게 해놓고 자신은 이렇다 할 싸움 없이 형세만 살피고 있었다. 하루는 신하들과 조회를 하고 있는데 풀어놓은 세작이 돌아와 알렸다.

"촉의 제갈승상이 두 번에 걸쳐 출병한 바, 이에 맞서 싸운 위의 도독 조진은 많은 군사를 잃고 장수마저 죽게 했다 합니다."

그 말을 들은 신하들은 한결같이 손권에게 군사를 일으켜 위를 치기를 권했다. 그러나 손권은 아직도 중원을 도모할 자신이 서지 않았다. 마음을 정하지 못하고 하루하루를 보내고 있는데 장소가 들어와 말했다.

"요사이 듣자니 무창 동산에 봉황이 날아오고 대강에서도 황룡이 여러 차례 나타났다 합니다. 주공의 덕은 요, 순과 짝할 만한 데다 문무에 아울러 밝으시니 제위에 오르셔도 모자람이 없을 것입니다. 군사를 일으키시는 것은 제위에 오르신 뒤가 좋겠습니다."

그러자 많은 관원들도 장소를 따라 권했다.

"자포(子布)의 말이 옳습니다. 따라주옵소서."

이에 손권도 슬며시 마음이 움직였다. 그해 사월 병인일에 무창 남교에다 축대를 쌓고 제위에 오르기로 정했다.

정한 날이 오자 신하들은 손권을 청해 황제의 자리로 오르게 하고 연호를 황무(黃武) 팔년에서 황룡(黃龍) 원년으로 고쳤다. 이제 천자 는 세 사람이 되어 진정한 삼국 시대가 시작되는 셈이었다.

손권은 그 아버지 손견을 무열황제로 추존하고, 그 어머니 오씨는 무열왕후로, 형 손책은 장사환왕(長沙桓王)으로 추존했다. 그리고 그 아들 손등을 황태자로 책봉한 뒤, 제갈근의 맏아들 제갈각(諸葛恪) 은 태자좌보로, 장소의 둘째 아들 장휴(張休)는 태자우보로 삼았다.

제갈각의 자는 원손(元遜)이라 하며, 키가 일곱 자에 매우 총명하 고 사람의 말을 잘 받아넘기는 재주가 있었다. 손권은 그를 몹시 사 랑하였는데 그 까닭은 제갈각이 어려서부터 보인 남다른 총명과 재 치에 있었다.

제갈각이 여섯 살 때 일이었다. 하루는 그 아버지 제갈근을 따라 동오의 잔치 자리에 끼어 앉게 되었다. 그 자리에서 손권은 제갈근 의 낯이 긴 것을 보고 우스개 삼아 노새 한 마리를 끌고 오게 한 뒤 그 노새의 얼굴에다 분필로 제갈자유(諸葛子瑜)라 쓰게 했다. 그걸 본 벼슬아치들은 모두 큰 소리로 웃었다.

제갈근도 손권이 장난으로 그러는 것이라 함께 웃을 수밖에 없었다. 그런데 어린 제갈각이 자리에서 일어나 쪼르르 앞으로 달려 나가더니 분필을 집어 '지로(之驢)' 두 자를 노새의 얼굴에다 더 써넣었다. 합치면 '제갈자유지로(諸葛子瑜之驢)'이니 곧 '제갈근의 노새'란 뜻이 된다. 아버지가 노새가 되는 욕을 재치로 면하게 한 것이었다. 그 자리에 앉았던 사람들은 겨우 여섯 살 난 그의 재치에 놀라 마지 않았다. 손권도 그를 기특히 여겨 정말로 그 노새를 제갈근에게 내렸다.

또 한번은 이런 일이 있었다. 그날도 벼슬아치들을 모아놓고 크게 잔치를 벌였는데 손권은 제갈각으로 하여금 그 자리에 앉은 모든 관원들에게 술 한 잔을 권하게 했다. 한 사람 한 사람 술잔을 올려가던 제갈각이 장소 앞에 이르렀을 때였다.

"이것은 늙은이를 대접하는 예가 아니다."

장소가 그렇게 말하며 술잔을 받지 않았다. 그걸 본 손권이 제갈각에게 물었다.

"네, 자포에게 억지로 술을 마시게 할 수 있겠느냐?"

그러자 제갈각은 다시 장소 앞으로 가서 말했다.

"옛적 강상보(姜尙父, 강태공)는 나이 아흔에 이르러서도 장수의 모월(旄鉞)을 잡고 늙음을 말하지 않았습니다. 그런데 이제 동오는 싸우는 날[臨陣之日]에는 선생을 뒤에 모셔두고 술 마시는 날[飮酒之日]에는 선생을 앞에 모십니다. 어찌 어른 대접을 않는다 할 수 있겠습니까?"

그렇게 되자 장소는 대답할 말이 없어 억지로 술잔을 받았다. 손권은 그런 제갈각을 사랑하여 진작부터 무겁게 써오다가 그때에 이르러 태자를 보필하게 한 것이었다.

　장소는 오랫동안 오왕을 도와 그 서열은 삼공의 위였다. 이에 손권은 그를 보아 그 아들 장휴를 또 태자우보로 삼았다. 그밖에 손권은 고옹을 승상으로 세우고, 육손은 상장군(上將軍)으로서 태자를 도와 무창을 지키게 했다.

　제위에 오른 손권이 건업으로 돌아가자 신하들은 입을 모아 위를 치자고 나섰다. 그러나 장소만은 손권을 말렸다.

　"폐하께서 아직 보위에 오르신 지 오래지 않으니 가볍게 움직여서는 아니 됩니다. 마땅히 글을 닦고 힘을 기르며, 학교를 늘려 세워 백성들의 마음을 안정케 하셔야 합니다. 그리고 서천으로 사신을 보내어, 촉과 동맹을 맺고 천하를 나누어 가지신 뒤, 천천히 위를 도모하도록 하십시오."

　손권도 수성(守成)의 달인답게 그런 장소의 말을 받아들였다. 곧 사신을 촉으로 보내 후주를 만나보고 자신이 제위에 오른 일을 알리게 하였다.

　손권이 제위에 올랐다는 소문은 그가 보낸 사신보다 먼저 후주의 귀에 들어갔다. 후주는 곧 여러 신하들을 불러 모아놓고 그런 손권을 어떻게 대해야 할까를 물었다.

　"손권은 함부로 천자를 참칭한 자이니 마땅히 그와의 맹호(盟好)를 끊어야 합니다."

　신하들은 한결같이 그렇게 말했다. 다만 장완만이 그들과 다른 소리를 했다.

　"아무래도 이 일은 그렇게 쉽게 결정할 일이 아닌 듯싶습니다. 사람을 승상에게 보내 물어보심이 좋을 듯합니다."

후주도 그 말을 옳게 여겨 곧 한중에 사람을 보내 공명에게 그 일을 묻게 하였다. 며칠 안 돼 공명의 대답이 성도에 이르렀다.

'……예물을 갖춘 사신을 오로 보내 손권의 즉위를 축하해주도록 하십시오. 그리고 아울러 육손으로 하여금 군사를 일으켜 위를 치도록 청해주십시오. 만약 그렇게만 되면 위는 틀림없이 사마의를 보내 육손과 맞서게 할 것입니다. 그리하여 사마의가 남쪽에서 동오와 싸우게 된다면 저는 다시 기산으로 나가 장안을 노려볼 수 있습니다……'

그런 내용이었다. 후주는 그런 공명의 말을 충실히 따랐다. 태위 양진(楊震)에게 명하여, 좋은 말과 옥띠, 보배로운 구슬과 금은을 싸 들고 오로 가서 손권의 즉위에 하례를 올리게 했다.

양진은 시킨 대로 동오에 이르러 손권을 만나보고 예물과 국서를 올렸다. 촉이 바란 것 이상으로 예를 갖추어 축하를 해주자 손권은 몹시 기뻤다. 크게 잔치를 열어 양진을 잘 대접한 뒤 촉으로 돌려보냈다.

양진이 건업을 떠나자 손권은 곧 육손을 불러 물었다.

"촉에서 말하기를 날을 정해 함께 군사를 일으켜 위를 치자 하는데 백언(伯言)은 어떻게 보시오?"

"그것은 공명이 사마의를 두려워해서 짜낸 꾀입니다. 우리가 사마의를 잡고 있는 동안 장안을 어찌해보겠다는 뜻이지요. 그러나 이미 함께 손잡고 일하기로 해놓고 그 청을 아니 들어줄 수도 없습니다. 우선 겉으로라도 크게 군사를 일으킬 듯한 형세를 지으며 촉병이 거기 따라 움직이는 걸 살펴보는 게 좋을 것 같습니다. 공명이 위를 들이쳐 위가 매우 급해질 때 우리가 그 빈틈을 노려 치고 나간다면 중원을 차지할 수도 있습니다."

육손이 얼른 그렇게 대답했다. 손권이 들어보니 그게 옳은 듯했다. 곧 형주, 양양 각처의 인마를 훈련하게 하면서 날을 골라 군사를 일으키려는 듯 꾸미게 했다.

한편 한중으로 돌아간 양진은 오가 촉의 청을 받아들여 군사를 일으키기로 했다는 말을 전했다. 이에 공명은 세 번째로 출사할 뜻을 굳혔으나 아무래도 진창을 지날 일이 걱정이 되었다. 가만히 사람을 풀어 진창의 형세를 알아보게 되었다.

오래잖아 반가운 소식이 왔다.

"진창성의 학소는 병에 걸려 매우 위중합니다."

그 소식에 공명은 가슴을 쓸어내렸다.

"이제 대사를 이룰 수 있겠구나!"

그러면서 위연과 강유를 불러 영을 내렸다.

"너희 둘은 군사 오천을 이끌고 밤낮없이 똑바로 진창성으로 달려가라. 가서 불길이 이는 게 보이거든 힘을 다해 성을 공격하라."

위연과 강유는 그 갑작스런 명에 어리둥절했다. 그 굳은 진창성에서 불길이 인다는 게 아무래도 믿을 수가 없었다. 한참을 머뭇거리다 공명에게 되물었다.

"언제까지 떠나야 됩니까?"

"사흘 안으로 모든 채비를 갖추어야 한다. 채비가 갖춰지면 나를 찾아볼 것도 없이 바로 떠나거라."

이에 두 사람이 물러나자 공명은 다시 관흥과 장포를 불러 귓속말로 무언가를 일러주었다. 공명의 밀계를 받은 두 사람 역시 곧 한중을 떠났다.

그때 곽회는 학소의 병이 깊다는 소문을 듣자 진창이 걱정스럽기 그지없었다. 얼른 장합을 만나 의논했다.

"학소의 병이 깊다니 장군이 가서 그와 자리를 바꿔야겠소. 나는 천자께 표문을 올려 이 일을 말씀드린 뒤에 따로 가겠소."

장합이 그 말을 못 알아들을 사람이 아니었다. 그날로 군사 삼천을 이끌고 학소를 대신하러 진창으로 달려갔다.

그 무렵 학소의 병은 매우 위독한 상태였다. 그날 밤도 정신 없이 앓고 있는데 문득 촉병이 성 아래 이르렀다는 말이 들렸다.

"모두 성에 올라가 적을 막아라!"

학소가 급히 명을 내렸으나 아무런 소용이 없었다. 갑자기 네 성문에 불이 일며 성안이 크게 어지러워졌다. 학소는 그 소리를 듣자 놀란 나머지 병으로 실낱같이 남아 있던 목숨이 끊어졌다. 촉병은 큰 힘 안 들이고 성안으로 몰려 들어갔다.

그런데 아무리 『연의』지만 이 학소란 인물을 그토록 볼품없이 죽이는 것은 좀 지나친 듯싶다. 그는 제갈량의 십만 대군을 작은 진창성에서 막아냈을 뿐만 아니라, 진창성을 뺏기고 놀라서 죽은 것도 아니다. 오히려 제갈량이야말로 그가 병들어 죽은 뒤에야 진창길로 나아갈 수 있었으며, 다른 기록으로는 임종 때도 아들에게 이런 멋진 유언을 남기고 있다.

"나는 장수로 일생을 살았으나 그게 썩 좋은 일은 아니었던 듯싶다. 나는 종종 무덤을 파헤쳐 거기서 나오는 돌이나 나무토막을 성을 공격하는 데 썼다. 따라서 깊이 묻는다고 죽은 이에 큰 도움이 되지 않음을 알고 있기에 당부한다. 부디 내 장례는 검소하게 치러라. 사람은 그때그때 맞추어 살아가면 되는 법, 죽음도 크게 두려워할 건 못 된다. 좋은 자리가 따로 없고 정한 방위가 따로 없으니, 내 무덤은 동서남북 어디든 네 맘대로 써라."

이 얼마나 탈속한 유언인가. 그 몇 마디만으로도 그의 사람됨과 삶을 짐작할 듯하다.


한편 위연과 강유는 밤낮 없이 달려 진창성에 이르렀으나 성 아래서 살피니 겉보기부터가 이상했다. 그 삼엄하던 진창성에 깃발 하나 사람 한 명 보이지 않았다. 두 사람은 놀랍고도 의심스러웠다. 감히 성을 공격하지 못하고 살피기만 하는데 문득 한소리 포향이 들리더니 성벽 사면에 일제히 깃발이 세워졌다. 이어 윤건에 깃털부채 들고 흰 도포 입은 사람이 성벽 위에 나타나 소리쳤다.

"그대들 둘은 어찌 이리 늦는가?"

두 사람이 놀라 쳐다보니 바로 공명이었다. 두 사람은 황망히 말에서 내려 땅바닥에 엎드리며 말했다.

"승상의 계책은 귀신도 놀랄 것입니다!"

공명은 성문을 열게 하여 두 사람을 들이고 자신이 먼저 진창을 차지한 경위를 밝혔다.

"나는 학소의 병이 위독함을 알아냈으나 그래도 그대들에게 사흘 안으로 달려가 성을 뺏으라는 영을 내렸다. 여럿의 마음이 풀어지게 하기 위함이었다. 그러나 한편으로는 관흥과 장포에게 군사를 점고한다는 핑계를 대고 몰래 군사를 이끌고 한중으로 나아가게 했다. 물론 나도 그 군사들 틈에 섞여 있었다. 우리가 밤을 틈타고 내닫기를 곱절로 하여 진창성 아래로 밀어닥치자 적은 워낙 갑작스레 당한 일이라 미처 저희 군사를 모을 틈이 없었다. 거기다가 내가 먼저 성안에 들여놓은 세작들이 불을 지르고 함성을 질러 안에서 도우니 위병들은 놀라고 겁먹어 마음을 정할 수가 없었다. 그리된 데는 학소가 병들어 움직이지 못하는 까닭도 있었다. 원래 군사란 으뜸되는 장수가 없으면 절로 어지러워지게 마련이다. 나는 그 덕분에 손바닥 뒤집듯 쉽게 이 성을 얻을 수 있었던 것이다. 병법에 이르기를 그 뜻하지 않는 곳으로 나아가고 준비 없는 곳을 친다[出其不意 攻其無備]고 했는데, 이번에 내가 쓴 계략이 바로 그것이다."

위연과 강유는 그 말에 다시 한번 감탄해 땅에 엎드렸다.

어쩔 수 없어 그렇게 몰기는 해도 공명은 학소가 죽은 걸 가엾게 여겼다. 그 처자로 하여금 학소의 영구를 모시고 위로 돌아가게 함으로써 그의 충성을 기렸다. 비록 방향은 달라도 인간의 변함없는 신념이 보여주는 아름다움은 언제나 감동적인 법이다.

공명은 다시 위연과 강유를 불러 영을 내렸다.

"그대들 둘은 갑옷도 벗지 말고 바로 군사들을 이끌고 산관으로 달려가라. 관을 지키던 자들은 이미 우리 군사가 이른 걸 알면 반드시 놀라 달아날 것이다. 그러나 만약 능장을 부리면 위병이 먼저 관에 이르러 그 뒤에는 빼앗기가 어려워질 것이다."

이에 위연과 강유는 조금도 지체 않고 산관으로 달려갔다. 과연 관을 지키던 위병은 제대로 싸워보지도 않고 모조리 달아났다.

관 위에 오른 두 사람이 잠시 갑옷을 벗고 쉬고 있는데, 문득 관 밖에서 먼지가 자옥이 일며 위병이 달려왔다. 두 사람은 저도 모르게 감탄의 소리를 냈다.

"승상의 귀신 같은 헤아림은 실로 짐작조차 할 수 없구나!"

그리고 급히 망루에 올라가 보니, 앞서 오는 것은 위장 장합이었다.

위연과 강유는 곧 군사를 나누어 험한 길목을 지켰다. 장합은 촉병이 이미 산관을 차지하고 길목을 지키는 걸 보자 늦었음을 알았다. 하는 수 없이 군사를 물려 돌아갔다.

하지만 그들이 곱게 물러가도록 놓아둘 위연이 아니었다. 군사를 이끌고 장합의 뒷덜미를 후리니 그 한바탕 싸움으로 죽은 위병은 머릿수를 헤아리기 어려울 지경이었다. 진창을 지키려고 달려왔던 장합은 여지없이 져서 장안으로 쫓겨갔다.

장합을 멀리 쫓고 산관으로 돌아온 위연은 곧 사람을 공명에게 보내 경과를 알렸다. 공명은 스스로 앞장서서 군사를 휘몰아 진창 야곡으로 나온 뒤 건위를 쳐서 떨어뜨렸다. 그 뒤를 다른 촉병들이 꼬리를 물고 이어서 나아갔다.

공명이 막힘 없이 나아가고 있다는 소식을 들은 후주는 대장 진식(陳式)에게 명해 공명을 도우러 떠나게 했다. 공명은 대군을 휘몰아 다시 기산으로 나갔다. 세 번째로 밀고 나온 기산이었다.

그런데 여기서 잠깐 눈여겨보아둘 사람은 진식이다. 진식은 나중 공명에게 죄를 얻어 허리가 잘려 죽는데, 정사 『삼국지』를 지은 진수는 바로 그의 아들이다. 그가 위의 정통성을 이은 진(晉)의 신하였기에 당연하다고 할 수 있을지도 모르나, 삼국 가운데서 정통을 위에 두고 역사를 기술한 것과 특히 공명의 인물평에 인색한 것은 모두 그 아비의 죽음에 서린 한 때문이라 의심하는 사람들도 있다.

기산에 이르러 영채를 세운 공명은 여럿을 모아놓고 말했다.

"나는 두 번이나 이 기산으로 나왔으나 이렇다 할 이득을 얻지 못했다. 이제 다시 이곳으로 왔으니 위나라 사람들은 틀림없이 전에 싸워 재미를 본 곳에서 다시 우리와 싸우려 들 것이다. 따라서 저들은 내가 옹성과 미성 두 곳을 뺏으러 들 줄 알고 그곳에다 군사를 보내 막으려 들 것이나 내 뜻은 다르다. 내가 보기에 무도와 음평은 우리 한에 이어져 있어, 그 두 곳을 차지하면 또한 위병의 세력을 나누어버릴 수 있을 듯하다. 누가 가서 그 두 곳을 빼앗아보겠는가?"

"제가 가보겠습니다."

강유가 얼른 그렇게 나서고 이어 왕평도 따라나섰다.

"저도 한번 가보고 싶습니다."

공명은 그들이 나서자 기꺼이 허락했다. 강유에게 만 명의 군사를 쪼개주며 무도를 치게 하고 왕평에게도 만 명의 군사를 주어 음평을 치게 했다.

그 무렵 장안으로 쫓겨 돌아간 장합은 곽회와 손례를 만나보고 말했다.

"진창은 벌써 적에게 떨어졌고 학소는 죽었소. 산관 또한 이미 촉병이 들어 있었소. 이번에도 공명이 다시 기산으로 나와 길을 나누어 밀고 들어오고 있소."

그러자 곽회가 몹시 놀라며 걱정을 했다.

"만약 그렇다면 공명은 틀림없이 옹성과 미성을 뺏으려 들 것이오!"

그런 다음 장합을 장안에 남겨 지키게 하고 손례는 옹성을, 자신은 미성을 도와 지키려고 밤길을 달려갔다. 낙양으로 표문을 올려 일이 급함을 알렸음은 말할 나위도 없었다.

곽회가 올린 표문이 낙양에 닿은 것은 위주 조예가 조회를 열고 있을 때였다. 근시가 들어와 아뢰었다.

"진창성은 떨어졌고 학소는 죽었으며 제갈량은 다시 기산으로 나왔는데 산관까지 이미 촉병에게 빼앗겼다고 합니다."

그 위급한 소식에 조예는 몹시 놀랐다. 그런데 다시 만총이 표문을 올려 알려왔다.

"동오의 손권이 망녕되이 황제를 칭하고 촉과 동맹을 맺었습니다. 지금 육손을 무창으로 보내 인마를 조련하며 쓰일 때를 기다리게 하고 있는데 아침이 될지 저녁이 될지 모르나 쳐들어올 것은 틀림없을 듯합니다."

촉만 해도 걱정인데 오까지 덤비려 한다는 말을 듣자 조예는 더욱 정신이 없었다. 놀라고 당황해 몸을 움직이는 것조차 제대로 안 될 지경이었다.

조진은 그때까지도 병이 낫지 않아 사마의를 불러들인 조예가 물었다.

"촉과 오가 서쪽과 남쪽에서 한꺼번에 밀고 들어오니 이 일을 어찌했으면 좋겠소?"

그러나 사마의는 별로 걱정하는 기색 없이 대답했다.

"너무 심려 마십시오. 제 어리석은 소견으로는 동오는 결코 군사를 내지 않을 것입니다."

"경이 어떻게 그걸 아시오?"

조예가 알 수 없다는 얼굴로 물었다.

사마의가 자신있게 말했다.

"공명은 일찍이 유비가 효정에서 오에 당한 욕을 갚으려 하고 있으니, 결코 오를 삼킬 뜻이 없는 게 아닙니다. 다만 중원이 빈 틈을 타고 저희를 칠까 봐 잠시 동오와 동맹을 맺었을 뿐입니다. 육손 또한 그런 공명의 뜻을 알고 있어, 겉으로만 군사를 일으키려는 체하고 있을 뿐, 실제로는 가만히 앉아서 싸움 구경이나 할 작정이겠지요. 폐하께서는 동오를 막을 걱정을 하지 않으셔도 됩니다. 다만 촉만 물리치면 됩니다."

그 말을 들은 조예는 비로소 얼굴이 밝아졌다.

"경은 참으로 높은 식견을 가지셨소!"

그렇게 사마의를 추켜주고 난 뒤 그를 대도독으로 삼고 농서의 모든 군마를 맡기며 제갈량을 막으라 했다.

그때 대장인은 아직 앓아 누워 있는 조진에게 있었다. 조예는 그걸 사마의에게 넘겨주기 위해 근시에게 명했다.

"조진에게 가서 총병장인(總兵將印)을 가져오너라."

그러자 사마의가 근시를 얼른 가로막았다.

"제가 가서 가져오겠습니다."

조예는 얼른 그 뜻을 알아차리지 못했으나 사마의가 하는 일이라 말리지 않았다.

조예 앞을 물러나온 사마의는 곧 조진의 부중으로 갔다. 먼저 사람을 들여보내 자신이 온 걸 알리고 난 뒤에야 안으로 들어가 조진을 만났다. 문병 온 사람처럼 차도를 묻고 난 사마의가 불쑥 물었다.

"동오와 서촉이 힘을 합쳐 군사를 이끌고 쳐들어왔습니다. 제갈량은 기산까지 나와 진채를 벌이고 있는데 공께서는 알고 계십니까?"

그러자 조진이 놀라 말했다.

"내 병이 심하다고 집안 사람들이 알려주지 않은 듯싶소이다. 그런데 나라가 그토록 위급한데도 어찌하여 중달을 도독으로 삼아 촉병을 물리치게 하지 않는 것이오?"

"저는 재주가 적고 아는 게 얕아 그런 자리를 감당하지 못합니다."

사마의가 짐짓 그렇게 겸손을 떨자 조진이 좌우를 보고 소리쳤다.

"어서 장인을 가져다가 중달에게 드려라."

"도독께서는 그 일로 너무 걱정하지 마십시오. 저는 다만 도독의 한 팔이 되어 돕고자 할 따름입니다. 감히 그 장인은 받을 수가 없습니다."

사마의가 한층 몸을 낮추며 그렇게 사양했다. 조진이 벌떡 몸을 일으키며 목청을 높였다.

"무슨 소리요? 중달이 만약 이 일을 맡아주지 않으면 이 나라는 위태롭게 되고 마오. 내 비록 병든 몸이지만 천자를 찾아뵙고 중달을 천거하겠소!"

그제야 조진의 진심을 안 사마의가 반쯤 털어놓았다.

"실은 이미 천자의 은명이 계셨습니다. 다만 이 사마의가 감히 받들지 못하고 있을 따름입니다."

그 말에 조진이 기쁜 낯빛을 지으며 권했다.

"그렇다면 어서 그 명을 받으시오. 중달이 그 일을 맡아주면 넉넉히 촉병을 물리칠 수 있을 것이오."

그러고는 다시 장인을 사마의에게 건네주었다. 사마의는 두 번 세 번 사양하다가 마지못한 척 받아들이고 조진의 부중을 나왔다. 사마의의 빈틈 없는 처신이 대강 그와 같았다.

사마의는 위주를 하직하고 군사를 몰아 장안으로 달려갔다. 때는 촉한 건흥 칠년 사월이었다. 그 무렵 공명이 이끄는 촉의 대병은 기산 아래 세 군데에 진채를 벌이고 위의 움직임을 살피고 있었다.

장안에 이른 사마의는 장합을 선봉으로 삼고 대능(戴凌)을 부장으로 딸린 뒤, 십만의 군사를 이끌고 기산으로 달려갔다. 기산 부근에 이르러 사마의가 진채를 세운 것은 위수 남쪽이었다.

곽회와 손례가 진채를 찾아오자 사마의가 물었다.

"그대들은 촉병과 맞서보았는가?"

"아직 그래 보지 못했습니다."

두 사람이 입을 모아 그렇게 대답했다. 사마의가 잠깐 생각에 잠겼다가 말했다.

"촉병은 천리를 달려왔으니 빨리 싸우는 게 이롭다. 그런데도 아직까지 싸움을 걸지 않는 데는 반드시 무슨 꾀가 있기 때문이다. 농서 여러 곳에서도 아직 아무런 소식이 없는가?"

곽회가 조심스레 대답했다.

"이미 세작을 풀어 각군 여러 곳을 알아보게 했는 바, 밤낮없이 잘 지키고 있어 아직 별탈은 없는 듯싶습니다. 다만 음평과 무도 두 곳만은 아직 소식이 없습니다."

"그렇다면 바로 거기다. 제갈량은 그 두 곳을 노리고 있음에 틀림이 없다. 나는 사람을 보내 제갈량에게 싸우자고 할 터이니 그대들은 샛길로 급히 달려가 그 두 곳을 구하도록 하여라. 적병의 뒤를 들이치면 그들은 절로 어지러워질 것이다."

이에 곽회와 손례는 각기 군사 오천을 거느리고 농서 샛길로 음평과 무도를 구하러 달려갔다. 사마의에게 받은 계책대로 촉병의 등 뒤를 후려치기 위함이었다. 가는 길에 곽회가 손례에게 물었다.

"중달을 공명과 견주어보면 어떻다 생각하시오?"

"공명이 중달보다 훨씬 낫지요."

손례가 별 생각 없이 그렇게 대꾸했다. 그러나 곽회는 고개를 저으며 말했다.

"공명이 비록 중달보다 낫다 해도 이번만은 아닐 듯하오. 이번 계책은 중달이 남보다 훨씬 슬기롭다는 걸 뚜렷이 드러내줄 것이오. 생각해보시오. 만약에 촉병이 정말로 그 두 성을 공격하고 있다면 우리가 그 뒤를 들이칠 것이니 어지러워지지 않고 어쩌겠소?"

그러면서 아는 체 떠들고 있는데 문득 앞서 살피러 갔던 군사들이 돌아와 알렸다.

"음평은 이미 왕평의 손에 떨어졌고 무도 또한 강유가 차지해버렸습니다. 촉병은 이 앞 멀지 않은 곳에 있습니다."

그 말을 들은 손례가 곽회를 돌아보며 말했다.

"촉병은 이미 성을 차지해놓고 뭣 때문에 밖에다 군사를 벌이겠소? 틀림없이 무슨 속임수가 있는 듯하니 얼른 물러나는 게 낫겠소."

곽회도 그 말을 옳게 여겼다. 막 군사를 물리라는 영을 내리려는데 한 소리 포향이 들리더니 산 뒤에서 한 갈래 군마가 쏟아져 나왔다. 앞세운 깃발에는 '한 승상 제갈량'이란 글자가 크게 씌어 있었다.

깃발뿐만이 아니었다. 군사들 한가운데로 네 바퀴 수레가 굴러 나오는데 그 위에는 정말로 공명이 단정하게 앉아 있었다. 그런 공명을 좌우에서 호위하고 선 것은 관흥과 장포였다.

곽회와 손례는 공명을 보자 놀라 어쩔 줄 몰라했다. 공명이 껄껄 웃으며 소리쳤다.

"곽회와 손례는 달아나지 말라! 사마의 따위가 세운 계책이 어떻게 나를 속일 수 있겠느냐? 그는 매일 사람을 내게 보내 싸움을 걸어오면서 한편으로는 슬그머니 너희들을 보내 우리 군사의 등 뒤를 치려 했다. 그러나 음평과 무도는 이미 우리가 뺏었고 너희 둘만 오히려 에워싸였다. 어서 항복하지 않고 무엇 하느냐? 그 군사로 나와 결판이라도 내보겠다는 것이냐?"

곽회와 손례는 그 같은 공명의 말에 더욱 당황했다. 어쩔 줄 몰라 허둥대고 있는데 문득 뒤에서 함성이 크게 일며 왕평과 강유가 군사를 휘몰아 덮쳐왔다.

앞에서는 또 관흥과 장포가 군사들을 이끌고 밀려들었다.

촉의 네 장수가 각기 군사를 이끌고 앞뒤에서 들이치니 위병들은 견뎌낼 재간이 없었다. 이내 쇠막대기를 맞은 질그릇처럼 되어 사방으로 흩어졌다. 곽회와 손례도 급했다. 말을 버리고 산등성이로 기어 달아났다.

그걸 본 장포가 말을 몰아 그들을 뒤쫓았다. 그러나 그것도 장포의 운인지 뜻밖에도 일이 잘못되어 사람과 말이 한 덩어리로 계곡에 떨어졌다. 뒤따르던 군사들이 급히 구해보니 머리가 깨져 있었다. 공명은 사람을 시켜 장포를 성도로 돌려보내고 거기서 다친 곳을 치료하게 했다.

한편 겨우겨우 목숨을 건져 달아난 곽회와 손례는 사마의를 찾아보고 알렸다.

"무도와 음평 두 군은 이미 적의 손에 떨어졌습니다. 뿐만 아니라 공명은 우리가 가는 길에 미리 군사를 감추어두었다가 앞뒤에서 짓두들겨 우리 군사는 크게 지고 말았습니다. 저희들도 말을 버리고 걸어서야 겨우 도망쳐 올 수 있었습니다."

낯이 없어진 사마의가 좋은 말로 두 사람을 위로했다.

"이번 싸움에 진 것은 그대들의 죄가 아니다. 공명의 재주가 나보다 앞섰기 때문이다. 그대들은 군사를 이끌고 다시 미성과 옹성으로 돌아가 그곳이나 굳게 지키도록 하라. 결코 나와 싸워서는 아니 된다. 내게 적을 쳐부술 계책이 이미 서 있으니 조금만 기다려라."

이에 곽회와 손례는 다시 미성과 옹성을 지키러 돌아갔다. 두 사람이 떠난 뒤 사마의는 다시 장합과 대능을 불러 말했다.

"지금 공명은 음평과 무도를 얻었기 때문에 그 백성들의 마음을 달래기 위해 영채 안에는 있지 않을 것이다. 그대들 두 사람은 각기 만 명의 정병을 거느리고 오늘 밤 몰래 촉병의 진채 뒤로 가서 한꺼번에 덮치라. 나도 군사를 이끌고 촉진 앞에 가 있다가 촉병이 어지러운 기세가 보이면 군사를 휘몰아 짓쳐들겠다. 양편 군사가 앞뒤에서 힘 다해 들이치면 그 진채를 뺏기는 어렵지는 않을 것이다. 우리가 만약 그 땅의 산세만 차지하게 된다면 적을 무찌르는 데 어려울게 무어 있겠는가?"

이에 두 사람은 명받은 대로 떠났다. 대능은 왼쪽으로, 장합은 오른쪽으로 샛길을 따라 촉병의 진채 뒤 깊숙이 다가간 뒤 그날 밤 삼경 무렵 큰 길 가에서 다시 만나 군사를 합치고 촉병의 진채를 들이치기로 했다.

그런데 행군을 시작한 지 삼십 리도 되기 전이었다. 전군이 갑자기 나아가기를 그만두었다. 장합과 대능이 이상히 여겨 달려가보니 수백 대의 수레가 마른 풀을 가득 실은 채 막고 있었다.

"이는 틀림없이 적의 준비가 있다는 뜻이오. 어서 군사를 물려 온 길로 되돌아가는 게 좋을 것 같소."

장합이 그렇게 말하고 군사들에게 급히 영을 내렸다.

"어서 모두 물러나라! 온 길로 되돌아가도록 하라."

하지만 이미 때는 늦었다. 갑자기 온 산중이 환하게 불이 켜지며 북소리가 크게 울렸다. 미리 숨어 기다리던 촉병들이 사방에서 뛰쳐나와 장합과 대능을 몇 겹으로 에워싸고 말았다.

공명이 기산 위에 높이 앉아 그런 장합과 대능에게 소리쳤다.

"장합과 대능은 내 말을 듣거라. 사마의는 내가 무도와 음평으로 가서 백성들의 마음을 어루만지느라 영채 안에 없을 줄 알았을 것이다. 그 바람에 너희 둘을 보내 우리 진채를 급습하게 했지만 실은 그게 바로 나의 계책에 걸린 것이다. 너희 둘은 별로 이름 없는 아랫장수이니 죽이지는 않겠다. 어서 말에서 내려 항복하라!"

그 말에 장합은 몹시 성이 났다. 자기가 떨어진 처지도 잊고 공명을 손가락질하며 욕했다.

"너는 일찍이 산골에 살던 촌놈으로 갑자기 높은 자리에 앉으니 눈에 뵈는 게 없느냐? 감히 우리 대국을 침범하고도 어찌 그따위 되잖은 소리를 떠들어대느냐? 내 만약 너를 사로잡기만 하면 만 토막으로 부수어놓고 말겠다!"

말뿐만이 아니었다. 말을 마치자 정말로 창을 끼고 말을 몰아 공명이 있는 산 위로 치달았다. 산 위에서 화살과 돌이 비오듯 쏟아졌다. 그 바람에 산 위로 오를 수 없게 된 장합은 말을 박차고 창을 휘둘러 저희 군사를 에워싸고 있는 촉병들 속으로 뛰어들었다.

장합이 워낙 무서운 기세로 설치자 촉병들은 아무도 그를 막아내지 못했다. 다만 약한 대능만 에워싸고 괴롭힐 뿐이었다.

장합은 에움을 뚫고 나왔으나 함께 온 대능이 보이지 않았다. 아직도 촉병들 속에 갇혀 있음을 알고 다시 몸을 돌려 두꺼운 에움을 헤치고 들어갔다. 이윽고 장합은 대능까지 구해가지고 촉병 한가운데서 벗어났다.

공명은 산 위에 높다랗게 앉아 장합이 수많은 촉병 사이를 오가며 싸우는 양을 눈여겨보았다. 싸울수록 용맹스럽고 돋보이는 그를 한동안 조용히 내려다보다가 곁의 사람에게 말했다.

"일찍이 장익덕이 장합과 크게 싸웠다는 말을 듣고 사람들은 모두 장합을 놀랍고 두렵게 여겼다. 이제 보니 정말로 그 용맹을 알 만하다. 저 사람을 오래 살려두면 반드시 우리 촉에 해로움을 끼치겠다. 내 마땅히 죽여 없애 뒷날의 걱정거리를 없애리라."

그러고는 군사를 거두어 영채로 돌아갔다. 별로 높지 않은 목소리였으나 실제로 공명의 그 같은 말은 오래잖아 지켜지게 된다.

한편 사마의는 그때 촉병의 진채 앞에 이르러 군세를 벌이고 기다렸다. 장합과 대능이 뒤를 쳐 촉병이 어지러워지면 앞에서도 몰아칠 작정이었으나 일은 뜻 같지가 못했다. 촉진은 조용하고 오히려 장합과 대능이 낭패한 얼굴로 달려와 알렸다.

"공명이 미리 알아차리고 모든 준비를 갖추고 있었습니다. 그 바람에 대패하여 군사만 잃고 돌아오는 길입니다."

그 말을 들은 사마의는 깜짝 놀랐다. 자신도 모르게 탄식했다.

"공명은 실로 귀신과 같은 사람이로구나. 잠시 물러나 다시 때를 찾아보는 게 낫겠다."

그러고는 급히 영을 내려 대군을 돌렸다.

본채로 돌아간 사마의는 다시 공명과의 싸움에서 이득을 본 전략대로 장졸들을 다잡았다.

"굳게 지킬 뿐 나가 싸우지 말라!"

공명이 먼 길을 와서 언제나 군량이 넉넉하지 못함을 노린 평범하면서도 효과적인 대응이었다.

한편 싸움에 크게 이긴 공명은 거기서 얻은 것들을 모아들였다. 창칼이며 이런저런 기구에 말과 마구 따위가 수를 헤아릴 수 없을 만큼 많았다. 공명은 그걸 모두 진채로 옮기게 하고 다음 싸움에 들어갔다.

사마의가 헤아린 것처럼 촉은 빨리 싸워 결판을 낼수록 이로웠다.

그러나 다음 싸움은 뜻대로 이루어지지 않았다. 매일같이 위연을 보내 사마의에게 싸움을 걸었으나 보름이 지나도록 맞서주지를 않았다. 그리하여 제갈공명의 세 번째 기산행(祁山行)도 다시 지구전으로 들어서고 말았다.

어떤 이는 공명의 군사적인 재능을 대단찮은 것으로 평가하는 이유를 바로 그런 정공법(正攻法)에 두고 있다. 전쟁이란 우연과 행운의 요소에도 많이 좌우되건만 공명은 조금도 그런 요소에 도박을 걸어보려 하지 않았다. 언제나 완벽하게 갖추어진 정면 승부로 나아가려 하다 보니 위에게 시간을 주게 되고, 끝내는 위와 촉이 가지는 기본적인 국력의 차이에 밀리게 되고 만다는 주장이다.

하지만 꼭 그렇게만 말할 수도 없는 것이, 공명의 전술적 입장은 사마의나 조진과 같을 수가 없었다. 위는 장수들이 싸움에 져도 그 빈 곳을 메울 인력과 물자를 얼마든지 동원할 수 있었다. 그러나 위와 비교해 그 몇 분의 일도 안 되는 국력의 촉은 인력과 물자의 동원에 한계가 있었다. 곧 공명이 이끈 군사가 촉의 모든 전력이고, 그 붕괴는 바로 촉의 붕괴를 의미한다고도 할 수 있었다. 그런 군사를 이끌고 어찌 모험이나 도박을 할 수 있겠는가.

# 이번에는 사마의가 서촉으로

공명이 답답한 마음을 누르고 연일 사마의를 끌어낼 계책을 의논하고 있을 때 문득 뜻밖의 소식이 날아들었다.

"천자께서 시중 비위를 보내 조서를 내리셨습니다."

공명이 얼른 나가 비위를 맞아들이고 비위는 곧 천자의 조서를 꺼내 읽었다.

'……가정의 싸움은 허물이 모두 마속에게 있었건만 그대는 스스로를 나무라 깊이 괴로워하고 벼슬을 깎아내렸다. 짐은 그게 마땅치 않았으나 다만 그대의 뜻을 어길 수 없어 그대로 따라 지켜주었을 뿐이다. 그런데 그대는 지난해에는 군사를 일으켜 왕쌍을 목 베었고 올해는 또 곽회를 달아나게 했다. 저(氐), 강(羌) 오랑캐의 무리를 항복받아 두 군을 되찾았으며, 위엄을 떨쳐 흉측하고 포악한 무리를 억눌렀으니, 그 공이 두드러지다 할 만하다. 이제 천하는 시끄럽고 어지러우며 악의 우두머리들을 아직 다 목 베지 못한 터에, 그대가 나라의 기둥 같은 대임을 맡아 일하면서도 오래 스스로를 낮추고 있는 것은, 한(漢)의 세상을 되찾고자 하는 매운 뜻을 제대로 펴는 데 도움이 되지 않을 것이다. 이에 다시 그대를 승상에 올리려 하니 부디 사양하지 말라.'

대강 그 같은 내용을 들은 공명이 비위에게 말했다.

"내가 아직 나라의 큰일을 다 이루지 못했는데 어찌 승상의 자리에 다시 오른단 말인가?"

그리고 굳게 사양하며 그 조서를 받들려 하지 아니했다. 비위가 그런 공명에게 권했다.

"승상께서 그 자리를 받지 않으심은 천자의 뜻을 받들지 않음이 됩니다. 거기다가 또 장졸들의 마음에도 찬물을 끼얹는 격이 되니 잠깐이라도 우선 받아들이도록 하십시오."

그제야 공명도 더 마다하지 못하고 조서를 받들었다. 비위는 공명이 다시 승상의 자리에 오르기를 허락한 뒤에야 성도로 돌아갔다.

공명은 사마의가 싸우러 나오지 않자 한 꾀를 내렸다.

"모두 진채를 거두고 떠날 채비를 하라."

이에 군사들은 영문도 모르고 부산히 진채를 거두었다.

사마의가 풀어논 세작들이 그 소식을 탐지하고 돌아가 알렸다.

"공명이 군사를 거두어 물러나려고 합니다."

그러나 사마의는 꼼짝도 않고 말했다.

"공명은 틀림없이 꾀를 쓰고 있다. 가볍게 움직여서는 아니 된다."

"제가 보기에는 군량이 다해 돌아가는 것 같습니다. 뒤쫓아야 합니다."

곁에 있던 장합이 팔을 걷고 나서서 우겼다. 사마의가 그런 장합을 깨우쳐주듯 차근차근 말했다.

"내 헤아림을 들어보시오. 공명은 작년에도 풍년으로 많은 곡식을 거두었고, 지금은 또 밀이 익어가는 때요. 내가 보기에 저들의 군량과 말먹이 풀은 넉넉할 것이며, 설령 그걸 옮기기가 어렵다 해도 반년은 버틸 만할 것이오. 그런데 그들이 왜 그렇게 빨리 달아나겠소? 그는 우리가 싸우려 하지 않음을 보고 그런 속임수로 우리를 꾀어내려는 것임에 틀림이 없소. 사람을 멀리 보내 좀더 살핀 뒤에 움직여야 할 것이오."

그러고는 군사들을 풀어 촉군의 움직임을 살피게 했다. 얼마 되지 않아 군사들이 돌아와 알렸다.

"공명은 원래의 진채에서 삼십 리쯤 떨어진 곳에 진채를 내렸습니다."

그러자 사마의가 그것 보라는 듯 말했다.

"그것 보아라. 내가 헤아린 대로 공명이 정말로 달아난 게 아니지 않느냐? 가볍게 나아가서는 아니 된다."

그런데 이상한 것은 다음이었다. 그 뒤 보름이 지나도록 그쪽의 소식이 딱 끊어짐과 아울러 한 사람의 촉장도 싸움을 걸어오는 일이 없었다.

궁금해진 사마의는 다시 사람을 보내 알아보게 했다. 얼마 뒤에 이상한 전갈이 들어왔다.

"촉병들은 이미 진채를 뽑아 떠나고 없었습니다."

사마의는 그래도 믿을 수가 없었다. 얼른 옷을 걸치고 군사들 틈에 섞여 몸소 공명의 진채가 있던 곳을 살피러 갔다.

정말로 촉병은 물러가고 없었다. 뒤쫓아가며 살펴보니 다시 삼십 리 물러난 곳에 진채를 내리고 있었다. 그래도 사마의는 흔들리지 않았다. 진채로 돌아오자마자 장합에게 말했다.

"그것은 틀림없이 공명의 계책이오. 뒤쫓아서는 아니 되오."

그러고는 진채에 틀어박혀 움직일 줄 몰랐다.

다시 열흘이 지났다. 이번에도 전과 같아 사마의는 또 사람을 보내 살펴보게 했다.

"촉병은 거기서 또 삼십 리를 물러나 진채를 내렸습니다."

그 소리를 듣자 장합이 더 참지 못하고 나섰다.

"공명은 틀림없이 천천히 군사를 물리는 계책을 써 한중으로 돌아가고 있습니다. 도독께서는 어찌하여 쓸데없는 의심으로 그런 공명을 뒤쫓지 않으십니까? 정 마음 내키지 않으신다면 나를 보내주십시오. 가서 한바탕 결판을 내보겠습니다!"

"공명은 속임수가 매우 많은 사람이외다. 만약 함부로 뒤쫓다가 일이 잘못되면 우리 군사들의 날카로운 기세가 꺾일 뿐이니 가볍게 나아가지 마시오."

사마의가 그렇게 장합을 말렸다. 그래도 장합은 물러나지 않았다.

"만약 내가 지게 되면 달게 군령을 받겠습니다!"

그렇게 소리치며 나가 싸우기를 고집했다. 사마의도 더 말릴 수 없다고 보았던지 마침내 허락했다.

"장군이 꼭 가겠다면 군사를 나누어 두 갈래로 가도록 합시다. 장군은 그 한 갈래를 이끌고 먼저 나아가 힘을 다해 싸워보도록 하시오. 나는 뒤따라가며 접응해 적의 복병에 대비하겠소. 장군은 내일 떠나되, 도중에 군사를 머물렀다가 싸워 뒷날 군사가 모자라는 일이 없도록 하시오."

그리고 장합에게 군사를 나누어주었다.

다음 날이 되었다. 장합과 대능은 부장 여남은과 군사 삼만을 거느리고 씩씩하게 떠났다. 한동안 사마의의 당부도 잘 지켜 한꺼번에 달려가지 않고 중도에 진채를 내리는 것도 잊지 않았다.

사마의는 많은 장병들을 남겨 본진을 지키게 한 뒤, 오천 군사만 가려 뽑아 장합의 뒤를 따랐다. 어디까지나 조심스럽기 그지없는 움직임이었다.

그런 위병의 움직임은 진작부터 사람을 풀어 살피고 있던 공명의 귀에 금세 들어갔다. 위병이 진채를 떠나 자기들을 뒤쫓다가 중도에 쉬고 있다는 전갈을 들은 공명은 그날 밤 장수들을 불러놓고 말했다.

"드디어 위병이 우리를 뒤쫓기 시작한 듯하다. 이번에는 틀림없이 죽기로 싸울 것이다. 그대들은 하나가 열을 당한다는 마음가짐으로 싸워주기 바란다. 나는 군사를 매복시켜 적이 돌아갈 길을 끊겠다. 그러나 이 일은 슬기와 용맹을 아울러 갖춘 장수라야 하는데 누가 가주겠느냐?"

공명은 그 말과 함께 위연을 보았다. 하지만 위연은 무슨 생각을 하는지 머리를 수그린 채 말이 없었다. 꼭 그가 필요한 때에 나서주지 않고 있는 것이었다.

"제가 한번 가보겠습니다."

위연이 끝내 말이 없자 왕평이 벌떡 몸을 일으키며 소리쳤다. 공명이 못 미더운 듯 왕평을 보며 물었다.

"만일 그릇됨이 있으면 어찌할 텐가?"

"마땅히 군령에 따르겠습니다."

왕평이 다소 꿋꿋하게 대답하자 공명은 비로소 조금 마음이 놓이는 듯했다.

"왕평은 제 몸을 던져 돌과 화살을 무릅쓰고 싸우려 하니 참으로 충신이다. 그러나 위병은 군사를 나누어 앞뒤로 밀어닥칠 것이니 우리 복병은 그 가운데 놓여지고 만다. 왕평이 비록 지모와 용맹이 뛰어나다 해도 그 혼자뿐이니 몸을 둘로 쪼개지 않고서야 어떻게 앞뒤를 모두 당해내겠는가?"

그렇게 말하고 다시 목소리를 높여 여러 장수를 보며 말했다.

"다시 한 사람의 장수를 얻어 왕평과 함께 보내야 되겠다. 한 사람 더 목숨을 내걸고 앞서볼 장수는 없는가?"

"저를 보내주십시오."

공명의 말이 미처 끝나기도 전에 다시 한 장수가 나섰다. 공명이 보니 장익이었다.

"장합은 위의 명장으로 혼자서 만 명을 당해낼 용맹이 있다. 그대의 적수가 아니다."

공명이 어두운 얼굴로 말하자 장익이 결연히 소리쳤다.

"만약 제가 일을 그르치면 기꺼이 목을 군문에 바치겠습니다."

공명은 그제서야 장익의 청을 들어주며 말했다.

"그대가 간다면 왕평과 함께 각기 만 명의 군사를 데리고 산골짜기에 매복하도록 하라. 위병이 뒤쫓아오기를 기다렸다가 그들이 모두 그대들 앞을 지나간 뒤에야 들고 일어나 그 등 뒤를 친다. 그러다가 만약 사마의가 뒤쫓아오면 다시 군사를 두 갈래로 나누어 장익이 이끄는 군사는 앞쪽의 위병을 치도록 하라. 두 사람 모두 죽기로 싸워야 할 것이다. 그사이 나는 따로 좋은 계책을 내겠다."

이에 두 사람은 각기 군사 만 명을 이끌고 공명 앞을 물러났다. 공명은 다시 강유와 요화를 불러 말했다.

"그대들 둘에게는 비단주머니 하나와 삼천 군사를 줄 것이니 깃발을 눕히고 북소리가 나지 않게 앞산 꼭대기에 올라가 숨어 있거라. 위병이 왕평과 장익을 에워싸 일이 매우 위급해지더라도 구하러 갈 것까지는 없다. 그때 비단주머니를 열어보면 거기에 위병의 에움을 풀 계책이 들어 있을 것이다."

이어서 공명은 다시 오반, 오의, 마충, 장의 네 장수를 불러 귀엣말로 일렀다.

"그대들은 내일 위병이 이르면 맞아 싸우되, 그들의 날카로운 기세가 드높을 때는 바로 싸우지 말라. 싸우며 달아나며 하기를 거듭하여 다만 그들을 유인하면 된다. 그러다가 관흥이 군사를 이끌고 나타나 적의 진채를 휩쓸거든 얼른 되돌아서서 뒤쫓도록 하라. 그때 나도 군사를 이끌고 접응할 것이다."

마지막으로 불려 온 장수는 관흥이었다.

공명은 관흥에게도 계책을 주었다.

"너는 오천 군사를 이끌고 이 앞산 골짜기에 매복해 있으라. 그러다가 산꼭대기에서 붉은 기가 흔들리거든 얼른 뛰쳐나와 위병을 치면 된다."

관흥도 거기 따라 군사를 이끌고 떠나자 촉군의 배치는 완료됐다.

한편 자기들을 빠뜨릴 커다란 함정이 파진 것을 알 리 없는 장합과 대능은 기세 좋게 군사를 몰아 촉진으로 밀어닥쳤다. 마충, 장의, 오반, 오의 네 장수가 그런 장합과 대능을 맞았다. 촉진에서 네 장수가 말을 달려 나오자 장합은 전에 없는 투지가 들끓었다. 모든 군사를 휘몰아 바로 짓쳐들었다. 촉병은 그 기세에 밀린 채 한편으로 싸우고 한편으로 달아나며 위병을 깊숙이 꾀어들였다.

꾀임에 빠진 장합의 위병은 촉군을 뒤쫓기를 이십 리나 했다. 이때 계절은 유월 한여름이었다. 날이 찌는 듯 더워 사람과 말은 이내 땀투성이가 되었다. 그래도 장합은 멈추지 않고 촉병을 뒤쫓으니 오십 리에 이르러서는 사람과 말이 지쳐 헐떡이지 않을 수 없었다.

산꼭대기에 있던 공명은 그걸 보고 비로소 붉은 기를 흔들었다. 관흥이 이끄는 군사가 물밀듯 쏟아져 나가 장합의 위병을 덮쳤다. 마충을 비롯한 네 촉장도 말 머리를 돌려 덤벼들었다.

순식간에 적 한가운데 에워싸인 꼴이 됐지만 장합과 대능은 꿋꿋했다. 군사들을 격려해 싸우며 물러날 줄 몰랐다.

다시 그런 위병들의 등 뒤에서 함성이 크게 울리며 두 갈래 군마가 뛰쳐나왔다. 바로 왕평과 장익이 이끄는 촉병이었다. 그들 두 장수는 힘을 다해 장합과 대능이 돌아갈 길을 끊어버렸다.

장합이 자기편 장수들을 격려하며 소리쳤다.

"그대들은 일이 이렇게 된 마당에 어찌 죽기로 싸워 결판을 내려들지 않는가? 나라의 은혜에 보답할 이 좋은 때를 두고 다시 어느 때를 기다리려 하는가!"

그 말을 들은 위의 장졸들은 부쩍 투지가 솟았다. 힘을 다해 촉병과 싸웠으나 쉽게 몸을 빼낼 수가 없었다. 그때 홀연 뒤편에서 다시 북소리 피리소리가 하늘을 메우며 한 떼의 군마가 밀고 들었다. 이번에는 사마의가 이끄는 위병이었다.

사마의가 여러 장수를 몰아 뒤에서 덮치니 왕평과 장익은 금세 위병들에게 에워싸이고 말았다. 장익이 군사들을 향해 크게 외쳤다.

"승상은 하늘이 내신 사람이다. 이미 우리가 이리 될 걸 헤아리고 계셨으니 반드시 좋은 계책이 있을 것이다. 겁먹지 말고 힘을 다해 싸우며 기다려보자!"

그리고 군사를 두 갈래로 나누어 사마의와 장합에게 맞섰다.

왕평은 군사 한 갈래로 장합과 대능의 돌아갈 길을 끊고, 장익은 돌아서서 사마의를 막았다. 어느 쪽도 기세가 죽지 않은 군사들의 싸움이라 그 치열함은 극도에 달했다. 창칼 부딪는 소리와 함성이 하늘까지 닿을 듯했다.

그때 강유와 요화는 멀지 않은 산꼭대기에서 그 싸움을 바라보고 있었다. 차차 위병의 세력이 커지고 촉군이 위태로워지더니 마침내는 당해내기 어려울 지경이 되어갔다. 보고 있던 강유가 요화에게 말했다.

"일이 저토록 위급하니 비단주머니에 든 승상의 계책을 꺼내 보는 게 좋겠소.”

요화도 거기 찬동해, 두 사람이 비단주머니를 열어 그 속에 든 글을 꺼내 보니 대략 이렇게 씌어 있었다.


'만약 사마의가 군사를 보내, 왕평과 장익이 적에게 에워싸여 위급해지거든 그대들 둘은 군사를 나누어 사마의의 영채를 들이치라. 사마의는 틀림없이 놀라 물러날 것이고 그대들은 그 어지러운 틈을 타 적을 무찌를 수 있을 것이다. 그 영채를 뺏지는 못한다 해도 크게 이길 수는 있으리라.'


그걸 본 두 사람은 크게 기뻐하며 길을 나누어 사마의의 영채를 덮치러 갔다.

이때 사마의는 군사를 내어 장합을 뒤따르기는 해도 혹시나 공명의 계책에 빠질까 걱정이 되었다. 길을 가면서도 전령을 늘여세워 언제라도 본채와 연락이 이어지도록 채비를 해두었다. 그런데 그런 빈틈 없는 대비가 오히려 사마의의 군사들을 혼란시켰다.

“큰일났습니다. 촉병이 길을 나누어 대채로 밀려가고 있습니다.”

조금만 더 밀어붙이면 왕평과 장익을 들부수어 놓을 만해 사마의가 한창 군사를 몰아대고 있는데 유성마가 달려와 그렇게 알렸다. 사마의는 깜짝 놀랐다. 자기의 대채로 밀고 드는 촉병이 얼마나 되는지도 모르고 낯빛부터 변하며 원망부터 먼저 했다.

“나는 틀림없이 공명이 이런 속임수를 쓸 줄 알았다. 그런데 그대들이 믿지 않고 사람을 부추겨 이렇게 뒤쫓게 하고 말았구나! 이제 큰일을 그르쳐놓았으니 어쩔 것인가?"

그렇게 여러 장수들을 나무라고 얼른 군사를 되돌렸다. 하지만 한 번 흔들린 군심이라 되돌아간다기보다는 어지럽게 흩어져 달아나는 데 가까웠다. 그 뒤를 장익이 뒤쫓으며 짓두들기니 위병은 여지없이 뭉그러지고 말았다. 장합과 대능도 적병 사이에 외롭게 남겨진 자신들의 처지를 알아차렸다. 역시 산기슭 샛길로 달아나버렸다.

촉병은 더욱 기세가 올랐다. 그런 적병을 뒤쫓는데 다시 관흥이 군사를 이끌고 호응하니 크게 이기지 않을 수 없었다.

한바탕 정신 없이 얻어맞은 사마의가 자신의 대채로 돌아오니 촉병은 이미 절로 물러나고 난 뒤였다. 사마의는 싸움에 진 군사를 수습해 영채로 들어간 뒤 장수들을 불러놓고 꾸짖었다.

"너희들이 병법도 알지 못하면서 혈기만 믿고 사람을 졸라 억지로 싸우게 하더니 끝내는 이 꼴로 지게 만들었다. 앞으로는 결코 함부로 움직여서는 아니 된다. 다시 이 말을 지키지 않는 자가 있으면 군법에 따라 다스리겠다."

그러자 싸우자고 우긴 장수들은 놀랍고 부끄러워 코를 싸쥐고 물러갔다. 그도 그럴 것이, 그 한바탕 싸움으로 수많은 군사가 죽었고, 그들이 버리고 온 말이며 군량 병기도 헤아릴 수가 없을 지경이었다.

한편 공명은 싸움에 이긴 군사를 되불러들여 진채로 돌아갔다. 그러나 그 승리를 바탕으로 또 한번 크게 군사를 내려 하는데 성도에서 사람이 달려와 알렸다.

"장포가 병들어 죽었다고 합니다."

그 말을 들은 공명은 크게 목놓아 울다가 문득 입으로 피를 토하며 혼절해 쓰러졌다. 사람들은 슬픔이 너무 커서 그러려니 보았으나 실은 그때 이미 그의 병은 깊어 있었다. 거기다가 충격을 받자 쓰러진 것인데 그 병은 여러 가지로 미루어 폐결핵쯤이 되지 않나 보고 있다.

공명은 그렇게 쓰러진 뒤로 쉬이 일어나지 못했다. 그것이 오직 장포의 죽음 때문인 줄만 안 장수들은 그토록 장수를 아끼는 공명에게 감격해 마지않았다.

공명이 병상에 누운 지 한 열흘쯤 지난 뒤의 일이었다. 동궐과 번건을 부른 공명이 나직이 말했다.

"나는 정신이 아뜩하고 몸이 나른해서 더 일을 볼 수가 없을 것 같다. 아무래도 한중으로 돌아가 병을 다스린 뒤에 다시 좋은 계책을 세우도록 하는 게 낫겠다. 하지만 너희들은 결코 이 말이 새나가게 해서는 아니 된다. 만약 사마의가 알게 되면 반드시 우리를 치고들 것이다."

그러고는 가만히 영을 내려 군사를 돌리게 했다. 명을 받은 촉의 장졸들은 그날 밤으로 진채를 거두고 모두 한중으로 돌아가버렸다.

공명이 떠나간 지 닷새나 된 뒤에야 비로소 사마의는 공명이 돌아간 걸 알았다.

"공명은 실로 그 나타나고 사라짐이 귀신 같구나. 내가 미칠 바 아니다!"

사마의는 그렇게 탄식했다. 그리고 장수들을 곳곳에 남겨 험한 길목을 지키게 한 뒤 자신은 데리고 온 군사들만 이끌고 낙양으로 돌아갔다.

한편 공명도 대군은 한중에 남겨두고 자신은 병을 추스르려 성도로 돌아갔다. 문무 벼슬아치들은 모두 성 밖까지 나와 공명을 맞아들이고 오래 비어 있던 승상 부중으로 들게 했다. 후주도 몸소 승상 부중으로 가서 공명을 문병하고 어의를 보내 치료케 했다.

여럿의 보살핌을 받으며 편히 쉬자 공명의 병은 차차 나아졌다. 하지만 병상에서 몸을 일으킨 공명이 다시 움직이기도 전에 이번에는 위에서 풍운이 불어닥쳤다. 조진이 일으킨 풍운이었다.

건흥 팔년 가을, 오래 병상에서 누워 지내던 조진은 일어나기 바쁘게 위주에게 표문을 올렸다.

'촉병이 여러 차례 국경을 넘어들어와 중원을 위협하고 있습니다. 일찍 쳐 없애지 않으면 반드시 뒷날의 걱정거리가 될 것입니다. 이제 가을이 되어 날은 시원하고 사람과 말도 힘들이지 않고 움직일 수 있으니 바로 군사를 일으켜 적을 칠 때인 듯싶습니다. 바라건대 신과 사마의로 하여금 대군을 이끌고 한중으로 들어가도록 윤허해 주십시오. 간악한 무리를 쳐 없애 변경을 깨끗이 하겠습니다.'

그 표문을 읽은 위주는 매우 기뻤다. 몇 해째 촉에 시달린 뒤라 말만이라도 시원하게 들린 것이었다. 마음 같아서는 얼른 허락하고 싶었으나 그래도 나라의 큰일이라 유엽을 불러 물었다.

"자단(子丹)이 짐에게 촉을 치라고 권하고 있소. 경의 생각은 어떠시오?"

"대장군의 말이 옳습니다. 만약 지금 촉을 쳐 없애지 않으면 뒷날 반드시 큰 화근이 될 것입니다. 폐하께서는 어서 그의 말을 따르십시오."

유엽이 얼른 그렇게 찬동하고 나섰다. 위주도 고개를 끄덕이며 더욱 마음을 굳혔다.

그런데 그날 저녁이었다. 유엽이 집으로 돌아가니 여러 대신들이 찾아와 궁금한 듯 물었다.

"듣자니 천자께서 공과 더불어 촉을 칠 의논을 하셨다는데 어떻게 되었소?"

유엽이 시치미를 딱 떼었다.

"그런 일은 없었소이다. 촉은 산천이 험해 쉽게 도모할 수가 없소. 공연히 사람과 말만 수고롭게 할 뿐 나라에 이로울 게 없는데 뭣 때문에 그러겠소?"

그 말에 대신들은 더 묻는 법 없이 모두 돌아갔다. 그들 중에 있었던 양기(楊暨)란 이가 위주를 찾아보고 아뢰었다.

"듣기로 유엽은 어제 폐하께 촉을 치라고 권했다 했는데 이제는 또 여러 대신들에게 말하기를 촉을 쳐서는 안 된다 하였습니다. 이는 바로 폐하를 속인 게 되는데 폐하께서는 어찌하여 그를 불러 물어보지 않습니까?"

위주 조예도 어리둥절했다. 얼른 유엽을 불러들여 물었다.

"경은 짐에게 촉을 치라고 권해놓고 이제 와서는 다시 안 된다니 어찌 된 일인가?"

"신이 다시 곰곰 생각해보니 촉을 쳐서는 아니 될 듯했습니다."

유엽이 여전히 천연덕스럽게 대답했다. 위주는 어이없었으나 무슨 뜻이 감추어진 것 같아 그냥 크게 웃어넘겼다.

얼마 후 양기가 자리를 뜨자 유엽은 비로소 정색을 하고 말했다.

"신이 어제 폐하께 촉을 치라고 권한 것은 나라의 대사였습니다. 그런데 어찌 함부로 남에게 털어놓을 수 있겠습니까? 무릇 군사를 부리는 일은 속임수에 있다[夫兵者 詭道也] 했습니다. 아직 일을 벌이기 전에는 결코 그게 새나가서는 아니 됩니다."

위주 조예는 크게 깨달아지는 바가 있었다.

"경의 말이 참으로 옳소. 내가 살피지 못한 탓이오."

그렇게 뉘우치며 그 뒤로 더욱 유엽을 중하게 여겼다.

한 열흘 뒤에 사마의가 도성으로 돌아왔다. 조예는 조진이 표문을 올린 일을 들려주며 그의 의견을 들었다. 사마의가 선뜻 대답했다.

"신이 헤아리기에도 동오(東吳)는 함부로 움직이지 못할 듯하니 지금이야말로 촉을 치러 가야 할 때라고 생각합니다. 자단의 말이 옳습니다."

이에 드디어 조예도 마음을 정하고 출진의 진용을 짰다. 조진은 대사마에 정서대도독으로 삼고, 사마의는 대장군에 정서부도독이요, 유엽은 군사(軍師)였다. 거기에다 사십 만 대병을 딸려주니 세 사람은 곧 위주에게 작별하고 장안을 거쳐 검각으로 갔다. 그리로 해서 한중을 뺏을 작정이었다. 그들 외에 곽회와 손례 등도 각기 길을 잡아 한중으로 밀고 들었다.

한중 사람들이 그 놀라운 소식을 나는 듯 성도에 알렸다. 그때는 공명도 병이 나아 매일 인마를 조련하며 팔진법[八陣之法]을 익히게 하고 있을 때였다. 모두 제법 잘 알게 되어 이제 중원을 엿볼까 하는

데 그 소식을 들으니 오히려 잘됐다 싶었다.

공명은 곧 왕평과 장의 두 사람을 불러 말했다.

"그대들 둘은 먼저 군사 천 명을 데리고 진창으로 가서 옛길을 지켜라. 내가 곧 대병을 이끌고 뒤따라가서 접응하겠다."

두 사람이 머뭇거리다 물었다.

"사람들이 말하기를 위병은 사십만이나 되고 부풀려서는 팔십만이라고까지 합니다. 그런데 무슨 수로 군사 천 명을 데리고 그런 대병이 오는 길목을 막을 수 있겠습니까? 만약 위의 대병이 한꺼번에 밀고 오면 어떻게 버티란 말씀이십니까?"

그러나 공명은 알 듯 말 듯한 소리만 했다.

"나는 많이 주고 싶으나 사졸들이 고생할까 봐 걱정이 돼 그리 못한다."

장의와 왕평은 그 소리에 서로 얼굴을 빤히 쳐다볼 뿐 떠나려 하지 않았다. 공명이 조금 알아듣기 좋게 한마디 보탰다.

"만약 일이 잘못되어도 그대들의 죄가 아니다. 여러 말 할 것 없이 어서 달려가기나 하라."

그래도 두 사람은 온전히 알아들을 수 없었다. 죽으러 가라는 줄만 알고 슬피 빌었다.

"승상께서 저희를 죽이시려면 차라리 이 자리에서 죽여주십시오. 아무래도 그곳에는 못 가겠습니다."

그제야 공명이 빙긋 웃으며 그들의 마음을 풀어주었다.

"무슨 어리석은 소리. 내가 그대들에게 그렇게 시키는 데는 다 생각이 있어서다. 어제저녁 천문을 보니 필성(畢星, 이십팔 수 중의 하나)

이 태음(太陰) 사이에 있어 이달 안으로 반드시 큰 비가 올 것이다. 그렇게 되면 위병이 비록 사십만이라 해도 어찌 그 모두를 이끌고 험한 땅 깊숙이 들어오겠느냐? 결코 많은 군사를 움직이지 못할 것이니 그대들이 해를 입지는 않을 것이다. 나는 대군을 거느리고 한중에서 한 달을 편안히 쉬면서 위병이 물러가기를 기다리겠다. 그래서 그들이 물러갈 때를 틈타 재빨리 대군을 이끌고 그 뒤를 후려칠 작정이다. 우리 편은 편히 쉬면서 적이 고되기를 기다리는 것이니 우리 십만 군사면 적의 사십만은 넉넉히 이겨낼 수 있을 것이다.”

왕평과 장의는 그 말을 듣고서야 비로소 환해진 얼굴로 군사를 이끌고 나갔다. 공명도 뒤이어 대군을 이끌고 한중으로 간 뒤 각처에 영을 내려 일렀다.

“마른 나무와 말먹이 풀, 군량을 넉넉히 마련해 한 달은 쓸 수 있도록 하라. 가을비가 길어져도 낭패하는 일이 없어야 한다.”

그리고 모든 군사에게 한 달 치의 군량과 의복을 먼저 내어주고 싸움에 나서게 했다.

그때 조진과 사마의가 이끈 대군도 진창성에 이르렀다. 그러나 성 안에는 군사들은커녕 장수들조차 누울 방 한 칸 남아 있지 않았다.

“어떻게 된 일인가?”

조진이 그곳 토박이를 불러다 물었다. 그 토박이가 대답했다.

“지난번 공명이 돌아갈 때 모조리 불태워버렸습니다.”

이에 조진은 그곳에 머물 수 없어 바로 대군을 진창 길로 내몰려 했다. 사마의가 그런 조진을 말렸다.

“가볍게 나아가서는 아니 되오. 내가 밤에 천문을 보니 필성이 태음 사이에 있어 반드시 이달 안으로 큰비가 올 것 같소. 대군을 이끌고 적지에 깊숙이 들어갔다가 이기면 다행이지만 만에 하나라도 일이 그릇되면 군사들이 고생하게 될 뿐만 아니라 물러나려 해도 쉽지 않을 것이오. 차라리 성벽에 의지해 움막이라도 얽고 큰비에 대비하는 게 좋을 듯하오."

조진도 그 말을 못 알아들을 만큼 미련하지는 않았다. 그 말을 따라 군사들에게 성안에 움막을 얽어 큰비에 대비케 했다.

미처 그날 밤 달이 뜨기도 전에 비가 쏟아지기 시작했다. 장대 같은 비가 그칠 줄 모르고 쏟아져 진창 성 밖 평지에는 물이 석 자나 괴었다. 그 비 때문에 군기는 모조리 물에 젖고 사람도 잠잘 수가 없어 밤낮으로 괴롭기 그지없었다.

비는 무려 한 달간이나 줄기차게 내렸다. 말은 먹일 풀이 없어 수없이 죽어 자빠지고 비에 시달린 군사들의 원망 소리 또한 끊어질 줄 몰랐다. 조진과 사마의는 견디다 못해 그 소식을 낙양에 전했다.

위주 조예는 그 말을 듣고 제단을 쌓아 비가 그치도록 빌었으나 소용이 없었다. 그럴 때 황문시랑 왕숙(王肅)이 상소문을 올려 아뢰었다.


'옛 글에 천리 밖에서 군량을 가져다 먹이면 군사들의 얼굴에 주린 빛이 있고, 나무를 찍고 풀을 베어 (그걸로) 음식을 끓이면 군대는 편히 잘 수도 배불리 먹을 수도 없다는 말이 있습니다. 이 말은 평평한 길에서의 행군을 가리킨 것인 바, 험한 땅 깊숙이 들어가 길을 뚫으며 나아가야 하는 우리 군사의 괴로움과 수고로움은 그 두 배가 넘을 것입니다. 그런데 이제 장마까지 겹쳐 산 언덕길은 미끄럽고, 군사들은 나아가기 힘든 데다, 멀리서 보내는 양식은 뒤를 대기가 어려우니, 이는 모두가 군대를 움직일 때 크게 꺼리는 일입니다. 들건대 조진은 떠난 지 벌써 한 달이 되었으되, 아직도 (촉으로 드는) 골짜기의 반을 지나지 못했으면서도 길을 뚫는 데 싸울 군사들의 힘을 모조리 써버렸다 합니다. 이는 바로 촉에게 편안히 있으면서 힘들여 오는 적을 기다리는[以逸待勞] 이점을 주는 것이니 이 또한 병가에서 피하는 일입니다. 오래된 일로 말한다면 무왕은 주(紂)를 치러 관을 나갔다가 되돌아왔고, 가까운 일로는 무황제(조조), 문황제(조비)께서도 손권을 치러 대강까지 내려가셨다가 되돌아오신 적이 있습니다. 이 모두가 하늘의 뜻을 따름이며, 나아가고 물러날 때를 앎이요, 변화를 깊이 알고 대처함이 아니었겠습니까? 바라건대 폐하께서는 저들이 빗속에 겪는 어려움을 헤아리시어 잠시 사졸들을 쉬게 하셨다가, 뒷날 좋은 틈을 타 다시 쓰도록 하옵소서. 이는 바로 뒷날 저들이 어려움을 무릅쓰고 나아가게 만드는 길이며 죽음을 두려워하지 않고 싸우게 하는 길이 될 것입니다.'

곧 촉을 치러 나가 있는 조진과 사마의 군사를 불러들이라는 권유였다. 그 표문을 읽은 위주는 은근히 마음이 움직였으나 얼른 결정을 내릴 수가 없었다. 그때 다시 화흠과 양부가 상소를 올려 왕숙과 같은 뜻을 아뢰었다.

마침내 마음을 정한 위주는 조진과 사마의에게 영을 내려 군사를 되돌려오게 했다.

그때는 조진과 사마의도 생각이 바뀌어 있을 때였다.

"비가 내리 한 달이나 퍼붓고 있으니 군사들은 싸울 마음이 없고 그저 돌아갈 것만 생각하고 있소이다. 실로 어떻게 막아야 될지 모르겠소."

어느 날 조진이 사마의에게 그렇게 걱정했다. 사마의가 얼른 그 말을 받았다.

"아무래도 돌아감만 못하겠습니다."

그러자 조진이 물었다.

"공명이 뒤쫓아오면 어떻게 물리치시겠소?"

"두 갈래 군사를 숨겨두어 뒤를 막게 한 뒤에 물러나면 될 것입니다."

사마의가 그렇게 의견을 냈다. 그때 문득 천자에게서 사신이 와 두 사람을 불러들이는 뜻을 전했다. 이에 두 사람은 전대는 후대로 삼고 후대는 전대로 세워 천천히 물러나기 시작했다.

# 공명, 네 번째 기산으로 나아가다

한편 공명은 미리 헤아린 한 달의 장마가 끝나가자 아직 날이 개지 않았는데도 스스로 한 갈래 군사를 몰아 성고로 나아갔다. 그리고 나머지 대군에게도 영을 내려 적파에 모이도록 했다.

대군이 모두 모이자 공명은 장수들을 모두 자신의 장막에 불러모으고 말했다.

"내가 보기에 위병은 머지않아 반드시 달아날 것이다. 위주가 조서를 내려 조진과 사마의를 불러들일 것이기 때문이다. 그렇지만 내가 그들을 뒤쫓으면 반드시 거기 따른 대비가 있을 것이니, 차라리 그들을 그냥 보내주고 따로 좋은 계책을 꾸미는 게 나을 것이다."

그런데 미처 공명의 말이 끝나기도 전에 왕평이 보낸 사람이 달려와 알렸다.

"위병이 물러가고 있습니다."

공명은 그 사람을 불러 왕평에게 전하게 했다.

"결코 적을 뒤쫓아서는 안 된다. 내게 위병을 깨뜨릴 계책이 따로 있으니 꼭 시키는 대로 따르라고 일러라."

그러자 그 소리를 들은 장수들이 공명 앞에 나아가 물었다.

"위병은 비에 시달리다 더 견디지 못해 이제 물러나고 있습니다. 지금이야말로 그 뒤를 후려칠 좋은 때입니다. 그런데도 승상께서는 어찌하여 뒤쫓지 말라 하십니까?"

공명은 그들을 타이르듯 말했다.

"사마의는 군사를 매우 잘 부리는 사람이다. 지금 군사를 물리기는 하지만 반드시 복병을 묻어두었을 것이다. 만약 우리가 그 뒤를 쫓는다면 도리어 그의 계책에 빠지는 꼴이 되고 마니 멀리 달아나도록 놓아둬라. 나는 군사를 나누어 지름길로 야곡으로 달려가겠다. 그리고 기산을 빼앗아 위병들로 하여금 막을 틈이 없게 만들겠다."

그러자 장수들이 다시 물었다.

"장안을 뺏으려면 다른 길도 있습니다. 그런데 승상께서는 무슨 까닭으로 기산부터 꼭 차지하려 하십니까?"

"기산은 장안의 머리다. 농서 여러 고을의 군사들이 장안으로 오려면 반드시 그 땅을 지나야 한다. 거기다가 기산은 앞으로 위빈(渭濱)을 끼고 뒤로 야곡을 업어, 왼쪽으로 나고 오른쪽으로 들게 되어 있으니 복병을 쓰기에도 좋다. 그야말로 군사를 쓰기에 좋은 땅이 아니겠느냐? 나는 그 때문에 기산을 먼저 차지해 그 지리(地利)를 얻으려 한다."

공명이 이렇게 대답했다. 그제야 장수들도 모두 고개를 끄덕였다. 공명이 다시 영을 내렸다.

"위연, 장의, 두경, 진식 네 장수는 군사를 이끌고 기곡으로 나아가라. 마대, 왕평, 장익, 마충은 야곡으로 나아간다."

그리고 스스로는 관흥과 요화를 선봉으로 삼아 나머지 대군을 이끌고 그들 뒤를 따랐다.

한편 조진과 사마의는 군사를 물리면서도 촉병의 움직임이 궁금했다. 한 갈래 군사를 진창 옛길로 보내 거기 있는 촉병의 움직임을 살피게 했다.

"촉병은 별로 뒤쫓아올 뜻이 없는 듯합니다."

살피러 간 군사들이 돌아와 그렇게 알렸다. 이에 조진과 사마의는 마음 놓고 군사를 물렸다. 한 열흘쯤 갔을 때 복병으로 남아 뒤를 지키던 군사들도 모두 돌아와 말했다.

"촉병들은 전혀 움직임이 없었습니다."

그 말을 들은 조진이 말했다.

"잇달아 내린 가을비로 골짜기에 매단 나무다리들이 모두 끊어져 버렸으니 촉병들이 무슨 수로 우리가 물러난 걸 알겠느냐?"

그러나 사마의는 생각이 다른 것 같았다. 조진의 말을 뭉개듯 깐깐하게 말했다.

"촉병은 머지않아 우리를 따라나올 것입니다."

"어떻게 그걸 아시오?"

조진이 알 수 없다는 얼굴로 물었다. 사마의가 깨우쳐주듯 말했다.

"잇달아 날씨가 맑은 데도 촉병이 뒤쫓지 않는 것은 우리가 복병을 남긴 걸 알아차렸기 때문일 것입니다. 따라서 우리 군사가 멀리 가도록 놔두었다가 우리가 모두 가고 나면 저들은 기산을 뺏고 나오겠지요."

그러나 조진은 믿을 수가 없었다. 말없이 고개만 갸웃거리자 사마의가 한층 목소리를 높였다.

"자단은 어찌하여 내 말을 믿지 않으십니까? 제가 보기로 공명은 반드시 기곡과 야곡 두 골짜기로 나올 것입니다. 열흘을 기한으로 우리 둘이 한 골짜기씩 맡아서 지키되, 만약 공명이 오지 아니하면 저는 얼굴에 붉은 분을 바르고 여자 옷을 걸친 뒤 자단의 영채로 찾아가 죄를 빌겠습니다."

사마의가 너무 자신에 차 말하자 조진도 불쑥 고집이 솟아 그 내기를 받아들였다.

"만약 촉군이 온다면 나는 천자께서 내려주신 옥띠 한 벌과 말 한 필을 중달에게 드리겠소."

그러고는 곧 군사를 나누어 한 골짜기씩 맡았다. 조진은 기산 서쪽의 야곡 입구를 지키고 사마의는 기산 동쪽의 기곡 입구에 진채를 세웠다.

각기 진채가 서자 사마의는 먼저 군사 한 갈래를 골짜기에 매복시키고, 나머지 군사들은 모두 길가 영채에서 쉬게 했다. 그다음 옷을 갈아입고, 잡군 속에 섞이어 각 영채를 돌며 군사들이 하는 양을 살폈다. 이곳저곳을 살펴보다가 어떤 영채에 이르렀을 때였다. 한 편장이 하늘을 우러러보며 원망의 소리를 내질렀다.

"큰 비에 젖어 몇 날 며칠을 고생했건만 어찌 돌아갈 생각은 않고 이런 곳에 다시 머무는가. 돼먹잖은 내기들을 하느라 관군의 괴로움은 돌아볼 줄 모르는구나!"

그 말을 들은 사마의는 가만히 자신의 장막으로 돌아가 장수들을 모두 불러모은 뒤 그 편장을 끌어오게 했다.

"조정에서 즈믄 날[千日]을 들여 군사를 기르는 것은 한때의 쓸모를 위해서이다. 그런데 너는 어찌 함부로 그런 원망의 소리를 내질러 군사들의 마음을 흐트러지게 하느냐?"

사마의가 끌려온 편장을 보고 꾸짖었다. 그러나 그는 바로 잘못을 빌지 않고 발뺌을 하려 들었다. 성난 사마의는 다시 그때 함께 있던 사람들을 불러들여 무릎맞춤을 시켰다. 그제야 빠져나갈 길이 없음을 안 그가 잘못을 빌었다. 사마의가 그를 보고 차갑게 말했다.

"나는 내기를 하고 있는 게 아니다. 다행히 촉병을 이기면 그 공을 모두 너희들에게 돌려주려는 것이다. 그런데 네가 함부로 원망의 소리를 내어 스스로 죄를 얻었으니 어쩔 수가 없구나!"

그러고는 좌우의 무사들을 보고 소리쳤다.

"어서 저자를 끌어내 목 베어라!"

그 편장이 애걸하며 목숨을 빌었으나 소용없었다. 얼마 후 그의 목이 사마의에게 바쳐졌다. 그걸 본 장수들은 모두 두려움으로 몸을 떨었다. 사마의가 그런 장수들에게 말했다.

"그대들은 모두 마음을 다해 촉병을 막으라. 우리 중군에서 포향이 울리거든 한꺼번에 모두 뛰쳐나가도록 하라."

겁을 먹은 장수들은 그 어느 때보다 정신차려 그 명을 받아들이고 물러났다.

그럴 즈음 위연, 장의, 진식, 두경 네 장수가 이끄는 촉병 이만은 기곡으로 접어들고 있었다. 문득 참모 등지가 왔다는 전갈이 들어왔다. 네 장수는 그를 불러 물었다.

"참모는 무슨 일로 오셨소?"

"승상께서 군령을 내리셨소. 기곡으로 나갈 때는 위병의 매복에 충분히 대비할 것이며 가볍게 밀고 나가지 말라 하셨소."

등지가 그렇게 자신이 달려온 까닭을 밝혔다. 진식이 빈정대듯 말했다.

"승상께서는 군사를 부리는 데 어찌 그리 걱정이 많으시오. 내가 보기로 위병은 이번의 잇단 큰비 때문에 옷과 갑주가 모두 헐어빠져 돌아가기에 바쁠 것이오. 어찌 매복을 남길 틈이 있겠소? 이제 우리 군사는 속도를 배로 하여 나아가야 크게 이길 수 있을 것인데 무슨 까닭으로 오히려 나아가지 말라 하시는 거요?"

그런 진식을 등지가 조용히 타일렀다.

"이제껏 승상의 헤아림은 들어맞지 않음이 없었고, 그 꾀는 이루어지지 않음이 없었소. 그런데 그대가 감히 영을 어기려는 것이오?"

그러자 진식이 비웃었다.

"승상이 정말로 그렇게 지모가 많다면 가정의 싸움은 어찌하여졌소?"

위연 또한 공명이 그때 자신의 말을 들어주지 않은 걸 떠올리며 비웃음으로 맞장구를 쳤다.

"그때 만약 승상이 내 말을 받아들여 자오곡으로 나갔더라면 장안은 말할 것도 없고 낙양까지 뺏을 수 있었을 것이오. 그런데도 아직까지 기산으로 나가는 것만 고집하고 있으니 도대체 무엇을 얻겠다는 것이오? 또 기껏 군사를 주어 나아가라 해놓고 이제 다시 나아가지 말라니 그 군령은 어찌 이리 밝지가 못하오?"

거기 힘을 얻은 진식이 더욱 간 크게 나왔다.

"내가 군사 오천을 이끌고 재빨리 기곡을 빠져나가 먼저 기산으로 가겠소. 가서 승상이 부끄러워하는지 그렇지 않은지나 살펴보겠소!"

등지가 두 번 세 번 말렸으나 소용없었다. 진식은 기어이 오천 군사를 이끌고 기곡으로 달려가버렸다. 다른 세 장수도 은근히 진식의 편이 되어 보고만 있자 등지는 하는 수 없이 그 소식을 공명에게 급히 알렸다.

한편 공명의 영을 어기고 달려 나간 진식은 보란 듯 군사를 몰아 기곡으로 밀고 들어갔다. 그러나 몇 리 가기도 전에 갑자기 한소리 포향이 울리며 사방에서 복병이 뛰어나왔다. 그때서야 놀란 진식은 얼른 물러나려 했으나 벌써 때는 늦어 있었다. 위병은 골짜기 입구를 메우고 철통같이 진식과 그 오천 군사를 에워싸버렸다.

진식은 이리 치고 저리 찌르며 힘을 다해 싸웠으나 도무지 빠져나갈 수가 없었다. 그런데 갑자기 함성이 크게 일며 한 떼의 군마가 쏟아져 들어왔다. 바로 위연이 이끄는 촉병들이었다.

위연은 가까스로 진식을 구해 골짜기를 빠져나갔다. 그러나 진식이 이끌고 간 오천 인마는 겨우 다치고 찢긴 사오백 명밖에 남아 있지 않았다. 그런 그들에게 위병들이 사나운 기세로 쫓아왔다. 그러다가 장의와 두경까지 군사를 이끌고 나와서야 위병은 비로소 물러갔다.

위연과 진식은 그제야 공명이 미리 내다본 게 귀신 같음을 깨닫고 후회했으나 소용없는 일이었다. 군사는 잃고 사기는 꺾인 뒤였다.

한편 공명에게 돌아간 등지는 위연과 진식의 버릇없는 짓거리를 낱낱이 일러바쳤다. 공명이 쓸쓸히 웃으며 말했다.

"위연에게는 원래 반역의 상이 있고, 평소에도 불평이 많은 줄 내가 알고 있다. 그 용맹이 아까워 쓰고 있기는 하나 오랜 뒤에는 반드시 나라에 걱정과 해를 끼칠 것이다."

그런데 미처 그 말이 끝나기도 전에 유성마가 달려와 급한 소식을 알렸다.

"진식이 사천여 군사를 꺾이고 겨우 사오백 다친 군사만 건져 골짜기 안에 머물고 있습니다."

그 말을 들은 공명은 다시 등지를 기곡으로 보내 진식을 위로하게 했다. 겁을 먹은 그가 무슨 변란을 꾸밀까 걱정되어서였다. 그다음 공명은 마대와 왕평을 불러 분부했다.

"야곡에도 만약 지키는 위병이 있다면 그대들 둘은 산마루를 넘으라. 밤에는 나아가고 낮에는 숨어 기산 왼쪽에 이르거든 불을 질러 신호하라."

그리고 다시 마충과 장익을 불러 명했다.

"그대들 둘은 산기슭 샛길로 나아가되 역시 밤에는 걷고 낮에는 숨어 되도록이면 빨리 기산 오른편으로 나아가도록 하라. 거기서 불로 신호하여 왕평 마대의 군사들과 합친 뒤에 한꺼번에 조진의 영채를 들이친다. 내가 골짜기를 따라나가 모두 세 방향에서 들이치면 위병을 깨뜨릴 수 있을 것이다."

이에 왕평, 마대, 장익, 마충 네 장수는 각기 군사를 이끌고 공명이 시킨 대로 떠나갔다. 그들이 떠나간 뒤 공명은 또 관흥과 요화를 불러 무언가를 귀엣말로 일렀다. 밀계를 받은 관흥과 요화도 군사들을 이끌고 어디론가 떠나갔다.

공명은 그들 모두가 떠난 뒤에야 가려 뽑은 군사를 휘몰아 전날보다 속도를 배로 하여 앞으로 나아갔다. 그러다가 도중에 다시 무슨 생각이 났는지 오의와 오반을 불러 밀계를 주고 한 갈래 군사들과 함께 먼저 보냈다.

야곡을 맡아 지키던 것은 조진이었다. 사마의와는 달리 촉병이 오리라는 걸 믿지 못한 조진은 방비를 게을리하여 군사들을 모두 쉬게 하고 있었다. 열흘만 아무 일 없이 지나가면 사마의를 무안 주려고 벼르고 있는데, 그 이레 만에 일이 벌어졌다. 먼저 망보기 군사 하나가 달려와 알렸다.

"골짜기를 따라 많지 않은 촉병들이 몰려 나오고 있습니다."

이에 조진은 부장 진량(秦良)에게 군사 오천을 주며 나아가서 살펴보게 함과 아울러 촉병이 자기편 근처로 다가오지 못하게 하라 일렀다.

진량이 군사를 이끌고 골짜기 어귀에 이르니 촉병이 얼른 달아나는 게 보였다. 공명심에 들뜬 진량은 앞뒤 헤아리지도 않고 그런 촉병들을 뒤쫓기 시작했다.

한 오륙십 리나 뒤쫓았을까, 갑자기 앞서 달아나던 촉병이 보이지 않았다. 더럭 의심이 난 진량은 뒤쫓기를 멈추고 거기서 잠시 쉬기로 마음 먹었다.

"모두 말에서 내려 잠시 쉬도록 하라."

진량은 그런 영을 내리고 자신도 말에서 내려 고단한 몸을 풀었다. 그런데 갑자기 살피러 갔던 군사가 되돌아와 알렸다.

"앞에 촉병이 매복해 있는 것 같습니다."

그 소리에 얼른 말에 오른 진량이 앞쪽을 살펴보니 정말로 산속에서 자욱이 티끌이 일고 있었다. 진량은 얼른 군사들에게 영을 내려 적을 막을 채비를 하게 했다.

얼마 안 돼 사방에서 함성이 크게 일며 앞에서는 오의와 오반이 군사를 이끌고 달려 나오고 뒤에서는 관흥과 요화가 또한 군사들과 함께 덮쳐왔다. 좌우는 모두 험한 산이라 진량과 그가 이끄는 위병들은 달아날래야 달아날 길조차 없었다. 거기다가 산꼭대기에는 촉병들이 목소리를 모아 외쳤다.

"항복하라. 말에서 내려 항복하는 자는 목숨을 살려준다!"

그러자 위병의 절반은 싸움도 해보지 않고 말에서 내려 항복하고 말았다. 진량은 죽기로 싸웠으나 혼자서는 어쩔 수 없었다. 오래잖아 요화의 한칼을 맞고 말 등에서 굴러떨어졌다.

공명은 항복한 위병들을 모두 후군에게 넘겨 가둬두게 하고 그들에게서 벗긴 갑옷과 투구를 오천의 촉병에게 입히고 씌웠다. 금세 오천의 가짜 위병이 만들어졌다. 공명은 그들을 역시 위의 복색을 한 오반, 오의, 관흥, 요화에게 주고 곧바로 조진의 영채를 치게 했다.

그들이 조진의 영채에 이르기에 앞서 역시 가짜 위병 하나가 달려가 조진에게 알렸다.

"촉병은 얼마 되지 않아 모조리 쫓아버렸습니다. 이제 모두들 본채로 돌아올 것입니다."

자기편 장졸들이 어떤 꼴을 당했는지 알 길이 없는 조진은 그런 거짓 전갈에 몹시 기뻤다. 사마의에게 무안 줄 말을 다시 고르고 있는데 문득 군사 하나가 들어와 알렸다.

"사마도독께서 심복 한 사람을 뽑아 보냈습니다. 대도독께 긴히 드릴 말씀이 있다고 합니다."

그 말을 들은 조진은 곧 사마의가 보낸 사람을 불러들여 물었다.

"이번에 촉병은 매복의 계책을 써서 우리 위병 사천여 명을 죽였습니다. 사마도독께서 장군께 간곡히 말씀 올리라 한 것은, 지난번의 내기 따위는 잊으시고 마음 써서 적을 방비해달라는 것입니다."

"하지만 우리 쪽에는 단 한 명의 촉병도 없다."

조진은 무슨 소리냐는 듯 그렇게 대꾸하고 내쫓듯 그 사람을 돌려보냈다.

얼마 되지 않아 다시 사람이 와서 알렸다.

"진량이 촉병을 쫓아버리고 군사들과 더불어 돌아오고 있습니다."

그 말에 조진은 진량이 기특해 장막 안에서 가만히 기다릴 수가 없었다. 스스로 장막을 나가 진량을 맞아들이려 했다. 그런데 미처 진량에게 이르기도 전에 이상한 전갈이 들어왔다.

"우리 영채 뒤 두 곳에서 불길이 오르고 있습니다."

깜짝 놀란 조진은 얼른 영채 뒤로 달려가 불길이 오르는 쪽을 살펴보았다. 그러나 그게 누가 무엇 때문에 지른 불길인지 알기도 전에 영채 앞쪽에서 먼저 큰일이 벌어졌다. 관흥, 요화, 오의, 오반이 위병 차림을 한 촉군을 휘몰아 영채로 짓쳐들고 있었다.

뿐만 아니었다. 오래잖아 영채 뒤쪽에서도 마대, 왕평이 이끄는 촉병과 마충, 장익이 이끈 촉병이 양길로 물밀듯 쏟아져 나왔다. 너무도 갑작스레 당한 일이라 위병들은 어떻게 손발을 놀려볼 틈도 없었다. 그저 뿔뿔이 흩어져 목숨을 건지기에 바빴다.

장수들은 조진을 보호하며 동쪽을 바라고 달아났다. 그 뒤를 기세가 오를 대로 오른 촉병이 급하게 쫓았다.

조진이 한창 정신 없이 달아나는데 갑자기 함성이 크게 일며 한 떼의 군마가 다시 앞에서 쏟아져 나왔다. 조진은 간이 오그라붙고 염통이 어는 듯했다. 그러나 다행히도 그것은 사마의가 이끄는 군사였다.

사마의가 한바탕 힘을 다해 싸우자 촉병들도 비로소 기세가 꺾여 물러갔다. 조진은 그 덕분에 겨우 쫓김을 면했으나 사마의를 보니 부끄럽기 짝이 없었다.

사마의가 그런 조진에게 서두르는 투로 말했다.

"제갈량이 이미 기산의 유리한 지세를 차지했으니 우리는 이곳에 오래 머물 수 없게 되었습니다. 어서 위빈으로 물러나 영채를 세우고 따로 좋은 계책을 꾸며보는 게 옳습니다."

싸움에 져서 쫓기다가 가까스로 구함을 받은 주제에 조진에게 딴 뜻이 있을 리 없었다. 그러나 그것만은 아무래도 신기하다는 듯 사마의에게 불쑥 물었다.

"그런데 중달은 어떻게 내가 이토록 대패할 줄 알았소?"

"내가 보낸 사람이 와서 말하기를 자단께서 촉병은 한 사람도 없다고 하더라 했습니다. 나는 그 말을 듣고 공명이 몰래 자단의 영채를 급습하려 함을 알아차렸습니다. 그래서 이렇게 달려와 접응한 것이지요. 하지만 이번에 장군께서 정말로 그의 계책에 떨어졌기는 해도, 결코 전에 내기한 일을 입 밖에 내서서는 아니 됩니다. 다만 서로 마음을 합쳐 나라의 은혜에 보답할 생각만 하십시오."

그러나 조진은 부끄럽고도 죄스러웠다. 말은 않아도 마음속에서 괴로워하다 보니 그게 병이 되고, 그래서 한번 자리에 눕자 영 일어날 줄 몰랐다.

위수 가에까지 군사를 물린 사마의는 그곳에다 영채를 얽고 자리를 잡았다. 그런 중에도 조진의 병세는 점점 나빠져 갔다. 그러나 사마의는 군사들의 마음이 어지러워질까 봐 조진에게 돌아가자는 소리를 할 수도 없었다.

한편 공명은 기세 좋게 대군을 휘몰아 기산으로 나왔다. 진채를 세운 뒤 군사들의 수고로움을 위로하고 났을 무렵 위연과 두경, 진식, 장의 네 장수가 공명의 장막으로 들어와 죄를 빌었다.

"누구의 잘못으로 군사를 잃게 되었는가?"

공명이 그들에게 차갑게 물었다.

"진식이 영을 어기고 몰래 골짜기 속으로 들어갔다가 이같이 큰 낭패를 당했습니다."

위연이 제 잘못은 빼고 모든 책임을 진식에게 미루었다. 진식이 그런 위연의 발목을 잡고 늘어졌다.

"이 일은 위연이 내게 시킨 것이나 다름없습니다. 반드시 내 뜻만은 아니었습니다."

그러자 공명이 목소리를 높여 진식을 꾸짖었다.

"어쨌든 그는 너를 구해주었는데 너는 오히려 걸고 넘어지느냐? 이미 장령을 어겨놓고 교묘한 말로 피하려 들지 말라!"

그러고는 무사들을 호령해 진식을 끌어내다 목 베게 했다.

잠시 후 무사들이 잘려진 진식의 목을 공명의 장하에 바쳤다. 공명은 그 목을 진문에 높이 달아 다시 한번 군령의 엄함을 보였다.

그런데 다른 기록에는 진식이 받은 형이 요참(腰斬), 즉 허리를 잘라 죽이는 형이었다고 한다. 그거야 어쨌든 이 진식이란 사람의 죽음을 눈여겨봐두어야 하는 것은, 이미 말한 대로, 그가 뒷날 정사 『삼국지』를 쓰게 될 진수의 아버지이기 때문이다.

군령을 어긴 점으로는 위연도 죄 없다 할 수 없었다. 그런데도 공명이 그를 죽이지 않은 것은 워낙 인재가 모자라는 촉이라 위연 같은 용장을 얻기가 쉽지 않았기 때문이었을 것이다. 하지만 그때 이미 공명이 위연을 죽일 마음을 굳혀가고 있었을 것임에 분명하다.

진식을 목 벤 뒤 공명이 다시 군사를 낼 의논을 하고 있을 때 세작이 와서 알렸다.

"조진이 병들어 일어나지 못하고 있다 합니다. 지금 영채 안에서 치료를 받고 있답니다."

그 소리를 들은 공명은 문득 기쁜 낯빛을 지었다.

"만약 조진의 병이 가볍다면 위병은 틀림없이 곧 장안으로 돌아갔을 것이다. 그런데 이제 위병이 물러나지 않은 걸 보니 그의 병이 무거운 모양이다. 그 때문에 그를 군중에 남겨 여럿의 마음을 흔들리지 않게 하고 있음에 틀림이 없다. 이제 나는 글 한 통을 써서 항복한 진량의 군사들에게 주고 조진에게 보내려 한다. 조진이 그 글을 읽으면 반드시 죽고 말 것이다."

그 말과 함께 항복한 위병들을 데려오게 해서 물었다.

"너희들은 모두 위의 군사들이고 부모와 처자도 또한 모두 중원에 있다. 우리 촉에 오래 살 사람들이 못 될 듯해 이제 놓아주어 돌려보내려 한다. 너희들 생각은 어떠냐?"

공명의 말을 들은 항병(降兵)들은 고마움을 못 이겨 울며 절했다. 공명이 다시 그들에게 말했다.

"조자단과 나는 서로 약조한 게 있어 여기 글 한 통을 썼다. 너희들이 돌아갈 때 가지고 가서 자단에게 전하라. 반드시 큰 상이 있을 것이다."

그리고 글 한 통을 내주니 항복한 위병들은 아무것도 모르고 받아 저희 진채로 돌아가기 바쁘게 조진에게 바쳤다.

조진은 아픈 중에도 몸을 일으켜 공명이 보낸 글을 받았다. 겉봉을 찢고 펼쳐보니 거기에는 이렇게 씌어 있었다.

'한 승상 무향후(武鄕侯) 제갈량은 대사마 조자단에게 글을 보내 이르노라. 무릇 장수된 자는 들고 남과 군세고 부드러움과 물러가고 나아감과 강하고 약함에 두루 능하고, 산악같이 움직이지 않으며, 음양같이 알기 어려우며, 천지같이 끝 간 데를 모르고, 태창(太倉, 한나라 초 도읍에 있던 창고)같이 가득 차 있으며, 사해같이 넓고, 삼광(三光, 해, 달, 별)같이 빛나야 한다. 미리 천문을 알아 가뭄과 궂음을 헤아리고, 미리 지리를 알아 힘들고 평안함을 가늠해야 하며, 진세를 살펴 싸울 때를 가릴 줄 알아야 하고, 적을 헤아려 그 잘하고 못하는 바를 알 수 있어야 한다.

　그러하되, 슬프다 너 배움 없는 후배여. 너는 위로 푸른 하늘을 거스르며 나라를 도적질한 역적을 도와 낙양에서 제호(帝號)를 일컫게 하더니, 다시 되잖은 군사를 야곡으로 몰아넣고 진창에서는 큰 비를 만났구나. 물과 뭍으로 아울러 고달프니 사람과 말이 어찌 미쳐 날뛰지 않으리. 보라! 버린 갑옷과 투구는 산기슭에 가득하고 내던진 창칼은 들판을 뒤덮었다. 도독이란 자는 염통이 부서지고 간이 쪼개진 듯 놀라고, 장수들은 쥐새끼들처럼 황망히 쫓겨 달아났다. 무슨 낯으로 고향의 부로(父老)를 대하며, 무슨 뱃심으로 고향 집의 대청에 오르랴. 사관들은 붓을 잡아 적을 것이고, 백성들은 입을 모아 떠들어낼 것이다. 중달은 싸움 소리만 들어도 떨고 자단은 바람만 만나도 두려움에 질린다고. 거기다가 우리 군사는 굳세고 말들은 튼튼하며 장수들은 모두 성난 범 같고 내닫는 용 같다. 진천 땅을 쓸어 평지로 바꾸고 위국을 쳐서 쓸쓸한 언덕을 만들리라!'

　그 글을 읽은 조진은 분노와 원한으로 가슴이 콱 막히는 듯했다. 성을 이기지 못해 그날 밤 군중에서 죽고 말았다. 공명은 전에 왕랑을 말로 죽이더니 이번에는 조진을 글로 죽여버린 셈이었다.
　그렇지만 정사의 기록은 좀 다르다. 조진이 죽은 것은 장마를 만나 장안으로 돌아온 뒤이고, 위주도 몇 번 문병을 간 것으로 되어 있다. 글로 그를 죽였다는 것은 제갈량의 신화를 만들기 위해 지어낸 얘기인 듯싶다.
　어쨌든 조진이 죽자 사마의는 그 시신을 수레에 실어 낙양으로 보내고 그곳에다 장사 지내게 했다. 위주는 조진이 죽었다는 소리를 듣자 크게 노했다. 명을 바꾸어 사마의로 하여금 나아가 싸우라 재촉했다. 이에 사마의도 더는 싸움을 미룰 수 없어 제갈양에게 싸우자는 뜻을 적은 글을 보냈다.

"조진은 틀림없이 죽었을 것이다."

사마의로부터 싸움 거는 글을 받은 공명은 여러 장수들에게 그렇게 말하고, 다음 날 싸우자는 답을 주어 사자를 돌려보냈다. 이어 공명은 강유를 불러 무언가 밀계를 주고 다시 관흥을 불러 또 밀계를 주며 다음 날의 싸움에 대비케 했다.

이튿날 공명은 기산에 있는 군사들을 모두 이끌고 위하로 나아갔다. 공명이 자리 잡은 곳은 한쪽은 산이요, 한쪽은 강인데 그 가운데 개울과 넓은 들판이 펼쳐진 곳이었다. 대군이 어울려 싸우기에 알맞은 지형이었다.

양군이 서로 마주 보고 진세를 벌인 뒤 한동안 활 싸움이 벌어졌다. 진채에 틀어박힌 채 상대편 진채로 화살을 퍼붓는데 북소리가 크게 세 번 울렸다.

위진의 문기가 열리며 사마의가 말을 타고 천천히 나왔다. 그 뒤에는 위의 장수들이 따르고 있었다. 사마의가 보니 촉진에서도 네 바퀴 수레에 단정히 앉은 공명이 나오고 있었다. 깃털부채를 가볍게 흔들며 앉아 있는 게 싸움터에 나온 장수라기보다는 바람이나 쐬러 나온 도사 같았다.

먼저 사마의가 입을 열었다.

"우리 주상은 요임금이 순임금에게 자리를 물려주신 걸 본받아 한나라 제위를 물려받은 지 벌써 두 대를 지났다. 그런데도 너희 오와 촉 두 나라를 그대로 두신 것은 너그럽고 인자하신 주상께서 백성을 다칠까 걱정하신 까닭이다. 너는 한낱 남양에서 밭 갈던 농투성이로서 하늘이 정한 운수를 알아보지 못하고 이렇게 함부로 쳐들어왔으니 죽어 마땅하다. 그러나 스스로 잘못을 뉘우치고 일찍 돌아가면 달리 길이 있을 것이다. 각기 제 땅이나 지키며 솥발 같은 형세로 천하를 나누고 있음으로써 백성들을 도탄에서 구한다면 너희들도 모두 목숨을 건질 수 있으리라."

공명이 껄껄 웃으며 그 말을 받았다.

"나는 선제로부터 홀로 남은 금상을 보살펴달라는 중한 명을 받은 사람이다. 어찌 온 마음을 기울이고 힘을 다해 역적을 치지 않을 수 있겠느냐? 조씨는 오래잖아 우리 한에 망하고 말 것이다. 너는 조상 대대로 한의 녹을 먹은 자로서 그 은혜에 보답할 생각은 않고 도리어 역적을 도우면서 어찌 부끄러워할 줄도 모르느냐."

그 말에 사마의는 슬며시 부끄러운 마음이 들었다. 그 대꾸는 않고 싸움을 서둘렀다.

"나는 너와 어느 쪽이 더 센지 겨루어보려고 왔다. 만약 네가 이긴다면 맹세코 내 다시는 대장 노릇을 않으리라! 그러나 네가 지면 어서 옛 고향으로 돌아가라. 나는 그런 너를 해치지는 않겠다."

"좋다. 그 기상이 장하다. 그렇다면 병사를 움직여 싸우려느냐? 아니면 진법으로 싸워보려느냐?"

공명이 그렇게 받아주자 사마의가 얼른 말했다.

"먼저 진법으로 싸워보자."

"그럼 네가 먼저 진을 펼쳐보아라. 네 재주가 어떤지 한번 보겠다."

공명은 망설이지도 않고 사마의에게 선수를 넘겨주었다. 그 말을 들은 사마의는 얼른 중군 장막으로 가서 손에 누른 깃발을 잡고 좌우로 흔들었다. 군사들이 거기 따라 움직여 곧 한 가지 진세를 이루었다.

다시 말에 올라 뛰어나온 사마의가 공명에게 물었다.

"너는 내가 친 진을 알아보겠느냐?"

공명이 빙긋 웃으며 말했다.

"그따위 진은 우리 군중의 끄트머리 이름 없는 장수라도 칠 줄 안다. 그건 혼원일기진(混元一氣陣)이 아니냐?"

공명이 한눈에 자신이 친 진을 알아보자 사마의는 은근히 놀랐다. 잠깐 생각하다가 솔직히 인정하며 말했다.

"좋다. 이번에는 네가 진을 쳐서 내게 한번 보여다오."

그 말에 공명은 자기편 진채로 돌아가 말없이 깃털부채를 한번 흔들어 보였다. 역시 한 가지 진세가 이루어지자 공명이 다시 나와 사마의에게 물었다.

"너는 내가 친 진을 알겠느냐?"

"보기에 그것은 팔괘진(八卦陣)이다. 어찌 내가 모르겠느냐?"

사마의가 그렇게 대꾸하자 공명이 다시 묻는다.

"네가 쉽게 알아보았으니 깨뜨릴 줄도 알겠구나. 어떠냐? 네 감히 내 진을 깨뜨려보겠느냐?"

너무도 자신을 업신여기는 것 같아 사마의가 불끈했다.

"내가 이미 그 진을 알아보았는데 깨뜨리지 못할 까닭이 어디 있느냐?"

그렇게 언성을 높이는 사마의를 공명이 다시 충동질했다.

"그럼 당장에 한번 깨뜨려보아라."

그 말에 사마의는 더 참지를 못했다. 곧 자기 장막으로 돌아가 대능, 장호, 악침 세 장수를 불렀다.

"지금 공명이 친 진에는 휴(休), 생(生), 상(傷), 두(杜), 경(景), 사(死), 경(驚), 개(開)의 여덟 개 문이 있다. 너희 셋은 동쪽의 생문(生門)으로 들어가 서남의 휴문(休門)으로 나온 뒤 다시 북쪽의 개문(開門)으로 밀고 들어가면 저 진은 넉넉히 깨뜨릴 수 있다. 조심하고 세밀히 살펴 내가 시킨 대로 하도록 하라."

그렇게 일러주고 군사를 딸려 내보냈다.

대능은 가운데 서고 장호는 앞장을, 악침은 뒤를 맡기로 하고 각기 서른 기를 거느린 세 사람은 곧 위진을 벗어났다. 양군에서 응원하는 고함 소리가 천지를 흔드는 듯했다.

세 사람은 곧 기세 좋게 촉진으로 뛰어들었다. 사마의가 일러준 대로 동쪽 생문 쪽이었다. 그런데 이게 어찌 된 일인가. 이내 휴문을 찾아 서남쪽으로 내달았으나 성벽이 연이어 둘러쳐져 있을 뿐 문이 보이지 않았다. 문이 없으니 빠져나갈 수가 없어 놀란 세 사람은 무턱대고 서남쪽을 짓두들기고 나가려 했다. 그러나 촉병이 활을 쏘아 대 그것도 뜻 같지 못했다.

장호, 대능, 악침 세 위장(魏將)이 우왕좌왕하는 사이에 촉진은 점점 더 겹겹으로 두꺼워지고 진마다 문이 보였다. 도무지 동서남북을 분간할 수 없는 혼란이었다. 그렇게 되니 세 사람은 서로를 돌아볼 틈이 없었다. 앞뒤 없이 흩어져 이리저리 어지럽게 치고 받아보았으나, 어느덧 보이는 것은 무겁게 드리운 구름이요, 둘러싸는 것은 짙은 안개뿐이었다.

그 구름과 안개 속에서 세 장수와 그들을 따르는 아흔 기의 위병은 밤길 가듯 헤맸다. 그러다가 함성이 일며 하나씩 촉군에게 사로잡히니 오래잖아 그들 장졸은 모두 촉군 중군에서 꽁꽁 묶인 채 만나게 되는 꼴이 나고 말았다.

공명은 장막 위에 높이 앉아, 사로잡혀 온 대능, 장호, 악침 세 장수와 아흔 명의 위병을 보고 웃으며 말했다.

"내가 너희들을 모두 사로잡았다 하나 별난 일이 될 거야 무에 있겠느냐. 이제 너희들을 놓아줄 것이니 돌아가서 사마의에게 일러라. 좀더 병서를 읽어 전법을 공부한 뒤에 다시 와서 결판을 지어도 늦지 않다고. 그렇지만 너희들의 목숨을 붙여주는 값으로 창칼이나 갑옷, 싸움말은 모두 두고 가야 한다."

그러고는 그들의 갑옷을 모조리 벗긴 뒤 얼굴에는 먹을 칠한 채 걸어서 돌아가게 했다. 그들을 본 사마의는 화가 머리끝까지 솟았다. 여러 장수들을 돌아보며 이를 갈고 소리쳤다.

"이렇게 무참하게 예기가 꺾였으니 무슨 낯으로 돌아가 중원의 대신들을 만나보겠는가!"

말뿐만이 아니었다. 사마의는 정말로 앞뒤 살피지 않고 삼군을 휘몰아 촉진을 덮쳤다. 스스로 칼을 빼들고 백여 장수를 재촉해 싸움을 이끌 정도였다.

바야흐로 양군이 한바탕 볼만하게 어우러지려 할 무렵 문득 위군 등 뒤에서 북소리 나팔 소리가 나며 함성이 크게 울렸다. 한 떼의 군마가 뒤편 서남쪽에서 쏟아져 나오는데 살펴보니 촉장 관흥이 이끄는 군마였다. 사마의는 후군을 갈라 관흥을 막게 하고 자신은 남은 군사를 몰아 다시 앞으로 밀고 나갔다.

그러나 얼마 나가기도 전에 이번에는 앞쪽의 위병이 어지러워졌다. 강유가 땅을 쓸듯 대군을 이끌고 옆으로 덮쳐온 것이었다. 관흥·강유와 앞쪽의 촉병이 세 갈래로 에워싸듯 들이치자 사마의는 깜짝 놀랐다. 그제야 자신이 너무 가볍게 움직였음을 깨닫고 급히 군사를 물렸다. 힘을 다해 남쪽을 뚫고 나왔으나 군사들은 열 명 중에 예닐곱이 상해 있었다.

사마의는 위수 남쪽으로 내려가서야 겨우 진채를 세울 수 있었다. 하지만 한번 호되게 얻어맞은 뒤였다. 불에 덴 아이가 불을 두려워하듯, 다시는 나와 싸울 생각을 않고 굳게 지키기만 했다.

공명은 싸움에 이긴 군사를 이끌고 기산에 있는 진채로 돌아왔다. 그때 마침 영안에 있는 이엄이 보낸 도위 구안(苟安)이 군량을 가지고 왔다. 그러나 술을 좋아하는 구안은 오는 도중 시간을 끌어 기한을 열흘이나 넘긴 뒤였다. 공명은 몹시 노했다.

"군량을 제때에 대는 것은 우리 군중에서 큰일 중의 큰일이다. 사흘만 기한을 어겨도 목을 베게 되었는데 열흘이나 늦었으니 더 말할 게 무엇 있겠는가!"

그렇게 구안을 꾸짖고는 좌우를 돌아보며 소리쳤다.

"저 놈을 끌어내 목 베어라!"

장사 양의가 그런 공명을 말렸다.

"구안은 이엄이 쓰는 사람입니다. 거기다가 지금 온 곡식과 돈은 모두 서천에서 보낸 것입니다. 만약 구안을 목 벤다면 앞으로 누가 군량을 운반하려 들겠습니까?"

성난 중에도 들어보니 옳은 말이라 공명은 구안을 목 베는 대신 매 여든 대를 때려 돌려보냈다.

공명에게 얻어맞고 쫓겨난 구안은 앙심을 품었다. 크나큰 제 잘못은 잊고 앙갚음할 궁리를 하다가 그날 밤 예닐곱 기를 데리고 위로 투항해버렸다.

촉장 하나가 투항해 왔다는 말을 듣자 사마의는 반갑게 그를 맞아들였다.

구안은 사마의 앞에 나가 공명에게 당한 일을 부풀리어 말하고 받아들여주기를 청했다. 사마의가 은근하게 말했다.

"그게 정말이라 해도 공명이 워낙 꾀 많은 사람이라 네 말을 다 믿을 수가 없다. 그러나 만약 네가 나를 위해 한 가지 중요한 일을 해준다면 나는 너를 천자께 아뢰어 대장으로 삼겠다."

"어떤 어려운 일이라도 힘을 다하겠습니다."

구안이 얼른 대답했다. 사마의가 그런 구안에게 남몰래 일렀다.

"너는 성도로 돌아가 공명에게 후주를 원망하는 뜻이 있어 머지 않아 대위에 오르리라는 거짓말을 퍼뜨려라. 그리하여 네 주인으로 하여금 공명을 불러들이게 한다면 그것은 바로 너의 큰 공이다."

"알겠습니다. 그리하겠습니다."

구안은 그렇게 대답하고 성도로 떠났다. 성도에 이른 구안은 시치미를 떼고 여러 환관들을 만나보았다. 그리고 공명이 자기가 세운 공에 기대어 천자의 자리를 뺏으려 한다는 거짓말을 퍼뜨렸다.

그 말을 들은 환관들은 깜짝 놀랐다. 얼른 안으로 달려들어가 후주에게 알렸다. 후주도 놀라기는 마찬가지였다.

"일이 그렇다면 이제 어찌해야 되겠는가?"

후주가 환관들에게 물었다. 환관들이 입을 모아 대답했다.

"공명을 얼른 성도로 불러들여야 합니다. 그에게서 병권을 뺏어 반역이 일어나지 않게 하십시오."

이에 후주는 조서를 내려 공명에게 군사를 이끌고 돌아오라 했다. 장완이 나와서 아뢰었다.

"승상께서 나아가신 이래로 여러 차례 큰 공을 세우셨는데 무슨 일로 이렇게 돌아오라 하십니까?"

후주는 장완에게도 바른말을 하지 않고 슬쩍 둘러댔다.

"짐에게 매우 기밀한 일이 있어 승상과 꼭 의논해야 되겠소."

그러고는 사신을 재촉해 밤낮을 가리지 않고 공명에게로 달려가게 했다.

사신이 기산에 이르자 공명은 어리둥절해 맞아들였다. 조서를 받아보니 난데없이 얼른 되돌아오라는 내용이었다. 공명이 하늘을 우러러보며 탄식했다.

"주상께서 나이가 없으시니 곁에 아첨하는 신하가 붙었구나! 내가 이제 막 공을 이루려는데 무슨 까닭으로 돌아오라는 말씀이신가. 돌아가지 않으려니 주상의 뜻을 어기게 되고 명을 받들어 물러나려 하니 이 같은 좋은 기회는 다시 얻기 어려울 것 같아 아깝다."

곁에 있던 강유가 딴 걱정을 보탰다.

"만약 대군을 물리면 사마의가 그 틈을 타 뒤를 들이칠 것이니 그때는 어떻게 하겠습니까?"

그새 마음을 정한 공명이 그 일은 걱정할 게 없다는 듯 말했다.

"대군을 다섯 길로 나누어 물러나면서 알맞은 계책을 쓰면 된다. 오늘은 군사 천 명을 남겨 아궁이 이천 개를 파게 하고, 내일은 삼천 개, 그 다음 날은 사천 개, 하는 식으로 매일 물러날 때마다 아궁이 수를 늘리도록 하라."

"옛적에 손빈(孫臏)이 방연(龐涓)을 사로잡을 때는 군사는 늘리고 아궁이는 줄이는 계책[添兵減竈法]을 썼습니다. 그런데 승상께서는 이제 군사를 물리시면서 어찌하여 오히려 아궁이를 늘리십니까?"

이번에는 양의가 알 수 없다는 듯 그렇게 물었다. 공명이 그 까닭을 일러주었다.

"사마의는 군사를 매우 잘 부리는 사람이다. 우리 병이 물러난 걸 알면 반드시 뒤쫓을 것이나 마음속으로는 반드시 복병이 있을까 의심할 것이다. 따라서 우리가 버리고 간 영채의 아궁이 수를 헤아려 볼 것인데, 매일 아궁이 수가 늘어나면 군사가 정말로 물러가는 것인지, 그렇지 않은지를 알 수 없게 된다. 그렇게 되면 그가 어찌 함부로 우리 뒤를 쫓을 수 있겠느냐? 그사이 우리가 천천히 물러나면 조금도 군사를 잃지 않고 돌아갈 수가 있다."

그리고 곧 영을 내려 군사를 물리기 시작했다. 네 번째 기산행(祁山行)의 어이없는 종장이었다.

# 다섯 번째 기산행도
# 안으로부터 꺾이고

한편 사마의는 자신이 구안을 시켜 베푼 계책이 이루어지기만을 기다리고 있었다. 공명의 짐작대로 돌아가는 촉병의 등 뒤를 한꺼번에 들이치려 함이었다.

이윽고 살피러 나간 군사가 돌아와 촉채가 텅 비고 사람과 말이 모두 떠났음을 알렸다. 사마의는 공명이 워낙 지모가 많은 사람이라 함부로 대군을 들어 뒤쫓지 못했다. 먼저 스스로 백여 기를 이끌고 촉채로 가서 살피며 군사들을 시켜 아궁이 수를 세어보게 했다.

다음 날도 마찬가지였다. 또다시 촉병이 물러갔다는 말을 듣자 사마의는 스스로 가서 살핀 뒤 아궁이 수를 헤아려보게 했다.

"저들이 영채를 세웠던 자리의 아궁이 수가 어제의 곱절로 늘어 있었습니다."

아궁이를 헤아린 군사가 그렇게 알려왔다. 그 소리를 들은 사마의는 여러 장수들을 돌아보며 그것 보라는 듯 말했다.

"나는 공명이 꾀가 많아 그냥 떠나지 않을 것이라 생각했는데 정말 그렇구나. 공명은 군사를 늘리면서 아궁이도 늘리는 계책[添兵增竈法]을 쓰고 있다. 아궁이 수를 줄이는 것은 옛적에 손빈이 쓴 계책이라 우리가 속지 않을까 봐 짐짓 아궁이를 늘리고 있다. 만약 우리가 뒤쫓으면 반드시 그 흉계에 떨어지고 말 것이다. 차라리 물러나 따로 좋은 계책을 마련하는 게 좋겠다."

그러고는 군사를 돌려 뒤쫓지 않았다. 덕분에 공명은 단 한 사람의 군사도 잃지 않고 성도로 돌아갈 수 있었다.

사마의가 공명에게 속았음을 안 것은 그로부터 한참이 지난 뒤였다. 서천으로 드는 초입에 사는 토박이 백성 하나가 사마의를 찾아와 일러주었다.

"공명이 물러날 때 보니 군사는 조금도 늘리지 않고 아궁이 숫자만 늘렸습니다."

그 말을 듣고서야 사마의는 하늘을 우러러 탄식하며 말했다.

"공명은 우후(虞詡, 후한 안제 때의 장수. 아궁이 수를 늘려 군사가 늘어난 것처럼 보이게 함으로써 적을 속였다)를 흉내 내 나를 속였구나. 실로 그 꾀는 내가 미칠 바 아니다!"

그리고 하릴없이 군사를 돌려 장안으로 돌아갔다.

먼저 한중으로 들어선 공명은 거기서 삼군에게 고루 상을 내리고 성도로 떠났다. 성도에 이르자 공명은 먼저 후주를 찾아보고 아뢰었다.

"이 늙은 것은 기산으로 나가 장안을 뺏으려 하던 차에 폐하의 부르심을 받아 돌아오게 되었습니다. 무슨 큰일로 신을 부르셨는지 실로 궁금합니다."

후주가 할 말이 있을 까닭이 없었다. 조서 한 장으로 대군을 이끌고 돌아와 무릎을 꿇는 공명에게 딴 뜻이 없다는 것은 어린아이도 알 만했다. 한동안 우물쭈물하던 후주가 궁색하게 구실을 대었다.

"짐이 오래 승상의 얼굴을 보지 못해 몹시 그리웠소. 그래서 조서를 내려 돌아오게 한 것이지 딴 일은 없소이다."

역시 짐작한 대로라 공명이 정색을 하고 입을 열었다.

"저를 부르신 게 폐하의 본마음이 아니라면 반드시 곁에 간신이 있었던 것 같습니다. 그가 신에게 딴 뜻이 있다고 아뢰었을 것입니다."

워낙 공명이 바로 알아맞히니 후주는 더욱 할 말이 없었다. 부끄러운 빛을 띤 채 입을 다물고 있는 후주를 보고 공명이 타이르듯 아뢰었다.

"이 늙은 것은 선제로부터 두터운 은덕을 입었기로 죽음으로 보답할 것을 맹세한 바 있사옵니다. 그런데 이제 대궐 안에 이 같은 간신이 있으면 신이 어떻게 역적을 쳐 없앨 수 있겠습니까?"

후주도 온전히 모자라는 인간은 아니었다. 더 뻗대지 않고 내막을 털어놓으며 뉘우치는 뜻을 보였다.

"아무래도 짐의 귀가 너무 엷었던 듯하오. 간신의 말을 잘못 들어 그만 승상을 불러들이고 말았소. 이제 가려지고 막혀 있던 두 눈이 열리어 뉘우쳐보나 이미 이를 수가 없구려!"

이에 공명은 여러 벼슬아치들을 불러 모아놓고 그런 말이 돌게 된 경위를 캐보았다. 이 사람 저 사람을 거쳐 마침내 그 뒤에 숨어 있던 구안이 드러났다.

공명은 얼른 구안을 잡아들이게 했다. 그러나 구안은 벌써 위로 달아난 뒤였다. 하는 수 없이 공명은 그런 구안의 말을 가볍게 믿고 함부로 일러바친 환관들을 잡아들여 죄가 무거운 자는 죽이고 나머지는 모두 궁궐 밖으로 내쫓았다.

공명은 또 장완과 비위를 불러들여 엄히 꾸짖었다.

"나는 나라 안의 일을 모두 그대들에게 맡기고 떠났건만 그대들은 어찌 게을리하였는가? 그런 간사한 일이 벌어지고 있는 줄도 알지 못하고, 일이 벌어진 뒤에도 폐하를 힘써 말리지 않았으니 참소를 한 환관의 무리보다 나을 게 무에 있겠는가?"

"실로 죽을죄를 지었습니다."

두 사람은 입을 모아 잘못을 빌었다. 공명은 두 사람을 크게 나무라고 다른 벼슬아치들도 꾸짖어 앞일을 경계하게 했다.

대강 성도 안의 일이 마무리지어지자 공명은 다시 한중으로 돌아갔다. 한편으로는 이엄에게 글을 보내 군량을 실어오라 이르고 다른 한편으로는 또다시 군사를 내어 위를 칠 의논을 시작했다.

양의가 나와 색다른 의견을 말했다.

"우리는 이미 여러 차례 군사를 일으켜 싸울 힘이 몹시 떨어져 있습니다. 거기다가 군량까지 제때에 대지 못하고 있으니 이번에는 군사를 두 패로 나누어 석 달을 기한으로 교대하도록 해보는 게 어떻겠습니까. 곧 이십만 군사를 십만씩 나누어, 먼저 한 패를 기산으로 보내고 석 달 뒤에는 다시 다른 패를 보내어 먼저 보낸 십만과 교대하게 하면, 오래 군사를 부려도 힘이 떨어지는 법이 없을 것입니다. 그렇게 하여 천천히 나아가면 중원을 차지하는 것도 힘들지 않으리라 생각됩니다."

공명도 들어보니 매우 그럴듯했다.

"그 말이 내 뜻에 꼭 맞다. 내가 중원을 친다 하나 그 일은 하루아침에 이루어질 성질이 아니다. 마땅히 그와 같이 장구한 계책을 써야 할 것이다."

그렇게 말하고 군대를 두 패로 나누어 백 일을 기한으로 서로 교대하게 하고, 이를 어기는 자는 군법으로 엄히 다스리게 했다.

그럭저럭 한 해가 지나고 건흥 구년이 되었다. 그해 이월 공명은 다시 위를 칠 군사를 크게 일으키니 때는 위의 태화 육 년이었다.

위주 조예는 공명이 다시 중원을 향해 쳐들어온다는 말을 듣자 급히 사마의를 불러들여 물었다.

"지금 공명이 다시 나온다는데 어떻게 하면 좋은가?"

"자단은 이미 죽었으니 신 혼자 당해보는 수밖에 없습니다. 마땅히 힘을 다해 역적을 쳐 없애 폐하께 보답할 따름입니다."

사마의가 별로 움츠러드는 기색 없이 그렇게 말했다. 조예는 크게 기뻐하며 잔치를 열어 사마의를 대접해 보냈다.

다음 날이 되었다. 촉병의 침입이 급하다는 전갈이 꼬리를 물고 궁궐로 날아들었다. 조예는 곧 사마의에게 영을 내려 적을 막으라 하고, 몸소 성 밖까지 배웅했다.

위주 조예와 작별한 사마의는 바람처럼 달려 장안에 이른 뒤 여러 갈래 인마를 불러 모아놓고 촉병을 쳐부술 계책을 의논했다. 장합이 나와 말했다.

"제가 군사 한 갈래를 이끌고 옹(雍), 미(郿) 두 성으로 가서 촉병과 맞서 보겠습니다."

사마의가 고개를 저었다.

"그대의 전군만으로는 공명의 군사들을 당해낼 수 없다. 거기다가 또 군사를 두 길로 나누는 것도 적을 이겨낼 계책이 못 된다. 차라리 군사를 상규에 머물러 지키도록 하고, 나머지는 기산으로 나가는 게 좋겠다. 그때 그대가 선봉이 되어주겠는가?"

자신의 말이 받아들여지지는 않았지만, 자신을 선봉으로 써주겠다는 데는 장합도 기뻤다. 선뜻 사마의의 말을 받아들였다.

"제가 평소부터 충의를 품고 마음을 다해 나라의 은혜에 보답하려 했으나 애석하게도 나를 알아주는 사람을 만나지 못했습니다. 그런데 이제 도독께서 그같이 중임을 맡겨주시니 비록 만 번 죽는 일이 있다 해도 마다하지 않겠습니다."

이에 사마의는 장합을 선봉으로 삼아 대군을 도맡아 거느리게 하고 곽회는 뒤에 남겨 농서의 여러 고을을 지키게 했다. 그리고 그 나머지 장수들은 각기 길을 나누어 장합을 뒤따라 나아가게 했다. 오래잖아 살피러 간 군사가 돌아와 알렸다.

"공명은 대군을 이끌고 기산으로 나오는 중인데 전부 선봉 왕평과 장의는 재빨리 진창을 빠져나와 검각과 산관을 지난 뒤 야곡으로 밀려들고 있습니다."

그러자 사마의가 장합을 보고 말했다.

"이제 공명은 대군을 이끌고 멀리 왔으니 군량이 어려울 것이다. 틀림없이 농서의 밀을 베어다 군량으로 삼으려들 것인 즉 거기에 방비가 있어야겠다. 그대는 기산에다 영채를 세우고 공명과 맞서도록 하라. 나와 곽회는 천수군의 여러 고을을 돌아보며 촉병이 밀을 베어 가는 걸 막겠다."

이에 장합은 사만 군사를 이끌고 기산으로 가 영채를 얽었다. 사마의는 자신의 말대로 나머지 대군을 이끌고 농서로 갔다.

한편 기산에 이른 공명은 싸우기 좋은 곳을 가려 영채를 세운 뒤 군사를 풀어 위빈 쪽을 살펴보게 했다. 그곳의 위병은 이미 공명이 올 줄 알고 싸울 채비를 단단히 갖춰놓고 있었다. 그걸 안 공명이 여러 장수들을 불러놓고 말했다.

"적의 채비가 그토록 단단하다면 그것은 반드시 사마의의 영채일 것이다. 차라리 잘됐다. 마침 군량이 다 돼가는 데다 여러 차례 이엄에게 사람을 보내 재촉해도 양식이 이르지 않고 있으니, 사마의가 여기 묶여 있는 틈을 타 군량이나 장만해야겠다. 내가 헤아리기에 지금 농서 지방의 밀이 한창 잘 익었을 것이다. 몰래 군사를 이끌고 가서 그걸 베어 오도록 하자."

그러고는 왕평, 장의, 오반, 오의 네 장수를 남겨 기산의 영채를 지키게 한 뒤 스스로는 강유, 위연 등을 데리고 노성으로 달려갔다.

노성 태수는 일찍부터 공명을 잘 알고 있던 사람이었다. 공명이 대군을 몰아오자 싸울 엄두도 못 내고 성문을 열어 항복했다. 피 한 방울 흘리지 않고 노성을 얻은 공명은 군민의 마음을 어루만져준 뒤 노성 태수에게 물었다.

"이 무렵이면 어느 곳의 밀이 익었겠는가?"

"농상의 밀이 이미 익었습니다."

태수가 아는 대로 대답했다. 공명은 장익과 마충을 남겨 노성을 지키게 하고 스스로는 나머지 장졸들과 더불어 농상으로 떠났다.

"사마의가 군사를 이끌고 이곳을 지킵니다."

앞서 살피러 갔던 군사가 돌아와 그 같은 뜻밖의 소식을 전했다. 공명이 놀라 말했다.

"이 사람도 여간이 아니구나! 내가 밀을 베러 올 줄 미리 알고 있었다니……."

하지만 감탄만 하고 있을 때가 아니었다. 곧 목욕하고 옷을 갈아입은 뒤 미리 준비해둔 수레 세 대를 끌어오게 했다. 모두가 공명이 즐겨 타고 다니는 네 바퀴 수레에 모양과 장식이 똑같았다. 공명이 뒷날에 쓰려고 촉중(蜀中)에서 미리 만들어 온 것들이었다.

공명은 먼저 강유에게 수레 한 대와 수레를 지킬 군사 천 명과 북을 칠 군사 오백 명을 주며 상규 뒤편에 매복하게 했다. 또 위연과 마대에게도 역시 같은 수의 군사와 수레 한 대를 주며 상규 좌우에 매복하게 하였다.

그런데 재미있는 것은 그 수레를 미는 사람들의 꾸밈이었다. 각 수레마다 스물네 사람이 미는데 모두가 검은 옷에 맨발이요, 머리를 풀고 칼을 짚었으며 또 한 손에는 칠성(七星)이 그려진 검은 기를 들고 있었다.

아무래도 이 세상 사람들 같지가 않아 보는 이가 절로 오싹할 차림들이었다.

강유, 위연, 마대 세 사람은 명을 받자 모두 수레 한 대씩을 끌고 지정한 곳으로 갔다. 그런 다음 공명은 다시 군사 삼만을 뽑아 채비를 하게 하고 또 따로 건장한 군사 스물넷을 뽑았다. 정말로 공명이 탄 수레를 밀 사람들로, 차림은 앞서 보낸 세 대의 수레 때와 똑같았다.

검은 옷에 맨발이요 풀어 헤친 머리에 칼을 짚은 장사 스물넷이 공명이 탄 수레를 밀고 나아가기 시작했다. 그 맨 앞에는 천봉(天蓬, 하늘의 신장) 모양으로 머리를 묶은 관흥이 칠성 수놓은 검은 기를 들고 걷고 있었다.

공명은 수레 위에 단정히 앉은 채 똑바로 위영(魏營)을 향해 밀고 나아가게 했다. 영채 앞 멀찌감치 나와 망을 보던 위나라 군사는 그런 공명 일행을 보고 깜짝 놀랐다. 그들이 사람인지 귀신인지 몰라 덜덜 떨며 얼른 사마의에게 달려가 알렸다.

사마의도 어리둥절해 영채를 나가 스스로 살펴보았다. 흰 학창의에 관을 반듯이 쓴 공명이 깃털부채를 흔들면서 수레 위에 단정히 앉아 있는 게 보였다. 좌우에는 스물넷의 장사가 머리를 풀고 칼을 짚었는데, 맨 앞에 선 사람은 검은 기를 들고 있었다. 정말로 사람의 행렬이라기보다는 하늘에서 내려온 귀신에 에워싸인 듯한 광경이었다.

"저것은 공명의 장난이다. 또 괴이한 짓을 하고 있구나."

사마의는 그렇게 말하고 이천 군사를 뽑아 영을 내렸다.

"너희들은 빨리 달려가 저 수레와 사람들을 모조리 붙들어 오너라!"

명을 받은 위병들은 으스스한 마음을 다잡으며 한꺼번에 달려 나갔다.

공명은 위병들이 달려 나오는 걸 보자 천천히 수레를 돌려 자기편 진채로 돌아가기 시작했다. 위병들은 더욱 급하게 말을 몰아 그런 공명을 뒤쫓았다. 문득 음습한 바람이 불며 차가운 안개가 뒤덮여 왔다.

거의 한 마장을 뒤쫓았으나 위병들은 아무래도 공명을 따라잡을수가 없었다. 공명이 느릿느릿 수레를 몰아가는 데도 도무지 거리가좁혀지지 않는 것이었다.

"참으로 이상한 일이다. 우리가 삼십 리나 나는 듯 말을 몰아 뒤쫓았건만 공명은 앞에 보일 뿐 도무지 따라잡을 수가 없구나. 어찌해야 되겠는가?"

마침내 뒤쫓던 위병들이 말고삐를 당겨 말을 세우고 저희끼리 웅성거렸다. 공명은 위병이 뒤쫓지 않는 걸 보자 다시 수레를 돌려 머뭇거리는 위병들에게로 밀고 나오게 했다. 위병들은 한동안 망설이다가 다시 말을 박차 뒤쫓기 시작했다. 그때서야 공명은 수레를 돌려 느릿느릿 달아났다.

위병들은 다시 이십여 리를 뒤쫓았으나 아무래도 눈앞에 보이는공명을 따라잡을 수가 없었다. 다시 어리둥절해 뒤쫓기를 멈추자 공명의 수레가 되돌아서 다가왔다. 약이 오른 위병들이 다시 뒤쫓으려하는데 사마의가 군사를 이끌고 뒤따라와 영을 내렸다.

"공명은 팔문둔갑(八門遁甲)에 밝고 육정육갑(六丁六甲)의 귀신들을 매우 잘 부린다. 저것은 틀림없이 육갑천서(六甲天書)에 있는 축지법(縮地法)인 듯하니 군사들은 더 뒤쫓지 말라."

그 같은 영을 받은 위병들은 곧 말 머리를 돌렸다. 그때 왼편에서 싸움을 재촉하는 북소리가 크게 울리며 한 떼의 군마가 쏟아져 나왔다. 사마의는 얼른 영을 내려 쏟아져 나오는 적군을 막게 했다. 그런데 이게 어찌 된 일인가. 그 적병 뒤로 수레 한 대가 나오는데 바로 공명이 탄 수레였다. 스물넷의 머리 풀고 긴 칼 짚은 사람들이 검은 옷에 맨발로 수레를 밀고, 흰 옷에 관을 받쳐 쓴 공명은 단정히 그 위에 앉아 있었다.

"방금 저 공명을 뒤쫓아 오십 리나 달려왔는데, 그 공명은 어디 가고 저기서 또 공명이 나온단 말이냐? 괴이한 일이다. 참으로 괴이하다!"

깜짝 놀란 사마의가 그렇게 말하는데 다시 오른쪽에서 싸움북 소리가 울리며 또 한 떼의 촉병이 쏟아져 나왔다. 그들 뒤에는 또 다른 공명이 스물네 신장(神將)에게 둘러싸인 수레를 타고 깃털부채를 흔들고 있었다.

어지간한 사마의도 그 광경을 보자 크게 마음이 흔들렸다. 자신도 모르게 장수들을 돌아보며 놀란 소리를 내질렀다.

"저것은 틀림없이 신병(神兵)이다. 공명이 신병을 부리고 있다!"

사마의가 그 모양이니 나머지 장졸들은 더 말할 것도 없었다. 놀라고 겁먹은 나머지 한번 싸워볼 엄두도 내보지 못하고 뒤돌아서서 내빼기 바빴다.

위병이 한참 정신없이 달아나는데 또 한차례 북소리가 울리며 촉병이 나타났다. 그들 앞에 수레 한 대가 나오는데 보니 바로 공명의 수레였다. 머리 풀고 칼 짚은 사람들이 검은 옷에 맨발로 그 수레를 밀고 있는 것이나, 수레 위에 앉은 공명의 모습이 앞서 본 세 대의 수레와 조금도 다름이 없었다.

그렇게 되니 위병들은 이제 그저 두렵고 괴이쩍은 정도를 넘어 간이 다 오그라 붙을 지경이었다. 사마의도 제정신이 아니었다. 눈앞에 보이는 게 사람인지 귀신인지 모르게 되니 촉병이 많고 적은지를 헤아려볼 틈조차 없었다. 말 엉덩이에 불이 일도록 채찍질해 달아나기에 바빴다.

장수와 군사들의 마음이 그쯤 되면 그 싸움은 뻔했다. 위병은 개 몰리듯 몰린 끝에 가까스로 상규성으로 쫓겨 들어갈 수 있었다. 고작 한다는 게 성문을 닫아 걸고 굳게 지킬 뿐이었다.

그사이 공명이 보낸 삼만 군사는 농상의 밀을 모두 베어 노성으로 옮기고 타작으로 들어갔다. 공명을 괴롭히던 군량은 어느 정도 해결을 본 셈이었다.

한편 상규성으로 쫓겨 들어간 사마의는 사흘 동안 꼼짝 않고 엎드려 있었다. 얼마나 놀랐던지 성문을 열고 나가 싸우기는커녕 촉병을 마주보기조차 겁이 난 까닭이었다. 그러다가 촉병이 모두 물러간 걸 보고서야 겨우 사람을 풀어 그간의 사정을 알아보게 했다.

살피러 나갔던 군사들이 길에서 촉병 하나를 잡아 사마의에게로 끌고 왔다.

"너는 무엇하던 놈이냐?"

사마의가 물었다. 그 촉병이 겁먹은 얼굴로 대답했다.

"저는 밀을 베러 나갔던 패올시다. 돌아가는 길에 말에서 떨어져 혼자 남겨졌다가 이렇게 붙들리게 되었습니다."

"그럼 촉진의 사정도 어느 정도는 알겠구나. 너희들이 앞세웠던 신병은 어찌 된 것이냐?"

사마의가 가장 궁금하던 것을 물었다. 그 촉병이 아는 대로 대답했다.

"세 갈래 복병이 앞세웠던 것은 공명이 아니었습니다. 강유와 마대와 위연이 그렇게 꾸미고, 각기 수레를 지키는 군사 천 명과 북을 울리는 군사 오백으로 상대편을 속였을 뿐입니다. 진짜 공명은 맨처음 진 앞에 나와 유인하던 수레에 타고 있던 사람입니다."

그 말에 사마의는 하늘을 우러러보며 길게 탄식했다.

"공명은 그 나타나고 사라짐이 실로 귀신 같구나!"

그때 사람이 들어와 부도독 곽회가 왔다는 걸 알렸다. 사마의가 불러들이자 곽회가 들어와 예를 올리기 바쁘게 말했다.

"제가 듣기로 촉병은 그리 많지 않으며 지금 노성에서 밀을 타작하고 있다 합니다. 한번 들이쳐보았으면 싶습니다."

그러나 사마의는 얼른 그 말을 믿을 수가 없었다. 부끄러움을 무릅쓰고 자신이 당한 일을 모두 말했다. 듣고 난 곽회가 빙긋 웃으며 말했다.

"그것은 다만 한때의 속임수일 뿐입니다. 이제 그걸 모두 알았으니 다시 말해 무엇하겠습니까? 제가 한 갈래 군사를 이끌고 그 뒤를 칠 터이니 도독께서 앞으로 밀고 드십시오. 어렵잖게 노성을 깨뜨리고 공명을 사로잡을 수 있을 것입니다."

그러자 사마의도 힘을 좀 얻었다. 곽회의 말을 따르기로 하고 군사를 두 길로 나누어 노성으로 달려갔다.

한편 노성에서 밀을 타작하고 있던 공명은 그날 문득 장수들을 불러모아 영을 내렸다.

"오늘 밤 틀림없이 적이 성을 공격해 올 것이다. 내가 보기에 이 성 동서의 밀밭이 군사를 숨겨둘 만한 곳인데, 누가 가보겠는가?"

강유, 위연, 마대, 마충이 한꺼번에 나서며 말했다.

"저희들이 가보겠습니다."

공명은 그들의 씩씩한 대답에 매우 기뻤다. 강유와 위연에게 각기 군사 이천 명을 나눠주며 동남과 서북쪽에 매복하게 하고, 마대와 마충에게도 각기 이천 군사를 주어 서남과 동북에 숨어 있게 했다.

"포향이 울리거든 그 네 곳에서 한꺼번에 뛰쳐나오도록 하라."

그게 그들 네 장수에게 내린 영이었다.

그들이 모두 명을 받고 나간 뒤 공명은 겨우 백여 명에게 화포(火砲)만 준비케 해 성을 나갔다. 그리고 성 앞 밀밭에 숨어 위병이 오기만을 기다렸다.

사마의가 노성 아래 이른 것은 날이 저문 뒤였다. 사마의는 성 밖 외진 곳에 군사를 멈추고 장수들을 불러모아 말했다.

"만약 밝은 낮에 밀고 들면 적은 반드시 거기 대비할 것이다. 밤이 늦기를 기다려 들이치는 게 좋겠다. 이 노성은 성벽이 낮고 둘러싼 도랑도 얕으니 깨뜨리기에 어렵지는 않을 것이다."

이에 위병들은 그곳에 엎드려 밤이 깊기만을 기다렸다. 일경쯤 되자 곽회가 군사를 이끌고 노성 아래 이르렀다. 이에 군사를 합친 위병은 북소리도 요란하게 밀고 들어가 순식간에 노성을 철통같이 에워쌌다.

촉병이 성벽 위에서 수많은 활과 쇠뇌를 쏘아 붙여 화살과 돌이 비오듯 위병들의 머리 위로 쏟아졌다. 그 엄청난 기세에 눌린 위병이 더 앞으로 나가지 못하고 주춤했다. 그때 문득 어디선가 한소리 포향이 울렸다. 군사들이 몰려오는 신호인 듯했으나 어느 편 군사가 오는지 알 수 없어 위병들은 갈피를 잡지 못했다.

곽회는 그 포향이 밀밭 속에서 난 걸 알고 군사를 풀어 그 밀밭을 뒤져보게 했다. 하지만 미처 군사들이 밀밭에 뛰어들기도 전에 사방에서 불길이 일며 함성이 천지를 뒤흔들었다. 미리 성을 나가 숨어 있던 네 갈래의 촉병들이 한꺼번에 쏟아져 나오는 게 보였다. 뿐만 아니었다. 갑자기 노성의 네 대문이 활짝 열리며 안에서도 촉병들이 물밀듯 쏟아져 나왔다.

그들이 안팎에서 호응해 들이치니 그러잖아도 멈칫해 있던 위병들은 그대로 뭉그러졌다. 그 한바탕 싸움에 수많은 군사만 잃고 정신없이 쫓겨 달아났다. 사마의는 싸움에 진 군사들을 이끌고 간신히 에움을 벗어나 어떤 산등성이에 자리를 잡았다. 곽회도 목숨을 겨우 건져 쫓겨온 군사들과 더불어 그 산 뒤편에다 영채를 얽었다.

위병들을 멀리 쫓아버린 공명은 다시 노성 안으로 들어가고, 위연, 마대, 마충, 강유 네 장수에게는 성 네 모퉁이에 영채를 내려 쉬게 했다.

겨우 숨을 돌린 곽회가 사마의를 찾아보고 말했다.

"어느덧 촉병과 맞선 지도 여러 날이 지났건만 물리칠 계책이 없습니다. 거기다가 방금 또 한바탕 크게 져서 삼천의 군사를 잃고 나니 실로 아득할 뿐입니다. 그러나 이대로 있을 수는 더욱 없습니다.

만약 빨리 어떻게 하지 않으면 나중에 적을 물리치기는 더욱 어려워
질 것입니다."

"그럼 무얼 어떡해야 하겠소?"

사마의가 어두운 얼굴로 말을 받았다. 곽회가 권했다.

"격문을 옹주와 양주에 띄워 그 두 곳의 병마를 불러들이도록 하
십시오. 저는 군사를 이끌고 검각을 들이쳐 적이 돌아갈 길을 끊어
보겠습니다. 그리되면 군량과 마초를 날라올 길이 끊긴 적은 절로
어지러워질 것이니, 그 틈을 타 들이치면 무찔러 없앨 길도 있을 듯
합니다."

사마의는 곽회의 말을 듣기로 했다. 곧 격문을 써서 옹(雍), 양(涼)
두 곳에 보내고 병마를 보내라 했다. 하루도 안 돼 대장 손례가 그곳
의 여러 고을 군마를 이끌고 달려왔다. 이에 힘을 얻은 사마의는 손
례와 만나 힘을 합치기로 약정하고 곽회는 검각을 치러 가게 했다.

하지만 공명의 헤아림은 거기에도 미쳐 있었다. 노성으로 돌아와
여러 날이 되도록 위병들이 모습을 보이지 않자 공명은 강유와 마대
를 불러 말했다.

"지금 위병은 험한 산세에 의지해 우리와의 싸움을 피하고 있다.
첫째로는 우리가 이번에 얻은 밀이 떨어지기를 기다리고자 함이요,
둘째로는 검각으로 군사를 보내어 우리가 양식을 날라올 길을 끊으
려 함이다. 그대들 두 사람은 각기 군사 만 명을 거느리고 먼저 험한
길목을 차지하고 있으라. 그러면 위병은 우리가 미리 채비하고 있는
것만 보아도 절로 물러나 검각은 아무 탈 없을 것이다."

이에 두 사람은 시킨 대로 떠나갔다. 장사 양의가 들어와 일깨웠다.

"전에 승상께서 말씀하시기를 백일을 기한으로 한차례씩 군사를 교대시키기로 했는데, 이제 그 기한이 찼습니다. 한중에 있던 군사들이 이미 천구까지 나와 공문을 보내고 교대하기를 기다리고 있습니다. 지금 여기 있는 팔만 가운데 사만을 교대해야 되는데 어찌하시겠습니까?"

"이미 말한 일이니 어서 그대로 시행하라."

공명이 선선히 응낙했다. 그런데 갑자기 급한 전갈이 날아들었다.

"손례가 옹, 양의 이십만 대군을 이끌고 싸움을 도우러 와 검각을 치러 간다 합니다. 또 사마의는 스스로 대군을 이끌고 노성으로 밀고 들 작정이라 합니다."

그 말을 듣자 교대를 하러 돌아가려고 채비를 하던 군사들은 물론 모든 촉병이 놀라고 걱정했다. 먼저 교대 이야기를 꺼냈던 양의가 들어와 다시 공명에게 말했다.

"위병의 몰려오는 기세가 매우 거셉니다. 잠시 교대를 미루고 그 군사를 남겨 먼저 적을 물리치도록 하시는 게 좋겠습니다. 새 군사들이 이르기를 기다려 그들을 교대시키도록 하십시오."

그 말에 공명이 고개를 저었다.

"아니다. 내가 군사를 쓰고 장수를 부리는 데는 믿음을 바탕으로 삼는다. 이미 그런 명을 내려놓고 이제 와서 어떻게 그들의 믿음을 저버리겠는가? 군사들 중에서 이번에 돌아가게 되어 있는 자는 모두 돌아갈 채비를 마쳤을 것이고 그 부모와 처자도 사립문에 기대서서 기다리고 있을 것이다. 내가 곧 큰 어려움에 빠지는 한이 있어도 결코 그들을 이곳에 붙들어두지는 않겠다."

그리고 명을 내려 돌아가기로 되어 있는 군사들은 그날로 떠나가게 했다. 그 명을 전해 들은 군사들은 저마다 큰 소리로 외쳤다.

"승상께서 이토록 은혜를 베푸시는데 우리가 어떻게 떠날 수 있습니까? 바라건대 우리에게 이곳에 머물러 목숨을 걸고 크게 위병을 무찌를 기회를 주시오. 승상의 은혜에 보답할 수 있게 해주시오!"

공명이 그런 군사들을 달랬다.

"너희들은 마땅히 집으로 돌아갈 차례다. 그런데 어찌 여기 머무르려는가? 돌아가도록 하라."

"아닙니다. 우리는 모두 나가 싸우기를 원합니다. 집으로는 돌아가지 않겠습니다!"

군사들이 더욱 소리 높이 외쳤다. 그제야 공명도 그들의 뜻을 받아주었다.

"고맙다. 이왕에 너희들이 싸우기를 원하니 한 가지 일을 맡기겠다. 성 밖에 나가 영채를 얽고 있다가 적이 이르거든 쉴 틈을 주지 말고 들이쳐라. 그것이야말로 편히 앉아 지친 적을 기다리는 계책이다."

그러고는 그들을 성 밖으로 내보냈다. 스스로 원해서 하는 싸움이라 촉병의 사기는 드높았다. 모두 손에 익은 병장기를 들고 성 밖으로 나가 진을 쳤다.

오래잖아 서량의 인마가 먼저 노성에 이르렀다. 먼 길을 급히 달려오느라 사람과 말이 모두 지쳐 있었다. 그들이 겨우 진채를 세우고 막 쉬려 하는데 일찍부터 기다리던 촉병이 밀물처럼 덮쳤다. 사람마다 힘을 다해 덤비니 군사는 날래고 장수는 용맹스러웠다.

그런 촉병을 지칠 대로 지쳐 있던 옹, 양의 군사가 당해낼 재간이 없었다. 어이없이 뭉그러져 달아나기 시작했다. 더욱 기세가 오른 촉병이 그 뒤를 뒤쫓으며 죽이니 순식간에 시체는 들판을 덮고 거기서 흐르는 피는 내를 이루었다.

성을 나간 공명은 이긴 군사들을 거두어 들여 고루 상을 내리고 치하했다. 그런데 문득 영안(永安)의 이엄이 사람을 보내 급한 글을 전해 왔다. 공명이 놀라 뜯어보니 대략 이런 뜻이 적혀 있었다.

'요사이 듣자 하니 동오가 사람을 낙양에 보내 위와 화친을 맺으려 한다고 합니다. 이에 위는 동오에게 촉을 치라고 부추겼으나 다행히도 동오는 아직 군사를 일으키지는 않고 있습니다. 엄은 특히 그 같은 소식을 탐지하였기로 알려드림과 아울러 승상께서 빨리 좋은 계책을 세워주시기를 엎드려 빕니다.'

참으로 놀랍고도 두려운 일이 아닐 수 없었다. 읽기를 마친 공명은 곧 장수들을 불러놓고 말했다.

"만약 동오가 군사를 일으켜 촉으로 쳐들어온다면 큰일이다. 급히 돌아가야겠다."

그리고 영을 내려 기산에 있는 대채의 인마를 서천으로 물리게 했다.

"사마의는 내가 이곳에서 군사들과 머물고 있는 줄 알면 감히 뒤쫓지 못할 것이다."

이에 기산의 촉병은 왕평, 장의, 오의, 오반이 길을 나누어 이끌고 천천히 서천으로 몰려갔다.

공명의 짐작대로 그곳에서 촉병과 맞서고 있던 장합은 촉병이 물러가는 걸 보고도 함부로 뒤쫓지 못했다. 무슨 계책이 있지 않나 싶어서였다. 대신 사마의를 찾아보고 물었다.

"이제 촉병이 물러나고 있는데 어떻게 하실 작정이십니까?"

사마의가 떠름한 얼굴로 대답했다.

"공명은 잔꾀가 매우 많은 사람이니 가볍게 움직여서는 아니 되오. 굳게 지키면서 저들의 군량이 떨어지기를 기다리는 편이 낫겠소. 군량만 떨어지면 절로 돌아갈 것이오."

그러자 대장 위평(魏平)이 나서서 말했다.

"촉병이 기산의 영채를 뜯어 물러가고 있다면 지금이야말로 그틈을 타 뒷덜미를 후려쳐줄 때입니다. 도독께서 군사를 묶어놓고 촉을 보기를 범 보듯 하시다가 때를 놓치기라도 하면 천하의 비웃음은 어떻게 감당하실 작정이십니까?"

그러나 사마의는 끝내 고집을 부려 그 말을 따라주지 않았다.

한편 공명은 기산의 군사들이 모두 일없이 돌아갔음을 알자 양의와 마충을 장막 안으로 불러들였다. 그리고 밀계를 주며 먼저 만 명의 궁노수를 이끌고 가 검각과 목문도 양편에 매복해 있게 했다.

"만약 위병이 뒤쫓아오거든 포향 소리에 맞춰 통나무와 바위를 굴려라. 그렇게 그들이 돌아갈 길을 끊은 뒤에 양편에서 활과 쇠뇌를 쏘아 붙이면 된다. 틀림없이 큰 공을 세울 수 있을 것이다."

그게 두 사람에게 가만히 일러준 계책이었다. 마충과 양의가 나간 뒤 공명은 또 위연과 관흥을 불렀다.

"그대들은 뒤따라오며 적의 추격을 막도록 하라."

공명은 그렇게 영을 내린 다음 성벽 위에 어지럽게 깃발을 꽂게 하고 성안 여기저기에 마른 풀과 짚더미를 쌓아 불을 지르게 했다.

성안의 그 갑작스런 변화에 사마의는 어리둥절했다. 함부로 덤비지 못하고 살피는 사이에 공명은 대군을 몰아 목문도를 바라보며 빠져나갔다. 이윽고 살피러 나갔던 군사 하나가 돌아와 사마의에게 알렸다.

"촉병의 큰 부대는 이미 빠져나갔습니다. 그러나 성안에 남은 군사가 얼마인지는 잘 모르겠습니다."

그 말에 사마의는 몸소 성 아래로 가서 살펴보았다. 깃발이 펄럭이고 불길이 이는 성을 한참 살피던 사마의가 비로소 공명의 속셈을 알아차리고 어이없다는 듯 웃으며 말했다.

"저것은 빈 성이다. 들어가보아라."

군사들이 들어가보니 정말로 성은 텅 비어 있었다. 비록 잠시 속기는 했으나 공명이 급히 물러난 걸 알자 사마의는 기뻤다. 이번에는 기회를 놓치지 않겠다는 듯 장수들을 돌아보며 물었다.

"공명은 이미 물러갔다. 누가 뒤쫓겠는가?"

"제가 가보겠습니다."

선봉 장합이 선봉답게 나섰다. 사마의가 왠지 불안한 듯 말렸다.

"공은 성미가 거칠고 급해 마음이 놓이지 않소. 이번에는 빠지시오."

그러자 장합이 불끈해 따지듯 물었다.

"싸움터로 나올 때 도독께서는 저를 선봉으로 삼으셨습니다. 오늘 바야흐로 큰 공을 이루려 하는데 어찌하여 저를 쓰려 하지 않으십니까?"

"촉병이 물러났다 하나 반드시 험한 길목에 매복을 남겨두었을 것이오. 깊이 생각하고 꼼꼼히 살핀 뒤에야 뒤쫓아야 하오."

사마의가 그렇게 까닭을 밝혔다. 장합이 한층 목소리를 높여 말했다.

"그거라면 저도 잘 알고 있습니다. 너무 걱정하실 것 없습니다."

"좋소. 굳이 가시려면 가시오. 하지만 나중에 원망해서는 아니 되오."

그게 어디 다짐을 받는다고 될 일일까만 워낙 장합이 고집을 부리고 나서니 사마의도 마지못해 그런 다짐으로 물러섰다. 장합이 굳은 얼굴로 소리쳤다.

"대장부가 몸을 던져 나라의 은혜에 보답하는데 만 번 죽은들 무슨 한이 있겠습니까!"

그렇게 나오자 사마의도 더 말리지 못했다.

"공께서 굳이 가시겠다니 오천 군사를 이끌고 먼저 떠나시오. 뒤이어 위평에게 이만을 주어 뒤따르게 하면서 매복을 방비하게 하겠소. 나는 삼천 군사를 이끌고 그 뒤에서 형세를 보아 접응하겠소이다."

이에 장합은 오천 군사를 받아 나는 듯 촉병의 뒤를 쫓았다. 장합이 한 이십 리나 달렸을까, 홀연 등 뒤에서 함성이 크게 일며 숲속에서 한 떼의 인마가 뛰쳐나왔다. 앞선 장수가 말 위에서 큰 칼을 비껴들고 크게 소리쳤다.

"역적 장합은 군사를 이끌고 어디로 가느냐?"

장합이 보니 그 장수는 위연이었다. 장합은 불같이 노해 말을 박차고 달려 나갔다. 곧 위연과 장합의 한바탕 싸움이 벌어졌다. 그러나 열 합을 채우기 바쁘게 위연이 거짓으로 패해 달아나기 시작했다.

장합은 그런 위연을 뒤쫓아 다시 한 삼십 리를 달리다가 문득 말 고삐를 당기고 사방을 둘러보았다. 사마의가 걱정하던 게 퍼뜩 떠오른 까닭이었다. 그러나 어디에도 복병이 있는 것 같지 않아 다시 말을 박찼다.

장합이 막 한 산 언덕을 도는데 새로 함성이 크게 일며 한 떼의 촉병이 쏟아져 나왔다. 앞선 장수는 관흥이었다.

"장합은 달아나지 말라! 내가 여기 있다!"

관흥이 큰 칼을 비껴들고 그렇게 소리쳤다.

장합은 대꾸도 없이 말에 박차를 가해 관흥에게 덤볐다. 다시 둘 사이에 싸움이 벌어졌으나 이번에도 결과는 전과 비슷했다. 관흥이 열 합을 넘기기 바쁘게 말 머리를 돌려 달아나기 시작했다.

장합은 또 그 뒤를 쫓았다. 얼마 안 가 나무가 빽빽한 숲속에 이르렀다. 장합은 번쩍 의심이 들었다. 군사를 사방에 풀어 살펴보게 했다. 그러나 아무리 꼼꼼히 살펴도 복병이 있는 것 같지는 않았다. 그 바람에 마음을 놓은 장합은 내쳐 촉병을 뒤쫓았다.

하지만 그때 이미 장합은 제갈공명의 계책에 깊이 빠져들어 있었다. 얼마 안 가 난데없이 위연이 나타나 다시 여남은 합 부딪고는 달아났다. 화가 난 장합이 앞뒤 없이 뒤쫓는데 이번에는 또 관흥이 나타났다. 장합은 화가 꼭뒤까지 치솟았다. 두말할 것도 없이 길을 막고 선 관흥을 덮쳤다.

관흥은 또 열 합을 채우기 바쁘게 달아났다. 거기다가 그를 따르는 촉병들은 갑주와 창칼까지 버리고 달아나 길이 막힐 지경이었다. 위병들은 모두 말에서 내려 그걸 줍느라 어지러워졌다.

그때 다시 위연과 관흥이 나타나 그런 위병을 덮쳤다. 그러나 장합이 힘을 다해 맞서자 이내 못 견디겠다는 듯 달아나버렸다. 아무래도 계책이라기보다는 정말로 힘이 모자라 쫓기는 듯했다. 거기에 자신을 얻은 장합은 더욱 거세게 촉병을 뒤쫓았다.

어느새 해는 지고 날이 저물기 시작했다. 목문도 어귀까지 쫓기던 위연이 문득 말 머리를 돌리더니 큰 소리로 욕을 퍼부어댔다.

"장합 이 어리석은 역적 놈아, 내가 너 같은 것과는 맞겨루지 않으려고 하는데도 무얼 한다고 부득부득 쫓아오느냐? 정히 그렇다면 이제 한번 죽기로 결판을 내보자!"

그 소리에 장합은 또다시 불같이 화가 났다. 대꾸도 않고 말을 박차 위연에게로 달려갔다. 장합이 창을 들어 위연을 찌르려 하자 위연이 칼을 휘둘러 막았다. 그러나 이번에도 큰소리만 쳤을 뿐, 위연은 열 합을 넘기지 않았다. 아무래도 못 당하겠다는 듯 갑옷 투구까지 벗어던지고 졸개들과 함께 목문도로 달아나버렸다.

위연이 또 달아나는 걸 보자 장합은 눈이 뒤집힐 만큼 속이 상했다. 사정없이 말을 몰아 위연을 뒤쫓았다.

그사이 날은 아주 저물어 오래잖아 길마저 보이지 않게 됐다. 그런데 갑자기 한소리 포향이 울리더니 산등성이에서 하늘을 찌를 듯 불길이 치솟았다. 이어 큰 돌과 통나무가 비오듯 쏟아져 장합과 그 졸개들이 돌아갈 길을 막아버렸다. 비로소 장합은 속은 걸 알았다.

"내가 적의 계책에 떨어지고 말았구나!"

장합이 그렇게 소리치며 급히 말 머리를 돌리려 했으나 이미 때는 늦어 있었다. 등 뒤는 이미 그동안에 흘러내린 돌과 통나무로 길이 막히고, 앞에만 손바닥만 한 공터가 보일 뿐, 양쪽은 깎아지른 듯한 절벽이었다.

장합은 이제 나아가려고 해도 나아갈 수가 없고 물러나려 해도 물러날 수가 없었다. 막막해서 잠시 머뭇거리는데, 문득 딱다기 소리가 들리며 수많은 화살과 쇠뇌가 비오듯 쏟아졌다.

장합은 움치고 뛸래야 뛸 수가 없었다. 쏟아지는 화살에 고슴도치처럼 되어 백여 부장과 함께 목문도에서 죽었다.

한편 장합을 뒤따라오던 위병들은 골짜기 입구가 돌과 통나무로 막혀 있는 걸 보자 장합이 이미 공명의 계책에 빠진 줄 알았다. 얼른 말 머리를 돌려 물러나기 시작했다. 그때 산꼭대기에서 큰 외침이 들렸다.

"제갈승상이 여기 있다!"

위병들이 올려다보니 공명이 불빛 속에 앉아 있다가 손가락질을 하며 타일렀다.

"내가 오늘의 사냥에서 잡고자 한 것은 말[馬, 사마의]이었는데 잘못되어 노루[獐, 장합]를 맞히고 말았구나. 너희들은 안심하고 돌아가 사마의에게 이르거라. 오래잖아 내 손에 사로잡히게 될 것이니 목을 씻고 기다리라고."

그 말을 들은 위병들은 머리를 싸안고 돌아갔다. 그리고 사마의를 보기 무섭게 목문도에서 있었던 일을 상세히 말했다. 사마의는 슬퍼해 마지않으며 하늘을 우러러 탄식했다.

"장합이 죽게 된 것은 모두가 내 허물이다!"

그러고는 군사를 돌려 낙양으로 돌아갔다.

위주는 장합이 죽었다는 소리를 듣자 눈물을 뿌리며 탄식하고 그 시신을 거두어 후하게 장사 지내게 해주었다.

그때 한중으로 돌아가 있던 공명은 성도로 돌아가 후주를 찾아보려 했다. 동오의 침입을 의논하고 방비를 세우기 위함이었다. 그런데 이엄이 먼저 후주에게 글을 올려 거짓말을 했다.

'신이 군량을 마련해 막 승상의 군전(軍前)에 보내려 하는데 승상이 갑자기 군사를 돌려 물러나고 말았습니다. 실로 무슨 까닭인지 알 길이 없습니다.'

대강 그렇게 적힌 글을 읽은 후주는 어리둥절했다. 곧 상서 비위를 한중으로 보내 공명에게 되돌아온 까닭을 물어보라 했다.

한중에 이른 비위는 공명을 찾아보고 후주의 뜻을 전했다. 공명이 깜짝 놀라며 말했다.

"이엄이 급한 글을 보내, 동오가 군사를 일으켜 서천으로 쳐들어오려 한다기에 돌아왔소. 그런데 그게 무슨 소리요?"

비위가 아는 대로 말해주었다.

"이엄이 글을 올려 말하기를 군량을 이미 마련해두었는데 승상께서 까닭 모르게 군사를 되돌리셨다 했습니다. 천자께서는 그 때문에 특별히 저를 보내 까닭을 묻게 하신 것입니다."

그 말을 듣고 크게 노한 공명은 곧 사람을 풀어 일이 그렇게 된 경위를 알아보게 했다. 오래잖아 모든 게 밝혀졌다.

"이엄이 군량을 제대로 마련하지 못하자 승상께 죄를 입을까 두려워 한 짓 같습니다. 승상께 거짓 글을 보내 되돌아오게 해놓고 다시 천자께 거짓 말씀을 올려 자신의 허물을 감추려 한 것입니다."

그 같은 말을 들은 공명은 분을 이기지 못해 소리쳤다.

"그 하찮은 것이 제 한 몸을 위해 나라의 큰일을 그르쳤구나!"

그러고는 곧 사람을 시켜 이엄을 잡아다 목 베려 했다. 비위가 그런 공명을 말렸다.

"승상께서는 선제께서 당부하신 일을 머리에 새기시어 잠시 너그럽게 용서하도록 하십시오."

그 말에 공명도 성을 가라앉히고 그 처리를 비위에게 맡겼다. 성도로 돌아간 비위는 그 모든 일을 표문으로 적어 후주에게 올렸다. 표문을 읽은 후주는 발연히 노해 무사들에게 당장 이엄을 끌어다 목 베라 소리쳤다. 이번에는 참군 장완이 후주를 말렸다.

"이엄은 선제께서 세상을 버리신 뒤의 일을 부탁하신 신하 중의 하나입니다. 바라건대 너그럽게 용서하도록 하옵소서."

후주도 그 말을 듣고서는 함부로 이엄을 목 벨 수 없었다. 그를 벼슬자리에서 내쫓아 서인으로 삼고 재동으로 귀양 보내 하는 일 없이 지내게 했다.

공명도 이엄에게 모질지만은 않았다. 성도로 돌아오자 그 아들 이풍(李豊)을 장사로 삼아 아비 대신 나랏일을 돌보게 했다.

# 여섯 번째 기산으로

성도로 돌아간 공명은 삼 년을 기한으로 하고 위와의 싸움 준비에 들어갔다. 군량을 모으고 말먹이 풀을 쌓는 한편 군사들에게는 진치는 법과 병기 다루는 법을 가르치고 싸움에 필요한 기구들도 빠짐없이 갖춰나갔다. 장수와 군졸들을 잘 대접하고 백성들의 살이를 보살펴주니 동서 양천의 군사와 백성들이 모두 공명의 은덕을 우러렀다.

세월은 쉼없이 흘러 어느덧 삼 년이 지나갔다. 때는 건흥 십삼년 봄 이월 공명은 후주를 찾아뵙고 아뢰었다.

"이에 신이 장사를 어르고 다독인 지도 벌써 삼 년이 지났습니다. 군량과 마초는 넉넉하고, 싸움에 필요한 기구도 다 갖춰졌으며, 사람과 말이 모두 튼튼하고 씩씩하니, 바야흐로 위를 치러 나서볼 때인 듯싶습니다. 만약 이번에도 간사한 무리를 쳐 없애고 중원을 회복하지 못한다면, 맹세코 다시 돌아와 폐하를 뵙는 일은 없을 것입니다."

"지금 천하는 솥발 같은 형세를 이루고 오도 위도 쳐들어오는 법이 없는데 상부(相父)께서는 어인 까닭으로 평안히 이 태평함을 누리려 하지 않으시오? 어찌하여 거칠고 험한 싸움터를 스스로 찾아나서려 하시오?"

후주가 그렇게 공명을 말렸다. 공명이 낯빛을 고치고 목소리를 고르게 하여 그 말을 받았다.

"신은 선제의 지우를 입은 뒤로 자나깨나 위를 쳐 없앨 계책을 생각하지 않음이 없었습니다. 힘을 다 쏟고 충성을 다해서 폐하께 중원을 되찾아드리고 아울러 한실을 되일으키는 게 오직 신이 바라는 바일 뿐입니다."

그때 문득 줄지어 섰던 신하들 가운데서 한 사람이 나서며 소리쳤다.

"승상께서는 결코 군사를 일으키셔서는 아니 됩니다."

여럿이 보니 그 사람은 천문에 밝은 태사(太史)인 초주였다. 여럿이 눈길로 그 까닭을 묻자 초주가 말했다.

"신은 지금 사천대(司天臺)를 맡아보고 있으니 화와 복에 관한 일은 아뢰지 않을 수가 없었습니다. 요사이 수만의 새 떼가 남쪽에서 날아와 한수에 빠져 죽는데 그것은 별로 상서롭지 못한 조짐입니다. 또 신이 천문을 보니 규성(奎星, 이십팔 수의 하나인 별 이름)이 태백(太白) 어름에 걸쳐 있고 성한 기운이 북쪽에 서려 위를 치는 게 이롭지 못합니다. 또 있습니다. 요사이 성도 백성들은 모두 밤에 잣나무가 우는 소리를 들었다 합니다. 이런 여러 가지 야릇한 이변이 있을 때는 삼가 지키고 가볍게 움직여서는 아니 됩니다."

그러자 공명이 초주를 꾸짖듯 말했다.

"나는 선제께서 돌아가신 뒤의 일을 당부하는 무거운 말씀을 들은 몸으로서 마땅히 힘을 다해 역적을 쳐 없애야 하오. 어찌 허망한 요기를 핑계로 나라의 큰일을 제쳐놓을 수 있겠소?"

그리고 유사(有司)에게 명해 소열황제(유비)의 묘당에 태뢰(太牢, 큰 제사)를 차리게 한 뒤 울며 고했다.

"신 양은 다섯 번이나 기산으로 나갔으나 한 치의 땅도 얻지 못했으니 그 죄 실로 가볍지 아니합니다. 이제 신은 다시 모든 군사를 이끌고 기산으로 나감에 즈음해 맹세의 말을 바쳐 올리고자 합니다. 힘을 다하고 마음을 다 쏟아 한적(漢賊)을 쳐 없애고 중원을 되찾되, 이 몸이 닳고 시들어 죽은 뒤에야 그 일을 그만두겠습니다!"

공명의 먹은 마음이 그러하니 이제는 그 누구도 말릴 수가 없었다. 모두가 걱정스레 입을 다물고 있는 사이에 제사를 마친 공명은 곧 후주에게 작별을 고하고 한중으로 달려갔다.

공명이 장수들을 모아놓고 군사를 낼 일을 시작하려는데 홀연 사람이 달려와 알렸다.

"관흥이 병들어 죽었다고 합니다."

그 말을 듣고 목을 놓아 울던 공명은 정신을 잃고 땅에 쓰러졌다가 반나절이나 지나서야 깨어났다. 여러 장수들이 번갈아 공명을 위로하며 슬픔을 풀어주려 했다. 그러나 공명은 눈물을 거둘 줄 몰랐다.

"참으로 가련하다. 그 충의로운 사람에게 하늘이 긴 목숨을 주지 않았구나! 아직 군사를 내기도 전에 또 한 사람 대장을 잃었으니 이 무슨 하늘의 뜻인가?"

그렇게 탄식하며 슬퍼해 마지않았다.

공명이 관흥을 잃은 슬픔을 딛고 마침내 군사를 낸 것은 그로부터 며칠 뒤였다. 공명은 삼십사만의 촉병을 다섯 길로 나누어 기산으로 밀고 나가게 했다. 선봉은 강유와 위연으로, 둘은 모두 똑바로 기산을 향했고 이회(李恢)는 먼저 군량을 날라 야곡으로 드는 길 어귀에서 기다리기로 했다.

한편 위나라는 그 무렵 태평한 나날을 보내고 있었다. 특히 그 전해에는 청룡이 마파정이란 곳에 나타났다 하여 연호까지 청룡 원년으로 고치고 떠들썩하게 보냈다. 그런데 그 청룡 이년 봄 이월이었다. 근신이 위주에게 아뢰었다.

"변경의 관리가 급한 소식을 띄워보냈습니다. 촉병 삼십여 만이 다섯 길로 나누어 다시 기산으로 나오고 있다 합니다."

그동안 싸움 없이 지낸 위주 조예는 그 소리에 가슴이 철렁했다. 곧 사마의를 불러들여 걱정스레 물었다.

"한 삼 년 조용히 지내더니 이번에 다시 제갈량이 기산으로 나온다 하오. 어찌했으면 좋겠소?"

사마의가 별로 걱정없다는 듯 말했다.

"신이 밤에 천문을 보니 중원에는 한창 왕기(王氣)가 성했고, 규성이 태백을 범하는 게 오히려 서천은 이롭지 못했습니다. 그런데 이제 제갈량은 제 재주만 믿고 하늘의 뜻을 거슬러 움직이고 있으니 이는 곧 스스로 패망의 길을 찾아나선 것이나 다름없습니다. 신은 폐하께 내려진 크신 복에 기대 마땅히 달려가 그를 쳐부술 것입니다. 다만 바라건대 네 사람만 함께 가게 해주십시오."

"경은 어떤 사람들을 데려가고 싶소?"

위주가 그건 어려울 것도 없다는 듯 물었다. 사마의가 얼른 대답했다.

"죽은 하후연의 네 아들입니다. 맏이는 이름이 패(覇)요 자는 중권(仲權)이며 둘째는 이름이 위(威)에 자는 계권(季權)이라 합니다. 셋째는 이름이 혜(惠)에 자는 아권(雅權)이요, 넷째는 이름이 화(和)요 자는 의권(義權)입니다. 하후패와 하후위 둘은 말타기와 활쏘기에 익숙하고 하후혜와 하후화는 도략에 밝습니다. 이들 네 사람은 늘상 아비의 원수 갚기를 별러 왔는데 이번에 신이 한번 써볼까 합니다. 하후패와 하후위는 좌우 선봉으로 삼고 하후혜와 하후화는 행군사마로 삼아 함께 군기를 맡게 함으로써 촉병을 물리쳐볼 작정입니다."

그 말을 듣자 조예는 문득 걱정스런 얼굴이 되어 물었다.

"지난날 하후무에게 잘못 대군을 맡겼다가 수많은 인마만 잃고, 그 자신은 아직도 부끄러워 이리로 돌아오지 못하고 있소. 이번의 네 사람도 역시 하후무와 같은 꼴이 나지 않겠소?"

"그 네 사람은 하후무와 견주어서는 아니 됩니다."

사마의가 자신있게 그 넷을 두둔했다. 그제서야 조예도 사마의의 청을 들어주었다. 사마의를 대도독으로 삼아 모든 장수와 군사의 쓰고 부림을 도맡게 하고, 각처의 병마도 모두 그의 명을 따르게 했다. 명을 받은 사마의가 장졸을 이끌고 성을 나서는데 다시 위주 조예가 몸소 조서를 내리며 당부했다.

'경은 위빈에 이르거든 성벽을 높게 해 굳게 지키기만 하고 나가 창칼을 맞대는 일이 없게 하라. 촉병은 제 뜻대로 되지 않으면 거짓으로 물러나는 체해 우리 군사를 유인하려 들 것이니 삼가고 함부로 뒤쫓아서는 아니 되리라. 저들이 양식이 떨어지기를 기다려 저들이 물러가거든 그때에야 그 빈틈을 노려 들이치라. 그리하면 어려움 없이 싸움에 이길 수 있을 뿐만 아니라 사람과 말의 수고로움도 줄일 수 있을 것이니 이보다 더 나은 계교는 없으리라.'

사마의는 머리를 조아려 그 조서를 받고 그날로 낙양을 떠났다.
장안에 이른 사마의는 각처의 병마를 모두 불러모았다. 합쳐 사십 만이나 되는 군사가 위빈에 모여들어 진채를 세웠다. 사마의는 그 중에서 오만을 뽑아 위수에 아홉 개의 부교를 놓게 했다. 그리고 선봉 하후패와 하후위로 하여금 위수를 건너 영채를 세우게 함과 아울러 본채 뒤에는 성 하나를 쌓아 적을 막는 데 걱정을 덜게 했다. 이런저런 채비가 모두 끝난 뒤 사마의는 장수들을 불러모아 촉병 막을 의논을 시작했다.
그때 사람이 와서 알렸다.
"곽장군과 손장군이 오셨습니다."
사마의는 곽회와 손례를 반갑게 맞아들였다.
"만약 기산에 있는 촉병이 위수를 건너뛴 뒤 그 벌판으로 기어올라 북쪽 산을 타고 농서 길을 끊으면 큰 걱정거리가 아닐 수 없습니다."

예를 마친 곽회가 대뜸 그런 걱정을 늘어놓았다. 사마의도 듣고 나니 걱정스러웠다.

"그 말이 옳소. 공은 농서의 병마를 모아 북원(北原)에 진을 치시오. 도랑을 깊이 파고 벽을 높게 쌓아 굳게 지킬 뿐 함부로 움직여서는 아니 되오. 그리하여 적의 군량이 다하기를 기다렸다가 그들이 물러날 때 몰아붙여야 할 것이오."

그렇게 말하고 곽회와 손례를 북원으로 보냈다.

한편 기산으로 나온 공명은 앞뒤 좌우와 가운데 다섯 개의 큰 영채를 세우고, 또 야곡에서 검각에 이르는 길에도 열네 개의 대채를 세워 군마를 나눠두었다. 모두가 오래 버티기 위한 배치였다.

하루는 살피러 나갔던 군사가 급하게 돌아와 알렸다.

"손례와 곽회가 농서의 군사를 이끌고 북원에 진채를 세웠습니다."

그 소리를 들은 공명은 오히려 잘됐다는 듯 여러 장수들을 불러 놓고 말했다.

"위병이 북원에 진을 친 것은 우리가 그 길로 나가 농서길을 끊을까 두려워서이다. 우리는 거짓으로 북원을 공격하는 체하다가 가만히 위빈을 뺏어버리도록 하자. 군사들로 하여금 나무를 베어 큰 뗏목 백여 채를 엮게 하고 그 위에 마른 풀과 물질에 익숙한 군사 오천 명을 태우라. 오늘밤 우리가 북원을 공격하는 체하면 사마의는 반드시 구하러 달려올 것이다. 그 적을 조금 두들겨준 뒤 우리 후군이 먼저 강물을 건넌다. 그다음 뗏목을 풀어놓아 강물을 따라 흘러가게 하면서 거기 실린 마른 풀에 불을 지르면 강물 위에 놓인 위병의 부교를 태워 없앨 수 있을 것이다. 후군은 그런 위병의 뒤를 들이쳐라. 나는 따로이 일군을 이끌고 앞에 있는 적의 영채를 빼앗을 것이다. 그렇게 하여 위수 남쪽만 뺏으면 그다음 우리 군사가 나아가기는 어렵지 않다."

이에 장수들은 모두 공명이 시킨 대로 일을 시작했다.

수많은 촉병이 나무를 찍어 뗏목을 만들고, 한편으로는 어디론가 싸우러 갈 채비를 하는 걸 살핀 위군의 초병이 얼른 그 일을 사마의에게 알렸다. 사마의가 장수들을 불러놓고 말했다.

"공명이 그러는 데는 틀림없이 계책이 숨어 있을 것이다. 북원을 공격하는 체하다가 불 붙은 뗏목을 흘려보내 우리 부교를 태워 우리 등 뒤를 어지럽히려는 수작이다. 우리 앞을 공격하는 것은 그다음이 될 것이다."

한눈에 공명의 계책을 알아보고 하는 소리였다.

이어 사마의는 거기에 대비한 배치를 시작했다. 먼저 하후패와 하후위를 불러 말했다.

"너희들은 북원 쪽에서 함성이 들리거든 바로 군사를 이끌고 위수 남쪽에 있는 산중에 숨어 있으라. 거기서 기다리다가 촉병이 몰려오거든 뛰쳐나가서 짓두들겨라."

사마의는 다시 장호와 악침을 불렀다.

"너희들은 이천 궁노수를 이끌고 부교 북쪽 언덕에 숨어 있다가 만약 촉병들이 뗏목을 타고 내려오거든 한꺼번에 활과 쇠뇌를 쏘아 붙여라. 결코 부교 곁으로 다가오게 해서는 아니 된다."

그다음으로 사마의는 곽회와 손례에게도 사람을 보내 전하게 했다.

"공명은 북원으로 나가는 체하면서 몰래 위수를 건널 것이오. 그대들은 이제 막 영채를 세운 데다 인마도 많지 않으니 도중에 매복해 있으시오. 촉병은 오후부터 물을 건너 해 질 무렵이면 틀림없이 짓쳐들 것이오. 그대들이 거짓으로 패한 체 달아나면 촉병은 틀림없이 뒤쫓을 것인데 그때는 활과 쇠뇌를 쏴서 막도록 하시오. 나도 물과 뭍으로 나갈 테니 촉병이 모두 이른 뒤에는 내가 시키는 대로 따라 싸우면 될 것이외다."

실로 빈틈없는 대응이었다. 그러나 사마의는 그것도 모자라 두 아들 사마사와 사마소에게는 앞에 있는 영채를 구원케 하고, 스스로는 한 갈래 군사를 이끌고 북원을 구원하기로 정했다.

한편 공명은 공명대로 자신의 계책을 구체적으로 베풀기 시작했다. 위연과 마대는 군사를 이끌고 위수를 건너 북원을 공격하게 하고, 오반과 오의는 뗏목 탄 군사를 데리고 위병의 부교를 불살라버리게 했다. 위수 가에 있는 사마의의 영채를 공격할 군사는 삼대로 나누었는데, 전대는 왕평과 장의가 맡고 중대는 강유와 마충이, 그리고 후대는 요화와 장익이 맡았다.

명을 받은 장졸들은 그날 한낮에 모두 대채를 떠나 위수를 건넜다. 그리고 각기 맡은 곳을 향해 진세를 이루며 천천히 나아갔다.

위연과 마대가 북원에 이르렀을 때는 날이 이미 저문 뒤였다. 사마의의 말을 듣고 사방에 군사를 풀어 살피던 손례는 촉병이 온 걸 보자마자 영채를 버리고 달아났다.

위연은 그 재빠른 물러남을 보고 위병에게 준비가 있음을 알아차렸다. 얼른 군사를 물리려는데 사방에서 함성이 일며 두 갈래 위병이 쏟아져 나왔다. 왼쪽에는 사마의가 이끄는 군사요, 오른쪽에는 곽회가 이끄는 군사였다.

위연과 마대는 힘을 다해 빠져나왔으나 촉병의 태반은 위수에 빠져 죽고 나머지는 위병들에게 에워싸여 달아날래야 달아날 길이 없었다. 하지만 그래도 죽으란 법은 없는지 오반이 군사를 이끌고 달려와 몰살은 겨우 면하고 강 언덕으로 빠져나갈 수 있었다.

한숨을 돌린 오반은 원래 받은 군령으로 돌아갔다. 군사 절반을 갈라 뗏목에 태우고 물 따라 흐르며 위병의 부교를 불태우려 했다. 그러나 거기에도 위병은 이미 준비가 있었다. 장호와 악침이 이천 군사를 호령해 언덕에서 화살을 퍼부으니 아무 가리개도 없는 뗏목 위의 촉병이 견뎌낼 재간이 없었다. 오반은 화살에 맞아 강물에 떨어져 죽고, 나머지 군사들은 모두 물속으로 뛰어들어 제 목숨 하나 건지기에 바빴다. 그들이 버린 빈 뗏목은 모두 위병의 차지였다.

그 무렵 왕평과 장의는 북원으로 간 저희 편 군사가 이미 그 지경이 난 줄도 모르고 위병의 본진으로 다가들고 있었다. 밤은 이미 깊어 이경이나 되었는데 함성이 사방에서 요란했다. 왕평이 말 고삐를 당기며 장의에게 말했다.

"우리 마군이 북원을 치러 갔으나 이겼는지 졌는지는 알 수가 없소. 거기다가 위수 남쪽의 위병 대채가 앞에 있는데 위병은 하나도 얼씬 않는구려. 사마의가 모든 걸 알고 미리 채비를 갖춰둔 것이나 아닌지 모르겠소. 우리 함부로 뛰어들 게 아니라 부교를 사르는 불길이 일거든 그때에야 나아가도록 합시다."

그리고 군사를 멈춘 채 강물 위에 불길이 솟기만을 기다렸다. 잠시 후 등 뒤에서 갑자기 군사 하나가 달려와 알렸다.

"승상께서 얼른 군마를 돌리라고 하십니다. 북원에 갔던 군사도, 뗏목을 타고 부교를 태우려던 군사도 모두 적에게 무너졌다고 합니다."

그 말에 왕평과 장의는 깜짝 놀랐다. 얼른 군사를 물리려 하는데 한소리 포향과 함께 위병들이 쏟아져 나왔다. 그들이 지른 불길은 하늘을 찌르는 듯하고 그들의 기세 또한 사납기 그지없었으나 왕평과 장의는 겁먹지 않았다. 군사들을 격려해 한바탕 어지러운 싸움을 벌인 뒤에야 그곳을 빠져나왔다. 그러나 아무래도 이미 기세에 눌린 탓인지 그 싸움에서도 촉병은 다시 태반이 꺾이고 말았다.

공명은 싸움에 진 군사들을 기산의 대채로 불러모았다. 헤아려보니 그 싸움에서 꺾인 군사만도 오만이 넘었다. 모처럼 힘을 들여 벌인 싸움이 그 지경으로 끝을 맺자 공명의 걱정과 괴로움은 컸다. 이번에는 누구 탓도 할 수 없는 깨끗한 패배여서 더욱 그랬는지도 모를 일이었다.

그럴 즈음 성도에서 비위가 공명을 보러 왔다. 공명은 마침 잘됐다 싶었다. 얼른 비위를 불러들이고 예가 끝나기 바쁘게 말했다.

"내가 글 한 통을 써줄 터이니 번거롭지만 공께서 동오로 가서 좀 전해주시겠소?"

"승상의 명이라면 어찌 마다할 수 있겠습니까?"

비위가 그렇게 기꺼이 승낙했다. 그러자 공명은 비위에게 글 한 통을 써주며 동오의 손권에게 전하라 했다.

공명의 글을 가지고 건업으로 달려간 비위는 오주 손권을 찾아보고 글을 바쳤다. 손권이 뜯어보니 거기에는 대략 이렇게 씌어 있었다.

'한실이 불행하여 기강을 잃으니 역적 조조가 제위를 찬탈하여 이제 여러 해가 되었습니다. 양은 소열황제의 중한 당부를 받은 몸으로 어찌 힘을 다 쏟고 마음을 다 바치지 않을 수 있겠습니까? 이미 대병은 기산 아래 모여 있고 미친 역적의 무리는 머지않아 위수 가에서 망하고야 말 것입니다. 엎드려 바라옵건대 폐하께서는 동맹의 의미를 생각하시어 북정(北征)을 명해주십시오. 함께 중원을 빼앗은 뒤에 천하를 나누어 가진다면 그 아니 좋은 일이겠습니까? 글로써는 다 아뢰지 못하나 오직 폐하의 밝으심에 기대 빌 뿐입니다.'

곧 함께 위를 치자는 공명의 권유였다. 읽기를 마친 손권은 흐뭇했다.

그는 글을 가져온 비위를 보며 의젓하게 일렀다.

"짐은 오래전부터 군사를 일으켜 위를 치려 했으나 공명과 힘을 합칠 기회가 없었소. 그런데 이제 이렇게 공명의 글이 왔으니 더 미룰 까닭이 없는 듯하오. 오늘로 짐이 몸소 군사를 일으켜 거소문(居巢門)으로 나가겠소. 가서 위의 신성을 빼앗을 참이오. 또 육손과 제갈근에게는 강하와 면구의 군사를 들어 양양을 뺏게 할 것이며 손소(孫韶)와 장승(張承)에게는 광릉으로 군사를 내 회양을 뺏게 하겠소. 그렇게 세 갈래 길로 한꺼번에 쓸고 나갈 우리 군사는 합쳐 삼십만, 긴 날을 머뭇거릴 것도 없이 당장 움직일 것이오."

손권의 그 같은 다짐을 들은 비위는 고마움을 이기지 못했다. 엎드려 절하며 그 고마움을 드러냈다.

"폐하의 정성이 그러하시니 중원은 절로 무너질 것입니다."

손권은 그런 비위를 위해 크게 잔치를 열게 했다. 한참 술잔이 오가는데 손권이 불쑥 물었다.

"승상의 군중에서는 누가 선봉으로 쓰이고 있소?"

"위연이 가장 자주 쓰입니다."

비위가 사실대로 대답했다. 손권이 껄껄 웃으며 말했다.

"그 사람은 용맹은 넘치지만 마음이 바르지 못하오. 공명만 없어지는 날이면 반드시 촉에 화가 되리다. 그런데 어찌 공명이 그걸 모른단 말씀이오?"

실로 무서운 소리였다. 궁궐 깊숙이 앉아서 한번 보지도 못한 위연의 사람됨을 꿰뚫어보고 있었다. 비위가 섬뜩함을 감추며 말했다.

"폐하의 말씀이 매우 옳습니다. 돌아가면 반드시 그 말씀을 공명에게 전해 올리겠습니다."

그리고 잔치가 끝나자 다시 한번 손권에 절하여 감사하고 한중으로 돌아갔다.

"오주는 삼십만 대군을 일으켜 세 갈래 길로 쳐올라 올 것이라 합니다. 그중에 한 갈래는 몸소 이끌 작정인 듯싶었습니다."

비위가 그렇게 손권의 응답을 전하자 공명이 다시 물었다.

"그밖에 달리 하는 말은 없었소?"

"하나 더 있었습니다. 잔치 중에 위연의 말을 했습니다."

그 말과 함께 비위는 손권이 위연을 평한 말을 전했다. 듣고 난 공명이 감탄하여 말했다.

"실로 총명한 주군이로구나! 나는 위연의 사람됨을 몰라서가 아니라 그 용맹이 아까워 마지못해 쓰고 있을 뿐이오."

"그렇다면 일찌감치 마땅한 조치를 해야 하지 않습니까?"

비위가 걱정스레 공명의 말을 받았다. 그러나 공명은 그리 대수롭게 여기지 않는 얼굴이었다.

"내게도 생각이 있으니 너무 걱정하지 마시오."

그러고는 손권과 힘을 합쳐 위를 치는 일에만 마음을 쏟았다.

비위가 성도로 돌아간 뒤 공명은 여러 장수들을 모아놓고 다시 위병과 싸울 의논을 시작했다. 그런데 홀연 군사 하나가 달려와 알렸다.

"위나라 장수 한 명이 항복해 왔습니다."

공명이 얼른 그 장수를 불러들이게 하고 물었다.

"그대는 누구이며 어찌하여 우리에게 항복하게 되었는가?"

"저는 위나라의 편장군 정문(鄭文)입니다. 근래 진랑(秦朗)이란 자와 함께 인마를 끌고 와 사마의 밑에서 쓰이고 있었는데, 뜻밖에도 사마의가 사사로운 정에 치우쳐 사람을 쓰지 않겠습니까? 진랑은 높이 세워 전장군으로 삼고 이 정문은 마치 짚 검불 보듯 하니 분한 나머지 이렇게 달려와 항복 드리는 것입니다. 바라건대 승상께서 이 몸을 거두어 쌓인 분함을 풀어주십시오."

그런데 미처 그의 말이 끝나기도 전에 군사 하나가 달려와 알렸다.

"위장 진랑이 군사를 이끌고 우리 진채 밖에 와서 정문에게 싸움을 걸고 있습니다."

그 말을 들은 공명이 정문에게 물었다.

"진랑의 무예가 너와 견주어 어떠냐?"

"제가 한칼에 베어버리겠습니다."

정문이 그렇게 큰소리를 쳤다. 공명이 이렇다 할 표정 없이 말했다.

"먼저 나가서 진랑을 목 베어 오너라. 그러면 나도 너를 믿겠다."

그러자 정문은 선선히 말에 올라 영채를 나갔다. 공명도 몸소 영채를 나가 정문이 진랑과 싸우는 모습을 구경했다.

진랑이 창을 끼고 달려 나오며 큰 소리로 정문을 꾸짖었다.

"역적 놈아, 어찌해 내 말을 훔쳐 타고 달아났느냐? 어서 빨리 내 말을 내놓아라!"

그리고는 말을 박차 똑바로 정문에게 덮쳐갔다. 정문도 군말 없이 칼을 휘둘러 진랑과 어울렸다. 그러나 겨우 한 번 엉켰다 떨어지는데 진랑의 몸뚱이가 정문의 칼을 맞고 말에서 떨어졌다. 대장이 그렇게 죽으니 졸개들이 싸울 마음이 있을 리 없었다. 위병들이 늑대 만난 양 떼처럼 흩어지자 정문이 진랑의 목을 잘라 촉진으로 되돌아왔다.

장막으로 돌아온 공명은 자리에 앉기 바쁘게 정문을 불러오게 했다. 정문을 무겁게 쓰려 함인 줄 알았으나 그게 아니었다. 공명은 정문이 불려오자마자 좌우를 돌아보며 소리쳤다.

"무엇들 하는가? 저 놈을 끌어내 목을 베어라!"

정문이 놀라 소리쳤다.

"승상, 그 무슨 말씀이십니까? 소장은 실로 아무런 죄가 없습니다."

그러자 공명이 매섭게 꾸짖었다.

"나는 전부터 진랑을 잘 알고 있다. 그런데 오늘 네가 베어 죽인 것은 진랑이 아니다. 네 어찌 감히 나를 속이려 드느냐?"

그러자 비로소 정문의 기세가 꺾였다. 갑자기 머리를 조아리며 사실대로 털어놓았다.

"죽을죄를 지었습니다. 오늘 제가 죽인 것은 진랑이 아니라 그 아우 진명이었습니다."

"사마의가 너를 시켜 거짓으로 내게 항복케하고 무슨 일을 꾸며보려 했으나 어찌 나를 속일 수 있겠느냐? 만약 네가 바로 털어놓지 않는다면 나는 어김없이 너를 목 벨 것이다!"

공명이 껄껄 웃으며 그렇게 말하고 사마의가 하려 한 짓을 캐물었다. 일이 이미 글렀다 여긴 정문이 들은 대로 모두 털어놓으며, 살려주기를 빌었다. 공명이 문득 목소리를 은근하게 하여 달랬다.

"네가 살기를 바라거든 어서 글 한 통을 써라. 사마의가 스스로 와서 우리 영채를 급습하게만 만든다면 네 목숨은 살려주겠다. 그리하여 만약 사마의를 사로잡게 된다면 그걸 모두 네 공으로 쳐서 마땅히 너를 중용할 것이다."

그러자 정문은 하는 수 없이 사마의를 꾀는 글 한 통을 써바쳤다. 공명은 정문을 가둬두게 하고 그 글로 사마의를 잡을 계책을 세우기 시작했다.

번건(樊建)이 궁금한 듯 물었다.

"승상께서는 어떻게 정문이 거짓으로 항복해 왔다는 걸 알았습니까?"

공명이 잔잔하게 웃으며 일러주었다.

"사마의는 가볍게 사람을 쓰는 사람이 아니다. 만약 진랑을 전장군으로 세웠다면 반드시 진랑의 무예가 높고 세었기 때문이었을 것이다. 그런데 오늘 싸움에서 정문과 싸운 장수는 겨우 한 합에 목이 떨어졌으니 틀림없이 진랑이 아니다. 나는 그걸 보고 정문의 항복도 거짓인 줄 알았다."

그 말을 듣자 그 자리에 있던 사람들 치고 엎드려 감탄하지 않은
이가 없었다.

공명은 말 잘하는 군사 하나를 골라 무어라 귓속말로 분부한 뒤
위채(魏寨)로 보냈다. 그 군사가 위채로 들어가 사마의에게 정문이
써준 글을 바치자 읽고 난 사마의가 물었다.

"너는 누구냐?"

"저는 중원 사람으로 이리저리 흘러다니던 끝에 촉에 주저앉게
되었으나 정문과는 한 고향에서 자랐습니다. 이번에 정문이 공을 세
워 공명은 그를 선봉으로 세웠습니다. 그러자 정문이 특히 저에게
당부해 이 글을 가져오게 되었습니다. 정문이 말하기를 내일 밤 불
을 지르는 걸 신호로 대도독께서 몸소 대군을 이끌고 촉진을 급습해
달라 했습니다. 그러면 정문도 안에서 호응해 촉병을 단번에 무찌를
수 있을 것입니다."

그 군사가 그렇게 대답했다. 그래도 사마의는 정문이 자기 졸개를
보내지 않고 낯선 사람을 보낸 게 못 미더워 이것저것 캐물어보았
다. 그러나 그 군사의 말에는 조금도 수상쩍은 데가 없었다. 사마의
는 다시 정문이 보낸 글을 꼼꼼히 읽어보았다. 역시 틀림없는 정문
의 필체에 내용도 이상한 곳이 없었다.

이에 그 군사를 믿게 된 사마의는 그에게 술과 밥을 내리고 말했다.

"오늘 밤 이경쯤 해서 내 스스로 적진을 급습해보겠다. 만약 일이
뜻대로 이뤄지면 너를 높게 쓰리라."

그러자 그 군사는 머리를 조아려 고마움을 나타내고 저희 진채로

돌아갔다. 그 군사로부터 사마의가 속아 넘어갔음을 전해 들은 공명은 곧 싸움 채비에 들어갔다. 칼을 짚고 북두칠성을 우러러 기도를 올린 뒤에 먼저 왕평과 장의를 불렀다.

"그대들은 이리이리 하라."

공명은 그렇게 남모르는 계교를 주고 다시 마대와 마충에게도 또 다른 계교를 주어 보냈다. 위연까지 불러 무언가 계교를 준 뒤에야 공명은 스스로 높은 산에 올라가 거기서 모든 갈래의 군사를 지휘했다.

그 무렵 사마의도 두 아들과 함께 대군을 몰아 촉채를 급습할 채비를 끝냈다. 막 군사를 내려는데 맏아들 사마사가 한마디 했다.

"아버님께서는 어인 까닭으로 한 조각 글만 보시고 몸소 위험한 곳 깊숙이 들려 하십니까? 만약 거기 어떤 잘못됨이 있으면 그때는 어찌하시려고 그러십니까? 제가 보기에는 따로 장수 하나를 세워 먼저 가게 하시고 아버님께서는 뒤에서 호응해가시는 게 나을 듯합니다."

사마의도 듣고 보니 그럴듯해 그대로 따랐다. 진랑을 불러 일만 군사로 먼저 촉진을 급습하게 하고 자신은 뒤따르면서 변화에 호응하기로 했다.

그날 밤이었다. 초경만 해도 바람이 맑고 달이 밝더니 이경쯤이 되자 갑자기 구름이 끼고 검은 기운이 하늘을 덮었다. 서로 얼굴을 맞대도 알아보기 어려울 만큼 캄캄해져버린 것이었다.

"하늘이 내가 공을 이루는 걸 도와주는구나!"

사마의는 야습하기에 알맞게 캄캄해져 몹시 기뻐하며 소리쳤다.

군사들도 힘이 나서 앞으로 내달았다. 입에는 소리를 못 내게 하는 나뭇가지를 물고 말에는 재갈을 채운 채였다.

촉채 가까이 이르자 진랑이 먼저 일만 군사를 이끌고 기세도 좋게 뛰쳐들어갔다. 그러나 촉채 안에는 어리친 개새끼 한 마리 보이지 않았다.

"모두 물러나라. 우리가 속았다!"

놀란 진랑이 그렇게 소리치며 군사를 물리려 했으나 뜻대로는 되지 않았다. 갑자기 사방에서 불길이 일며 함성이 요란한 가운데 두 갈래 촉병이 쏟아져 나왔다. 왼쪽은 장의와 왕평이 이끄는 촉병이요, 오른쪽은 마대와 마충이 이끄는 촉병이었다.

진랑은 죽을힘을 다해 싸웠다. 그러나 워낙 촘촘하게 쳐둔 그물이라 빠져나갈 수가 없었다. 오직 뒤따라오는 사마의가 어서 구해주기를 기다릴 뿐이었다.

하지만 사마의의 사정도 급하기는 마찬가지였다. 사마의도 촉채에서 불길이 솟고 함성이 이는 소리는 들었으나 어느 편이 이기고 지는지 알 길이 없었다. 무턱대고 군사를 재촉해 불길 쪽으로 내닫는데 갑자기 함성이 일며 북소리 나팔 소리가 하늘에 가득했다. 놀란 눈길로 보니 오른쪽에서는 강유요, 왼쪽에서는 위연이 각기 한 갈래 군사를 이끌고 덮쳐오고 있었다.

위병들은 싸워보기도 전에 그 기세에 먼저 질려버렸다. 그대로 무너져내려 열에 여덟아홉은 상한 채 사방으로 흩어졌다.

뒤를 받쳐주기로 한 사마의가 그 모양이 되니 안에 갇힌 진랑의 신세는 뻔했다. 만 명의 졸개와 더불어 몇 겹으로 에워싸여 있다가 비오듯 쏟아지는 촉병의 화살에 목숨을 잃고 말았다.

겨우 목숨을 건진 사마의는 싸움에 진 군사를 이끌고 본채로 쫓겨갔다. 코앞이 안 보일 듯하던 검은 기운은 삼경이 지나자 차차 걷히고 하늘도 다시 맑아졌다.

위병이 모두 쫓겨간 걸 보고 산 위의 공명은 징을 쳐서 모든 군사를 거두었다. 원래 이경 무렵에 갑자기 일었던 구름은 공명이 둔갑법을 써서 불러 모은 것이었다. 따라서 군사를 거둬들이며 다시 그 구름을 흩어버리니 삼경부터는 하늘이 맑아질 수밖에 없었다.

본채로 돌아온 공명은 정문을 목 베고 다시 위수 남쪽을 빼앗을 의논을 시작했다. 하지만 문제는 위병이었다. 공명이 매일 군사를 보내 싸움을 걸어도 받아주지 않았다.

이에 공명은 몸소 수레에 올라 기산 앞 위수 동서의 지리를 살펴보기 시작했다. 한 골짜기에 이르니 땅의 생김이 호로병 같은데 그 안에 천여 명이 들 만하고 또 양쪽의 산이 합쳐 골짜기를 이루면서 거기도 사오백 명이 더 숨어 있을 만한 곳이 있었다. 그 뒤에는 양쪽 산이 다시 붙어 길이란 것은 겨우 말 한 마리 사람 하나가 지날 수 있을 뿐이었다.

그 골짜기를 본 공명은 기쁜 기색을 감추지 못하고 길잡이 군사에게 물었다.

"이 골짜기 이름이 무엇인가?"

"이 골짜기 이름은 상방곡인데 달리 호로곡이라 불리기도 합니다."

길잡이 군사가 아는 대로 대답했다.

장막으로 돌아온 공명은 비장 두예(杜叡)와 호충(胡忠)을 불러 귀에 대고 무언가 은밀한 계교를 주었다. 그리고 다시 군중의 장인 천여 명을 불러모아 호로곡으로 보내고 목우(木牛)와 유마(流馬)란 걸 만들게 했다.

그다음으로 불려온 건 마대였다. 공명은 마대에게 군사 오백을 내주며 호로곡을 지키라 당부했다.

"뭇 장인들은 한 사람이라도 밖으로 내보내지 말고 바깥 사람도 안으로 들이지 않도록 하라. 내가 불시에 점검하더라도 소홀함이 있어서는 아니 된다. 사마의를 잡을 길은 이번 일에 달렸으니 결코 이 소문이 밖으로 새나가는 일이 없게 하라."

이에 마대도 그 명에 따라 떠났다.

한편 호로곡에 이른 두예와 호충은 장인 천여 명을 부려 목우, 유마를 만들었다. 공명은 매일 친히 그곳으로 가서 그들이 일하는 걸 지시하고 살폈다.

그러던 어느 날이었다. 장사 양의가 공명을 찾아보고 말했다.

"지금 우리 편 군량은 모두 검각에 있어 운반하는 일꾼과 마소가 옮겨오기에 여간 힘들지 않습니다. 이 일을 어찌했으면 좋겠습니까?"

그러자 공명이 빙긋 웃으며 말했다.

"내 이미 군량을 옮겨올 계책을 세워온 지 오래니 걱정 않아도 될 것이다. 전부터 모아둔 여러 종류의 나무들과 서천에서 사들인 큰 목재로 목우와 유마를 만들게 해두었다. 그게 만들어지면 군량을 옮기는 일은 어렵지 않다. 그 마소는 먹지도 마시지도 않고 밤낮으로 곡식을 실어 나를 수 있기 때문이다."

곁에서 그 말을 들은 사람들은 모두 놀라 마지않으며 물었다.

"옛부터 지금까지 목우나 유마란 말은 들어본 적이 없습니다. 승상께서는 어떤 묘법을 지니셨길래 그같이 기이한 물건을 만드실 수 있습니까?"

공명이 어려울 것도 없다는 듯 대답했다.

"나는 장인들을 시켜 격식에 따라 그걸 만들게 하고 있다. 그러나 아직도 만들어진 게 없어 보여줄 수 없으니 먼저 말과 글로 목우, 유마를 만드는 법을 일러주겠다. 그 크기와 모남과 둥글음이며 길고 짧음, 넓고 좁음을 모두 여기 적어 보여줄 것이니 한번 보도록 하라."

그리고 먼저 붓을 들어 목우 만드는 법을 썼다. 다 쓴 것을 여러 사람이 돌려가며 읽어보니 거기에는 대략 이런 내용이 적혀 있었다.

'배는 모가 나고 정강이는 굽으며 한 몸통에 다리는 넷이다. 머리는 목덜미에 박혀 있고 혀는 배에 닿아 있는데, 많이 실으면 멀리 가지 못하고 홀로 가면 몇십 리를 가나 떼 지어 가면 삼십 리가 고작이다. 굽은 것은 소머리가 되고 짝이 진 것은 소의 발이 되며, 가로지른 쪽은 소의 목덜미가 되고 구르는 쪽은 소의 다리가 된다. 뒤집어져 있는 쪽은 소의 잔등이 되고 모가 난 쪽은 소의 배가 된다. 바로 선 것이 소의 혀요, 굽은 것은 소의 갈빗대이다. 새겨 만든 것은 소의 이며, 세운 것은 소의 뿔이고, 가는 것은 쇠굴레요, 꺼져 있는 것은 소의 고삐다. 소는 멍에 둘로 끄는데 사람이 여섯 자를 가는 동안 소는 네 발짝을 간다. 사람은 크게 힘들지 않고 소는 먹지도 마시지도 않는다……'

그리고 이어 그 구석구석 조각조각의 자세한 모양과 크기를 적었다. 유마의 경우도 마찬가지였다. 역시 목우처럼 그 대략의 생김과 특성을 적은 뒤에 그 만드는 법을 적어나갔다.

'갈빗대 길이는 석 자 닷 치에 너비는 세 치, 두께는 두 치 닷 푼이요……'

하는 식이었다. 모든 장수들은 그걸 둘러보고 새삼 감탄해 마지않았다.

"승상은 참으로 신과 같은 분이다!"

그러고는 그 목우 유마가 어서 빨리 만들어지기만을 기다렸다.

며칠이 지나자 다 만들어진 목우와 유마가 모습을 드러냈다. 살아 있는 소나 말과 비슷하게 생겼는데 산을 오르고 언덕을 내려가는 데 수월하기가 그지없었다.

공명은 우장군 고상(高翔)에게 명하여 군사 천여 명을 이끌고 목우와 유마를 몰아 검각에 있는 군량을 기산으로 옮겨오게 했다. 이로부터 촉병은 우선 군량 걱정은 없어졌다.


그런데 이 목우와 유마에 대해서는 여러 가지로 말이 많다. 어떤 이는 공명의 시대보다 훨씬 뒷날의 저술에 보이는 군용 수레의 일종을 신비하게 윤색하여 공명의 이름을 높인 것이라 하고, 어떤 사람은 예부터 있어 온 일종의 수레를 공명이 개량해 썼을 것이라고도 한다. 정사에도 뚜렷이 목우와 유마가 나오는 걸 보면 뒷사람의 주장이 옳은 듯하다. 그러나 『연의』에서 보는 것처럼 먹지도 마시지도 않고 저절로 가는 그런 초과학적 운반 수단은 아니었음에 분명하다. 길이 험하고 산길과 고개가 많은 곳에서 쓰기에 편리하게 몇 가지

고안을 곁들인 수레라고 보는 편이 옳을 것이다.

한편 싸움에 지고 쫓겨온 사마의는 마음이 무거웠다. 그러나 나아가 싸울 수도 물러날 수도 없어 걱정으로 날을 보내는데 살피러 나갔던 군사들이 돌아와 알렸다.

"촉병들이 목우와 유마란 수레를 써서 군량을 운반하고 있습니다. 사람은 별로 힘들어 보이지 않는데 먹지도 마시지도 않는 목우와 유마가 움직이는 게 매우 신기합니다."

그 말을 들은 사마의가 깜짝 놀라 말했다.

"내가 굳게 지킬 뿐 나가 싸우지 않는 것은 적이 마침내 군량과 마초를 대지 못해 절로 무너지기를 기다리고자 함이었다. 그런데 이제 목우와 유마 같은 걸 만들어 쓰고 있으니 틀림없이 공명은 긴 안목으로 계책을 꾸미고 있는 듯하다. 기다린다 해도 적이 물러날 생각이 없으니 이제 어찌하면 좋단 말인가!"

그러고는 곧 장호와 악침을 불러 영을 내렸다.

"너희들은 각기 군사 오백 명을 데리고 야곡 샛길을 따라 나가보아라. 거기 알맞은 곳에 숨어 기다리다가 촉병이 목우와 유마를 끌고 군량을 운반해 가거든 그 뒤를 들이쳐 그 목우와 유마를 뺏어오도록 한다. 많이 뺏어올 것은 없으니 적이 모두 지나기를 기다렸다가 갑자기 뛰쳐 나가 그 끄트머리에 있는 서너 대만 끌어오도록 하라."

이에 장호와 악침은 군사 오백을 이끌고 야곡으로 갔다. 군사들은 모두 촉병으로 꾸미게 하고 밤중에 가만히 샛길로 빠져 골짜기 한구석에 숨어 있자니 과연 고상이 이끄는 목우와 유마가 줄지어 나타났다.

장호와 악침은 사마의가 시키는 대로 촉병이 모두 지나가기를 기다렸다가 갑자기 소리를 지르며 뛰쳐나가 그 끄트머리를 덮쳤다. 뒤에서 처져 목우와 유마를 끌던 촉병들은 그 갑작스런 습격에 미처 손을 쓸 틈이 없었다. 별수 없이 목우와 유마 몇 필을 버리고 달아나 버렸다.

# 꾸미는 건 사람이되
# 이루는 건 다만 하늘일 뿐

장호와 악침은 기뻐 어쩔 줄 모르며 빼앗은 목우와 유마를 이끌고 저희 진채로 돌아갔다. 사마의가 살펴보니 정말로 살아 있는 말이나 소와 크게 다를 게 없어 보였다. 사마의 또한 기뻐해 마지않으며 멀리 있는 공명을 향해 중얼거렸다.

"네가 이 법을 써서 만들었다면 난들 쓰지 못할 게 무엇이겠느냐?"

그러고는 곧 솜씨 좋은 장인 백여 명을 불러들여 끌어온 목우와 유마를 뜯어보고 꼭 그대로 만들게 했다. 장인들이 공명이 만든 것과 똑같은 크기와 너비와 두께로 나무를 깎아 맞추니, 보름이 되자 이 천여 대의 목우와 유마가 만들어졌다. 모두 곡식을 싣고 움직일 수 있는 것들이었다.

사마의는 진원장군 잠위(岑威)를 불러 명했다.

"너는 천 명의 군사를 이끌고 목우와 유마를 부려 농서에서 군량을 날라 오너라."

잠위가 그대로 하자 위군도 그날부터 힘들이지 않고 농서에서 군량을 날라 먹게 되었다. 촉진과 마찬가지로 위의 장졸들도 한결같이 그 일을 기뻐해 마지않았다.

한편 공명에게로 돌아간 고상은 위병들이 목우와 유마 대여섯 대를 뺏어간 일을 알렸다. 공명은 오히려 잘됐다는 듯 웃으며 말했다.

"나는 그것들이 그렇게 뺏어가주기를 바랐다. 몇 필의 목우와 유마를 잃었으나 걱정할 건 없다. 오래잖아 우리는 군중에 쓰일 것들을 숱하게 얻을 것이다."

"승상께서 어떻게 그걸 아십니까?"

듣고 있던 장수들이 영문을 모르겠다는 듯 물었다. 공명이 짤막하게 대꾸했다.

"사마의는 틀림없이 내가 만든 대로 목우와 유마를 만들어 쓸 것이다. 그때 내가 다시 계책을 베풀겠다."

그러나 장수들은 여전히 알 수가 없었다.

며칠이 지났다. 하루는 살피러 간 군사가 돌아와 알렸다.

"위병들이 수많은 목우와 유마를 이끌고 농서에서 군량과 마초를 날라오고 있습니다."

공명이 더없이 기뻐하며 소리쳤다.

"정말로 내 헤아림을 벗어나지 못하는구나!"

그러고는 곧 계책에 들어갔다.

공명은 먼저 왕평을 불러 분부했다.

"그대는 군사 천 명을 이끌고 위병처럼 꾸며 밤중에 몰래 북원을 지나라. 위병에게 군량을 옮기는 군사라고 속이고 슬그머니 적의 군량 옮기는 군사들 틈에 끼어들었다가, 군량을 운반할 때 위병을 죽여 흩어버리고 그들의 목우와 유마를 뺏어서 몰아오라. 북원을 지나오게 되면 반드시 위병이 나타나 너희를 뒤쫓을 것이다. 그때는 목우와 유마의 몸속에 있는 혀를 비틀어놓으면 된다. 그리되면 목우와 유마는 움직이지 않을 것이니 너희들은 그것들을 버려두고 그저 달아나기만 하라. 뒤쫓아온 위병들은 목우와 유마를 되찾은 것만도 다행으로 여기고 그것들을 끌고 가려 할 것이다. 그러나 당겨도 끌려오지 않고 밀어도 나아가지 않으면 당황하게 마련일 것인데, 그때 내가 다시 군사를 보내겠다. 너희들도 되돌아서서 내가 보낸 군사들과 함께 위병을 쫓아버린 뒤 목우와 유마의 혀를 제자리로 돌려놓고 오너라. 그러면 위병들은 틀림없이 놀랍고 괴이쩍게 여길 것이다."

왕평이 나가자 공명은 다시 장의를 불렀다.

"너는 오백 군사를 데리고 가 육정육갑(六丁六甲)의 신장(神將)처럼 꾸며라. 귀신의 머리에 짐승의 몸을 하고 다섯 가지 물감으로 얼굴을 칠해 하나하나가 무섭고 야릇한 모양을 내도록 해야 한다. 그런 다음 모두 한 손에는 수놓은 깃발을 들고 한 손에는 보검을 잡게 하며 또 허리에는 불이 잘 붙게 하는 물건을 넣은 호로병을 차게 한 뒤 산기슭에 숨어 있으라. 목우와 유마를 앞세운 위병들이 이를 때를 기다려 한꺼번에 뛰쳐나가 불을 질러대면 위병들은 놀라 흩어질 것이다. 그때 그들이 버리고 간 목우와 유마를 이끌고 돌아오면 된다. 위병들은 너희들이 귀신인 줄 알고 두려워서 감히 뒤쫓지 못할 것이다."

그런 명을 받자 장의도 곧 그걸 지키러 장막을 나갔다. 공명은 그 다음으로 강유와 위연을 불러 분부했다.

"그대들 둘은 같이 군사 만 명을 이끌고 북원으로 가서 목우 유마를 뺏어오는 우리 군사를 맞으라. 적이 뒤쫓으면 싸워 지켜야 한다."

다음은 요화와 장익이 불려왔다. 공명은 그 둘에게도 할 일을 주었다.

"너희 둘은 오천 군사를 이끌고 가서 사마의가 오는 길을 끊으라."

마지막으로 불려온 것은 마대와 마충이었다. 그 두 사람은 군사 이천을 거느리고 위남으로 가서 싸움을 거는 일을 맡게 되었다.

그로부터 얼마 뒤였다. 위장 잠위가 군사들을 이끌고 목우와 유마를 몰아 군량을 운반해 가고 있는데 군사 하나가 달려와 알렸다.

"앞에 우리가 군량 옮기는 걸 지켜줄 군사들이 와 있습니다."

잠위가 다시 사람을 보내 알아보니 정말로 자기편 군사였다. 이에 위병들은 아무 걱정 않고 앞으로 나아갔다. 그런데 양쪽 군사가 합쳐질 무렵해서였다. 홀연 함성이 크게 일며 자기편이라고 믿었던 군사들 뒤편에서 촉병이 쏟아져 나왔다.

"촉의 대장 왕평이 여기 있다. 목숨이 아까우면 모두 항복하라!"

앞선 장수가 군량 나르는 위병들을 덮쳐오며 소리쳤다. 그 뜻밖의 변괴에 위병들은 미처 손발 놀릴 틈이 없었다. 태반은 허둥대다 촉병들에게 맞아 죽었다.

잠위가 겨우 남은 군사를 다잡아 맞서보려 했지만 될 일이 아니었다. 왕평의 한칼에 목이 떨어지니 졸개들은 그대로 흩어져 달아났다. 왕평은 그들이 버리고 간 목우와 유마를 끌고 촉진으로 향했다. 큰 힘 들이지 않고 첫 단계는 성공한 셈이었다.

쫓겨간 위병이 그다음 일을 되도록 도왔다. 겨우 목숨을 건져 가까운 북원의 저희 진채로 달려간 그들은 곽회에게 군량 빼앗긴 일을 급히 알렸다.

놀란 곽회가 황망히 군사를 내 군량을 되찾으러 왔다. 왕평은 군사들을 시켜 목우와 유마의 혀를 돌려놓은 뒤 싸우는 체하며 달아나고 달아나는 체하며 싸우는 식으로 물러나기 시작했다.

"뒤쫓지 말라! 군량을 찾았으니 돌아가자."

곽회가 그런 영을 내리고 목우와 유마를 찾은 걸로 만족하며 돌아가려 했다. 그러나 군사들이 모두 덤벼들어 밀고 당기며 법석을 떨어도 목우와 유마는 꼼짝도 않았다.

얼마 전까지도 잘 굴러가던 목우와 유마가 움직이지 않자 곽회는 놀랍고도 괴이쩍게 여겼다. 그러나 군량을 그대로 버리고 갈 수도 없는 일이라 애꿎은 군사들만 몰아대고 있는데 갑자기 북소리 나팔소리가 하늘 가득 울려퍼졌다.

뒤이어 사방에서 함성이 일며 두 갈래 군마가 쏟아져 나왔다. 강유와 위연이 이끄는 촉병이었다. 거기다가 달아나던 왕평도 되돌아서서 덤비니 곽회 혼자서는 그 세 갈래 군마를 당할 길이 없었다. 얼마 안 돼 형편없이 뭉그러진 군사들과 함께 되돌아서 달아났다.

왕평은 군사들을 시켜 목우와 유마의 혀를 제자리로 돌려놓게 한 다음 끌고 가기 시작했다. 곽회가 멀리서 그걸 보고 다시 군사를 몰아 뒤쫓으려 했다. 그때 문득 산 뒤에서 구름 같은 연기가 일며 한 떼의 신병이 뛰쳐나왔다. 두 손에 깃발과 칼을 들었는데 그 차림이나 모양이 괴이쩍기 그지없었다.

그들이 모두 목우와 유마를 미는 군사들을 도와 바람처럼 멀어져 가니 보고 있던 곽회는 쫓을 마음이 싹 가셨다.

"저것은 틀림없이 귀신이 촉병을 돕고 있는 것이다!"

곽회가 놀란 나머지 그런 소리를 했다. 군사들도 그걸 보자 두렵기 그지없어 누구도 촉병을 뒤쫓을 엄두를 내지 못했다.

그 무렵 북원의 군사들이 싸움에 져서 어려운 지경에 빠졌다는 소식은 사마의의 귀에도 들어갔다. 사마의는 놀라 군사를 이끌고 북원을 구하러 달려갔다. 그러나 길을 반도 가기 전에 홀연 한소리 포향이 울리며 두 갈래 군마가 뛰쳐나왔다. 미리 산기슭 험한 곳에 숨어 기다린 듯한데 그들의 함성이 하늘과 땅을 뒤흔들었다.

사마의가 놀라 살펴보니 앞세운 깃발에는 이렇게 적혀 있었다.

'한장(漢將) 요화', '한장 장익'.

사마의가 군사들을 꾸짖어 싸워보려 했으나 이미 겁먹은 군사들이라 제대로 움직여지지가 않았다. 한바탕 짓이겨져 군사들을 모두 잃고 홀몸이 되어 빽빽한 숲속으로 달아났다.

장익은 뒤처져 군사를 거두고 요화는 앞서서 그런 사마의를 뒤쫓았다. 요화가 뒤쫓으며 보니, 사마의가 놀란 끝에 정신이 어지러워 나무 한 그루를 뱅뱅 돌고 있는 게 눈에 들어왔다.

요화는 말을 박차 달려가 한칼에 사마의를 베어버릴 양으로 힘차게 내리쳤다. 그러나 아직도 사마의의 운이 다하지 않았던지 칼은 사마의를 빗맞혀 나무등걸에 깊숙이 박혔다. 요화가 힘들여 칼을 뽑고 다시 사마의를 뒤쫓으려 했으나 그때 이미 사마의는 저만큼 숲을 벗어나고 있었다.

요화는 그래도 단념하지 않고 그런 사마의를 뒤쫓았다. 하지만 곧 사마의의 자취를 잃어버리고, 겨우 그 숲 동쪽에서 땅에 떨어진 금 투구 하나만 찾았을 뿐이었다. 바로 사마의가 쓰고 있던 투구였다.

요화는 그 투구가 동쪽에 떨어진 것을 보고 사마의가 동쪽으로 달아난 것이라 짐작했다. 곧 동쪽으로 말을 달려 뒤쫓았다. 그러나 실은 그때 사마의는 서쪽으로 달아나고 있었다. 일부러 자기 투구를 동쪽에 버려놓고 그 반대편으로 빠져나간 것이었다.

요화는 한 마장이나 뒤쫓았지만 사마의의 자취는 끝내 찾을 길 없었다. 마음만 급해 바삐 말을 몰다가 한군데 골짜기 어귀에서 뜻밖에도 강유를 만났다. 강유를 만나고 난 뒤에야 헛짚은 걸 안 요화는 하는 수 없이 강유와 함께 공명이 있는 진채로 돌아갔다.

오래잖아 장의가 빼앗은 목우와 유마를 이끌고 돌아왔다. 거기 실린 곡식만도 만 석이 넘었다. 요화는 주워온 사마의의 금투구를 바쳐 그날의 으뜸가는 공으로 기록됐다. 위연은 힘든 싸움을 치렀건만 자신이 요화에게 뒤진 게 분했다. 함부로 원망하는 말을 내뱉었으나 공명은 짐짓 모르는 체했다.

한편 자기 진채로 돌아간 사마의는 더욱 괴로웠다. 엄청난 군량을 빼앗긴 데다 적지 않은 군사까지 꺾이고 자신은 목숨마저 위태로웠으니 장졸들을 마주보기가 난감할 지경이었다. 그때 마침 사신이 와서 천자의 조서를 전했다.

'동오가 세 갈래로 길을 나누어 쳐들어와서 조정은 싸워 막기로 의논을 모았다. 앞으로 적지 않은 인마와 물자가 동오와의 싸움에 돌려질 것인즉 경은 굳게 지킬 뿐 나가 싸우지 말라. 촉과의 싸움은 동오를 물리친 뒤에라도 늦지 않으리라.'

그런 내용을 읽은 사마의는 차라리 잘됐다 싶었다. 그날부터 도랑을 깊이 파고 흙벽을 높여 들어나앉아 굳게 지킬 뿐 나가 싸우지 않았다.

그 무렵 위와 동오의 싸움은 제법 그럴듯하게 어우러지고 있었다. 위주 조예는 손권이 세 갈래로 길을 나누어 쳐들어온다는 말을 듣자 그 또한 세 갈래로 길을 나누어 막기로 했다. 곧 유소(劉劭)는 군사를 이끌고 가서 강하를 구하게 하고, 전예(田豫)는 양양을 구하게 하고, 조예 자신은 만총과 함께 합비를 구하기로 한 것이었다.

만총이 먼저 소호구에 이르러 강물 맞은편 언덕 쪽을 바라보니 싸움배가 즐비하게 늘어서고 기치가 자못 엄숙하게 휘날렸다. 만총이 중군으로 돌아가 위주를 찾아보고 아뢰었다.

"오나라 것들은 우리가 멀리서 온 것을 깔보고 아직 방비가 제대로 되어 있지 않을 것입니다. 오늘밤 그 빈틈을 타 저들의 수채를 급습하면 반드시 이길 수 있을 것입니다."

"그게 바로 짐의 뜻과 같소."

위주도 대뜸 그렇게 찬성하고 곧 용맹이 뛰어난 장수 장구(張球)를 불러 영을 내렸다.

"너는 군사 오천을 이끌고 불지를 기구를 갖춰 호구를 따라가며 공격하라."

그리고 만총은 오천 군사로 동쪽 언덕을 따라 내려가면서 오군의 진채를 들이치게 했다.

그날 밤 이경 무렵이었다. 장구와 만총은 각기 오천 군사를 이끌고 가만히 호구 쪽으로 나아갔다. 다행히 오병의 경계가 허술해 들키지 않고 수채 부근에 이를 수 있었다. 거기 힘을 얻은 위병은 함성과 함께 오병의 영채로 뛰어들었다.

자다가 일을 당한 오병들은 크게 어지러워졌다. 한번 싸워보지도 못하고 달아나니 위병들은 사방에 불을 질러 수많은 싸움배와 군량이며 마초를 모조리 태워버렸다.

그때 오병을 이끌고 있던 것은 제갈근이었다. 용케 목숨을 건져 싸움에 진 군사들을 이끌고 면구로 물러났다. 위병도 급하게 뒤쫓지 않고 저희 진채로 돌아갔다.

다음 날이 되었다. 제갈근이 싸움에 져서 면구로 쫓겨갔다는 소식은 오의 대도독 육손의 귀에도 들어갔다. 그러나 육손은 별로 걱정하는 기색 없이 장수들을 모아놓고 말했다.

"나는 주상께 표문을 올려 신성을 에워싸고 있는 우리 군사로 하여금 위병이 돌아갈 길을 끊게 하겠다. 그런 다음 내가 대군을 이끌고 위병의 정면을 들이치면 그것들은 머리와 꼬리를 돌볼 틈이 없어 북소리 한 번으로 쳐부술 수 있을 것이다."

그러고는 곧 손권에게 올릴 표문을 썼다. 쓰기를 마친 육손은 벼슬이 낮은 장수 하나를 뽑아 그 표문을 신성에 있는 손권에게 갖다 바치게 했다.

그런데 뜻밖의 일이 벌어졌다. 그 심부름꾼이 나루터를 건너다가 숨어 있던 위병들에게 사로잡힌 일이었다. 군사들이 그를 끌고 돌아가 위주 앞으로 데려갔다. 그 품 안에서 육손이 쓴 표문이 나왔음은 더 말할 나위도 없었다.

읽기를 마친 위주는 감탄부터 먼저 했다.

"동오의 육손은 참으로 놀라운 헤아림을 지녔구나!"

그리고 그 오병을 가두게 한 뒤 유소에게 명을 내려 뒤로 덮칠 손권의 군사를 빈틈없이 막을 수 있도록 채비하게 했다.

한편 면구로 쫓겨가 있던 제갈근은 첫 싸움에 크게 진 것보다 더 큰일이 생겼다. 뜨거운 날씨 때문인지 군사와 말들이 병에 걸려 자빠지는 일이었다. 견디다 못한 제갈근은 편지 한 통을 써서 육손에게 보내며 군사를 물려 오나라로 돌아갈 의논을 했다. 읽기를 마친 육손이 글을 가지고 온 군사에게 말했다.

"상장군께 가서 내게 따로 생각이 있으니 조금만 기다리시라고 하라."

이에 제갈근에게 돌아간 사자는 육손의 말을 그대로 전했다. 그러나 제갈근은 그 말만으로는 답답했다. 육손의 속셈이 어떤 것인지 짐작이나 해보려고 그 사자에게 물었다.

"육도독은 어떤 일을 하고 계시던가?"

"군사들을 시켜 영채 밖 들판에 콩과 팥을 심게 하는 걸 보았을 뿐입니다. 도독 스스로는 장수들과 함께 진문 밖에서 활쏘기를 즐기고 계셨습니다."

제갈근은 그 말을 듣고 깜짝 놀랐다. 그 영문 모를 짓거리가 무엇 때문인지 알고 싶어 이번에는 그 스스로 육손의 영채로 달려갔다.

"지금 위는 조예가 몸소 나와 그 세력이 매우 큽니다. 도독께서는 어떻게 막으시겠습니까?"

제갈근이 육손을 보고 그렇게 물었다. 육손이 소리를 죽여 일러주었다.

"내가 얼마 전에 사람을 주상께 보내 표문을 올린 적이 있소이다. 그러나 뜻밖에도 그 사람이 적병에게 붙들려 일전 꾸며놓은 계책이 적의 손에 들어가버렸소. 이미 우리의 계책을 안 이상 적도 거기에 넉넉한 방비를 하고 있을 터, 싸워봐야 무슨 이득이 있겠소? 차라리 이만치서 물러남만 못할 것이오. 그래서 이미 주상께 새로운 표문을 올려 천천히 군사를 물리기로 말을 맞춰놓았소이다."

"이미 그런 뜻이 있으시다면 어서 빨리 군사를 물리실 일이지 어찌 이리 늑장을 부리십니까?"

제갈근이 아무래도 알 수 없다는 듯 다시 그렇게 물었다. 육손이 빙긋 웃으며 그 까닭을 밝혔다.

"우리 군사를 물리려 한다면 반드시 천천히 움직여야 할 것이오. 지금 만약 급하게 물러나면 위병은 반드시 그 기세를 타고 뒤쫓을 것인즉, 이는 바로 싸움에 지는 길을 스스로 마련하는 격이 되고 마오. 그러니 자유(子瑜)께서도 싸움배를 재촉해 거짓으로나마 맞서려는 듯 보이게 하시오. 나는 짐짓 인마를 양양 쪽으로 몰고 나가 적으로 하여금 의심을 갖게 한 뒤에 천천히 강동으로 돌아갈 것이오. 그리 되면 위병은 우리를 함부로 뒤쫓지 못할 것이외다."

그러자 제갈근도 비로소 육손의 속셈을 알았다. 그 계책대로 따르기로 하고 자기 영채로 돌아가기 바쁘게 싸움배를 물에 띄웠다. 곧 덤벼들 듯하면서 실은 돌아갈 채비를 하는 셈이었다.

육손도 곧장 계책에 들어갔다. 전에 없이 대오를 정돈하고 고함 소리로 기세를 높이며 느닷없이 양양 쪽으로 밀고 들었다. 세작이 이내 그걸 살펴 위주에게 알렸다.

"오병이 움직이기 시작했습니다. 마땅히 그 움직임에 맞설 채비를 하셔야 합니다."

첫 싸움에 이겨 기세가 잔뜩 올라 있던 위의 장수들은 그 말을 듣자 모두 나가 싸우기를 원했다. 그러나 육손의 놀라운 재주를 잘 알고 있는 위주는 고개를 가로저었다.

"육손은 꾀가 많은 사람이다. 우리를 꾀어내기 위한 계책일지도 모르니 가볍게 움직여서는 아니 된다."

그 말에 장수들도 슬며시 겁이 나 더는 우겨대지 않았다.

며칠 뒤였다. 다시 세작이 알려왔다.

"동오의 세 갈래 군마가 모두 물러갔습니다."

위주 조예는 그래도 믿을 수가 없었다. 곧 군사를 풀어 한 번 더 자세히 살펴보게 했다. 얼마 뒤에 정말로 오병들이 모두 물러갔다는 게 밝혀졌다. 그제서야 위주는 탄식했다.

"육손이 군사를 부리는 솜씨는 손자, 오자보다 뒤지지 않겠구나! 그가 살아 있는 한 동오를 쳐 없애기는 어렵겠다."

그러고는 장수들을 풀어 험한 길목을 지키게 한 뒤 자신은 대군을 이끌고 합비로 돌아가 그곳에서 있을지 모르는 뜻밖의 변고에 대비했다.

한편 기산의 공명은 사마의가 싸움을 받아주지 않자 오래 거기 머물며 싸울 수 있는 방도를 마련했다. 싸움이 길어짐에 따라 필요한 군량을 본국에서 날라오지 않고 그곳에서 스스로 해결하기 위해 둔전법(屯田法, 군사들로 하여금 농사를 짓게 함)을 쓰기로 한 것이었다.

공명은 그곳의 논밭을 모두 거두어 촉군이 그중 하나를 가꾸고 그곳 백성들이 나머지 둘을 가꾸는 식으로 나눈 뒤 군사들과 백성들이 서로 넘나드는 일이 없게 했다. 노는 군사들로 농사를 짓게 해 군량을 얻기 위함이었으나, 그곳 백성들로 보면 그보다 더 너그러운 대접이 없었다. 모두가 위의 다스림을 받을 때보다 더 기뻐하며 농사에 힘과 정성을 쏟았다.

세작으로부터 그 소문을 들은 사마사가 아비 사마의를 찾아보고 말했다.

"지난번에 촉병은 우리 군량을 많이 뺏어갔습니다. 거기다가 이제는 위빈에서 우리 백성들을 괴롭힘 없이 농사를 시작하고 있습니다. 모두가 이곳에 오래 버티면서 싸우기 위한 계책임에 분명하니 이는 나라의 큰 걱정거리가 아닐 수 없습니다. 아버님께서는 무슨 까닭으로 그 꼴을 보고만 계십니까? 공명과 날짜를 정해 한바탕 싸움으로 자웅을 가리시지 않고 어찌하여 진채 안에만 앉아 계십니까?"

제법 사람을 충동하는 데가 있는 말이었으나, 사마의는 별로 흔들리는 기색이 없었다.

"나는 주상의 명을 받들어 굳게 지키고 있을 뿐이다. 가볍게 움직여서는 아니 된다."

그때 다시 군사 하나가 뛰어들어와 알렸다.

"위연이 전에 도둑께서 잃은 금투구를 쓰고 진채 앞에 나타나 욕설을 퍼부으며 싸움을 걸고 있습니다."

그 소리에 곁에 있던 장수들이 모두 분한 기색을 나타내며 나아가 싸우려 들었다. 사마의가 웃으며 그들을 말렸다.

"성인께서 이르시기를, 작은 것을 참지 못하면 큰일을 어지럽히게 된다 했다. 오직 굳게 지키는 게 으뜸이니 모두 그리 알라."

그러자 장수들도 성을 가라앉히고 움직이지 않았다.

위연은 갖은 욕설을 퍼부으며 싸움을 걸었으나 사마의가 받아주지 않으니 어쩌는 수가 없었다. 한참 동안 욕만 퍼부어대다가 투덜거리며 저희 진채로 돌아갔다.

사마의가 끝내 싸우려 들지 않는데도 공명은 별로 초조해하는 기색이 없었다. 오히려 사마의를 끌어내는 것은 마음 먹기에 달렸다는 듯 엄청나고도 끔찍한 매복의 준비부터 시작했다.

"너는 그곳에다 나무 울타리를 둘러치고 영채 안에는 깊은 구덩이를 이어 판 뒤 마른 섶이며 짚 검불과 불 붙기 쉬운 물건들을 함빡 쌓아두라. 또 그 골짜기 둘레의 산꼭대기에는 마른 풀과 나뭇가지로 움집 같은 것을 많이 세워두라. 그러나 더욱 마음 쓸 것은 지뢰이다. 골짜기 안팎에 지뢰를 넉넉히 묻어 불만 붙이면 온통 불바다가 될 수 있게 해야 된다."

공명은 먼저 호로곡에 있는 마대를 불러 그렇게 이른 뒤 귓속말로 다시 당부했다.

"그 일이 끝나면 호로곡 뒷길을 막아버리고 골짜기 입구에 남 모르게 숨어 있으라. 그러다가 사마의가 그곳으로 쫓아 들어오거든 얼른 지뢰를 터뜨리고 쌓아둔 마른 땔감들에 일제히 불을 붙여라."

그런 다음 골짜기 입구에 군사를 하나 세워 낮에는 칠성기(七星旗)를 가지고 신호하고 밤에는 등불 일곱 개로 신호하게 했다. 마대가 명을 받고 나가자 공명은 그다음으로 위연을 불러들였다.

"너는 군사 오백을 이끌고 위병의 진채로 치고 들되 오직 사마의가 싸우러 나오도록 꾀어내는 데 힘을 쓰라. 이겨서는 아니 되고 오히려 거짓으로 진 체하며 끌어내는 게 좋으리라. 그리하면 사마의가 반드시 뒤쫓아올 것인데 그때 너는 칠성기가 보이는 곳으로 달아나라. 밤이면 등불 일곱 개가 비치는 곳으로 달아나면 된다. 그렇게 사마의를 꾀어 호로곡 안으로 끌어들이기만 하면 그를 사로잡을 계책은 내게 따로 있다."

공명이 그렇게 영을 내리자 위연은 곧 군사를 이끌고 위병의 진채로 달려갔다. 공명은 다시 고상을 불러 일렀다.

"너는 목우와 유마를 이삼십 마리나 사오십 마리씩 떼를 지어 거기에 곡식을 싣고 산길을 오락가락하라. 그러다가 위병이 덤비거든 그대로 빼앗겨버리는 게 네가 공을 세우는 길이다."

알쏭달쏭한 명이었으나 고상도 그대로 따랐다. 공명은 그 뒤에도 기산에 있는 군사 하나하나에게 일을 주어 떠나보냈다. 겉으로는 그대로 농사를 지으며 버틸 것처럼 꾸미고 있어야 할 그들이 받은 명은 이랬다.

"너희들은 위병들이 와서 싸움을 걸거든 거짓으로 져주어라. 그러나 사마의가 스스로 나오거든 모두 힘을 합쳐 위남을 공격하고 그 돌아갈 길을 끊으라."

공명은 모든 장졸에게 할 일을 정해 준 뒤 스스로는 한 갈래 군사를 이끌고 상방곡, 곧 호로곡에 진채를 내렸다.

그 무렵 위군 측에서도 때맞추어 작은 움직임이 일었다. 싸움도 없이 몇 날을 보내자 좀이 쑤신 하후혜와 하후화가 사마의를 찾아보고 말했다.

"요즈음 촉병은 사방으로 흩어져 농사를 지으면서 곳곳에 영채를 세워 오래 버틸 계책을 꾸미고 있습니다. 지금 당장 쳐 없애지 않고 편안히 날짜만 끌고 있어서는 안 될 것 같습니다. 그동안 적은 뿌리가 깊어지고 껍질이 굳어져 나중에는 흔들어 뽑기 어려울 것입니다."

그러나 사마의는 별로 신통히 여기는 눈치가 아니었다.

"이 또한 틀림없이 공명의 계책일 것이다."

그렇게 시큰둥하게 대답하자 두 사람이 입을 모아 불퉁거렸다.

"도독께서 이렇게 의심만 하시고 계시다가는 언제 적을 쳐 없애겠습니까? 우리 형제가 힘을 다해 싸워 죽음으로 결판을 내고 나라의 은혜를 갚겠습니다."

하후 형제가 그렇게까지 나오자 사마의도 더 말리기 어려웠다.

"꼭 그렇다면 너희 두 사람이 길을 나누어 가서 싸워보도록 하라."

그렇게 출전을 허락하자 하후혜와 하후화는 각기 오천 군사를 이끌고 진채를 나섰다. 사마의는 움직이지 않고 그들이 보내올 소식만 기다렸다.

하후혜와 하후화는 길을 나누어 촉병을 찾아나섰다. 그런데 얼마 가기도 전에 촉병이 한 떼의 목우와 유마를 이끌고 오고 있는 게 보였다. 두 사람은 한꺼번에 그 촉병을 덮쳤다. 촉병은 놀라 제대로 싸워보지도 않고 돌아서서 내빼기에 바빴다. 그 바람에 그들이 끌고 오던 목우와 유마는 모조리 위병들의 차지가 되고 말았다.

하후혜와 하후화는 빼앗은 목우와 유마를 이끌고 영채로 돌아갔다. 사마의를 찾아보고 갖은 말로 저희 공을 스스로 추키고 허풍을 떨었음은 말할 나위도 없었다.

다음 날이 되었다. 다시 영채를 나간 하후 형제는 이번에는 백여 명의 촉병을 사로잡았다. 그들 역시 사마의에게로 끌고 가 공을 자랑했다. 사마의는 끌려온 촉병들을 통해 허실을 알아내고 싶었다. 먼저 그들에게 잡혀온 경위를 물었다. 촉병들이 입을 모아 말했다.

"공명은 도독께서 굳게 지키실 뿐 나와 싸우시지 않자 저희에게 모두 흩어져 농사를 짓게 하였습니다. 이곳에서 군량을 만들어 오래 견디며 싸울 작정인 듯합니다. 저희들은 그 바람에 각기 흩어져서 밭을 갈다가 뜻밖에도 이렇게 사로잡히게 되었습니다."

그러자 사마의는 여러 말 없이 그들을 모두 놓아주게 하였다. 하후화가 알 수 없다는 듯 물었다.

"왜 그들을 죽이지 않습니까?"

"저따위 이름 없는 졸개들을 죽여서 무슨 이득이 있겠느냐? 놓아주어 촉병들로 하여금 위나라 장수들이 너그럽고 어질다는 걸 알게 하느니만 못하다. 이렇게 적의 싸울 마음을 없애는 게 바로 여몽이 형주를 뺏을 때 쓴 계책이었다."

그리고 오히려 다른 장수들에게도 두루 알리게 했다.

"앞으로도 촉병을 사로잡아 오거든 모두 좋게 돌려보내주라. 그렇게 하는 것도 공인 만큼 두텁게 상을 내릴 것이다."

182

그렇게 되니 모든 장졸이 그 말을 아니 들을 수 없었다. 하지만 사마의는 아직 그 촉병들의 말을 다 믿지는 않았다. 더 지켜보리라 하고 하후혜와 하후화를 거듭 내보냈다.

공명은 그런 사마의를 꾀어내기 위해 끈기 있게 계책을 펼쳐나갔다. 고상으로 하여금 군량을 운반하는 척 목우와 유마를 끌고 상방곡으로 끊임없이 오가게 했다.

하후혜와 하후화는 그런 고상의 군사를 갑자기 덮쳐 보름 만에 잇달아 여러 번을 이겼다. 믿지 않던 사마의도 촉병이 거듭해 패하는 걸 보자 조금씩 마음이 달라지기 시작했다. 어쩌면 정말로 자기에게 기회가 올지도 모른다 싶어 은근히 기뻐하며 기다리는데 어느 날 또 수십 명의 촉병이 잡혀왔다.

사마의가 그들을 불러 물었다.

"공명은 지금 어디 있느냐?"

"제갈승상은 지금 기산에 계시지 않고 상방곡 서쪽 삼십 리쯤 되는 곳에 영채를 세웠습니다. 상방곡으로 매일 군량을 날라야 하는 것은 실로 그 때문이올시다."

잡혀온 촉병들이 입을 모아 그렇게 대답했다.

사마의는 다시 한동안 그들에게 이것저것 꼬치꼬치 캐물은 뒤에 그들을 놓아 보내주게 했다. 촉병들이 나가자 사마의도 드디어는 싸울 마음이 생겼는지 장수들을 불러 모았다.

"공명은 지금 기산에 있지 않고 상방곡에 있다 한다. 그대들은 내일 일제히 힘을 합쳐 기산의 대채를 빼앗도록 하라. 나는 뒤에서 접응하겠다."

무슨 속셈에서인지 사마의는 그렇게 영을 내렸다. 장수들은 모두 그 명에 따라 이튿날 있을 싸움 채비에 들어갔다.

"아버님은 무슨 까닭으로 오히려 뒤편을 맡아 치려 하십니까?"

이미 대군을 내기로 해놓고 자신은 뒤로 빠지는 사마의가 이상했던지 사마사가 아비를 찾아보고 그렇게 물었다. 사마의가 차근차근 까닭을 일러주었다.

"기산은 촉인들의 근본이 되는 곳이다. 만약 우리 군사가 공격하는 걸 보면 반드시 모든 영채에서 달려와 구원하려 들지 않겠느냐? 그때 나는 상방곡을 빼앗아 거기 있는 군량과 마초를 불질러버리려한다. 그리되면 적은 머리와 꼬리가 서로 돌볼 틈이 없어 어김없이 대패하고 말 것이다."

사마사는 그 말에 엎드려 감복했다. 사마의는 곧 군사를 내어 나아가며 따로이 장호와 악침에게 각기 오천 군사를 주어 위급할 때 뒤에서 접응하게 했다.

그때 공명은 상방곡에서 몸을 빼내 기산 위에 앉아 있었다. 군사들이 움직이는 소리에 가만히 내려다보니 위병들이 삼천 명 오천 명씩 줄을 지어 차례로 올라오는 게 기산의 대채를 뺏으려 드는 게 틀림없었다. 공명은 가만히 장수들에게 영을 내렸다.

"만약 사마의가 스스로 나오거든 너희들은 얼른 위병의 진채를 덮쳐 위남을 뺏어버려라."

이에 장수들은 모두 그에 따른 채비를 갖추고 사마의가 나타나기만을 기다렸다.

한편 위병들이 기산으로 몰려들자 촉병들은 사방에서 함성을 지르며 대채를 구원하러 가는 시늉을 했다. 사마의는 촉병이 모두 기산으로 몰려가는 걸 보고 얼른 두 아들과 중군을 몰아 상방곡으로 달려갔다.

위연이 상방곡, 곧 호로곡 어귀에서 사마의를 기다리고 있다가 위병들이 몰려오는 소리를 듣자 말을 달려 나갔다. 위연이 보니 앞선 장수는 틀림없이 사마의였다.

"사마의는 달아나지 말라!"

위연이 칼을 휘두르며 달려 나가 소리쳤다. 사마의도 지지 않고 창을 끼고 달려 나가 곧 한바탕 싸움이 어우러졌다. 그러나 미처 세 합을 넘기기도 전에 위연이 갑자기 말 머리를 돌려 달아나기 시작했다.

사마의가 기세를 타고 위연을 뒤쫓았다. 위연은 미리 들은 대로 칠성기가 보이는 곳으로만 말을 몰았다. 사마의는 장수가 위연 하나뿐인 데다 뒤따르는 군마까지 그리 많지 않아 마음 놓고 뒤쫓았다. 그 왼쪽에는 사마사가 붙어 서고 오른쪽에는 사마소가 붙어 서서 아비를 지키며 일제히 밀고 나갔다.

이윽고 위연은 군사들과 함께 어떤 골짜기로 쫓겨 들어갔다. 바로 공명이 마대를 시켜 사마의를 사로잡을 갖가지 설비를 갖춰둔 상방곡이었다.

사마의도 낯선 골짜기를 만나자 그냥 뒤쫓기가 꺼림칙했다. 먼저 군사 몇을 골짜기 안에 들여보내 살펴보게 했다.

"골짜기 안에 복병 같은 것은 없고 다만 산비탈에 풀로 엮은 움막들만 여기저기 눈에 띄었습니다."

이윽고 돌아온 군사들이 그렇게 골짜기 안의 형세를 알렸다.

"그것은 틀림없이 군량을 쌓아놓은 곳일 것이다."

사마의는 그렇게 말하고 인마를 휘몰아 골짜기 안으로 들어갔다. 그런데 막상 들어가서 보니 움막들은 모두 마른 풀더미였고, 마땅히 보여야 할 위연과 그 졸개는 어디로 갔는지 자취도 없는 게 아무래도 이상했다. 덜컥 의심이 든 사마의가 두 아들을 보고 말했다.

"아무래도 더 깊이 들어가지 않는 게 좋겠다. 만약 적이 군사를 내 골짜기 어귀를 막아버린다면 어찌하겠느냐?"

바로 그때였다. 갑자기 함성이 크게 일며 산 위에서 불덩이가 한꺼번에 쏟아져 내려와 골짜기 입새를 불길로 막아버렸다.

놀란 위병들이 달아나려 해보았으나 앞이 막힌 골짜기라 길이 있을 턱이 없었다. 거기다가 산 위에서는 불화살을 쏘아대고 골짜기 바닥에서는 지뢰가 터져 움막 안에 가득 든 마른 풀더미에 옮아 붙으니 순식간에 골짜기는 큰 아궁이처럼 변해갔다.

사마의는 놀란 나머지 손발조차 제대로 말을 듣지 않았다. 허둥지둥 말에서 내려 두 아들을 쓸어안고 크게 소리쳐 울었다.

"우리 삼부자가 이곳에서 함께 죽게 되었구나!"

그런데 그 무슨 하늘의 조화일까, 갑자기 한차례 미친 듯한 바람이 일더니 하늘 가득 검은 구름이 덮었다. 이어 한소리 천둥과 함께 동이로 들이붓듯 비가 쏟아지기 시작했다.

그 바람에 골짜기 가득 타오르던 불은 금세 꺼지고 지뢰도 비에 젖어 더는 터지지 않았다. 공명이 펼쳐둔 모든 화기(火器)가 아무런 쓸모 없이 되고 만 것이었다. 그걸 본 사마의가 기뻐 어쩔 줄 모르며 소리쳤다.

"이때를 틈타 뛰쳐나가지 않고 다시 어느 때를 기다리려 하느냐? 어서 골짜기 밖으로 물러나라!"

그리고 힘을 다해 길을 열고 상방곡을 빠져나갔다. 뒤따라오던 장호와 악침도 각기 이끌고 있던 군사를 몰아 그런 사마의를 구해냈다.

그때 상방곡에 남아 있던 촉장은 마대였다. 사마의가 빠져나가는 걸 뻔히 보면서도 워낙 거느린 군사가 적어 뒤쫓지를 못했다. 그사이 사마의 부자와 장호, 악침은 군사를 하나로 합쳐 황황히 위남의 대채로 돌아갔다.

그러나 사마의가 위남에 이르러 보니 뜻밖에도 대채는 촉병에게 빼앗긴 뒤였고, 곽회와 손례는 부교 위에서 촉병과 싸우고 있었다. 사마의는 이끌고 있던 군사를 휘몰아 곽회와 손례를 도왔다. 그렇게 되자 촉병도 못 견뎌 물러났다. 사마의는 부교를 불태워 끊어버리고 위수 북쪽 언덕에 의지해 다시 영채를 세웠다.

한편 기산의 촉채를 치고 있던 위병은 사마의가 크게 싸움에 지고 위남의 영채를 잃어버렸다는 말을 듣자 놀라고 어지러워졌다. 얼른 물러나려는데 사방에서 촉병이 몰려나와 치고 들기 시작했다. 그러잖아도 어지러워져 있던 위병들은 그 뜻 아니한 공격에 견뎌내지 못했다. 크게 뭉그러지니 다친 자가 열에 여덟아홉이요, 죽은 자는 이루 다 헤아리기 어려울 지경이었다. 겨우 목숨을 건진 위병은 위북에 있다는 저희 진채를 바라고 꽁지에 불이 붙은 듯 달아났다.

공명은 기산 위에서 사마의가 위연에게 속아 상방곡 입구로 들고, 골짜기 안에서 한 줄기 불빛이 높이 솟자 기쁨을 이기지 못했다. 이제야말로 사마의를 잡았다 싶어 가슴 두근거리며 좋은 소식이 오기만을 기다렸다.

그런데 뜻밖에 하늘에서 엄청난 소나기가 쏟아져 솟은 불길조차 옮겨 붙지 못함을 보자 가슴이 무거웠다. 잠시 후 말 탄 군사 하나가 상방곡에서 달려와 걱정하던 소식을 공명에게 전했다.

"사마의 부자는 소나기의 도움을 입어 모두 골짜기 밖으로 달아나 버렸습니다."

그 말을 들은 공명은 하늘을 우러러보며 크게 탄식했다.

"일을 꾀하는 건 사람이되 이루는 것은 하늘이다[謀事在人 成事在天]. 억지로는 할 수 없구나."

공명 쪽으로 봐서는 실로 무심하기 그지없는 하늘이었다. 그러나 그 하늘의 도움으로 위북의 진채로 살아 돌아간 사마의도 한동안은 제정신이 아니었다. 몇 번이나 목을 어루만지며 상방곡에서의 그 끔찍한 광경에 몸서리를 치다가 겨우 정신을 차려 각 진채에 영을 내렸다.

"위수 남쪽의 진채와 목책은 이미 모두 잃었다. 스스로를 헤아려 보지도 않고 덤벙대며 나가 싸운 탓이다. 이제 다시 장수들 중에 나가서 싸우자는 소리를 하는 자가 있으면 높고 낮음을 가리지 않고 목을 베리라!"

혼이 나기는 장수들도 마찬가지였다. 비로소 사마의의 말이 옳음을 알고 그 영을 받들어 굳게 지킬 뿐 함부로 나가 싸우지 않았다.

그런데 이쯤에서 다시 한번 살펴보고 싶은 것은 정사와 『연의』 사이의 거리이다. 우선 『연의』에서는 공명이 기산으로 진출한 게 여섯 번으로 되어 있지만 정사에서 확인할 수 있는 것은 네 번뿐이다. 또

『연의』에서 공명의 눈부신 계략으로 주도되는 싸움들도 정사에서는 거의 찾아볼 길이 없으며, 장합이 화살을 맞고 죽은 일 정도가 확인될 뿐이다. 상방곡의 지뢰 같은 것은 전혀 기록에 없고 도사나 요술쟁이 같은 공명의 모습은 온전히 허구로 보인다. 아마도 이전처럼 새롭고 다양한 인물들이 등장하지 못하는 데다 싸움은 국가 간의 정규전에 지루한 대치의 연속이라, 이야기의 재미를 위해 보다 많은 허구가 동원된 듯하다.

어쨌든 그렇게 양군이 싸움 없이 맞서고 있던 어느 날 곽회가 사마의를 찾아보고 말했다.

"요사이 공명이 군사를 이끌고 이곳저곳을 돌아보는 게 알맞은 땅을 골라 영채를 옮기고 거기 자리 잡을 생각인 듯합니다."

그러자 사마의가 걱정스런 얼굴로 그 말을 받았다.

"만약에 공명이 무공산으로 나와 그 산에 의지해 동쪽을 엿본다면 우리는 모두가 위태롭게 된다. 그러나 위남으로 가 서쪽으로 오장원(五丈原)에 이른다면 그때는 우리에게 아무 어려운 일이 없을 것이다."

그리고 곧 군사를 풀어 공명의 움직임을 세밀히 살피게 했다. 오래잖아 풀어놓은 군사들이 알려왔다.

"공명은 촉병을 이끌고 오장원에 자리를 잡았습니다."

그 말을 들은 사마의는 손으로 이마를 치며 기뻐했다.

"모두가 우리 대위(大魏) 황제의 크신 복이로구나!"

사마의는 그런 외침과 함께 새삼 전령을 돌려 각 진채의 장수들에게 당부하게 했다.

"모든 장수들은 굳게 지킬 뿐 나가 싸우지 말라. 적은 머지않아 저절로 변란이 일 것이다."

뒷날로 미루어보면, 정말로 한 나라(즉, 진(晉))를 열 기틀을 마련할 비범한 인물다운 헤아림이라 아니할 수 없다.

# 큰 별 마침내 오장원에 지다

한편 스스로 한 갈래 군사를 이끌고 오장원으로 나온 공명은 여러 번 군사를 내 위병에게 싸움을 걸었으나 위병은 도무지 나와 주지를 않았다. 이에 공명은 한번 사마의를 격동시켜볼 양으로 꾀를 냈다. 아낙네들이 머리에 쓰는 건괵(巾幗, 부인이 상중에 쓰는 관. 평상시의 두건이라는 설도 있음)과 역시 아낙네들의 호소(縞素, 흰 상복, 흰 빛깔의 비단)를 큰 상자에 넣고 글 한 통을 곁들여 위병의 진채로 보냈다.

위의 장수들은 걱정스러운 대로 그 일을 감추지 못하고 상자를 지고 온 촉병의 사자를 사마의에게로 데려갔다. 사마의가 그 상자를 열어보니 안에는 부인네의 관과 옷이 들어 있고, 글 한 통이 곁들여져 있었다. 사마의가 겉봉을 뜯어보니 거기에는 대략 이런 뜻이 적혀 있었다.

'중달은 이왕에 대장이 되어 중원의 군사를 이끌고 와놓고도 어찌하여 힘을 다해 싸워 결판을 내려고 하지 않는가. 굴을 파고 땅 구덩이에 틀어박혀 칼과 화살을 피하려고만 드니 실로 아낙네와 다를 게 무엇인가. 이제 아낙네들이 쓰는 관과 옷을 보내니 나와 싸우지 않으려거든 두 번 절하고 기꺼이 받으라. 그러나 아직 부끄러워하는 마음이 다하지 않고 오히려 남자의 가슴을 지녔다면 이 글에 대한 답으로 날을 받아 나와 싸움이 마땅하리라.'

그 글을 읽은 사마의는 속으로 크게 노했다. 그러나 그게 바로 공명에게 지는 것이라 억지 웃음을 지으며 말했다.

"공명이 나를 한낱 아낙네로 보는 모양이다. 하지만 형편이 이러하니 어쩌겠느냐?"

그리고 공명이 보내온 사자를 잘 대접하게 한 뒤 슬쩍 물었다.

"공명은 어떻게 먹고 얼마나 자느냐? 그리고 그가 맡은 일의 번거롭기와 단출함은 어떠하냐?"

사자가 별 생각 없이 아는 대로 대답했다.

"승상께서는 새벽에 일어나시고 밤이 늦어야 잠자리에 드십니다. 또 스무대 이상 매를 때릴 일은 모두 몸소 맡아 하시며, 잡수시는 것은 하루 몇 홉도 되지 않습니다."

그러자 사마의는 곁에 있는 장수들을 돌아보며 말했다.

"공명이 먹기는 적게 먹고 하는 일은 많으니[食少事煩] 어찌 오래 버티겠는가!"

그 말을 듣고 돌아간 사자가 공명에게 전했다.

"사마의는 여자의 머릿수건과 옷을 받고 그 글을 읽고 난 뒤에도 별로 성내는 기색이 없었습니다. 다만 승상께서 침식을 어떻게 하시는지, 일은 얼마나 맡고 계신지 따위만 물었습니다. 제가 아는 대로 대답해주었더니 그가 말하기를 '먹는 것은 적고 일은 많으니 어찌 오래갈 수 있겠는가'라고 했습니다."

그 말을 듣자 공명이 깊이 탄식했다.

"그 사람은 나를 깊이 아는구나!"

거기에는 사마의를 격동시켜 싸움터로 끌어내기는커녕 자신의 실상만 들켜버린 데 대한 후회까지 서려 있었다. 곁에 있던 주부 양옹이 공명을 보고 간곡히 권했다.

"제가 보기에 승상께서는 몸소 모든 장부를 일일이 살피시어 꼭 그래야 할 것도 없는 일에까지 마음을 쓰고 계십니다. 무릇 다스림에는 중요한 게 하나 있으니 그것은 무엇보다도 아래위가 서로의 일을 침범하지 않는 것입니다. 집안의 살림살이에 견주어 말한다면, 종놈에게는 밭갈이를 맡기고 종년에게는 밥 짓기를 맡겨 사사로운 일을 돌아볼 틈이 없게 함으로써 구하는 바를 모두 넉넉히 얻게 됨과 같습니다. 집주인은 다만 가만히 들어앉아 베개를 높이고 맛난 것이나 먹고 있으면 되는 것입니다. 만약 집주인이 몸소 나서서 모든 일을 다 하려 든다면 몸은 피곤하고 정신은 어지러워 끝내는 아무것도 이루지 못하게 되고 맙니다. 이는 그 앎이 종놈이나 종년보다 못해서가 아니라 집주인의 도를 잃었기 때문입니다. 이에 옛사람은 앉아서 도를 논하는 사람을 일러 삼공이라 하고, 짓고 행하는 사람은 사대부라 했습니다. 옛적에 병길(丙吉)은 소가 기침하는 것은 걱정해도 사람이 길가에 죽어 넘어져 있는 것은 거들떠보지 않았고 진평은 자기가 쌓아둔 곡식과 돈의 양을 몰라 따로 맡은 사람이 있다고만 했습니다(삼공이나 재상이 할 일이 아니라 하여). 그런데 지금 승상께서는 작은 일까지 몸소 맡으시어 하루 종일 땀을 흘리고 계시니 어찌 힘드시지 않겠습니까? 사마의의 말은 참으로 옳은 말입니다."

그러자 공명이 주르르 눈물을 흘리며 말했다.

"나도 그걸 모르는 바 아니다. 그러나 선제의 당부가 무거우니 딴 사람에 맡길 수가 없구나. 그 사람이 나같이 마음을 다하지 않을까 걱정되어 하는 수 없이 스스로 하고 있을 뿐이다."

공명의 그 같은 말에 모든 사람이 함께 눈물을 떨구었다. 아마도 공명은 전부터 몸과 마음이 성치 못함을 스스로 알고 있었다. 그러나 애써 성한 체 버텨 왔는데, 사마의가 한 말을 듣자 그날부터 겉으로까지 성치 못함이 드러나기 시작했다. 그 때문에 장수들도 함부로 군사를 내지 못하니 촉, 위의 싸움은 잠시 뜸해졌다.

그 무렵 공명이 사마의에게 여자들의 옷과 관을 보내왔다는 소문은 위진(魏陣)의 장졸들에게 널리 퍼졌다. 장수들이 분함을 이기지 못해 사마의를 찾아보고 말했다.

"우리들은 모두가 큰 나라의 이름난 장수들인데 어찌 촉인들의 그 같은 모욕을 참고 있을 수만 있겠습니까? 바라건대 나가 싸워 적과 결판을 내도록 하십시오."

그러나 사마의는 조금도 흔들리는 기색 없이 대답했다.

"내가 감히 싸우러 나가지 못하는 게 아니라 실은 나도 억지로 모욕을 참고 있다. 천자께서 특히 조서를 내리시어 굳게 지킬 뿐 나가 싸우지 말라 하신 까닭이다. 이제 만약 가볍게 나가 싸운다면 이는 임금의 명을 어기는 게 된다."

천자의 조서를 핑계로 그들을 달래보려 하는 소리였다. 그러나 장수들의 분노는 가라앉지 않고 여기저기서 불평이 계속되었다. 사마의가 못 이긴 체 물었다.

"그대들이 기어이 나가 싸우려 한다면 내가 천자께 상주해 허락을 받을 때까지 기다려라. 그때 나와 함께 나가 싸우는 게 낫지 않겠는가?"

그제서야 장수들도 겨우 불평을 그치고 그 말을 받아들였다. 사마의는 곧 표문 한 장을 써서 합비에 있는 위주 조예에게로 보냈다.

조예가 사마의의 표문을 받아 펼쳐보니 거기에는 대략 이렇게 적혀 있었다.

'신이 재주 없으면서 책임만 무거우니, 폐하께서 밝은 가르침을 내리시어 저희들에게 다만 굳게 지키고 나가 싸우지 말라 하셨습니다. 그러나 지금 제갈량은 신에게 아낙네의 족두리와 치마저고리를 보내 신을 아낙네같이 여기니 그 부끄럽고 욕됨이 너무 큽니다. 신은 먼저 폐하께 아뢰고 죽도록 싸워 조정의 은혜를 갚음과 아울러 우리 삼군의 욕됨을 씻을까 합니다. 실로 복받치는 분을 억누를 길이 없어 감히 이 글을 올립니다.'

조예가 그 글을 다 읽고 돌리니 여러 벼슬아치들이 입을 모아 말했다.

"사마의가 굳게 지키며 나가 싸우지 않더니 이제 무슨 까닭으로 표문을 올려 싸우기를 허락받으려 하는지 모르겠습니다."

그때 위위 신비가 여럿의 궁금함을 풀어주었다.

"사마의는 아마도 싸울 마음이 없는 듯합니다. 틀림없이 제갈량의 모욕을 받자 장수들이 분해하는 바람에 마지못해 표문을 올렸을 것입니다. 폐하의 뜻을 내세워 성난 장수들을 달래려는 속셈입니다."

조예도 신비의 말을 옳게 여겼다. 곧 신비에게 신절(信節)을 주고 위북의 진채로 보내 나가 싸우지 말라는 엄명을 전하게 했다.

사마의는 신비가 위주의 조서를 가지고 오자 장막 안으로 맞아들였다. 신비가 조서를 읽어 위주의 뜻을 전했다.

"이제 다시 나가 싸우자고 떠드는 자는 곧 폐하의 뜻을 어기는 자이다!"

그렇게 되자 장수들도 더는 어쩌는 수가 없었다. 마음속의 불평을 누르며 참고 지키기만 했다. 사마의가 가만히 신비에게 고마움을 드러냈다.

"공은 참으로 내 마음을 알아주시는구려."

그리고 널리 군중에 사람을 보내 나가 싸워서는 아니 된다는 위주의 명을 전하게 했다.

그 소식은 오래잖아 세작에게 탐지되어 촉장들의 귀에도 들어갔다. 장수들이 공명에게 그걸 알리자 공명이 빙긋 웃으며 말했다.

"그것은 사마의가 삼군의 마음을 달래려고 부린 솜씨다."

"승상께서 그걸 어떻게 아십니까?"

곁에 있던 강유가 물었다. 공명이 차근차근 일러주었다.

"그가 별로 싸울 마음이 없으면서도 표문을 올려 싸움을 허락받으려 한 것은 장졸들에게 싸울 힘이 있음을 보여주기 위함이었다. '장수가 밖에 있을 때는 임금의 명이라도 받지 않을 수가 있다'란 말을 듣지도 못했느냐? 그런데 그는 천리나 떨어진 곳에 있는 위주에게 사람을 보내 새삼 묻고 또 그 명을 받들고 있다. 이는 바로 사마의가 조예의 뜻을 핑계로 성난 장수들을 달래려 함이 아니겠느냐? 거기다가 이제는 그 말을 우리 군중에까지 퍼뜨려 우리 군사들의 마음까지 풀어지게 하려 한다."

그리고 다시 사마의를 잡을 의논을 시작하는데 홀연 성도에서 비위가 왔다는 전갈이 들어왔다. 공명이 비위를 장막 안으로 맞아들이자 비위가 말했다.

"동오와 위의 싸움 소식을 전해드리려고 왔습니다. 위주는 동오가 세 길로 군사를 몰아온다는 말을 듣자 스스로는 대군을 이끌고 합비로 가고, 만총, 전예, 유소 셋에게 군사를 주어 세 갈래로 오병을 막게 했습니다. 그런데 먼저 만총은 계책을 써서 동오의 군량과 마초 및 싸움에 쓰는 기구를 함빡 태워버렸고, 오병들 사이에는 병이 돌아 싸움은 동오에 처음부터 이롭지 못했습니다. 거기다가 육손은 또 오왕과 약속하여 위병을 앞뒤에서 협공하기로 했는데, 뜻밖에도 그 글을 가지고 가던 사자가 도중에 위병에게 사로잡히는 변고가 발생하고 말았습니다. 그 바람에 모든 계책이 위병에게 들켜버리니 마침내 동오는 아무런 공도 이루지 못하고 돌아갔습니다."

공명이 들으니 실로 기막힌 소식이었다. 동오가 위의 한 귀퉁이를 물고 늘어져 그 힘의 일부를 그리로 돌리게 해놓고, 그사이에 어떻게 일을 이뤄가려 했는데 이제 그게 틀려버린 것이었다. 위가 온 힘을 기울여 맞서 오면 중원을 회복한다는 건 가망 없는 꿈에 지나지 않았다. 거기 상심한 공명은 비위의 말을 듣고 긴 탄식을 거듭하다 갑자기 정신을 잃고 땅에 쓰러졌다.

놀란 장수들이 공명을 업어다 자리에 뉘였다. 반나절이나 있다 깨어난 공명이 처량한 얼굴로 한탄했다.

"내 마음이 이렇게 어지러운 걸 보니 옛날 병이 다시 도진 모양이로구나. 이제 더 살기 어려울 것 같아 실로 걱정이다."

그리고 밤이 되자 공명은 부축을 받으며 장막을 나가 가만히 천문을 살폈다. 얼마나 되었을까, 그윽하게 밤하늘을 올려보던 공명은 놀라고 황황한 얼굴로 장막 안으로 들어가 강유를 찾았다.

"내 목숨이 아침저녁 하고 있으니 이를 어찌한단 말인가!"

공명이 그렇게 탄식하자 강유가 놀라 물었다.

"승상께서는 무슨 까닭으로 그같이 말씀하십니까?"

"내가 삼대성(三臺星)을 살펴보니 객성(客星)은 배나 밝은데 주성(主星)은 어둡고 흐렸다. 서로 나란히 비쳐도 그 빛이 꺼질 듯 희미하니, 그런 천상(天象)으로 보아 내 명을 알 수 있었다."

공명이 힘없이 대답했다. 강유가 그런 공명의 힘을 돋워주듯 권했다.

"비록 천상이 그러하다 해도 하늘에 빌어 그걸 돌려놓는 법도 있습니다. 어찌하여 그 법을 써보지 않으십니까?"

"내가 원래 기양지법(祈禳之法, 하늘에 빌어 재앙이나 질병 따위를 물리치는 방법)을 알고 있기는 하나 하늘이 그걸 들어줄지 모르겠구나."

공명은 그렇게 걱정하면서도 강유의 말에 힘을 얻은 듯했다. 곧 하늘에 기도드릴 채비에 들어갔다.

"그대는 갑사 마흔아홉을 골라 검은 옷을 입히고 검은 기를 들려 내 장막 밖을 돌게 하라. 나는 장막 안에서 북두칠성께 목숨을 빌어보겠다. 만약 이레 동안 으뜸 되는 등잔의 불이 꺼지지 않는다면 내 목숨은 열두 해[紀年]가 늘어날 것이다. 그러나 그 등잔불이 꺼지면 나는 틀림없이 곧 죽고 말 것이니 쓸데없는 사람은 함부로 장막 안에 들이지 않도록 하라. 기도에 쓰이는 모든 것은 두 명의 나이 어린 아이들을 써서 나르게 하면 된다."

이에 강유는 공명이 시킨 대로 채비를 했다.

때는 마침 팔월 한가위였다. 그날 밤 은하수는 빛나고 이슬은 방울방울 맑게 맺혔다. 바람 한 점 없어 깃발도 펄럭이지 않고, 조두(刁斗, 군사 용구. 놋쇠로 만든 한 말들이 그릇으로 낮에는 솥으로 쓰고 밤에는 징처럼 두드리는 데 쓴다) 소리조차 들리지 않았다.

강유는 장막 밖에서 검은 옷 입고 검은 기 마흔아홉과 함께 공명의 기도를 지켰다. 공명은 장막 안에서 향을 사르고 제물을 차려 하늘에 목숨을 늘여주기를 빌었다. 바닥에는 일곱 개 큰 등잔을 밝히고 둘레에는 다시 마흔아홉 개 작은 등잔을 밝혔는데 그 한가운데 공명의 목숨을 뜻하는 주등(主燈)을 세웠다. 이윽고 공명이 배축(拜祝)을 드리기 시작했다.

"양(亮)은 어지러운 세상에 태어나 숲속에 묻혀 조용히 늙으려 했으나 소열황제로부터 삼고초려의 은혜를 입고 뒷일을 맡기는 무거운 당부를 받게 되었습니다. 이에 개나 말이 그 주인을 위해 힘을 다하듯, 저 또한 힘을 다해 나라를 훔친 역적을 쳐 없애기를 맹세한 바 있습니다. 그런데 이제 뜻밖에도 장성(將星)은 떨어지려 하고, 받은 목숨도 끝나려 합니다. 삼가 글을 올려 푸른 하늘에 빌고 엎드려 그 자비로움을 구하오니 부디 이 목숨을 늘여주옵소서. 그리하여 위로 임금의 은혜에 보답하고 아래로 백성들의 목숨을 구해주며, 옛것을 되살려 한실을 길이 이어나갈 수 있도록 해주옵소서. 한목숨을 부지하고자 망령되이 비는 것이 아니라 실로 가슴의 충절에서 비롯된 기도임을 하늘이여 굽어 살피소서."

그렇게 빌기를 다한 공명은 제상 앞에 아침까지 엎드려 있었다. 오늘날의 추측대로 공명의 병명이 폐결핵이었다면 그야말로 치명적인 무리를 한 셈이었다.

그러나 빌기를 마친 공명은 아픈 몸을 이끌고도 진중의 일을 돌보기를 놓지 않았다. 끊임없이 피를 토하면서도 낮에는 싸움에 이길 의논을 거듭하고 밤에는 또 새벽까지 엎드려 북두칠성에 빌기를 그치지 않았다.

한편 사마의는 그 무렵 제명을 평계로 영채 안에 깊이 틀어박혀 굳게 지키고만 있었다. 그런데 어느 날 밤 밖에 나가 천문을 한참 살피더니 문득 기쁨을 이기지 못하는 얼굴로 하후패에게 말했다.

"내가 천문을 보니 장성 하나가 떨어지려 하고 있었다. 틀림없이 공명이 병들어 머지않아 죽을 징조다. 너는 군사 천 명을 이끌고 가서 오장원에 있는 촉진을 살펴보고 오너라. 너희들이 건드려도 촉병이 달려 나와 싸우지 않으면 틀림없이 공명이 병이 난 것이니 그때는 나도 틈을 타 그들을 치겠다."

그 말을 들은 하후패는 신이 나서 군사를 몰고 촉진으로 달려갔다.

그때 공명은 벌써 엿새째나 기도를 드리고 난 뒤였다. 아직도 주등(主燈)이 켜져 있는 걸 보자 공명은 마음속으로 매우 기뻤다. 이제 하룻밤만 더 버티면 다시 열두 해의 목숨을 얻게 된다는 희망에 차 머리를 풀고 칼을 짚은 채 빌기를 계속했다.

그런데 한밤중의 일이었다. 진채 밖에서 함성이 일어 강유가 막 사람을 보내 알아보려 하는데 위연이 나는 듯 달려와 공명의 장막 안으로 뛰어들어갔다.

"위병이 쳐들어왔습니다!"

그렇게 소리치며 공명을 찾아 허둥대던 위연이 잘못 발을 옮겨 그때까지 지켜온 주등을 엎어 꺼버렸다. 그걸 본 공명이 짚고 있던 칼을 내던지며 한탄했다.

"죽고 사는 게 다 명에 달렸으니 빈다고 어떻게 얻을 수 있겠는가!"

그제서야 놀란 위연이 황황히 땅에 엎드리며 죄를 빌었다. 성난 강유가 칼을 뽑아 위연을 베려 했다. 공명이 그런 강유를 말렸다.

"이것은 내 명이 다해 그리 된 것이지 위문장(魏文長)의 죄가 아니다."

그러자 강유도 속을 누르며 칼을 거두었다. 하지만 주등이 꺼짐으로써 공명이 받은 충격은 컸다. 그 자리에서 몇 차례 피를 토하더니 침상에 쓰러져 누우며 위연에게 말했다.

"이는 사마의가 내게 병이 있음을 알고 사람을 보내 우리의 허실을 살펴보게 한 것이다. 그대는 어서 달려 나가 적을 맞으라."

그 말을 들은 위연은 곧 군사를 이끌고 영채를 나갔다.

하후패는 위연이 군사들과 함께 달려 나오자 깜짝 놀랐다. 한번 창칼을 맞대보지도 않고 군사를 돌려 달아났다. 위연은 그런 위병을 이십 리나 쫓아버린 뒤에야 되돌아왔다.

공명은 되돌아온 위연으로 하여금 전보다 한층 엄하게 본채를 지키게 했다. 위연이 명을 받고 나간 뒤 강유가 찾아와 문안을 드렸다. 공명은 그를 침상 곁으로 불러 나직나직 말했다.

"나는 충성을 다하고 힘을 다해 중원을 되찾고 한실을 다시 일으키려 했다. 그러나 하늘의 뜻이 이 같아 이제 머지않아 죽게 되었다. 그전에 그대에게 밝힐 게 하나 있다. 나는 평생에 배운 바를 모두 적어 스물네 편 십사만 천백 열녁 자의 책으로 만들었다. 거기에는 여덟 가지 힘써 행할 일과 일곱 가지 경계할 일과 여섯 가지 두려워할 일과 다섯 가지 겹낼 일이 모두 적혀 있다. 나는 그 책을 전하려고 여러 장수들을 살펴보았으나 오직 그대만이 그 책을 받을 만하게 보였다. 그 책을 그대에게 남길 터이니 결코 가볍게 여기거나 소홀히 다루지 말라."

바로 유언이나 다름없었다. 한차례 숨을 돌린 뒤 공명이 다시 말했다.

"나는 연노(連弩)란 걸 만들었지만 아직 한번도 써본 적이 없다. 연노는 내가 특히 고안한 쇠뇌로 화살 길이는 여덟 치요 쇠뇌 한 벌이 한꺼번에 열 개의 살을 날릴 수가 있다. 모두 도본을 그려 남겨두었으니 그대가 거기 따라 만들어 한번 써보도록 하라."

이어서 공명은 한 가지 당부를 더 보탰다.

"촉으로 드는 여러 갈래 길은 모두가 거칠고 험해 그리 걱정할 게 없다. 그러나 음평만은 반드시 구석구석 알아두어야 한다. 그 땅은 비록 험준하기는 하나 오랜 뒤에는 반드시 잃게 될 것이다."

그리고 강유를 내보낸 공명은 곧 마대를 불러들였다.

"너는 내가 죽은 뒤에 반드시 이대로 하라."

공명은 그 말과 함께 마대에게 무언가 귓속말로 은밀한 계책을 일러주었다.

마대가 나가자 양의가 불려 왔다. 공명은 양의를 침상 곁으로 오게 해 비단주머니 하나를 주며 가만히 일렀다.

"내가 죽으면 위연은 틀림없이 모반을 일으킬 것이다. 위연이 모반을 일으켜 그 싸움터에서 마주치게 되거든 그때 이 비단주머니를 열어 보라. 위연을 목 벨 사람이 절로 나올 것이다."

공명은 자신이 죽은 뒤의 일을 하나하나 헤아려 대비를 마치자 이내 정신을 잃고 쓰러졌다.

공명이 다시 깨어난 것은 그날 밤이 깊어서였다. 공명은 후주에게도 글을 올려 목숨이 오래지 않음을 알리고 그날 밤으로 그 글을 후주에게로 띄워보냈다.

공명이 보낸 글을 받은 후주는 깜짝 놀랐다. 상서 이복(李福)을 급히 오장원으로 보내 공명을 찾아보고 문안을 드릴 겸 자세한 뒷일을 물어보라 했다.

밤낮을 가리지 않고 달려 오장원에 이른 이복은 공명을 찾아보고 후주의 명을 전함과 아울러 문안을 드렸다. 공명이 눈물을 쏟으며 말했다.

"내가 불행히도 도중에 죽어 나라의 큰일을 그르치게 되었으니 실로 천하에 죄를 짓는 것이나 다름이 없소. 내가 죽더라도 공들은 마땅히 충성을 다해 나라를 보살펴야 할 것이오. 전부터 내려오던 제도를 쉽게 바꾸어서는 아니 되며 내가 쓴 사람도 함부로 내쫓지 않도록 하시오. 나의 병법은 모두 강유에게 전했으니 그는 능히 나의 뜻을 이어 나라를 위해 힘을 쓸 것이외다. 나는 이제 아침에 죽을지 저녁에 죽을지 모르는 몸이니 마땅히 표문을 남겨 그 모든 걸 천자께 아뢰겠소."

이복은 그 말을 듣고 총총히 후주에게로 돌아갔다.

이복이 떠나간 뒤 공명은 병든 몸을 억지로 일으켜 좌우의 부축을 받으며 수레에 올랐다. 그리고 가만히 본채를 나서 여기저기 흩어져 있는 영채들을 두루 돌아보았다. 얼굴을 스쳐가는 가을바람이 뼛속을 뚫고 드는 듯한 한기를 일으키자 공명이 길게 탄식하며 말했다.

"다시는 싸움터에 나서서 역적을 칠 수 없겠구나! 너르고 너른 푸른 하늘아, 너에게도 끝 간 데가 있느냐?"

그리고 오래오래 탄식하며 마지않다가 수레를 돌려 본채로 돌아왔다.

그 나들이가 해로웠는지 그 뒤로 공명의 병세는 더욱 무거워졌다. 그걸 느낀 공명이 양의를 불러 다시 일렀다.

"마대, 요화, 장익, 왕평, 장의 같은 이들은 모두가 충성스럽고 죽음으로 절개를 지킬 사람들이다. 오래 싸움터를 누볐고 수고로움도 많았으니 모두를 나라가 쓸 만하다. 내가 죽은 뒤라도 모든 일은 그전에 정한 대로 지켜나가라. 또 이번에 군사를 물릴 때는 천천히 물러나야 할 것이며 급하게 몰려가서는 아니 된다. 그대는 지모와 계략을 깊이 아는 사람인즉 여러 말로 당부하지 않아도 되리라. 강백약은 슬기와 용맹을 갖춘 사람이니 뒤따라오며 쫓아오는 적병을 막게 하라."

양의가 울며 그런 공명의 명을 받아들였다. 공명은 붓, 벼루, 먹, 종이를 가져오게 해 침상에 누운 채 후주에게 남길 표문을 썼다.


'엎드려 듣건대 죽고 사는 것은 모두가 겪어야 할 일이며 정해진 목숨은 바꾸기 어렵다 했습니다. 머지않은 죽음을 앞두고 남은 충성을 다하려 마지막으로 몇 자 올립니다. 신 양은 태어남이 어리석고 옹졸한 데도 나라가 어려운 때에 병부(兵符)를 맡고 중한 소임을 오로지하게 되었습니다. 군사를 일으켜 북쪽의 역적을 치러 나왔으나, 공을 이루기도 전에 몸속 깊이 병이 들고 목숨은 아침저녁에 걸려, 끝내 폐하를 섬기지 못하게 됐으니 이보다 더 한스러운 일이 어디 있겠습니까. 바라건대 폐하께서는 마음을 맑게 해 욕심을 줄이시고, 몸을 아껴 백성을 사랑하며, 효도를 선황(先皇)께 이르도록 하시고, 어지심을 널리 세상에 베푸소서. 현량한 이를 높이 쓰심으로 숨어지내는 인재를 뽑아 올리시고, 풍속을 두텁게 하심으로써 간악하고 요사스런 것들을 물리치소서.

신의 집에는 뽕나무 팔백 그루와 밭 쉰 떼기[頃, 백 걸음쯤 되는 밭이랑 백 개]이 있어 자식들이 먹고 입기에는 넉넉했습니다. 신이 조정 밖에 있게 됨에 이르러는 이 한 몸에 쓰이는 것이 모두 나라에서 나오니 따로 재산을 모을 까닭이 없었습니다. 신이 죽는 날에도 안으로는 남는 베 조각이 없게 하고 밖으로는 남는 재물이 없게 하여 폐하의 믿음을 저버리는 일이 없도록 하겠습니다.'

공명은 쓰기를 마친 뒤 또다시 양의에게 일렀다.

"내가 죽더라도 발상(發喪)을 하지 말라. 큰 상자 하나를 만들어 그 안에 내 시체를 앉히고, 쌀 일곱 알을 그 입에 넣으며 다리 앞에는 등잔 하나를 밝히라. 군사들은 여느 때처럼 흔들림이 없게 하고 무슨 일이 있어도 소리내어 울지 못하게 하라. 그러면 장성(將星)은 떨어지지 않으리니, 죽은 내 혼이 일어나 그 별을 잡고 있을 것이기 때문이다. 사마의는 장성이 떨어지지 않는 걸 보면 의심이 일어 가볍게 움직이지 못할 것이다. 그때 후군을 먼저 보낸 뒤 한 영채 한 영채씩 천천히 물러나라. 만약 그래도 사마의가 뒤쫓아오면 그대는 얼른 진세를 펼치고 깃발을 돌려세우라. 그리하여 사마의가 오기를 기다렸다가 내가 전에 내 모양을 닮게 깎아둔 목상을 수레 위에 얹고, 또한 전에 하던 것처럼 대소의 장사들을 시켜 그 수레를 밀고 나가게 하라. 그걸 보면 사마의는 틀림없이 놀라 달아날 것이다."

양의는 공명이 시키는 걸 하나하나 머릿속에 새겼다.

그날 밤 공명은 다시 한번 좌우의 부축을 받으며 장막 밖으로 나갔다. 한동안 북두성을 올려다보다가 그 곁의 한 별을 손가락질하며 한스럽게 말했다.

"저게 나의 별 장성이다."

여럿이 그 별을 보니 그 빛이 흐리고 어두우며 금세 떨어질 듯 흔들거리고 있었다. 공명은 다시 칼로 그 별을 겨누며 입으로 무언가를 읊었다. 그리고 읊기가 끝나자 급히 장막 안으로 돌아가더니 곧 정신을 잃고 쓰러졌다.

장수들이 놀라 허둥거리고 있는데 상서 이복이 다시 돌아왔다. 이복은 공명이 정신을 잃고 쓰러져 말을 못하게 된 걸 보고 크게 소리 내어 울며 탄식했다.

"내가 나라의 큰일을 그르쳤구나!"

그러나 공명은 얼마 안 돼 다시 깨어났다. 겨우 눈을 떠 주위를 돌아보다가 이복이 되돌아와 침상 곁에 있는 걸 보고 힘들여 목소리를 짜냈다.

"나는 진작 공이 되돌아올 줄 알았소."

이복이 고마워 어쩔 줄 모르며 공명에게 말했다.

"저는 원래 승상께서 돌아가신 뒤에는 누구에게 큰일을 맡겨야 하는가를 물어보라는 천자의 명을 받들고 왔습니다. 그런데 바쁘게 설치다 그걸 여쭙지 못하고 여길 떠났기에 이제 다시 돌아온 것입니다."

"내가 죽은 뒤에는 장완을 나 대신으로 쓰는 게 좋을 것이오."

공명이 미리 생각해둔 대로 밝혔다.

이복이 다시 물었다.

"장완 다음으로는 누가 좋겠습니까?"

"비위로 하여금 잇게 하면 될 것이오."

"그 뒤에는 어떻게 했으면 좋겠습니까."

이복이 한 번 더 물었으나 공명은 더 대답이 없었다. 심상찮게 느낀 장수들이 다가가 보니 이미 공명은 숨져 있었다. 때는 건흥 십삼 년 가을 팔월 열사흘이요, 공명의 나이 쉰넷이었다.

뒷날 두공부(杜工部, 두보)는 시를 지어 공명을 노래했다.

| | |
|---|---|
| 어젯밤 별 하나 길게 진채 앞에 지더니 | 長星昨夜墜前營 |
| 이 아침 선생이 돌아가신 소식을 듣네. | 訃報先生此日傾 |
| 위엄 서린 장막에서 호령소리 안 들리니 | 虎帳不聞施號令 |
| 누가 다시 기린대에서 공명을 드러내리 | 麟臺誰復著勳名 |
| 문하의 삼천 객 헛되이 남았고, | 空餘門下三千客 |
| 가슴속의 십만 대병도 뜻 같잖구나. | 辜負胸中十萬兵 |
| 풀잎 푸르러 보기 좋고 날도 맑건만 | 好看綠陰淸晝裏 |
| 반겨 맞는 노랫소리 이제 다시 들을 길 없네. | 於今無復迓歌聲 |

백낙천(白樂天)도 또한 읊었다.

| | |
|---|---|
| 선생은 자취 감춰 숲속에 누웠으나 | 先生晦跡臥山林 |
| 밝은 주인 삼고초려로 찾아왔네. | 三顧欣逢賢主尋 |
| 물고기 남양에 이르러 마침내 물을 얻고, | 魚到南陽方得水 |
| 용이 하늘 밖을 날자 장마가 쏟아졌다. | 龍飛天外便爲霖 |
| 주인은 어린 자식 당부 예절 다하고 | 託孤旣盡慇懃禮 |
| 신하는 나라 위해 충의를 기울였네. | 報國還傾忠義心 |
| 앞뒤의 출사표 이제껏 남아 | 前後出師遺表在 |
| 읽는 이의 옷깃 눈물로 젖게 한다. | 令人一覽淚沾襟 |

촉에 장수교위를 지낸 요립(寥立)이란 사람이 있었다. 스스로 이

르기를 재주가 공명을 따를 만하다 하고 늘상 벼슬이 낮은 걸 불평하며 공명을 원망해 마지않았다. 이에 공명은 벼슬을 떼고 문산으로 내쫓아버렸는데, 공명이 죽었다는 소리를 듣자 요립이 울며 말했다.

"내 이제 좌임(左袵, 옷깃을 왼쪽으로 맴. 미개함 또는 서민을 뜻한다)으로 끝나겠구나. 누가 나를 다시 써주겠는가!"

전에 죄를 짓고 공명에게 쫓겨간 이엄도 또한 슬퍼해 마지않았다. 큰 소리로 울다가 병이 들어 오래잖아 죽었다.

"공명이 다시 나를 써주어서 전에 지은 죄를 씻을 기회를 얻게 될 줄 알았다. 그런데 이제 공명이 죽고 말았으니 누가 나를 써주겠는가!"

그게 죽기 전에 이엄이 뇌까린 탄식이었다. 원미지(元微之, 원진. 당의 시인)도 시를 지어 공명을 노래했다.

| | |
|---|---|
| 난세를 다스려 위태로운 주인 돕고 | 撥亂扶危主 |
| 어린 주인 맡기는 명 예로써 받다 | 慇懃受託孤 |
| 빛나는 재주 관중과 악의보다 낫고 | 英才過管樂 |
| 묘한 계책 손자와 오자를 앞섰다. | 妙策勝孫吳 |
| 늠름하구나 출사표 | 凜凜出師表 |
| 당당하다 팔진도 | 堂堂八陣圖 |
| 공과 같은 큰 덕 지닌 이 | 如公存盛德 |
| 예와 지금 어디에 있으리 | 應嘆古今無 |

하지만 이는 옛사람들의 감상이고 뒷날에 이르러서는 다른 이야

기도 들린다.

요즈음 유행하는 민중사관은 조조를 재평가함과 아울러 유비 집단 특히 제갈량에 대한 비판과 의심을 여러 가지로 제기하고 있다.

'한나라는 불한당, 모리배, 폭력배들을 관리로 등용하여 백성을 수탈하기 시작했을 때부터 이미 부도덕한 계급 집단이었을 뿐이다. 그 한나라를 뒤엎은 조조를 찬탈자로만 보는 것은 옳지 않다.'

일찍이 중국의 곽말약(郭沫若)이 그런 말을 한 이래로 복권되기 시작한 조조는 이제 혁명가 또는 민중의 대변자로 추켜세워지기까지 한다.

그리고 거기 따라 유비 집단은 이미 무너지기 시작한 가치 체계에 고집스레 매달린 보수주의자들이고 부패하고 타락한 한(漢)왕조를 되일으키려고 애쓴 반동 집단으로까지 격하되며, 그 핵심 인물인 제갈량도 비슷한 처지에 놓이고 만다. 곧 반동 집단에 이념과 논리를 제공한 몽상가 또는 대의보다는 일신의 입신양명을 위해 인재가 풍부하고 지배 체제의 기반이 잡힌 위나 오보다는 후발 세력 집단으로 인재난에 허덕이는 촉을 택했을 뿐인 야심가로까지 비판한다.

과연 조조가 한 일 중에는 민중사적 측면에서 볼만한 게 많고, 혁명가나 개혁자의 모습도 뚜렷하다. 그러나 그 자체가 한 야심가, 독재자, 그리고 권위주의자인 조조의 꿈을 이루기 위한 수단이었다면 과연 그에게 민중적이란 말을 쓸 수 있는지 의문이 갈 수도 있고, 또 그 자신은 순수하게 민중적인 의지로 그 모든 일을 했다 쳐도 그의 만년이나 그의 권력을 바탕으로 세워진 위 왕조 또한 앞 세대의 부패와 무능을 답습하고 있는 걸 보면 아무래도 조조를 무턱대고 추켜

올리는 쪽도 무리가 있는 성싶다.

하지만 여기서 더욱 중요한 것은 그 반대편에 선 제갈량에 관한 논의다. 먼저 그를 의심하고 비판하는 논의부터 차근차근 들어보자. 요즈음의 논자들은 주로 『연의』를 통해 빛나는 제갈량의 신화들을 통속적인 상상력이 빚어낸 허구라는 데 의견이 일치하는 것 같다. 예를 들어, 그의 뛰어난 정치적 식견을 보여주는 삼분천하론(三分天下論)만 해도 제갈량의 독창이라기보다는 당시 형주, 양주의 고급한 식자층에게는 간간이 얘기되던 논의 중의 하나였다고 하며, 그 한 근거로 제갈량보다 먼저 정사에서 노숙이 손권에게 똑같은 내용의 말을 한 적이 있음을 든다.

꼭 믿을 만한 것은 못 되지만 『위략(魏略)』이란 책에서는 그 유명한 삼고초려(三顧草廬)도 정면으로 부인하고 있다. 곧 유비와 제갈량의 만남은 유비가 제갈량을 찾아간 것이 아니라, 오히려 제갈량이 그 지방의 몇몇 선비와 더불어 유비를 찾아갔다는 것이다. 유비가 제갈량을 찾아간 것은 그때 보여준 제갈량의 남다른 식견에 반한 뒤이며, 제갈량은 다만 그 뒤에야 있은 삼고초려만을 출사표에 실어 스스로를 높였을 뿐이라는 얘기가 된다.

그다음 흔히 제갈량을 세속적인 야심가로 의심하는 데 쓰는 근거로는 관우와 형주 문제가 있다. 제갈량이 나타나기 전 유비 집단의 이인자는 어김없이 관우였다. 도원결의(桃園結義) 자체는 정말로 있었는지 모르나 관우는 어쨌든 유비와 한 밥상에서 먹고 한 침상에 자는 형제와 같은 사이였고, 형주를 점령할 때까지만 해도 주도적인 입장에 있었던 것으로 보인다.

그런데 그 관우와의 권력 투쟁에서 제갈량이 최초로 우위를 차지하는 것은 화용도 사건 뒤였다. 관우의 성격이나 조조의 잔존 세력으로 보아 도저히 불가능한 일을 관우에게 떠맡기고 굴복을 강요했다는 것이다. 서천 정벌에서 관우를 뺀 것은 부득이했다 쳐도, 서천 정벌이 완료된 뒤까지 관우가 있는 형주를 소홀히 한 데서도 권력 투쟁의 그림자를 찾는 사람도 있다.

곧 형주는 촉이 중원을 적극적으로 공략하기 위해서 없어서는 안 될 군사적 요충인데도 관우로 하여금 거의 독립 세력으로 무리한 대위전쟁(對魏戰爭)을 벌이게 한 것은 잘 납득이 가지 않는다는 뜻이다. 관우가 서천 공략에 성공한 제갈량에 대한 경쟁 심리로 무모한 싸움을 시작했는지 정말로 제갈량이 부추겼는지가 명백하지 않고, 설령 제갈량이 도우려 해도 유언(劉焉), 유장(劉璋) 두 부자가 이십 년이나 잘 다스려 온 땅을 방금 빼앗은 뒤라 실로 그런 힘이 없었을는지도 모르지만, 확실히 의심이 가는 구석은 있다.

제갈량의 병법에 대해서도 의문을 제기하는 사람이 많다. 진수는 정사(正史)의 평에서,

'해마다 군사를 움직여 나갔으나 끝내 공을 이루지 못했으니 응변(應變)하는 재주나 장수로서의 지략은 그리 뛰어난 편이 아니었다.'

했고, 첫 번째 기산으로 나갈 때 위연의 제안을 물리친 것에도 다른 해석이 있다. 촉과 위는 국력이 거의 열 배나 차이가 나서 제갈량이 시종한 정규전보다는 위연의 제안 같은 기습이 효과를 볼 수도 있었다는 주장이다. 가정(街亭) 같은 군사적 요충을 마속(馬謖) 같은 애송이에게 개인적인 신임만으로 맡긴 것도 용병술의 자질을 의심

케 하는 일이며, 열세인 군사로 여러 번의 싸움에서 한결같이 정규전만 고집하고 있는 것도 뛰어난 전략적 재능과는 멀어 보인다.

『연의』에서는 신비한 위력을 보인 팔진도라는 것도 실전에서는 거의 쓸모가 없는 것으로 밝혀지고 있고, 목우(木牛), 유마(流馬), 연노(連弩) 같은 무기도 개량한 공은 있을지 모르되 군사적인 천재의 근거로는 아무런 가치가 없다는 편이 옳다.

거기다가 『연의』에서 보이는 술사(術士)나 이인(異人) 같은 일면은 제갈량의 신화를 더욱 신빙성 없이 만들고 있다. 그는 바람[東南風]을 빌고, 신장(神將)을 부리며(남만에서 싸울 때), 구름을 마음대로 부르고(사마의와의 싸움), 하늘의 별을 떨어지지 않게 붙들어놓는다. 그를 추키기 위한 문사(文士)의 발상이 과학과 합리의 시대에 이르러서는 원래 있던 제갈량의 비범함까지 의심적게 만들어버린 셈이다.

하지만 조조를 무턱대고 민중적인 영웅으로 추켜올리는 데 무리가 있는 것처럼 제갈량을 턱없이 깎아내리는 것도 무리이기는 마찬가지인 성싶다. 그 첫 번째 근거는 정사에서의 비중이다. 시대가 달라지고 사관이 바뀌었다고는 하나 진수의 『삼국지』를 비롯해 대부분의 사서는 그 시대를 기록함에 있어 제갈량에 선주인 유비보다 많은 지면을 할애하고 있다.

또 진수는 바로 그 제갈량에게 죽음을 당한 진식의 아들이면서도 제갈량에 대해 이런 평을 남겨놓고 있다.

'제갈량은 나라의 승상으로서 백성을 따뜻이 어루만지고, 예의와 규범을 보여주었으며, 벼슬자리를 줄여 백성의 짐을 덜고, 권위와 제도를 따랐다. 충성을 다해 나라에 보탬이 된 자는 비록 원수일지라도 반드시 상을 주었고, 법을 어기거나 일을 게을리한 자는 비록 가까운 이라도 반드시 벌을 주었다. 죄를 지었더라도 스스로 잘못을 빌고 용서를 구하는 자는 비록 그 죄가 무거워도 놓아주었으며, 교묘한 말로 변명하려 드는 자는 비록 그 죄가 가벼워도 반드시 벌주었다. 작은 일을 작다 하여 포상하지 않는 일이 없고, 나쁜 짓도 작다 하여 꾸짖지 않는 일이 없었다. 모든 일을 곰곰이 살펴 행하고 사물은 그 근본을 헤아려 다스렸다. 명분을 따르되 실질도 잃지 않았고, 거짓된 것은 아예 입에 담지 않았다. 마침내 나라 안이 모두 두려워하기도 하고 좋아하기도 했는데, 다스림과 죄 줌이 비록 엄해도 그를 원망하는 사람은 없었다. 마음씀이 공평하였으며, 경계하는 것과 권하는 것이 뚜렷해서였다. 실로 다스림이 무엇인지를 아는 뛰어난 인물이었다 할 만하다. 관중이나 소하(蕭何)에 견줄 만하다……'

제갈량이 젊어 몰두했던 법가(法家)의 한 이상을 보는 듯하다. 거기다가 한 나라의 승상이면서 재산이 겨우 뽕나무 팔백 그루에 밭 쉰 뙈기라는 그 검소와 무욕을 상기하면, 다른 모든 걸 젖혀두고라도 비범하고 고결한 인물이었음은 부인할 수 없다.

앞서 말했듯 제갈량의 군사적인 재능은 틀림없이 의심스런 데가 있지만, 그 또한 함부로 말하기는 어렵다. 무엇보다도 먼저 염두에 둘 것은 촉의 국력에 관계된 그의 군사적인 입장이다.

통상으로 제갈량이 대위전(對魏戰)에 동원한 병력은 촉의 전력(全力)에 가까웠다. 사마의처럼 위의 병력 일부만 가지고 나온 경우에는 군사적인 모험도 가능하고 기공(奇攻)도 써볼 수 있다. 그러나 자기가 이끈 병력의 승패가 나라의 흥망과 직결된 제갈량의 입장에서는 모든 작전에서 신중하고 세밀하지 않을 수 없었다. 따라서 그 이유만으로도 위연의 제안을 무시한 공명의 정당성이 발견되며 군사적인 무능에 대한 변명이 가능해진다.

거기다가 오히려 국력이 거의 열 배나 강한 위를 상대로 싸우면서도 오히려 공세(攻勢)로 일관하고 있음을 보면 비범한 군사적인 재능까지 확인할 수가 있다.

야심가로서 그가 받는 의심도 대개는 뒷사람의 공론인 듯한 혐의가 짙다. 지난날의 동학(同學)들이 위나라에서 아직도 하찮은 벼슬자리에 머물러 있다는 소문을 들을 때마다,

"도대체 그 나라에는 얼마나 많은 인재가 있길래……."

하고 탄식했다는데, 그것은 그의 선택이 반드시 자신을 비싸게 팔수 있다는 이점만을 보고 이루어진 것이 아님을 은연중에 엿볼 수 있게 한다. 또 그가 권력 추구에만 급급한 야심가였다면 마침내 대권을 잡은 뒤에는 반드시 보상 심리에 따른 행태가 있어야 하는데, 그 점에서도 그는 결백하다. 허수아비 같은 후주에게 그가 바친 충성이나 세속적인 욕망에서 초연했던 일상생활만으로도 변호는 충분하다.

관우와의 권력 투쟁은, 설령 있었다 하더라도, 개인적인 권력욕보다는 한 법가로서 통치체제의 수립을 위한 것이었으리라. 형주 문제도 그렇다. 당시 그가 정벌을 끝낸 서촉은 유언과 유장의 이십 년 통치가 있었던 땅인데, 특히 유언은 한때 그 덕망으로 천자에 추대될 뻔했던 인물로서 그 땅 백성들의 숭앙을 받았다. 공명이 관우를 도우러 가고 싶어도, 있을지 모르는 유장파의 저항 때문에 함부로 서

천을 비울 수가 없었다는 편이 옳다.

그의 보수적인 측면 또는 반동적인 이상에 대해서도 그리 함부로 말할 성질은 아닌 듯싶다. 보수와 진보, 혁명적인 것과 반동적인 것은 그 사람의 기질이나 성장 환경 또는 이념 형성 과정의 문제이지, 정부(正否)나 선악(善惡)의 문제는 아니다. 더구나 근 이천 년 뒤의 사람으로서 오직 자기가 살고 있는 시대에 의지해 옛사람의 이상을 평하는 것은 온당하지 않을뿐더러 위험스럽기까지 하다. 그 경우 대개는 역사보다는 현실의 목적성에 기울어져 옛사람의 생각 그 자체보다는 현재 그 자신의 주장을 선전하거나 강요하는 것에 지나지 않기 때문이다.

뛰어난 발명가나 신비한 술사로서의 묘사도 반드시 제갈량의 면모를 손상시키는 것은 아니다. 무기의 우열이 전쟁의 승패에 큰 영향을 미치는 점을 생각하면, 그게 실질적인 창안이건 다만 개량에 지나지 않건 제갈량이 그쪽에 힘을 쏟은 것은 한 군략가로서는 오히려 당연하지 않을까.

비를 비느니 바람을 부르느니 하는 요술 같은 일도 따지고 보면 전혀 엉뚱한 것은 아니다. 현대전에서도 장기 일기예보는 매우 중요해서, 이차 대전 때의 몇몇 전투는 바로 그 일기예보에 승패가 달렸던 것으로 알려져 있다. 더구나 옛 중국의 병가들은 천시(天時) 또는 지리(地利)라는 이름으로 지형과 기후를 중히 여긴 전통이 있고, 제갈량도 마찬가지여서 거기 관해 세밀한 관찰과 정보 수집을 게을리하지 않았을 것이다.

따라서 어떤 지역의 특정한 기상 상태는 단기적으로 예보가 가능

했을 것이며, 그 예보를 전쟁에서 활용한 걸 신화화한 것이 『연의』에서 보는 제갈량의 신통력으로 보아 크게 틀리지 않는다. 실제로 적벽대전을 앞두고 그가 빌었다는 동남풍은 해마다 그 무렵 양자강 일대에 이는 무역풍의 일종이라는 말도 있다. 그 일대에서 살아온 그는 일찍이 그런 현상을 관찰해두었다가 필요할 때에 알맞은 연출과 함께 활용한 것이라는 게 뒷사람의 추측이다.

따라서 다시 한번 제갈량의 상을 맞춰보면, 그는 군주의 뛰어난 보좌역이며 명참모, 명재상, 명문장가였고, 당대 최고봉의 병가인 동시에 법가로서의 이상을 성공적으로 구현한 보기 드문 인물이었다. 이런 면 때문에 그의 정치 이상에 비판적이었던 곽말약도 남양에 있는 제갈량의 초당 터에 '삼대하일인(三代下一人, 하, 은, 주나라 이후 최고의 인물)'이란 친필을 남겼을 것이다.

뒷사람의 부질없는 논의는 다만 제갈량이란 흔치 않은 역사의 석상(石像)을 스쳐가는 세월의 비바람이요, 고색창연함을 더하며 쌓이는 먼지와 이끼일 따름이다.

# 공명은 충무후(忠武侯)로
# 정군산에 눕고

공명이 죽던 날 밤 하늘은 시름하는 듯하고 땅도 안타까워하는 듯했다. 달조차 빛을 잃은 가운데 공명의 외로운 넋은 하늘로 돌아갔다. 강유와 양의는 공명이 죽기 전에 이른 말을 지켜 함부로 울지도 못했다. 시킨 대로 시신을 염해 미리 정한 상자에 넣고 장졸 삼백으로 하여금 지키게 했다.

그게 끝나자 다음으로 급한 것은 군사를 물리는 일이었다. 강유와 양의는 위연에게 가만히 영을 내려 뒤쫓는 적을 막게 하고, 이곳저곳의 진채를 하나씩 하나씩 뜯어 물러나기 시작했다.

하지만 사마의도 자고만 있지는 않았다. 그날 밤 홀로 천문을 보고 있는데, 문득 큰 별 한 개가 삐죽삐죽 붉은 빛을 뿜으며 동북쪽에서 서남쪽으로 흘러갔다. 사마의가 눈길로 뒤따르니 그 별은 세 번이나 촉군의 영채 안에 떨어지는가 싶다가 다시 솟으며 은은한 소리까지 냈다.

사마의가 놀라우면서도 기뻐 소리쳤다.

"공명이 죽었구나!"

공명의 넋이 떨어지는 별을 하늘에 비끄러매도 사마의는 한눈에 그의 죽음을 알아보았다.

사마의는 곧 영을 내려 모든 군사를 이끌고 물러가는 촉군을 뒤쫓기 시작했다. 그러나 막 진문을 나서려니 또다시 걱정이 되었다.

'공명은 육정육갑(六丁六甲)의 술법을 잘 안다. 요즈음 내가 나가서 싸우지 않자 그 술법을 부려 자신이 죽은 체하며 나를 끌어내려는 게 아닐까. 그렇다면 턱없이 뒤쫓다가는 반드시 그의 계책에 떨어지고 만다……'

그런 생각으로 말 머리를 돌려 진채 안으로 들어가 다시 나오려 들지 않았다. 다만 하후패를 시켜 몇십 기를 이끌고 오장원으로 가서 몰래 살펴보게 했을 따름이었다.

한편 자기 진채에서 잠을 자던 위연은 공명이 죽던 날 밤 이상한 꿈을 꾸었다. 머리에 뿔 두 개가 돋는 꿈인데 깨고 나도 매우 괴이쩍었다. 이에 이튿날 아침 행군사마 조직이 들어오자 그를 잡고 물었다.

"그대가 『주역』의 이치에 매우 밝다니 한 가지 묻겠소. 내가 어젯밤 꿈을 꾸었는데 머리에 뿔 두 개가 돋는 것이었소. 그 꿈이 길한지 흉한지 알 수 없으니 그대가 한번 풀어보구려."

그러자 조직이 한참이나 생각하다 대답했다.

"그거 대단히 좋은 꿈입니다. 기린도 뿔이 있고 창룡(蒼龍)도 머리에 뿔이 있으니 이는 바로 장군께 큰 변화가 있어 용이 하늘에 오르듯 높이 되실 징조올시다."

그 소리를 들은 위연은 몹시 기뻐했다.

"만약 공의 말처럼 된다면 그때는 한턱 크게 내겠소!"

그렇게 말하며 조금도 조직을 의심하지 않았다.

하지만 실은 그 꿈이 결코 길몽은 아니었다. 위연 앞을 물러난 조직은 얼마 안 가 길가에서 상서 비위를 만났다. 비위는 공명의 죽음을 위연에게 알리러 가는 길이었다.

"아침 일찍 어디 갔다 오시오?"

비위가 그렇게 묻자 조직이 숨김없이 털어놓았다.

"위문장의 영채에 갔다가 그 꿈풀이를 해주고 오는 길입니다. 그가 말하기를 머리에 뿔 두 개가 돋는 꿈을 꾸었는데 그게 길한지 흉한지를 알려달라 하더군요. 그 꿈이 결코 좋은 꿈이 아니었으나 바른 대로 말했다가는 배겨나기 어려울 것 같아 기린과 창룡으로 둘러 대 좋은 걸로 풀어주었습니다."

"그 꿈이 좋은 꿈이 아닌 줄은 어떻게 아시오?"

비위가 다시 그렇게 물었다. 조직이 가만히 일러주었다.

"뿔 각(角)자는 칼 도(刀) 밑에 쓸 용(用)이 있는 것입니다. 머리에 칼이 쓰이게 되는 게 어찌 좋은 꿈일 수 있겠습니까?"

그 말에 비위도 섬뜩한지 정색을 짓더니 문득 조직에게 당부했다.

"공은 그 얘기가 딴 데 새나가지 않게 하시오."

그러잖아도 위연이 어떻게 나올까를 걱정하며 가던 길이라 더욱 그랬는지 모를 일이었다.

조직과 헤어진 비위는 얼마 뒤 위연의 영채에 이르렀다. 비위가 곁에 있는 사람들을 모두 물러가게 한 뒤 위연에게 조용히 알렸다.

"간밤 삼경 무렵에 승상께서 돌아가셨소."

그리고 놀란 위연이 무어라고 묻기 전에 다시 이었다.

"승상께서 돌아가시면서 두 번 세 번 당부하시기를, 장군은 뒤를 맡아 사마의를 막게 하고 군사를 천천히 물리되, 발상을 하지 말라 하셨소. 여기 병부가 있으니 어서 군사를 움직이도록 하시오."

비위가 거기까지 말하자 위연이 불쑥 물었다.

"승상이 하던 일은 누가 맡게 되는 거요?"

그 말투가 자못 거칠었으나 비위가 기죽지 않고 꼿꼿이 말했다.

"승상께서 하시던 일은 모두 양의에게 맡기셨고, 군사를 부리는 데 관한 것은 모조리 강유에게 전하셨소. 지금 이 병부는 양의로부터 나온 영이오."

그러자 위연이 성난 얼굴로 소리쳤다.

"승상은 비록 죽었으나 나는 아직 살아 있소. 양의는 한낱 장사(長史)에 지나지 않은데 어찌 그같이 큰일을 해낼 수 있단 말이오? 그는 그저 승상의 시신이나 모시고 서천으로 가서 장례나 잘 치르라 하시오. 나는 군사를 이끌고 사마의를 쳐 공을 이루도록 애써보겠소. 아무리 승상의 유명이 있었다지만 어찌 그 한 사람의 말만 들어 나라의 큰일을 그르칠 수 있단 말이오?"

"그래도 승상께서 돌아가시면서 남긴 말이니 우선은 그대로 따라 물러나는 게 좋겠소. 어겨서는 아니 될 것이오."

비위가 다시 한번 공명을 내세워 그렇게 말해보았으나 소용없었다. 위연이 더욱 성을 내며 목청을 높였다.

"만약 첫 번째 기산으로 나올 때 승상이 내 계책을 따라주었으면 장안은 벌써 오래전에 우리가 차지했을 것이오. 거기다가 지금 나는 전장군에 정서대장군 남정후(南鄭侯)의 몸이오. 어찌 한낱 장사 따위의 뒤나 지켜주고 있으란 말이오!"

이에 비위는 하는 수 없이 좋은 말로 위연을 달랬다.

"비록 장군의 말이 옳다 해도 가볍게 움직여서는 아니 되오. 그랬다가는 적의 비웃음거리가 되고 말 것이외다. 잠깐 기다려주시면 내가 양의에게로 가서 그를 달래보겠소. 그리하여 양의로 하여금 병권을 모두 장군께로 넘기게 하면 되지 않겠소?"

그러자 위연도 귀가 솔깃한지 비위의 말을 따라주었다.

그런 위연을 두고 급히 대채로 돌아간 비위는 양의를 찾아 위연이 한 말을 모두 전해주었다. 그러나 양의는 별로 걱정하는 기색이 없었다.

"승상께서 숨을 거두시기 직전 내게 하신 말씀 가운데 하나가 위연이 딴 뜻을 품고 있다는 거였소. 이제 내가 병부를 그에게 보낸 것도 실은 그의 마음을 떠보기 위함에 지나지 않았소. 과연 승상께서 말씀하신 대로구려. 뒤를 끊어주는 일은 강백약에게 맡기면 되니 너무 걱정하지 마시오."

그리고 자신은 공명의 영구를 모시고 앞서 떠나면서 강유로 하여금 뒤에 남아 추격해 오는 적을 막게 했다. 천천히 군사를 물리는 게 모두가 공명이 죽기 전에 일러준 대로였다.

한편 위연은 시간이 오래 지나도 비위가 돌아오지 않자 불쑥 의심이 났다. 마대에게 수십 기를 이끌고 가서 대채 쪽을 살펴보게 했다. 얼마 후에 마대가 돌아와 알렸다.

　"후군은 강유가 도맡아 거느리고 있고, 전군은 이미 태반이 골짜기로 물러나고 있었습니다."

　그 말에 위연이 불같이 성이 나 소리쳤다.

　"그 떠꺼머리 선비놈이 나를 속였구나! 내 반드시 그놈을 죽이고 말겠다."

　그래 놓고는 문득 마대에게 은근하게 물었다.

　"공도 나를 도와주겠소?"

　"저 또한 일찍부터 양의에게 품은 한이 있습니다. 장군을 도와 함께 싸우겠습니다."

　마대가 선뜻 그렇게 대답했다. 위연은 몹시 기뻐하며 얼른 진채를 거둔 뒤에 거느린 군사를 모두 이끌고 남쪽으로 달려갔다.

　그 무렵 사마의가 보낸 하후패도 오장원에 이르렀다. 하후패는 거기에 촉병이 한 사람도 없는 걸 보자 얼른 사마의에게로 돌아가 알렸다.

　"촉병은 이미 모두 물러가고 없었습니다."

　그제야 사마의가 발을 구르며 안타까워했다.

　"공명이 정말로 죽었구나! 어서 촉병을 뒤쫓도록 하라!"

　하후패가 오히려 그렇게 서두르는 사마의를 말렸다.

　"도독께서는 가볍게 적을 뒤쫓아 나서지 않으시는 게 좋겠습니다. 편장 하나쯤을 먼저 보내도록 하시지요."

"아니다. 이번에는 반드시 내가 가야 한다."

사마의는 전에 없이 고집을 부리며 두 아들과 함께 전군을 들어 오장원으로 달려갔다.

사마의가 이끈 위의 장졸들은 함성 소리도 드높게 촉의 영채를 덮쳤다. 정말로 촉병은 하나도 눈에 띄지 않았다. 사마의가 두 아들을 돌아보며 말했다.

"너희들은 뒤처진 군사를 몰아 쫓아오너라. 나는 먼저 나아가겠다."

이에 사마소와 사마사는 뒤에 남아 남은 군사들을 내몰고 사마의는 앞선 군사만 거느린 채 먼저 달려갔다.

사마의가 어떤 산 아래 이르니 멀지 않은 곳에 촉병이 보였다. 사마의가 더욱 힘을 내 뒤쫓는데, 홀연 한 소리 포향이 들리며 산 뒤에서 함성이 크게 울렸다. 촉병이 홀연 깃발을 돌려세우고 북소리를 높이며 되돌아서는 것이었다. 나무 그늘에서 드러난 중군의 큰 깃발에 쓰인 글씨는 이러했다.

'한승상 무향후(武鄕侯) 제갈량'

그걸 보고 깜짝 놀란 사마의는 낯빛이 싹 변했다. 잠시 아뜩했다가 겨우 정신을 가다듬어 보니 중군 속에서 수십 명의 상장이 네 바퀴 수레 하나를 밀고 나오는 게 눈에 띄었다. 그 수레 위에 앉은 것은 놀랍게도 검은 띠 두른 학창의에 윤건 쓰고 깃털부채를 든 공명이었다.

"공명이 아직 살아 있구나! 그것도 모르고 적지 깊숙이 뛰어들었으니 이제 정말로 그의 계책에 떨어졌다. 모두 어서 물러나라!"

놀란 사마의가 그렇게 소리치며 말고삐를 당겨 돌아서려 하는데,

둥 뒤에서 강유가 큰 소리로 외쳤다.

"적장은 달아나지 말라. 너는 이제 승상의 계책에 걸려들었다!"

그 소리에 위병들은 얼이 빠지고 넋이 흩어지는 듯했다. 갑옷 투구를 벗어던지고 창칼을 내동댕이친 채 제 한목숨 건지려 달아나기 바빴다. 그 북새통에 위병은 저희끼리 밟고 밟혀 죽은 자만도 그 수를 헤아리기 어려울 지경이었다.

사마의는 그런 군사들을 돌볼 틈도 없이 뒤돌아서 내달았다. 오십 리를 넘게 달린 뒤에야 겨우 등 뒤에서 뒤쫓아오는 두 위장의 목소리를 알아들을 수 있었다.

"도독께서는 너무 놀라지 마십시오. 이제 촉병은 없습니다."

두 장수가 사마의의 말고삐를 잡으며 그렇게 소리쳤다. 퍼뜩 정신이 돌아온 사마의가 머리를 어루만지며 그들에게 물었다.

"내 머리가 붙어 있느냐?"

두 장수는 다시 한번 그런 사마의를 진정시켰다.

"두려워하실 것 없습니다. 촉병은 멀리 물러갔습니다."

그래도 사마의는 한참을 더 쉬고 난 뒤에야 마음과 몸이 제자리를 되찾았다. 겨우 분간이 가는 눈길로 자신을 세운 두 장수를 보니 그들은 다름 아닌 하후패와 하후혜였다. 거기서 더욱 안정을 되찾은 사마의는 샛길로 빠져 대채로 돌아간 뒤 장수들을 사방에 풀어 촉병의 동정을 살피게 했다. 이틀도 안 돼 그곳 토박이 백성 하나가 달려와 알렸다.

"촉병이 야곡으로 들 때 슬피 우는 소리가 땅을 울리고 난데없이 흰 깃발이 올랐습니다. 듣기로 강유를 뒤에 남겨 천 명의 군사와 함께 추격을 끊게 하였으며, 어제 수레 위에 있던 공명은 살아 있는 사람이 아니라 나무로 깎은 상이라고 합니다."

그 말을 들은 사마의가 탄식했다.

"나는 그의 삶도 헤아리지 못하고 그의 죽음도 헤아리지 못하는구나!"

이른바 '죽은 제갈량이 산 중달을 쫓았다[死公明走生仲達]'란 말은 그런 사마의의 낭패에서 생겨난 촉인들의 우스개였다.

사마의는 공명이 정말로 죽었음을 확신하자 다시 군사를 내어 촉병을 뒤쫓기 시작했다. 적안파까지 이르렀으나 촉병은 이미 멀리 가버린 뒤였다. 사마의는 별수없이 군사를 돌리며 장수들에게 말했다.

"공명이 죽었으니 이제 우리는 베개를 높이 하고 걱정 없이 잘 수 있겠다. 이만 돌아가자."

장졸들과 함께 돌아오는 길에 사마의는 한군데 공명이 진채를 세웠던 자리를 지나게 되었다. 앞뒤 좌우가 가지런하고 법식에 따른 진터가 다시 한번 사마의를 감탄케 했다.

"공명은 참으로 천하의 기재였다!"

사마의는 그렇게 중얼거리며 조용히 군사를 물려 장안으로 돌아갔다. 그리고 장수들을 나누어 중요한 길목과 험한 골짜기를 지키게 한 뒤 자신은 낙양으로 돌아갔다.

한편 공명을 대신해 촉병을 모두 거느리게 된 양의는 강유로 하여금 뒤쫓는 적을 막게 하면서 천천히 물러났다. 그리하여 서천으로 드는 잔도 어귀에 이른 다음에야 비로소 상복으로 갈아입고 공명의 죽음을 전군에 알렸다. 군사들은 그 놀라운 소식에 땅바닥을 치며 통곡하고 어떤 군사는 울다가 죽기까지 했다.

하지만 큰일은 공명의 죽음에 그치지 않았다. 촉병의 전대가 잔도로 들어섰을 때 홀연 앞쪽에서 불길이 하늘 높이 솟으며 크게 함성이 일었다. 이어 한 떼의 군마가 길을 막고 나서는데, 앞선 장수는 다름 아닌 위연이었다.

웬 군사가 앞길을 막는다는 전갈을 받은 양의는 놀라 그게 누구의 군사인지를 알아보게 했다.

"위연이 잔도를 태워 끊고 길을 막았습니다."

얼마 후에 살피러 갔던 군사가 돌아와 알렸다. 양의가 놀라 어쩔 줄 모르며 주위를 둘러보고 물었다.

"승상께서 살아 계실 때 이미 이 사람이 뒷날 반드시 반역하리라는 걸 헤아리고 계셨습니다만 이제 정말로 이렇게 나올 줄 누가 알았겠소? 우리가 돌아갈 길을 끊고 버티니 어찌했으면 좋겠소?"

비위가 곁에 있다가 말했다.

"저 사람은 틀림없이 폐하께 우리가 반역했다고 거짓으로 먼저 일러바친 뒤 잔도를 태워 우리가 돌아가는 걸 막고 있을 것입니다. 우리도 마땅히 폐하께 아뢰어 위연이 반역했음을 알려야 합니다. 그를 쳐 없애는 것은 그다음 일이 되겠습니다."

그러자 강유가 비위를 거들어 말했다.

"저쪽에 샛길이 하나 있는데 이름이 차산(嵯山)이라 합니다. 비록 산이 높고 험하지만 그럭저럭 잔도 뒤로 나아갈 수는 있습니다. 한편으로는 폐하께 표문을 올려 위연이 반역했음을 아뢰고, 다른 한편은 군사를 차산 샛길로 몰아 나가는 게 좋겠습니다."

그 무렵 공명의 죽음은 여러 불길한 징조로 성도에까지 전해지고 있었다. 그중에서도 맨먼저 그걸 느낀 것은 공명에게 가장 많은 것을 의지하고 있는 후주였다. 후주는 그 며칠 까닭 모르게 침식이 불안하고 몸이 떨리더니 드디어 한 꿈을 꾸었다. 성도의 금병산이 무너지는 괴상한 꿈이었다.

놀라 깨어난 후주는 앉아서 날이 밝기를 기다리다가 날이 밝는 대로 모든 벼슬아치들을 불러모았다. 그리고 그 꿈 얘기를 하며 풀이를 묻자 그런 일에 밝은 초주가 나와 아뢰었다.

"신이 어젯밤 천문을 보니 한 붉은 별이 뿔 같은 빛을 내뿜으며 동북쪽에서 서남쪽으로 떨어졌습니다. 틀림없이 승상께 매우 좋지 못한 일이 벌어진 듯싶습니다. 폐하께서 꿈에 금병산이 무너진 걸 보신 것도 거기 관련된 어떤 징조인 듯싶습니다."

그 말을 듣자 후주는 더욱 걱정이 되었다. 마음 죄며 어서 소식이 있기만을 기다리는데 홀연 오장원으로 보낸 이복이 돌아왔다는 전갈이 왔다. 후주는 급히 이복을 불러들여 공명의 소식을 물었다. 이복이 엎드려 울며 아뢰었다.

"승상께서는 이미 돌아가셨습니다."

그리고 공명이 죽기 전에 당부하던 말들을 자세히 알렸다. 그 소리를 들은 후주가 큰 소리로 울며 탄식했다.

"하늘이 나를 망하게 하시는구나! 이 일을 어찌하면 좋은가?"

그러다가 마침내는 슬픔과 상심을 이기지 못해 정신을 잃고 용상에 쓰러졌다. 사람이 좀 모자라는 대로 공명에 대한 믿음과 정이 남달랐던 그로서는 그럴 법도 했다. 놀란 신하들이 후주를 부축해 후궁으로 모셨다.

공명의 죽음은 또 선주의 계비(繼妃)인 오태후의 귀에도 들어갔다. 태후 역시 그 놀랍고 슬픈 소식에 목놓아 울기를 마지않았다. 모든 벼슬아치들도 슬퍼하지 않는 이가 없었고, 백성들도 하나같이 눈물을 뿌렸다.

후주는 너무도 상심이 커서 조회를 받을 기력조차 없었다. 나랏일도 제쳐놓고 연일 슬픔에 차 지내는데 문득 위연이 급한 표문을 올려 양의가 반역했음을 알려왔다. 신하들은 모두 깜짝 놀라 궁중으로 몰려갔다.

"위연이 표문을 올려 양의가 반역했음을 알려왔습니다."

그 같은 신하들의 아룀을 듣자 후주 또한 슬픔 가운데서도 크게 놀랐다. 얼른 근신에게 명을 내려 위연이 올린 표문을 읽게 했다.

'정서대장군 남정후 신 위연은 두렵고 죄스런 마음으로 머리를 조아려 아룁니다. 승상이 돌아가시자 양의가 스스로 병권을 거머쥐고 무리를 이끌어 반역을 했습니다. 승상의 영구를 빼앗아 앞세우고 적병을 우리 땅으로 끌어들이려 하기에 신은 먼저 잔도를 태워 끊고 힘을 다해 막았습니다. 삼가 아뢰오니 밝게 헤아리옵소서.'

위연의 표문은 대략 그러했다. 읽기를 마친 후주가 알 수 없다는 듯 물었다.

"위연은 매우 용맹스런 장수다. 그냥 싸워도 양의쯤은 이길 만한데 어째서 잔도를 태워 끊었단 말인가?"

오태후가 곁에 있다가 말했다.

"일찍이 선제께서 말씀하시기를 위연은 뒷머리에 반골(反骨)이 있다 했소. 공명이 그걸 알면서도 그를 죽이지 않고 쓰는 것은 그 용맹이 아까워서였을 게요. 이제 그는 양의가 반역했다 하나 가볍게 믿어서는 아니 될 것이오. 양의는 문관인데도 그에게 장사의 일을 맡긴 것은 그가 쓸 만했기 때문임에 틀림이 없소. 만약 한쪽의 말만 듣게 되면 양의는 갈 데 없이 위로 투항해버릴 것이외다. 이 일은 마땅히 멀리 내다보고 깊이 헤아리어 처리해서 만에 하나라도 그르침이 없어야 할 것이오."

다른 벼슬아치들도 그 말을 옳게 들었다. 어떻게 처리해야 할까를 분분히 의논하고 있는데 다시 근신이 알렸다.

"장사 양의가 급한 표문을 올려왔습니다."

후주가 얼른 그 표문을 뜯어 읽게 하니 거기에는 이렇게 씌어 있었다.


'장사 유군장군(綏軍將軍) 신 양의는 두렵고 죄스런 마음으로 머리를 조아려 삼가 아룁니다. 승상께서 돌아가실 적에 큰일은 신에게 맡기시어, 있던 제도에 따라 모든 것을 처리하고 함부로 고치지 못하게 하셨습니다. 또 위연은 뒤를 맡아 쫓아오는 적을 맞으며, 강유는 그다음 일을 맡게 했습니다. 그런데 이제 위연은 승상께서 남기신 말을 지키지 않고, 자신이 이끈 인마와 더불어 한중으로 먼저 돌아가, 승상의 영구를 빼앗고 흉측한 일을 저지르려 합니다. 변고가 너무도 갑작스레 생긴 것이라 급히 글을 띄워 삼가 그 일부터 먼저

아룁니다.'

그걸 들은 태후가 후주를 대신해 물었다.

"이제 양의의 글이 이르렀으니 어떻게 해야 되겠소?"

"신의 어리석은 헤아림으로는 양의가 비록 성품이 지나치게 급하고 남을 잘 싸고돌지는 못하나, 군량과 마초를 헤아리고 군기(軍機)를 보살피는 일을 승상 아래서 오래 해왔습니다. 거기서 보인 어떤 재주 때문에 승상께서 돌아가시면서 그에게 큰일을 맡기신 듯하니 결코 반역할 사람은 아닙니다. 이에 비해 위연은 평소 공을 믿고 높은 자리를 차지해 사람들을 모두 내려보았으나 오직 양의만은 마음대로 되지 않아 그에게 속으로 원한을 품어온 사람입니다. 거기다가 이제 양의가 병권을 오로지하니 그에게 굽히기가 싫어 일을 저지른 것 같습니다. 잔도를 불태워 양의가 돌아올 길을 끊고 폐하께 그를 모함한 것임에 분명합니다. 신은 양의라면 전 가솔과 노비를 걸어 그의 옳음을 보증할 수는 있으나 위연이라면 그리하지 못하겠습니다."

장완이 일어나 그렇게 아뢰었다. 동윤 역시 그를 거들었다.

"위연은 스스로 공이 높음을 자랑해 항상 마음속에 불평을 품었으며 입으로는 원망의 소리를 거침없이 내뱉었습니다. 이제껏 반역하지 않고 지냈던 것은 다만 승상이 두려워서였을 뿐입니다. 그런데 이제 승상께서 돌아가셨으니, 그 틈을 타고 난을 꾸민 게 틀림없지 않겠습니까? 그러나 양의는 재간이 남달라 승상이 쓰게 된 사람이니 배반할 까닭이 없습니다."

그러자 후주가 걱정스런 얼굴로 물었다.

"정말로 위연이 반역했다면 어떤 계책으로 그를 막겠는가?"

장완이 그런 후주를 안심시켰다.

"승상은 평소부터 위연을 의심해왔습니다. 반드시 양의에게 그를 잡을 계책을 남겨주었을 것입니다. 만약 양의가 믿는 게 없다면 어떻게 잔도도 없는 야곡으로 들어설 수 있었겠습니까? 위연은 반드시 승상께서 남기신 계책에 떨어질 것이니 폐하께서는 마음 놓고 기다리십시오."

그 말에 후주도 약간 마음을 가라앉히고 기다리는데 오래잖아 다시 위연이 표문을 올려왔다. 양의가 반역했다는 걸 이번에는 좀더 소상히 알리는 내용이었다. 후주가 막 그 표문을 다 읽자 양의가 또 표문을 올려 위연의 반역을 한 번 더 확인시켰다.

두 사람이 잇달아 표문을 올리며 서로 옳다고 우기니 조정은 아무리 짐작은 가도 함부로 움직이기가 어려웠다. 그때 문득 공명을 따라나갔던 비위가 돌아왔다는 전갈이 들어왔다. 후주가 급하게 비위를 불러들이고 양의와 위연에 대해 아는 걸 물었다. 비위가 위연이 반역했음을 자세히 아뢰었다.

"만약 일이 그러하다면 동윤에게 절(節)을 주어 좋은 말로 위연을 달래보라."

후주가 비로소 결단을 내려 말했다. 이에 동윤은 조서를 받들고 위연을 찾아 떠났다.

그 무렵 위연은 잔도를 불질러 끊은 뒤 남곡에 자리 잡고 있었다. 군사들을 풀어 험한 길목을 틀어막고, 스스로 좋은 계책을 썼다고 흐뭇해하는데 뜻밖의 소식이 들어왔다.

"양의와 강유가 밤중에 샛길을 타고 남곡 뒤편에 이르렀습니다."

양의는 한중을 잃게 될까 두려워 먼저 하평(何平)에게 군사 삼천 명을 주어 보내고, 자신은 강유와 함께 공명의 영구를 밀며 뒤따라 한중으로 들어갔다.

남곡 뒤편에 이른 것은 바로 그 하평이었다. 하평이 북을 울리고 함성을 지르게 하며 군사들을 몰아 나가자 정탐하던 위연의 군사가 나는 듯 달려가 다시 알렸다.

"차산 샛길로 나온 양의의 선봉 하평이 싸움을 걸어오고 있습니다."

그 소리를 들은 위연은 몹시 성이 났다. 얼른 갑옷을 입고 말에 오르더니 군사들을 휘몰아 맞싸우러 달려 나갔다.

양군이 둥그렇게 마주치자 하평이 기세 좋게 달려 나와 꾸짖었다.

"나라를 거스른 역적 위연은 어디 있느냐?"

위연 또한 지지 않고 맞받았다.

"네가 양의를 도와 역적질을 해놓고 어찌 감히 나를 욕하느냐?"

"거짓말 마라! 승상께서 돌아가셔서 아직 그 몸이 채 식기도 전에 역적질을 시작해놓고 무슨 소리냐?"

하평이 그렇게 맞받아놓고 다시 채찍을 들어 위연을 따르는 군사들을 가리키며 소리쳤다.

"너희들은 모두 서천 사람들이다. 대부분은 서천에 부모와 처자, 형제와 벗이 있다. 승상께서 살아 계실 때 결코 너희들을 박하게 대접하지 않았는데 너희들은 어찌해 역적질을 돕느냐? 각기 저 역적을 버리고 고향으로 돌아가 상과 벼슬을 기다리도록 하라."

그 말을 들은 군사들은 한 소리 큰 대답 소리와 함께 그 자리에서 태반이 흩어져버렸다. 그걸 보자 눈이 뒤집힌 위연은 칼을 휘두르며 말을 박차 곧바로 하평을 덮쳤다. 하평도 지지 않고 창을 내지르며 맞섰다.

한 서너 합쯤 어울렸을까, 하평이 짐짓 힘에 부친 듯 달아나기 시작했다. 기세가 오른 위연이 그런 하평을 뒤쫓았다. 하지만 하평의 군사들이 활과 쇠뇌를 비오듯 쏘아 붙이니 뒤쫓을 수가 없었다. 하는 수 없이 말 머리를 돌려 돌아오는데 자기편 군사들이 분분히 흩어져 달아나는 게 보였다.

위연은 분이 꼭뒤까지 올랐다. 말을 박차 그들을 뒤쫓으며 여러 명을 베었으나 흩어지는 그들을 붙들어둘 수는 없었다. 움직이지 않고 있는 것은 다만 마대가 이끈 삼백 명뿐이었다. 위연이 감격해서 마대에게 말했다.

"공만이 참으로 나를 도와주는구려. 일이 뜻대로 된 뒤라도 결코 공을 저버리지는 않겠소!"

그러고는 마대와 함께 하평을 뒤쫓았다.

하평은 군사를 몰아 나는 듯 달아났다. 끝내 하평을 따라잡지 못한 위연은 남은 군사를 수습한 뒤 마대에게 물었다.

"우리 위로 투항하는 게 어떻겠소?"

마대가 무겁게 고개를 가로저으며 말했다.

"장군의 말씀은 슬기롭지 못합니다. 대장부로 태어나 스스로 패업을 일으켜보려 하지는 않고 어찌 가벼이 남에게 무릎을 꿇으려 하십니까? 장군은 지략과 용맹을 아울러 갖추신 분인데 동천 서천의 어느 누가 감히 장군께 맞설 수 있겠습니까? 나는 장군과 함께 먼저 한중을 차지하기로 마음을 굳혔습니다. 그런 다음 서천으로 들어가면 양천을 얻기는 그리 어렵지 않을 것입니다."

들어보니 그럴듯한 말이라 위연은 곧 마음을 바꾸었다. 기꺼이 그 말을 따르기로 하고 군사를 휘몰아 남정으로 달려갔다.

그때 강유와 양의는 남정성 안에 있었다. 위연과 마대가 오는 걸 먼저 본 것은 강유였다. 성벽 위에서 보니 위연과 마대가 무용과 위세를 뽐내면서 벌 떼처럼 군사를 몰아오고 있었다. 강유가 급히 영을 내렸다.

"어서 빨리 적교를 달아올려라."

그러자 곧 성 아래 이른 위연이 성 위를 올려보며 소리쳤다.

"내가 왔다. 어서 항복하라!"

놀란 강유가 양의를 불러오게 해 물었다.

"위연이 용맹하기 그지없는 데다 마대가 곁에서 돕고 있으니 비록 군사가 적어도 얕볼 수 없소이다. 무슨 계책으로 물리치겠소?"

양의가 별로 걱정하는 기색 없이 대답했다.

"승상께서 돌아가실 때 비단주머니를 하나 내주시면서 말씀하셨소. 위연과 싸우게 되어 말 위에서 마주 바라보게 되거든 그때 열어보라고. 이제 바로 그걸 열어볼 때인 것 같소."

그리고 비단주머니를 꺼내 열었다. 주머니 안에서는 글 한 통이 봉해져 있었는데 겉봉에는 '위연과 맞싸우게 되었을 때 말 위에서 열어보라'는 글귀가 씌어 있었다. 강유가 기뻐해 마지않으며 말했다.

"이미 승상께서 미리 짜둔 계책이 있다면 장사가 이기게 될 것은 뻔하오. 나는 먼저 군사를 이끌고 성을 나가 진세를 펼치리다. 공도 어서 뒤따라 나오시오."

그런 다음 갑옷 입고 말에 올라 창을 꼈다. 강유는 삼천 군사와 더불어 성문을 열고 쏟아져 나갔다. 북과 함성 소리가 크게 울려퍼지는 가운데 금세 한 진세가 벌어졌다.

창을 끼고 문기 아래로 말을 몰아 나아간 강유가 큰 소리로 꾸짖었다.

"역적 위연은 듣거라. 승상께서 일찍이 너를 낮춰보지 않으셨는데, 이제 너는 어찌하여 나라를 배반했느냐?"

위연이 칼을 비껴들고 나와 맞받았다.

"백약은 이 일에 관여하지 말고 어서 양의나 나오라고 하라!"

그때 문기 뒤에서 공명이 남긴 글을 열어본 양의가 기쁨을 감추지 못하며 가벼운 차림으로 말을 달려 나왔다. 군사들 앞에 나선 양의가 손가락으로 위연을 가리키며 말했다.

"승상께서 살아 계실 적에 네가 머지않아 반역할 것이라고 하시며 내게 그걸 준비케 하시더니 이제 정말로 그렇게 되었구나. 너는 말 위에서 '누가 감히 나를 죽이겠는가?'라고 큰 소리로 세 번 외칠 수 있겠느냐? 네가 참으로 대장부라면 어서 그렇게 해보아라. 그러면 나는 한중에 있는 성들을 모조리 너에게 바쳐 올리겠다."

말투에 웃음기까지 섞인 게 꼭 사람을 놀리는 것 같았다. 위연이 껄껄 웃어 그런 양의의 기를 눌러주며 말했다.

"양의, 이 하찮은 것아, 내 말을 잘 들어라. 공명이 살아 있을 때는 그래도 조금이나마 두려움이 있었다만, 그가 죽은 지금 천하의 그 누가 내게 맞설 수 있단 말이냐? 세 번이 아니라 삼만 번을 소리친다 한들 어려울 게 무엇 있겠느냐?"

그리고 말 위에서 칼을 든 채 큰 소리로 외쳤다.

"누가 감히 나를 죽일 수 있겠느냐?"

그런데 미처 첫마디가 채 끝나기도 전이었다. 위연의 등 뒤에서 한 사람이 나서면서 그 말을 받았다.

"내가 너를 죽이겠다!"

말뿐이 아니었다. 그의 손이 올려지는가 싶더니 칼날이 번쩍, 하는 곳에 위연의 목이 말 아래로 떨어졌다. 모두 깜짝 놀라 그 사람을 바라보니 그는 다름 아닌 마대였다.

마대는 공명이 죽을 때에 미리 밀계를 주어 위연에게 딸린 사람이었다. 가장 가까운 체 위연 곁에 붙어다니다가 위연이 그런 소리를 지를 때를 기다려 갑작스레 뒤에서 목을 베게 한 것이었다. 양의가 그날 위연을 꼬드겨 그런 소리를 지르게 한 것은 비단주머니 안에 씌어 있는 대로 했을 뿐인데, 그래 놓고 나니 정말로 힘들이지 않고 위연의 목을 얻게 되었다. 뒷사람이 그 일을 노래했다.

공명은 미리 위연을 꿰뚫어보고　　　諸葛先機識魏延
뒷날 서천에 반역할 걸 알았네.　　　已知日後反西川
비단주머니에 남긴 계책 그 누가 짐작했으리　錦囊遺計人難料
마주 선 말 앞에서 공 이룸을 보네.　　却見成功在馬前

하지만 정사의 기록은 조금 다르다. 비단주머니 밀계니 하는 것은 제갈량의 신화를 위한 소도구일 뿐 이 사건이 보여주고 있는 것은 기실 제갈량이 죽은 뒤에 전개된 촉 내부의 심각한 권력 투쟁이다. 양의와 위연의 충돌은 제갈공명의 긴 안목과 위연의 반역 기질이 빚은 게 아니라 그 둘이 제갈량의 후계자 자리를 놓고 다툰 쟁탈전이었다.

위연은 언제나 야전군 사령관으로 밖에 나가 있어 조정에 비호 세력이 없고, 군사적인 재능에 대한 자부심 때문에 공명의 신임도 얻지 못했다. 그러나 양의는 문관 출신으로서 조정에는 장완, 동윤 등의 비호세력이 있고, 공명을 따름에 있어서도 장부에 밝고 고분고분해 그의 후계자로 지명될 수 있었다.

거기다가 위연과 양의 두 사람의 감정 대립도 첨예했다. 위연은 모든 사람이 자신의 무공을 인정하고 굽신거리는데 한낱 장사인 양의가 꼬장꼬장하게 맞서는 데 이를 갈아왔고, 양의는 양의대로 공명까지도 겁내지 않는 거칠고 거만한 무부인 위연을 속 깊이 미워해 왔다.

이런 두 사람은 공명이 죽자마자 정면으로 맞붙게 되었으나 싸움도 제대로 해보기 전에 결판이 났다. 제갈량의 유언과 조정의 비호 세력 덕분에 명분이 양의에게로 돌아가자 위연이 이끈 장졸들이 하룻밤 새 흩어져버린 까닭이었다.

아들과 몇몇 심복만 남게 되어 어쩔 수 없게 된 위연은 한중으로 달아났으나 양의가 보낸 마대의 추격을 받고 끝내는 아들과 함께 잡혀 죽었다. 이때 양의는 잘려온 위연의 머리를 밟으며,

"못난 종놈아, 이래도 다시 나쁜 짓을 할 테냐?"

하고 외쳤다는 기록이 전한다. 뿐만 아니라 죄 없는 위연의 삼족

을 죽여 앙심을 풀었다고 한다.

결국 정사를 통해 우리가 확인할 수 있는 것은 촉의 불행스런 내분이며 거기서 촉은 방금 제갈량을 잃은 불행에 다시 나라에서 제일가는 맹장 한 사람을 잃었다는 사실이다. 위연이 위에 투항하려 했다는 것은 진실이 아니고, 그 점은 나중에 후주가 그를 고이 묻어주게 한 것으로도 헤아려볼 수 있다.


그 이면이야 어떻건 후주가 보낸 동윤이 남정에 이른 것은 이미 마대가 위연을 죽인 뒤였다. 마대는 강유와 군사를 한군데로 합치고, 양의는 곧 후주에게 표문을 올려 위연을 죽였음을 알렸다. 표문을 읽은 후주가 양의에게 사람을 보내 일렀다.

"이미 그를 죽여 죄를 밝힌 만큼 그가 이제껏 세운 공을 생각해서라도 관곽을 갖추어 장례를 치러주라."

아마도 위연이 끝내 위로 투항하지 않은 점이 갸륵해서였을 것이다.

이에 후주의 뜻대로 위연을 묻은 양의는 공명의 영구를 모시고 성도로 돌아갔다. 후주는 모든 문무의 벼슬아치들과 함께 상복을 입고 성 밖 이십 리까지 나와 맞아들였다.

후주가 목을 놓고 울자 위로는 공경대부로부터 아래로는 숲속에 남은 백성에 이르기까지, 또 남자와 여자 늙은이와 어린아이 할 것 없이 모두 슬피 우니, 온 나라가 곡성으로 가득했다. 후주는 영구를 성안으로 들여 관을 승상부에 모시게 했다. 그리고 아들 제갈첨으로 하여금 마지막 효성을 다해 장례를 치르게 했다.

후주가 다시 궁궐로 돌아간 뒤 양의는 스스로를 결박해 입궐하여 후주에게 죄를 빌었다. 후주는 근신에게 시켜 양의의 밧줄을 풀어주게 하며 말했다.

"경이 아니었던들 어떻게 승상께서 남기신 가르침을 지킬 수 있었으며, 어느 날이 돼야 승상의 영구가 돌아올 수 있었겠는가. 또 위연은 어떻게 죽여 없앨 수 있었겠는가. 큰일을 탈 없이 치러낸 것은 모두 경이 힘써준 덕이다."

그리고 양의에게 중군사(中軍師)를 더했다. 뿐만 아니라 마대에게도 역적을 토벌한 공이 크다 하여 그가 죽인 위연의 벼슬을 고스란히 물려받게 했다.

양의는 다시 공명이 죽으면서 남긴 표문을 후주에게 올렸다. 읽기를 마친 후주는 다시 큰 소리로 울며 공명을 고이 땅에 묻게 했다. 시호는 충무후(忠武侯)였다. 비위가 다시 죽기 전에 남긴 공명의 뜻을 전했다.

"승상께서는 정군산에 묻어달라 하셨습니다. 울타리며 상석 같은 것은 세우지 말고 제물도 쓰지 말라 하셨습니다."

후주는 그대로 따랐다. 시월의 길일을 뽑아 몸소 영구를 이끌어 정군산에 이르고 그곳에 공명을 고이 묻었다. 조서를 내려 장례를 치른 뒤 면양에 사당을 짓게 하고 철마다 제사를 드리게 했다.

뒷날 두공부[杜甫]가 그 사당을 지나다 노래했다.

| | |
|---|---|
| 승상의 사당을 어디 가 찾으리. | 丞相祠堂何處尋 |
| 금관성 밖 잣나무가 빽빽한 곳이네. | 錦官城外栢森森 |
| 섬돌에 비친 풀빛은 봄기운을 띠고 있고, | 映階碧草自春色 |

나뭇잎 사이 꾀꼬리 울음소리만 속절없이 곱구나.

隔葉黃鸝空好音

세 번 번거롭게 찾은 것은 천하를 위한 헤아림이었고,

三顧頻煩天下計

두 대를 이어 힘을 다함은 늙은 신하의 마음이었네.

兩朝開濟老臣心

군사를 내어 이기지 못하고 몸이 먼저 죽으니　出師未捷身先死

길이 영웅들의 옷깃을 눈물로 적시네.　　　長使英雄淚滿襟


　그런데 공명의 장례를 마친 후주가 막 성도로 되돌아갔을 때였다. 홀연 근신이 급한 소식을 아뢰었다.

　"변방에서 알려오기를 동오가 전종(全綜)에게 수만 군사를 주어 파구 어름에 머물게 했다고 합니다. 그 뜻이 어디 있는지 모르겠습니다."

　후주가 놀라 주위에 있는 신하들을 돌아보며 물었다.

　"승상께서 방금 세상을 버렸는데, 동오가 지난날의 맹약을 어기고 우리 경계를 침범하려 한다 하오. 이 일을 어찌했으면 좋겠소?"

　장완이 나와 찬찬하게 말했다.

　"신이 왕평과 장의 및 군사 몇만을 데리고 영안으로 가서 뜻밖의 일에 대비하겠습니다. 폐하께서는 다시 한 사람 사자를 뽑아 동오에게 승상이 돌아가신 일을 알리고 아울러 그들의 움직임을 살펴보게 하십시오."

　후주도 그 길밖에는 달리 좋은 방도가 떠오르지 않았다.

"반드시 말 잘하는 사람을 하나 얻어 사자로 삼아야 되겠구나."

그렇게 말하며 주위를 둘러보자 한 사람이 나섰다.

"제가 한번 가보았으면 합니다."

여럿이 보니 그는 남양 안중 사람 종예였다. 벼슬은 참군우중랑장이었는데, 재주 있고 기개도 높았다.

후주는 종예가 스스로 나선 것을 기뻐하며 그를 동오로 보내는 사신으로 삼고 공명의 죽음을 알림과 아울러 그들의 움직임을 살펴보게 했다.

후주의 명을 받든 종예는 금릉(金陵, 건업의 다른 이름)으로 달려가 오주 손권을 찾았다. 떠날 때는 허실을 살피는 일까지 겸한다 해서 자못 긴장해 있었으나 손권의 궁궐 안에 들어가보니 그게 아니었다. 손권의 좌우에 있는 신하들이 모두 흰 상복을 입고 있는 게 공명을 위함인 듯했다. 거기다가 손권도 예를 끝내기 바쁘게 낯빛이 변해 물었다.

"촉과 오는 이미 한집안이나 다름이 없다. 그런데 경의 주인은 무슨 까닭으로 백제성의 군사를 늘렸는가?"

"전종이 파구에 군사를 더하니 서쪽도 백제성을 지키는 군사를 더하는 건 당연하지 않겠습니까? 서로 물어볼 일이 아닌 듯싶습니다."

그러자 손권이 껄껄 웃으며 말했다.

"경은 전에 사신으로 왔던 등지보다 못하지 않소이다."

그리고 다시 타이르듯 말했다.

"짐은 제갈승상이 돌아가시었단 말을 듣고부터 하루도 눈물을 아니 흘린 적이 없소. 이 나라의 모든 벼슬아치들에게 상복을 입게 한 것도 공명을 잃은 슬픔을 나타내기 위함이었소. 짐은 또 공명의 상을 당한 틈을 타서 위가 촉을 빼앗을까 두려웠소. 그 때문에 파구에 군사 몇만을 보내 일이 있으면 구원하려 했을 뿐 딴 뜻이 있었던 것은 아니외다."

그 말에 공연히 오를 의심했던 게 부끄러워진 종예는 머리를 조아려 고마움을 나타냈다. 손권이 그런 종예를 보고 덧붙여 말했다.

"짐은 이미 경의 나라와 동맹을 맺었는데 어찌 그 의를 저버릴 까닭이 있겠소?"

그제서야 종예는 겉으로 내세우고 온 사신의 소임을 밝혀 스스로를 변명했다.

"저희 폐하께서는 승상이 돌아가셨음을 알리라고 저를 보내셨습니다. 달리 동오에 의심을 품어서는 아니올시다."

하지만 손권은 아무래도 촉이 품고 있는 의심이 마음에 걸리는 모양이었다. 금으로 깃을 만든 화살 하나를 가져오게 해서 꺾으며 맹세했다.

"짐이 만약 지난날 맺은 동맹을 저버린다면 짐의 자손은 모조리 죽어 없어질 것이다!"

그러고는 사자를 뽑아 향과 베와 여러 가지 제물을 가지고 종예와 함께 촉으로 가게 했다. 공명의 영전에 제사를 올려 그 죽음에 대한 오의 슬픔과 정성을 보이려는 것이었다.

손권을 작별하고 오의 사신과 함께 성도로 돌아간 종예는 후주에게 아뢰었다.

"오주(吳主)는 승상께서 돌아가셨다는 말을 듣고 눈물을 흘렸으며 그 신하들은 모두 상복을 입고 있었습니다. 파구에 군사를 더한 것은 위나라가 우리의 빈틈을 엿보고 쳐들어올까 걱정하여서였을 뿐 딴 뜻은 없었다고 합니다. 그리고 또 화살을 꺾으며 맹세하기를 동맹의 의를 저버리는 일은 없을 것이라 했습니다."

그 말을 들은 후주는 종예에 두텁게 상을 내리고 오의 사신을 잘 대접해 돌려보냈다.

공명의 장례일이 매듭지어지자 후주는 공명이 남긴 말대로 나라 안을 정비했다. 장완은 승상 대장군에 상서 일을 맡게 하고, 비위는 상서령(尙書令)으로 장완의 승상 일을 거들게 했다. 오의는 거기장군으로 절(節)을 가지고 한중을 도맡게 했으며, 강유는 보한장군(輔漢將軍) 평양후로 모든 군마를 다스릴 권한을 쥐고 오의와 함께 한중에 머물게 했다. 그들 둘을 함께 한중으로 보낸 것은 위의 침입을 막기 위해서였다. 그리고 그밖의 다른 장수들은 모두 전에 하던 일을 그대로 맡게 해, 지나친 자리바꿈으로 어지러움이 일지 않게 했다.

양의도 제자리에서 하던 일을 계속하게 된 사람 가운데 하나였다. 벼슬살이 한 지가 장완보다 오래면서 그 밑에 있게 되었을 뿐만 아니라, 스스로 공이 크다고 여기는 데도 이렇다 할 상을 받지 못하자 불평이 일었다. 비위를 보고 후주를 원망하는 말을 했다.

"승상이 돌아가셨을 때 차라리 모든 군사를 이끌고 위로 투항했더라면 오늘 이같이 섭섭한 일이야 당하였겠소!"

그 말을 들은 비위는 양의를 그대로 두어서는 안 될 사람이라 생각했다. 몰래 후주에게 표문을 올려 양의가 한 말을 그대로 고했다. 비위의 표문을 읽은 후주는 몹시 노했다. 양의를 옥에 가두고 엄하게 심문한 뒤 끌어내 목 베려 했다. 장완이 그런 후주에게 아뢰었다.

"비록 죄가 있다 해도, 지난날 승상을 따라다니며 세운 공 또한 적지 않으니, 양의를 죽여서는 아니 됩니다. 그를 벼슬자리에서 내쫓아 서인으로 만드는 것만으로도 넉넉합니다."

후주는 그 말을 따라 양의를 한중 가군으로 내쫓고 그곳에서 이름 없는 백성이 되어 살게 했다. 그러자 양의는 부끄러움을 이기지 못해 스스로 목을 찔러 죽고 말았다.

제갈량의 신화를 위해 위연과의 세력 다툼에서 턱없이 그를 미화했던 『연의』의 저자도 끝내 양의를 봐줄 수는 없었던 모양이다. 원래 양의는 속이 좁고 시기심이 많아 공명도 그를 그리 좋아하지 않았다. 양의는 유비가 살았을 때 이미 유파(劉巴)란 이와 다투다가 홍농 태수로 쫓겨난 적이 있고, 다시 제갈량 밑에서는 위연과 다투어 용케 그를 죽였다. 그러나 마지막으로 장완과 다투다가 끝내는 벼슬자리에서 쫓겨나는 꼴을 당했다.

거기다가 더욱 한심한 것은 그 뒤의 일이었다. 그렇게 시골로 쫓겨나서도 뉘우치지 않고, 오히려 후주에게 글을 올려 독한 말로 남을 해치려들다가 더 깊은 산골짜기로 쫓겨나게 되자, 부끄러움과 분함을 이기지 못해 스스로 목숨을 끊은 게 양의의 실상이었다.

# 시드는 조위(曹魏)

공명의 죽음과 더불어 세 나라가 싸움을 그친 것은 촉, 즉 촉한으로는 건흥(建興) 십삼년이요, 위(魏)는 청룡(青龍) 삼년이요, 오(吳)는 가화(嘉禾) 사년 무렵부터였다. 그때 위주 조예는 조조의 손자로서 즉위 초기에는 볼만한 일도 있었으나 차츰 창업의 어려움을 잊지 않는 정성이나 천하 제패의 야망과는 거리가 멀어져갔다. 제갈량의 죽음으로 바깥으로부터의 위협이 없어지자 곧 사치와 향락에 젖어들기 시작했다.

조예는 먼저 수많은 궁궐과 전각을 짓고, 아름다운 못과 동산을 꾸미며 백성을 괴롭혔다. 공경대부까지 흙을 지고 나무를 날랐다 할 만큼 잦은 토목공사였다.

그다음은 신선사상을 믿어 방림원(芳林園)이란 자신이 만든 동산에다 장안에 있는 백량대(柏梁臺)에서 승로반(承露盤)을 옮겨온 일이었다. 승로반은 한무제가 해와 달의 정기를 받아마시기 위해 만들었다는 큰 쟁반으로 구리로 만든 사람이 들고 있었다. 조예의 명을 받아 그 동인(銅人)까지 끌어오려다가 동인이 쓰러지는 바람에 깔려 죽은 사람만도 천 명이 되었다.

많은 신하들이 그런 조예를 말려보려 했으나 소용없었다. 동심, 장무, 양부 같은 이들이 충직한 상소를 올렸으나, 동심은 서인으로 쫓겨나고, 장무는 목이 잘렸으며, 양부도 무안만 당했을 뿐이었다.

사치와 향락에 빠질 수 없는 것이 여자인데, 조예는 그쪽에서도 솜씨를 보였다. 천하의 미녀들을 뽑아 방림원에 모으고, 밤낮없이 여색을 즐겼다. 또 모황후(毛皇后)를 두고 후궁인 곽부인(郭夫人)에 빠져 지내더니 마침내는 대단찮은 일을 트집 잡아 모황후를 죽이고 곽부인을 황후로 세웠다.

비록 촉과 오가 가만히 있다 해도 내정이 그 지경이 되면 외환이 일게 마련이었다. 요동에서 대를 이어 세력을 잡고 있던 공손연이 스스로 연왕(燕王)을 칭하며 난을 일으켰다.

공손연은 원상(袁尚)을 죽여 그 목을 조조에게 바친 공손강의 둘째 아들이었다. 문무를 겸비했는데, 타고난 성정이 굳세고 싸움을 좋아했다. 어른이 되자 요동 태수의 직책을 맡고 있던 숙부 공손공(公孫恭)을 죽이고 그 자리를 빼앗았다.

그 뒤 손권이 그를 연왕에 봉하고 자기 밑으로 끌어들이려 하자 그 사신을 죽여 위에 바치며 충성을 보였다. 그러나 조예가 겨우 대사마 낙랑공이란 벼슬을 내리자 불만을 품고 군사를 일으켰다.

공손연이 말리는 가범과 윤직을 목 베고 십오만 군사를 휘몰아 중원으로 짓쳐들었다. 조예가 놀라 낙양에 있는 사마의를 불러 공손연을 막을 계책을 물었다. 사마의가 걱정하는 조예에게 말했다.

"만약 공손연이 성을 버리고 달아나면 그게 상계(上計)요, 요동을 지키면서 많은 군사로 막기만 한다면 그것은 중계(中計)요, 근거지인 양평성에 눌러앉아 버티면 하계(下計)가 됩니다. 그가 하계를 쓰게 되면 반드시 신에게 사로잡힐 것입니다."

그런 다음 일 년을 기한하며 군사 사만을 이끌고 떠났다.

그런데 결국 싸움은 사마의가 하계라고 본 쪽으로 전개되었다. 사마의가 온다는 말을 듣자 공손연은 비연과 양조에게 팔만 군사를 주어 요양성을 맡기고, 자신은 양평성에 의지해 버텨보려 했다. 비연과 양조는 성 둘레에 도랑을 깊게 파고 녹각을 촘촘히 세워 지키기만 하면서 사마의의 군량이 떨어지기만을 기다렸다.

사마의는 그런 요양성을 두고 비어 있는 공손연의 근거지인 양평성을 급습했다. 놀란 비연과 양조는 양평성을 구하러 달려가다가 사마의의 복병에 걸려 군사 태반을 잃고, 구원을 나왔던 공손연도 크게 혼이 난 뒤 양평성 안에 갇히고 말았다.

그때 비록 공손연을 양평성 안에 가둬놓고는 있어도 사마의가 이끈 군사는 공손연의 군사보다 적었다. 에워싸고 적당히 기세만 올릴 뿐 싸움을 서두르지 않았다. 공손연은 마땅히 성을 나와 힘을 다해 싸워보거나 차라리 성을 버리고 달아나야 했는데도 미련하게 성안에서만 버텼다. 많은 군사로 성안에 오래 갇혀 있으니 군량이 떨어질 것은 뻔한 이치였다.

때마침 가을 장마가 한 달이나 계속돼 에워싸고 있는 위병들도 결코 편안하지만은 않았다. 물구덩이와 진뻘에서 허우적거리며 추위에 떨어야 했다. 사마의는 잠시 진채를 높은 곳으로 옮기자는 우도독 구련(仇連)을 목 베어가면서 양평성을 굳게 에워싸고만 있었다. 그러다가 공손연의 군사들이 군마를 잡아먹는 상태에까지 빠지자 비로소 힘을 들여 공격했다.

비록 머릿수가 많아도 굶주린 공손연의 군사가 제대로 싸울 수 있을 리 만무였다. 그제야 위급을 느낀 공손연이 사자를 보내 아들을 인질로 내줄 테니 잠시 군사를 물려달라는 조건부의 항복을 빌었으나 사마의는 받아주지 않았다.

"군사로 맞설 때는 다섯 가지 큰 원칙이 있다. 싸울 수 있을 때는 마땅히 싸워야 하고[能戰當戰], 싸울 수 없을 때는 마땅히 지켜야 하고[不能戰當守], 지킬 수 없을 때는 마땅히 달아나야 하고[不能守當走], 달아날 수 없을 때는 마땅히 항복해야 하고[不能走當降], 항복할 수 없을 때는 마땅히 죽어야 한다[不能降當死耳]는 게 그 다섯이다. 그런데 아들을 인질로 보내 무얼 어쩐다고?"

사마의는 그렇게 공손연의 사자를 꾸짖어 돌려보냈다.

항복조차 하기 어렵게 된 공손연은 마침내 성을 버리고 달아나기로 마음을 굳혔으나 이미 늦은 뒤였다. 아들과 군사 천 명을 이끌고 한밤중에 성을 빠져나가다 사마의의 복병에 걸려 사로잡히고 말았다. 사마의는 끌려온 그들 부자를 목 베게 하고 성안으로 들어가 백성들을 안정시켰다.

하지만 공손연은 평정되어도 조위(曹魏)에 드리운 어둠은 더 짙어

가기만 했다. 뒤이어 닥친 일이 위주 조예의 요절이었다. 사치와 향락으로 날을 보내던 조예는 술과 계집에 곯아 서른여섯의 젊은 나이로 죽으며, 사마의에게 여덟 살 난 태자 조방(曹芳)을 돕도록 당부했다. 선주가 제갈공명에게 그러했듯 자못 애절한 탁고(託孤)였다.

그러나 이때까지도 위의 정권을 잡고 있는 것은 조씨(曹氏)였다. 조예가 병들어 누웠을 때 연왕 조우(曹于)를 대장군으로 세워 정권을 맡기려 했으나, 조우가 받지 아니해 병권은 조진의 아들 조상(曹爽)에게로 돌아갔다. 대장군에 오른 조상은 아우 조희(曹羲)를 중영군으로 삼고 조훈(曹訓)을 무위장군, 조언(曹彦)을 산기상시로 삼아 각기 어림군 삼천을 이끌게 했다.

그래도 조상은 처음 한동안은 모든 일을 사마의에게 물어서 처결했다. 그러나 세력이 커지자 차차 사마의를 경계하게 권하는 사람들이 생겼다. 하안(何晏), 등양(鄧颺), 이승(李勝), 정밀(丁謐), 환범(桓範) 다섯 사람은 특히 조상의 신임을 받는 사람들로 그중에 하안은 드러내 놓고 조상을 충동질했다. 이에 조상도 생각을 바꿔 사마의를 병권이 없는 태부로 돌리고 경계를 게을리 하지 않았다.

그렇게 되자 세상은 조상 형제와 그를 따르는 무리들의 것이 되었다. 사마의가 병을 핑계로 벼슬을 버리고 떠나고 그 두 아들 사마소, 사마사마저 벼슬을 버리자 조정에서는 누구도 조상에게 맞설 자가 없었다. 거기다가 위주(魏主) 조방은 나이 여덟 살의 어린애라 임금은 없는 거나 마찬가지였다.

조상이 권력을 틀어쥐고 사치와 향락에 빠지니 지난날의 죽은 위주 조예를 넘어서는 데가 있었다. 나라에 바치는 공물은 조상이 먼저 좋은 걸 고른 다음에야 궁궐로 들어갔고, 심하게는 조예의 시첩(侍妾)까지 조상의 차지가 되었다.

하지만 조상의 밑이라고 전혀 사람이 없는 것은 아니었다. 눈 밝고 속 깊은 이들이 그런 조상을 말리려 애썼다. 조상은 잡고 있는 병권만 믿고 그들의 말을 흘려들었으나 사마의만은 아무래도 마음에 걸렸다. 병을 핑계하고 꼼짝없이 집안에 틀어박혀 있기는 했지만 언제 무슨 일을 꾸밀지 몰라, 청주자사로 가는 이승에게 문안하는 체 사마의를 찾아보고 그 허실을 살펴보게 했다.

문지기로부터 이승이 찾아왔다는 말을 들은 사마의는 두 아들을 불러놓고 말했다.

"이번에 이승이 온 것은 내가 정말로 아픈지 아닌지를 엿보러 온 것이다. 너희들도 그리 알고 천에 하나라도 눈치채이지 않도록 하라."

그리고 자신은 곧 머리를 풀어헤친 채 시녀들에게 부축되어 앉으면서 이승을 방안으로 불러들였다. 이승이 사마의의 침상 가까이 가서 절하고 말했다.

"오래 태부를 뵙지 못했으나 이렇게 환후가 중하신 줄은 몰랐습니다. 폐하께서 청주자사를 내리시기에 임지로 가는 길에 잠시 들러 특히 문안드립니다."

사마의는 짐짓 이승의 말을 잘못 알아들은 체 말했다.

"병주는 삭방에 가까운 곳이니 잘 지켜야 하네."

"병주가 아니라 청주자사입니다."

이승이 그렇게 고쳐주었으나 사마의는 히물히물 웃으며 또 딴소리를 했다.

"자네 지금 병주에서 오는 길이라고 하지 않았나?"

"산동 청주올시다. 그리로 가는 길입니다."

이승이 다시 한번 그렇게 밝혔다. 그러자 사마의는 무엇이 우스운지 껄껄 웃으며 더욱 엉뚱한 소리를 했다.

"아하, 그렇군. 자네가 청주에서 오는 길이란 말이지?"

그런 사마의의 기막힌 속임수에 이승은 깜빡 넘어가고 말았다. 제정신이 아닌 듯한 사마의가 오히려 딱해 곁에 있는 사람들을 돌아보며 물었다.

"태부의 병이 어찌해서 저토록 심해지셨소?"

"태부께서는 귓병이 나시어 말을 잘 알아들으시지 못합니다."

곁에서 모시던 사람이 그렇게 대답했다. 이승은 하는 수 없이 종이에다 자신이 한 말을 써서 보였다. 그제서야 사마의도 알겠다는 듯 웃으며 말했다.

"내가 귀가 먹어 잘 알아듣지 못했네. 어쨌든 이번에 가거든 몸조심하게."

그리고 벙어리마냥 손가락으로 입을 가리켰다. 계집종이 그 뜻을 알아보고 탕약을 받쳐 올렸다. 사마의가 마시는데 입가로 탕약이 줄줄 흘러 소매를 함빡 적셨다. 사마의는 거기에 그치지 않고 금방 숨이 넘어갈 사람처럼 기침을 쿨럭거리고 딸국질을 해대더니 처량한 소리를 덧붙였다.

"나는 이미 늙은 데다 병까지 무거우니 아침에 죽을지 저녁에 죽을지 모르는 몸일세. 비록 아들 둘이 있으나 못나기 짝이 없으니 자네가 잘 가르쳐주게. 그리고 대장군(조상)을 뵙거든 그 아이들을 잘

돌봐달라 하더라고 전해주게."

사마의는 그 말을 마치자 침상에 쓰러져 다시 숨넘어갈 듯 기침을 하며 헐떡였다. 누가 보아도 앞날이 머지않은 늙은이였다.

거기 깜박 속아넘어간 이승은 조상에게로 돌아가 자신이 본 걸 자세히 일러바쳤다. 조상이 기뻐해 마지않으며 말했다.

"그 늙은이가 죽는다면 내게 무슨 걱정이 있겠는가!"

하지만 그거야말로 어림없는 속단이었다. 사마의는 이승이 돌아가자마자 두 아들을 불러 말했다.

"이번에 이승이 돌아가 내 몰골을 전하면 조상은 틀림없이 나를 걱정하지 않게 될 것이다. 그래서 마음을 놓은 그가 성을 나가서 사냥할 때를 기다렸다가 일을 꾀해보자."

그런데 하루도 안 돼 사마의가 기다리던 때는 다가왔다. 마음을 놓은 조상이 천자를 모시고 고평릉(高平陵) 쪽으로 사냥을 나선 게 바로 그때였다. 천자와 대신들뿐만 아니라 병권을 나눠 가진 형제들과 다섯 심복까지 모조리 데리고 떠나는 큰 사냥이었다. 그 다섯 사람 중에 사농(司農) 환범이 그 사냥을 말렸다.

"주공께서 금군을 모두 장악하고 계시니 형제분들이 모두 나가셔서는 아니 됩니다. 만약 성안에 무슨 변고라도 생기면 어찌합니까?"

하지만 아무 소용이 없었다. 조상은 버럭 화까지 내며 기어이 떠났다.

그 같은 상황을 몰래 살피고 있던 사마의는 조상이 성문을 나가자마자 움직이기 시작했다. 옛적 싸움터에서 함께 싸웠던 사람들과 두 아들 및 곁에 두고 부리는 수십 명 장수들을 이끌고 집을 나섰다.

사마의는 고유(高柔)에게 임시로 절월을 주어 대장군의 일을 맡긴
뒤 먼저 조상의 영채를 빼앗게 했다. 또 태복 왕관(王觀)은 중령군사
로 삼아 조희의 영채마저 빼앗게 한 뒤에, 자신은 옛날의 벼슬아치
들을 끌어모아 궁중으로 들어갔다.

"조상이 선제 폐하의 당부를 저버리고 간사를 떨어 나라를 어지럽
히니, 그 죄 마땅히 벼슬을 떼고 내쫓아야 합니다. 윤허해주옵소서."

사마의가 궁중의 가장 어른이 되는 곽태후를 찾아보고 그렇게 아
뢰었다. 곽태후가 깜짝 놀라 말했다.

"천자께서 바깥에 나가 계시니 이 일은 어찌하면 좋겠소?"

"신이 천자께 아뢰어 간신을 없앨 것이니 태후께서는 너무 걱정
하지 마옵소서."

사마의가 천연덕스레 말했다.

겁이 난 태후는 사마의가 시키는 대로 따랐다. 이에 궁중을 차지
하고 태후라는 방패막이를 끼게 된 사마의는 곧 태위 장제(蔣濟)와
상서령 사마부(司馬孚)에게 표문을 쓰게 하여 천자께 아뢰는 한편
군기고(軍器庫)를 점령했다. 사마소는 그런 아비를 호위하여 성 밖
낙하(洛河)에다 진을 치고 부교를 지켰다.

이때 성안에는 아직도 조상의 사람들이 많았으나 적절하고 합당
하게 대응하지 못했다. 기껏해야 사마노지(司馬魯之), 신창(辛敞) 같
은 장수와 조상의 꾀주머니라고 불리는 환범 등이 약간의 군사를 이
끌고 성을 나가 천자와 조상을 찾아간 것뿐이었다.

사마의는 시중 허윤(許允)과 상서 진태(陳泰)를 불러 일렀다.

"너는 조상에게 가서 내게 딴 뜻이 없고 다만 그들 형제의 병권만

거두려 할 뿐이라고 말해라."

그리고 다시 전중교위 윤대목(尹大目)에게 글을 주며 한 번 더 조상에게 전하게 했다.

"나와 장제(蔣濟)는 낙수(洛水)를 두고 맹세한다. 이번 거사는 다만 조상의 병권을 거두기 위함일 뿐임을 거듭 말해주어라."

한편 한창 흥겹게 사냥을 하다가 뜻밖의 소식을 들은 조상은 놀라 어찌할 줄 몰랐다. 그때 궁 안에서 내시 하나가 사마의의 표문을 천자께 올렸다. 태후의 명을 받들어 조상의 병권을 거두려 한다는 내용이었다.

"태부가 이런 표문을 올렸으니 경은 어찌할 작정인가?"

위주 조방도 어찌할 바를 몰라 조상을 돌아보며 물었다. 조상은 먼저 두 아우와 함께 의논했다. 아우들은 싸울 생각보다 사마의에게 항복할 생각부터 먼저 했다. 이어 성안에서 달려 나온 신창과 사마노지도 사마의의 엄청난 세력을 전하며 은근히 항복하기를 권했다.

다만 사농(司農) 환범만이 천자를 허도로 모시고 외병(外兵)을 불러들여 사마의와 싸울 것을 주장했다. 하지만 가족들을 모두 성안에 남겨둔 조상이 얼른 마음을 정하지 못했다. 그때 성안에서 사마의가 보낸 허윤과 진태가 와서 말했다.

"태부께서는 다만 장군의 권세가 지나치다 하여 병권만 깎으려 하실 뿐 딴 뜻이 없습니다."

이어 윤대목도 달려와 말했다.

"태부께서는 낙수를 두고 맹세하시기를 딴 뜻이 없다고 하셨습니다. 여기 장태위의 글이 있으니 읽어보시고 어서 성안으로 돌아가십시오.”

그런 소리를 들은 조상의 마음은 더욱 흔들렸다. 환범이 거듭 사마의와 싸울 것을 권했으나, 하룻밤 내내 탄식하며 생각에 잠겼다가 겨우 한다는 소리가 이랬다.

“나는 군사를 일으키지 아니하겠다. 모든 벼슬을 다 내놓고 그저 한 부가옹(富家翁)으로 살 수 있으면 그것으로 넉넉하다.”

환범이 울며 그런 조상을 말리고 주부 양종도 통곡으로 가로막았으나 소용이 없었다. 조상은 끝내 대장군의 인수를 사마의에게 넘기고 말았다.

조상이 대장군의 인수를 넘기는 걸 보자 군사들은 모두 사방으로 흩어지고 몇 사람만 그들 형제 곁에 남았다. 사마의는 조상 형제에게 집으로 돌아가 조칙을 기다리라 일렀다.

얼른 보아서 일은 조상이 믿은 대로 매듭지어진 것 같았으나 실은 거기서 그치지 않았다. 사마의는 내관 장당이란 자를 잡아 문초하여 조상이 하안, 등양, 이승, 필범, 정밀 등과 함께 자기를 죽이려 했다는 자백을 받아내었다. 사마의는 조상 형제와 그들 다섯에다 환범을 더해 모두 잡아들인 뒤 저잣거리에 끌어내 목 베었다. 낙수를 두고 한 맹세도 끝내 속임수에 지나지 않게 되고 말았다.

사마의가 조상을 죽이고 승상에 구석(九錫)을 받을 무렵, 하후패는 옹주에 있었다. 사마의는 그가 조상의 원수를 갚기 위해 군사를 일으킬까 두려웠다. 곧 글을 하후패에게 보내 의논할 게 있으니 낙양으로 올라오라 했다.

사마의의 속셈을 알아차린 하후패는 거느리고 있던 군사 삼천과 함께 반기를 들고 일어났다. 그러나 사마의를 편드는 옹주자사 곽회에게 패해 하는 수 없이 촉의 후주에게 항복해버렸다.

하후패의 투항을 받은 강유는 그걸 위를 칠 좋은 계기라 보았다. 하후패와 함께 성도로 가서 후주를 찾아보고 아뢰었다.

"사마의가 조상을 죽인 뒤에 다시 하후패를 노리니 하후패가 우리에게 온 것입니다. 지금 위는 사마의 부자가 나라의 권세를 모두 틀어쥐고, 위주 조방은 나약해 형세가 매우 위태합니다. 그러나 우리는 여러 해 한중에서 힘을 길러 지금 군사는 날래고 양식은 넉넉합니다. 신은 이제 하후패를 길잡이로 삼고 크게 군사를 내어 중원을 치고자 합니다. 위를 쳐부수고 한실을 중흥시켜 위로 폐하의 은혜를 갚고 아래로 돌아가신 승상의 뜻을 받들겠습니다."

비위가 그런 강유를 말렸으나 강유는 뜻을 굽히지 않았다. 이에 후주가 마침내 강유의 뜻을 따르니 여러 해 만에 촉은 다시 위를 치게 되었다.

강유는 먼저 사신을 강인들에게 보내 동맹을 맺고 서평으로 나아가 옹주 근처 국산 아래 두 성을 쌓게 하여 서로 의지하는 형세를 이룬 뒤, 천구로 나아가려 했다. 장수 구안(句安)과 이흠(李歆)에게 군사 만 오천 명을 주고 먼저 국산 동서에 성을 쌓아 하나씩 맡게 했다.

위도 가만히 보고 있지만은 않았다. 옹주자사 곽회는 촉병이 쳐들어온 일을 조정에 알리는 한편 진태에게 군사 오만을 주어 구안과 이흠을 치게 했다. 구안과 이흠은 군사를 이끌고 진태를 맞아 싸웠으나 워낙 머릿수가 모자라 당해낼 수가 없었다. 성안으로 쫓겨 들어가 굳게 지키기만 했다.

뒤따라 대군을 이끌고 온 곽회는 촉병의 양식 날라오는 길을 끊음과 아울러 성안으로 흘러드는 개울 상류를 막아 성안에 마실 물이 없게 했다. 성안에 갇힌 채 군량과 물이 떨어지니 촉병은 견뎌낼 재간이 없었다. 의논 끝에 이흠이 포위를 뚫고 나가 그곳의 위급한 소식을 강유에게 전하기로 했다.

이흠은 거느린 군사를 모두 잃고 스스로도 여기저기 상처를 입은 채 겨우 포위를 뚫어 강유에게로 달려갔다. 강병이 이르기를 기다리다가 국산의 위급을 들은 강유는 크게 걱정이 되었다. 이흠을 서천으로 보내 몸을 치료하라 이른 뒤, 하후패를 불러 의논했다.

"위병이 국산을 에워싸 지금 형세가 몹시 위태롭다 하니 어찌했으면 좋겠소?"

하후패가 잠깐 생각하다가 한 계책을 내놓았다.

"강병이 기다리다가는 그 두 성을 다 잃어버리고 말 것입니다. 내 생각에는 곽회가 옹주의 군사를 모조리 이끌고 국산으로 갔으니 옹주가 비었을 듯한데, 그곳을 쳐보는 게 어떻겠습니까? 장군께서 곧 군사를 일으켜 우두산으로 가서 옹주성의 뒤를 친다면 곽회와 진태는 옹주로 되돌아오지 않을 수 없을 것입니다. 그리되면 국산의 포위는 절로 풀리지 않겠습니까?"

그 말에 강유는 몹시 기뻐하며 따르기로 했다. 하지만 진태와 곽회도 만만한 장수가 아니었다. 이흠이 빠져나가자 강유가 그렇게 나올 줄을 알고 대비를 했다. 곧 곽회는 조수로 나가 촉병이 양식 실어오는 길을 끊고, 진태는 우두산으로 달려가 강유를 치기로 의논을 맞추었다.

한편 아무것도 모르는 강유는 군사를 휘몰아 우두산으로 나갔다. 그러나 옹주성 뒤로 이르기도 전에 한 떼의 군마가 길을 막았다. 위장 진태가 이끄는 군사들이었다.

"네가 우리 옹주를 몰래 들이치려 하는 모양이다만 내가 이곳에서 너를 기다린 지 이미 오래다. 어서 목을 내놓아라!"

진태가 칼을 비껴들고 그렇게 강유를 꾸짖었다. 성난 강유가 창을 휘둘러 그런 진태와 맞붙었다. 그러나 진태는 몇 합 싸워보지도 않고 산꼭대기로 달아나더니 이긴 것도 진 것도 아니게 싸움을 끌었다.

"이곳은 오래 있을 곳이 못 됩니다. 적의 속임수가 있는 듯하니 잠시 물러났다가 다시 계책을 세워보는 게 좋겠습니다."

하후패가 그렇게 강유에게 권하는데 홀연 탐마가 달려와 곽회가 조수를 점령했음을 알렸다. 양식 나르는 길이 끊겼다는 것과 다름없는 소리였다.

놀란 강유는 얼른 군사를 돌렸다. 그 뒤를 곽회와 진태가 뒤쫓았다. 강유가 겨우 그들을 막으며 한 가닥 길을 열어 달아나는데 다시 한 떼의 위병이 앞길을 막았다. 언제 왔는지 사마의와 사마사가 강유의 돌아가는 길을 끊고 있었다.

이에 강유의 촉병은 한층 풍비박산이 나 쫓기었다. 죽기로 싸워 양평관까지 달아났다가 거기서 공명에게 배운 연노법(連弩法)에 힘입어 겨우 사마사가 이끈 위병을 물리칠 수가 있었다. 미리 관 위에 벌여두었던 백 벌의 연노가 한꺼번에 천 개씩이나 살을 날려준 덕분이었다.

한편 국산에서 구원병만 기다리던 촉장 구안은 끝내 구원병이 오지 않자 하는 수 없이 성문을 열어 위에 항복하고 말았다. 강유는 숱한 군사와 장수를 잃고 가까스로 한중으로 돌아갔는데 사마사도 그곳까지 뒤쫓지는 않았다.

사마의가 늙고 병들어 죽은 것은 가평 삼년 팔월의 일이었다. 그는 죽음을 앞두고 두 아들을 불러 말했다.

"나는 오랜 세월 위나라를 섬겨 태부 벼슬까지 받았으니 신하로서는 더 오를 곳이 없는 자리다. 사람들이 모두 내게 딴 마음을 품었다 의심했기 때문에 늘 두려워하고 삼갔다. 내가 죽은 뒤 너희 둘이 국정을 맡아 다스리되 부디 삼가고 또 삼가거라!"

그때 이미 두 아들은 아비의 병권을 모두 물려받고 있었다. 맏아들 사마사는 대장군이 되고 둘째 아들 사마소는 표기상장군이 되어 사마의의 뒤를 이으니 위의 정권은 여전히 사마씨의 수중에 있었다.

사마의에 이어 손권도 오래잖아 죽었다. 오나라 태화 원년 팔월에 병이 난 손권은 이듬해 사월 태부 제갈각(諸葛恪)과 대사마 여대(呂岱)에게 뒷일을 부탁하고 죽었다. 나이 일흔하나, 임금 자리에 오른 지 스물네 해 만의 일이었다. 뒷사람이 그의 삶을 노래했다.

| | |
|---|---|
| 붉은 수염 푸른 눈에 영웅이라 불리었고, | 紫髥碧眼號英雄 |
| 신하를 잘 부려 모두 충성을 다하였네. | 能使臣僚肯盡忠 |
| 스물네 해 동안 대업을 일으키어 | 二十四年興大業 |
| 용과 호랑이가 버티고 앉았듯 강동을 지켰네. | 龍蟠虎踞在江東 |

이로써 삼국을 일으킨 첫 세대는 온전히 사라지고, 이제 시대는 올망졸망한 다음 세대들에게로 넘어간다.

오나라의 크고 작은 일을 도맡아 다스리던 제갈각은 손량(孫亮)을 세워 손권을 잇게 하고 연호를 대흥(大興) 원년으로 고침과 아울러 천하에 대사령을 내려 새로운 시대가 열렸음을 알렸다. 손권에게는 대황제라는 시호가 올려지고 그의 시신은 장릉(蔣陵)에 모셔졌다.

손권이 죽었다는 소식을 들은 위의 사마사는 욕심이 일었다. 곧 군사를 일으켜 동오를 삼킬 의논을 했다. 상서 부하(傅嘏)가 말렸으나, 아우 사마소가 찬동하고 나서자 아무도 막을 사람이 없었다.

사마사는 정남대장군 왕창(王昶)에게 십만을 주어 동흥을 들이치게 하고, 진남도독인 관구검에게도 십만을 주어 무창으로 밀고 나가게 했다. 그리고 아우 사마소는 대도독이 되어 중군을 이끌며 그 세 갈래 위병 모두를 거느리게 했다.

하지만 싸움은 처음부터 위에게 이롭지 못했다. 사마소는 호준(胡遵)이란 장수에게 대군을 주어 동흥을 공격하게 했으나, 군세만 믿고 방심하던 호준은 도리어 오의 제갈각이 보낸 정봉에게 기습을 당해 대패하고 말았다. 그 소식을 들은 사마소와 왕창, 관구검은 오를 치는 일이 글러버렸음을 알고 군사를 북쪽으로 물렸다.

첫 싸움에 크게 이긴 제갈각은 강유에게 사람을 보내 함께 위를 치자고 권하는 한편, 이십만 대군을 일으켜 북쪽으로 밀고 올라갔다. 장연(蔣延)이란 장수가 제갈각의 지나친 서두름을 말렸지만 소용없었다. 장강을 건넌 제갈각은 기세 좋게 위의 신성을 에워싸고 들이쳤다.

하지만 이번에는 운이 제갈각을 편들지 않았다. 신성을 지키는 위장 장특(張特)의 힘을 다한 수비에다 지연 전술에 말려 여러 날이 지나도 소득이 없었다. 이에 다급해진 제갈각은 몸소 진두에서 싸움을 돋우다 화살에 이마를 맞아 상처를 입게 되었다. 거기다가 군사들 사이에는 병이 들고 장수 중에는 위에 투항하는 자까지 생기니 더 싸울래야 싸울 수가 없었다.

제갈각이 군사를 돌리자 그때를 기다리고 있던 위장 관구검이 그 뒤를 후리쳤다. 그 바람에 제갈각은 많은 물자와 군사만 잃고 동오로 쫓겨 돌아가지 않을 수가 없었다.

그러나 제갈각은 그 책임을 지기는커녕 모든 허물을 거느리고 있던 장수들에게 뒤집어씌우고, 자신은 오히려 어림군까지 거두어 권세를 키웠다. 심복인 장약과 주은을 어림군의 우두머리로 세운 게 바로 그랬다.

원래 오의 어림군을 장악하고 있던 것은 손준(孫峻)이란 사람이었다. 제갈각의 심복에게 어림군이 빼앗기자 펄펄 뛰었다. 거기다가 전부터 제갈각을 미워해오던 태상경 등윤이 손준을 거들어 제갈각을 은근히 두려워하던 오주 손량을 달랬다. 거기서 나온 것이 오주가 제갈각을 술자리로 부르고 손준과 등윤이 불시에 덤벼들어 그를 죽인다는 계책이었다.

제갈각은 그 며칠 여러 가지 상서롭지 못한 조짐과 심복 장약의 귀띔으로 꺼림칙하면서도 마지못해 궁궐로 들어갔다. 그리고 오주가 권하는 술까지 사양해가며 경계를 게을리 하지 않았으나 끝내는 손준의 칼날에 죽음을 당하고 말았다. 사마의와 조상의 싸움에 못지 않은 오의 내분이었다.

　제갈각의 요청으로 촉이 위를 치고자 군사를 낸 것은 촉 연희(延熙) 십육년, 제갈량이 죽은 지 꼭 스무 해 만이었다. 위장군(衛將軍) 강유는 이십만 대군을 일으켜 요화와 장익을 좌우 선봉으로 세우고 하후패는 참모, 장의는 운량사(運糧使)로 삼아 양평관으로 나아갔다.

　"지난번에 옹주로 나아갔다 이기지 못하고 돌아왔으니, 이번에 다시 그리로 나아간다면 저들의 대비가 여간 아닐 것이오. 공의 생각은 어떠시오?"

　강유가 하후패에게 상의하듯 물었다. 하후패가 대답했다.

　"농서 여러 고을 중에 남안이 곡식과 돈을 거둬들이기에 가장 넓은 땅입니다. 먼저 차지하여 밑천으로 삼을 만합니다. 또 지난번에 이기지 못하고 돌아온 것은 강병이 오지 않아서였으니 이번에는 사람을 보내 강인들과 농우에서 먼저 만난 뒤에 석영으로 군사를 나아가게 하는 것이 좋겠습니다. 거기서 동정 길을 따라 곧 바로 남안을 빼앗으십시오."

　"공의 말씀이 매우 뜻이 깊소!"

　강유는 크게 기뻐하며 그렇게 말하고, 극정(郤正)을 사자로 삼아 황금과 보석 비단을 싸들고 강왕(羌王)을 찾아보게 했다.

　강왕 미당은 강유가 보낸 예물을 받고 곧 군사 오만을 일으켰다. 아하소과(俄何燒戈)란 장수를 대선봉으로 세워 군사를 이끌고 남안으로 왔다.

　위 좌장군 곽회는 그 같은 일을 듣자 나는 듯 낙양에 알렸다. 사마사가 여러 장수들을 불러놓고 물었다.

"누가 가서 촉병을 막아보겠는가?"

"제가 한번 가보겠습니다."

보국장군 서질(徐質)이 선뜻 나섰다. 사마사는 서질의 영용함을 잘 알고 있는 터라 몹시 기뻐하며 그를 선봉으로 세웠다. 그리고 사마소를 대도독으로 삼아 대군을 이끌고 농서로 떠나게 했다.

위의 대군은 동정에서 바로 강유의 군사들과 맞닥뜨렸다. 양쪽 군사들이 진세를 벌린 뒤 위의 선봉 서질이 산이라도 쪼갤 듯한 큰 도끼[開山大斧]를 들고 나가 싸움을 걸었다.

촉진에서는 요화가 나와 서질을 맞았으나 몇 합 싸우기도 전에 칼을 끌고 달아났다. 그걸 본 장익이 창을 휘두르며 말을 달려 나아갔다. 그러나 어찌 된 셈인지 그도 몇 합을 견디지 못하고 서질에게 쫓겨 자기편 진채로 달아나버렸다.

힘이 난 서질이 군사를 휘몰아 촉진을 들이쳤다. 촉진은 크게 뭉그러져 삼십 리나 쫓겨났다. 그제야 사마소도 군사를 돌려 양군은 다시 각기 진채를 세웠다.

"서질의 용맹함이 이만저만이 아니었소. 어떤 계책으로 그를 사로잡을 수 있겠소?"

첫 싸움에서 진 강유가 걱정스레 하후패에게 물었다. 하후패가 꾀를 냈다.

"내일 싸움에서 거짓으로 진 체하여 매복계를 써보는 게 어떻겠습니까?"

"사마소는 중달(仲達)의 자식인데 어찌 병법을 모르겠소? 조금이라도 지세가 좋지 않아[掩映] 보이면 뒤쫓지 않을 것이니 차라리 딴 꾀를 써봅시다. 지난날 위군은 우리의 군량 나르는 길을 끊어 자주 재미를 보았으니, 이번에도 그걸 계책 삼아 꾀어낸다면 서질을 목 벨 수도 있을 것이오."

강유가 그렇게 딴 꾀를 내놓았다. 하후패도 그걸 낫게 여겨 군말 없이 따랐다. 이에 강유는 먼저 요화를 불러 계책을 주어 보내고, 다시 장익을 불러 계책을 준 뒤 어디론가 보냈다.

두 사람이 군사를 거느리고 떠난 뒤 강유는 군사들을 시켜 길에 쇠로 만든 가시[鐵蒺藜]를 뿌리고, 영채 밖에 수많은 사슴뿔 같은 나무울타리[鹿角]를 둘렀다. 한 자리에서 오래 버티며 싸울 것처럼 보이기 위해서였다.

첫 싸움에 이겨 기세가 오른 서질이 매일 와서 싸움을 걸었으나 촉병은 전혀 나오지 않았다. 촉진을 살피러 갔던 군사들이 돌아와 사마소에게 알렸다.

"촉군이 철롱산 뒤편으로 목우와 유마를 써서 군량을 운반하고 있습니다. 아마도 이대로 오래 버티면서 강병이 이르기를 기다려 싸우려는 것 같습니다."

그런 말을 들은 사마소가 서질을 불렀다.

"지난날 우리가 촉군을 이길 수 있었던 것은 그들의 군량 나르는 길을 끊었기 때문이었다. 이제 촉병이 철롱산 뒤로 군량을 나르고 있다 하니 너는 오늘밤 군사 오천을 거느리고 그 길을 끊어버려라. 그러면 촉병은 절로 물러갈 것이다."

명을 받은 서질은 초경 무렵 하여 군사를 이끌고 철롱산으로 갔다. 가서 보니 정말로 이백여 명의 촉병이 백여 대의 목우와 유마에

다 군량과 말먹이 풀을 싣고 나르는 중이었다.

위군이 함성을 올리며 그런 촉병을 덮쳤다. 서질이 앞장서 달려 나가 길을 막았음은 말할 나위도 없었다. 놀란 촉병들은 군량이고 뭐고 다 내팽개치고 모조리 달아나버렸다.

서질은 군사의 절반을 잘라 빼앗은 군량과 말먹이 풀을 자기네 진채로 옮기게 하는 한편 나머지 절반은 자신이 이끌고 촉군을 뒤쫓았다. 그런데 채 십 리도 뒤쫓기 전에 수레와 장비들이 가로로 늘어서 길을 끊고 있었다.

서질은 군사들에게 말에서 내려 길을 막고 있는 것들을 끌어내게 했다. 그때 갑자기 길 양편에서 불길이 치솟았다. 놀란 서질은 급히 고삐를 당겨 말 머리를 돌리고 달아나기 시작했다. 그러나 뒤편 산골짜기 좁은 길도 수레 같은 것들로 막혀 있고 여기저기 불길이 일었다.

서질과 그가 이끄는 군사들은 연기를 무릅쓰고 불길을 헤치며 말을 달려 빠져나갔다. 갑자기 한 소리 포향이 들리더니 두 갈래 인마가 쏟아져 나왔다. 왼쪽은 요화요 오른쪽은 장익이 이끄는 촉군이었다.

두 갈래 촉군이 들이치니 위병은 크게 져 몰렸다. 서질은 죽기로 제 한 몸을 빼내 달아났으나 사람과 말이 아울러 지쳐버렸다. 한창 달아나고 있을 때 한 갈래의 군사가 쏟아져 나왔다. 바로 강유가 이끄는 군사들이었다. 서질은 크게 놀라 허둥거리는데 강유의 창이 서질이 타고 있던 말을 찔렀다. 말이 쓰러지며 서질이 땅에 굴러떨어지자 촉군이 덤벼들어 베고 찔렀다.

서질의 명에 따라 빼앗은 군량과 말먹이 풀을 저희 진채로 운반하던 군사들도 무사하지 못했다. 모조리 하후패에게 사로잡혀 촉군에게 항복하고 말았다.

하후패는 위병들의 갑옷을 촉군에게 입히고 그 말에 타게 한 다음 그 깃발을 들린 채 샛길을 달려 곧장 위군의 영채로 갔다. 위군은 자기편 인마가 돌아오는 줄 알고 영채 문을 열어 맞아들였다. 촉군은 영채 안으로 들어가자마자 위군을 들이치기 시작했다.

그 뜻밖의 변괴에 사마소는 깜짝 놀랐다. 급히 말에 올라 달아나려는데 요화가 앞길을 막았다. 사마소가 앞으로 나아갈 수 없다 여겨 물려나려 할 때였다. 강유가 다시 인마를 이끌고 샛길로 치고 들었다. 사방 어디로도 갈 길이 없자 사마소는 군사를 몰아 철롱산으로 올라가 산세에 의지해 겨우 자신을 지켰다.

원래 철롱산은 한 줄기 길이 있을 뿐 사방이 험준해 오르기가 어려웠다. 거기다가 산꼭대기에는 샘이 하나 있어 겨우 수백을 먹일 수 있을 뿐이었다. 그런데 그때 사마소가 이끈 인마는 육천이나 되었다. 강유에게 그 한줄기 길이 끊기자 산 위에서는 물이 모자라 사람과 말이 모두 목마름에 시달려야 했다. 사마소가 하늘을 우러러 길게 탄식했다.

"내가 여기서 죽어야 하는가!"

그때 주부 왕도(王韜)가 말했다.

"옛적 경공(耿恭)은 고단하게 되었을 때 우물에 절을 하여 물 많은 샘을 얻었다고 합니다. 장군께서는 어찌 그렇게 해보지 않으십니까?"

사마소는 그 말을 따랐다. 산꼭대기로 올라가 우물가에서 두 번 절하고 빌었다.

'이 사마소는 조서를 받들고 촉병을 물리치려 왔사옵니다. 만약 제가 죽어야 한다면 단 이 샘물마저 말라붙게 하소서. 그러면 저는 스스로 목 베어 죽고 군사들은 모두 항복하라 이르겠습니다.

하오나 제 목숨과 복록이 아직 다하지 않았다면, 바라건대 푸른 하늘이시여. 어서 이 단 샘물을 크게 더하시어 저와 이 무리의 목숨을 살려주옵소서!'

그런데 놀라운 일이 벌어졌다. 사마소가 빌기를 마치자 갑자기 샘물이 콸콸 솟아 아무리 퍼마셔도 마르지 않았다. 따라서 이후 사마소와 그의 장졸들이 목말라 죽는 일은 없게 되었다. 뒷날 한 왕조[晉]를 개창하게 되는 인물이라 하늘이 도운 것일까.

이때 강유는 산 아래에서 위병을 고단하게 만들어놓고 장수들을 둘러보며 말했다.

"지난날 승상께서 상방곡에서 사마의를 잡지 못하신 게 내게 매우 한스러웠소이다. 하지만 이제 사마소는 반드시 내 손에 잡힐 것이오."

한편 곽회는 사마소가 철롱산 위에서 고단하게 되어 있다는 말을 듣자 군사를 몰아 곧장 그리로 달려가려 했다. 진태가 가만히 말렸다.

"강유는 강병과 연결하여 먼저 남안을 빼앗으려 합니다. 이미 강병이 가까이 와 있어, 만약 장군께서 철롱산을 구하러 가신다면 반드시 그 빈틈을 타고 우리 등 뒤를 후려칠 것입니다. 우선 사람을 시켜 강인들에게 거짓으로 항복하게 하시고 그들 속에서 일을 꾸며보게 하십시오. 만약 그들 병마만 물리칠 수 있다면, 철롱산의 에움은 쉽게 풀 수 있습니다."

곽회는 그 말을 따랐다. 진태에게 군사 오천 명을 주며 강왕의 영채로 가게 했다. 진태는 갑옷까지 벗어버리고 강왕의 진채로 들어가 울면서 말했다.

"곽회는 턱없이 저만 높고 크게 여기어, 늘 이 진태를 죽이려 함으로 이렇게 항복하러 왔습니다. 곽회의 군중 일은 제가 낱낱이 다 알고 있사오니 오늘밤 한 갈래의 군사를 내시어 들이쳐보십시오. 대왕의 군사들이 위군 영채에 이르면 안에서 호응하는 자들이 절로 있을 것입니다."

강왕 미당은 쉽게 속아 넘어갔다. 턱없이 기뻐하며 아하소과에게 진태와 더불어 위병의 진채를 들이치게 했다.

아하소과는 진태를 따라 항복해 온 군사들은 뒤에 서게 하고, 진태는 앞장서 강병을 이끌게 했다. 그들이 위병의 진채에 이른 것은 그날 밤 이경 무렵이었다. 활짝 열린 진문으로 진태가 말을 달려 뛰어들었다.

아하소과도 창을 비껴들고 말을 달려 뒤따랐다. 그러나 몇 발자국 내닫기도 전에 아하소과는 한마디 괴로운 비명을 내지르며 말과 함께 깊은 구덩이 속으로 떨어졌다. 그때 진태가 뒤에서 치고 들고, 곽회는 왼편에서 군사를 몰아 들이치니 강병은 큰 혼란에 빠졌다. 서로 밟고 밟히어 죽는 자만도 그 수를 헤아릴 수 없을 정도였다. 살아남은 강병들은 모조리 항복하고 아하소과는 스스로 목을 찔러 죽었다.

곽회와 진태는 틈을 주지 않고 곧장 군사를 몰아 강왕의 진채로 쳐들어갔다. 강왕 미당은 크게 놀라 군막을 버리고 말을 타려다가 몰려든 위병들에게 사로잡히고 말았다. 곽회는 그렇게 끌려온 미당을 부드럽게 대하고 좋은 말로 달래 자기편으로 만들었다. 그리고 미당을 앞세워 철롱산으로 달려갔다.

미당의 군사들이 철롱산에 이른 것은 삼경 무렵이었다. 미당은 먼저 강유에게 사람을 보내 자기편 인마가 이른 것을 알리게 했다. 강유가 기뻐하며 미당과 강병들을 맞아들이게 했다.

그때 강병들 속에는 위병이 반수 넘게 섞여 있었다. 그들이 촉군 영채에 이르자 강유는 군사들을 영채 밖에 머물게 하고 미당과 백여 명만 불러들였다.

미당과 그 졸개들이 중군장(中軍帳)에 이르자 강유와 하후패가 나와 그들을 맞았다. 그러나 미당이 미처 입을 열기도 전에 그 졸개들 속에 섞여 있던 위나라 장수들이 등 뒤에서 들고 일어났다. 그들의 함성에 따라 영채 바깥에서도 위병들이 움직였다.

놀란 강유는 급히 말에 올라 달아나기 시작했다. 강병과 위병들이 영채 안팎에서 한꺼번에 치고 드니 나머지 촉의 장졸들도 이리저리 흩어져 저마다 살 길을 찾기에 바빴다.

너무 갑작스레 당한 일이라 강유의 손에는 무기가 없었다. 허리에 차고 있던 활과 화살통이 있었으나, 그나마 화살통은 급하게 달아나느라 화살이 쏟아져버려 빈 통이었다. 그 바람에 더욱 다급해진 강유는 산 속으로 달아났다. 그런 강유를 곽회가 알아보고 뒤쫓아왔다.

곽회는 강유의 손에 쇠토막 하나 없는 걸 보자 더욱 힘이 났다. 창을 꼬나들고 말을 휘몰아 뒤쫓으니 둘 사이는 차츰 가까워졌다. 강유는 그런 곽회에게 빈 시위를 당겼다 놓았다. 곽회가 몸을 피하며 보니 시위 소리만 날 뿐 화살이 날아오지 않았다.

강유가 급한 김에 여남은 번이나 빈 시위를 당기자 마침내 곽회는 강유가 화살이 없다는 것을 알았다. 창을 안장에 걸고 이번에는 자신이 활을 꺼내 들었다. 그리고 시위에 살을 먹여 강유를 쏘았다.

강유는 몸을 뒤집어 피하면서도 손을 뻗어 날아오는 화살을 잡았다. 그런 다음 그 화살을 시위에 먹여 들고 기다리다가 곽회가 다가오기를 기다려 시위를 당겼다. 화살은 그 얼굴을 겨냥하고 있었다. 시위소리에 대답하듯 곽회는 외마디 소리와 함께 말에서 떨어졌다.

강유는 말을 되돌려 그런 곽회를 죽이려 했다. 그러나 위병들이 떼를 지어 밀려드는 바람에 손 쓸 틈이 없었다. 겨우 곽회의 창만 거두어 달아났다. 위병도 더는 강유를 쫓지 못하고 서둘러 곽회를 구해 저희 진채로 돌아갔다. 곽회는 얼굴에서 화살촉을 뽑아도 피가 그치지 않았다. 그날 밤 진중에서 죽고 말았다.

사마소는 철롱산에서 내려와 군사를 이끌고 촉병을 멀찌감치 쫓아버린 다음에야 돌아왔다. 하후패도 정신 없이 쫓기다가 강유를 뒤따라 겨우 목숨만은 건졌다.

강유는 수많은 인마를 꺾인 채, 돌아오는 길 내내 모은 약간의 패군만을 이끌고 한중으로 돌아왔다. 비록 싸움에는 졌지만, 그래도 서질을 베고 곽회를 쏘아 죽여 위나라의 기세를 꺾어놓았으니 조금은 죄를 덜 만했다.

그런데 이 부분에 대한 정사를 살펴보면 싸움의 경과는 많이 다르다. 서질이란 인물은 보이지 않으며, 곽회는 강유의 화살에 죽은 게 아니라 그 몇 해 뒤 집에서 병으로 죽었다. 남안 싸움은 강유가 일방적으로 곽회에게 몰려 되쫓겨 온 것 같은데, 『연의』를 지은 이는 강유에게 유별난 편애를 보이고 있다. 아마도 제갈량의 진전(眞傳)을 이어받았다는 설정에 충실하기 위한 허구인 듯하다.

오와 촉을 모두 물리침으로써 위는 한숨을 돌렸지만 안으로는 한층 빨리 시들고 있었다. 그것은 무엇보다도 그 두 번의 싸움이 사마의의 죽음으로 흔들리던 사마사, 사마소 형제의 위세를 굳건하게 만들어주었다는 데 있었다.

위주 조방은 사마사가 궁궐로 들어오는 것만 보아도 무서워서 몸이 떨리고 자리가 가시방석 같았다. 하루는 사마사가 칼을 차고 전상으로 오르자 조방은 겁이 나 옥좌에서 일어나 사마사를 맞이했다.

그러나 사마사가 돌아가자 이내 분하고 원통한 마음이 들었다. 마침 곁에는 믿을 만한 신하 세 사람만 있는 걸 보고 조방은 그들을 밀실로 불러들였다. 태상 하후현(夏侯玄), 중서령 이풍(李豊), 광록대부 장집(張緝)이 그들인데, 특히 장집은 장황후(張皇后)의 아버지로 조방의 장인이었다. 조방은 장집의 손을 잡고 울며 말했다.

"사마사는 짐을 어린아이 보듯 하고, 모든 벼슬아치들을 짚 검불보다 못하게 여기고 있소. 오래잖아 이 나라가 온전히 그의 손으로 넘어가버릴 듯하구려."

조방이 그 말을 마치고 크게 소리내어 우니 이풍이 그를 달래며 말했다.

"폐하께서는 너무 걱정하지 마옵소서. 신이 비록 재주 없으나 폐하의 밝으신 조서가 계시면 아니 될 일도 없습니다. 사방의 영걸들을 불러모아 그 역적 놈을 죽여 없애겠습니다."

하후현도 곁에서 거들었다.

"신의 형 하후패가 촉에 항복하게 된 것도 사마씨 형제가 해칠까 두려워서였습니다. 이제 만약 그 역적들을 죽여 없앤다면 형은 반드시 돌아올 것입니다. 거기다가 신은 또 위의 옛 친척이 됩니다. 어찌 가만히 앉아서 역적들이 나라를 어지럽히는 걸 보고만 있겠습니까? 저도 함께 조서를 받들어 역적을 치겠습니다."

조방이 울음을 그치고 말했다.

"경들의 충성된 마음이야 어찌 모르겠소? 다만 힘이 닿지 못할까 걱정될 뿐이오."

그러자 세 사람이 모두 울며 아뢰었다.

"신들은 마땅히 마음을 합쳐 역적을 쳐 없애기를 맹세합니다. 그리하여 폐하의 크신 은덕에 보답할 것이옵니다!"

이에 조방은 용과 봉이 수놓인 적삼을 찢어내고 손가락을 깨물어 피로 조서를 쓴 뒤 그걸 장집에게 당부했다.

"나의 할아버지 무황제(武皇帝)께서 동승을 죽일 수 있었던 것은 그가 일을 꾸미는 데 치밀하지 못했던 까닭이었소. 경들은 삼가고 조심해 결코 이 일이 바깥으로 새나가지 않도록 하시오."

이풍이 그런 조방을 안심시켰다.

"폐하께서는 어찌하여 그런 상서롭지 못한 말씀을 하십니까? 저희들은 동승과 같은 무리가 아니올시다. 또 사마사를 어찌 무황제와 견줄 수 있겠습니까? 폐하께서는 조금도 걱정하지 마시옵소서."

그렇지만 세 사람이 미처 궁궐을 빠져나가기도 전에 일은 터지고
말았다.

그들이 동화문(東華門) 왼편에 이르렀을 때였다. 사마사가 칼을 차
고 오는 게 보였다. 그 뒤에는 군사 수백 명이 병기를 지닌 채 따르
고 있었다. 세 사람이 길가로 비켜 서 있자 사마사가 다가와 물었다.

"세 분은 어째서 퇴조(退朝)가 이리 늦으시오?"

"폐하께서 안에서 책을 읽으시기에 우리 세 사람이 곁에서 거들
었습니다."

이풍이 나서서 그렇게 둘러댔다. 사마사가 그런 이풍을 차갑게 살
피며 물었다.

"어떤 책을 읽으셨소?"

"상(尙), 주(周), 하(夏) 삼대의 책이었습니다."

"그 책들을 읽으시면서 어떤 옛일을 물으셨소?"

사마사가 다시 물었다. 이풍이 계속해 둘러대었다.

"폐하께서 물으신 것은 이윤(伊尹)이 상(商)나라를 받든 일과 주
공(周公)이 섭정하시던 일이었습니다. 저희는 모두 사마 대장군이야
말로 오늘날의 이윤이며 주공이라고 말씀 올렸습니다."

그러자 사마사가 차게 비웃으며 말했다.

"너희들이 어찌 나를 이윤과 주공에 견주었겠는가? 그 마음으로
는 틀림없이 왕망이나 동탁에 견주고 있을 것이다."

"우리 세 사람은 모두 장군 문하의 사람들입니다. 어찌 감히 그럴
수가 있겠습니까?"

세 사람이 그렇게 뻗대보았지만 소용없었다. 사마사가 갑자기 버럭 성을 내며 목청을 높였다.

"너희들은 모두 입으로만 듣기 좋은 말을 쏟아놓는 것들이다. 그렇다면 천자와 함께 밀실에서 무엇 때문에 목을 놓고 울었느냐?"

누군가가 그 일을 사마소에게 일러바친 모양이었다. 세 사람은 뜨끔했으나 그냥 뻗대었다.

"결코 그런 일은 없었습니다."

"너희 세 사람의 눈은 아직도 새빨갛다. 그게 운 흔적이 아니고 무엇이냐?"

사마사가 이번에는 그렇게 몰아세웠다. 하후현은 이미 일이 새나갔음을 알고 문득 목소리를 높여 사마사를 꾸짖었다.

"우리가 목을 놓아 운 것은 너의 위세가 주인보다 높기 때문이었다. 장차 역적질을 할 것 같아 참으로 걱정되는구나!"

그러자 사마사가 성난 목소리로 무사들에게 하후현을 잡으라 했다. 하후현이 주먹을 휘둘러 사마사를 치려 했으나 한번 팔도 뻗어보지 못하고 무사들에게 묶이고 말았다. 이어서 이풍과 장집도 묶게 한 사마사는 그들 세 사람의 몸을 뒤지게 했다. 장집의 몸에서 용봉 적삼에 쓰인 혈서가 나왔다.

'사마사 형제가 함께 대권을 쥐고 장차 역적질을 하려 한다. 지금 베풀어지고 있는 조서나 관제는 모두가 짐의 뜻이 아니다. 모든 신하와 장졸은 충의를 짚고 일어나 역적을 치고 기우는 나라를 붙들라. 공이 이루어지는 날에는 벼슬과 상을 무겁게 내리리라.'

그 같은 내용을 읽은 사마사가 발연히 노해 소리쳤다.

"너희들은 우리 형제를 해치려고 했구나. 어찌 용서할 수 있겠는가!"

그리고 무사들에게 영을 내려 그 세 사람을 저잣거리에 끌어다 목 베게 하고, 아울러 그 가솔도 모조리 죽이게 했다.

세 사람은 끌려가면서도 사마사를 꾸짖기를 그치지 않았다. 무사들이 그런 그들의 입을 때려 동시(東市)에 이르렀을 때는 그들의 이빨이 모조리 부러져나갔으나 그래도 꾸짖기를 멈추지 않았다.

사마사는 그들을 죽인 뒤에 바로 궁궐로 뛰어들어갔다. 그때 마침 위주 조방은 황후와 함께 그 일을 의논하고 있었다. 장집의 딸인 장 황후가 걱정했다.

"내정에도 보는 눈과 듣는 귀가 많습니다. 만약 이 일이 사마사에게 새어나간다면 그 화가 먼저 제게 미칠 것입니다."

그러는데 사마사가 씩씩거리며 들어오는 게 보였다. 황후는 깜짝 놀라 낯이 새파랗게 질렸다. 사마사는 칼을 뽑아들고 조방을 노려보며 말했다.

"신의 아비는 폐하를 임금으로 세웠으니 그 공덕은 주공에 못지 않습니다. 또 신이 폐하를 섬김에 있어서도 이윤과 다를 게 무엇 있었습니까? 그런데 이제 폐하는 은혜를 원수로 갚으려 하고, 공을 허물로 바꿔 뒤집어씌우려 하십니다. 보잘것없는 신하 두셋과 신의 형제를 해치려 하심은 무슨 까닭입니까?"

조방이 떨리는 목소리로 대꾸했다.

"짐은 조금도 그런 마음이 없소."

그러자 사마사는 소매에서 혈서가 적힌 적삼을 꺼내 땅바닥에 내던지며 목청을 높였다.

"그럼 이건 누가 쓴 것이란 말이오?"

그걸 본 조방은 넋이 빠져나가 하늘 밖을 날고, 얼이 흩어져 땅 끝을 헤매는 듯했다. 자신도 모르게 몸을 떨며 발뺌을 했다.

"그것은 모두 다른 사람이 억지로 쓰게 한 것이오. 짐이 어찌 그런 마음을 먹을 리 있겠소?"

그러자 사마사가 차갑게 위주를 노려보며 물었다.

"나라의 대신을 함부로 모함해 반역을 꾸민 죄는 어떻게 벌주어야 하겠습니까?"

"짐에게 모든 죄가 있으니 아무쪼록 대장군께서는 너그러이 보아주시오."

조방이 사마사 앞에 무릎을 꿇으며 용서를 빌었다. 그러나 사마사의 표정은 차갑기만 했다.

"폐하께서는 일어나십시오. 그러나 국법은 아니 지킬 수가 없습니다."

그리고 장황후를 손가락질하며 말했다.

"특히 저 여자는 이번 일에 주동이 된 장집의 딸이니 마땅히 없애야 합니다."

깜짝 놀란 조방이 울며 살려주기를 빌었으나 사마사는 듣지 않았다. 좌우의 무사를 시켜 장후(張后)를 끌어내 가게 한 뒤 동화문 안에서 흰 비단으로 목을 졸라 죽이게 했다. 뒷사람이 그 일을 두고 시를 지었다.

지난날 복황후 궁문을 나설 때　　　　當年伏后出宮門
맨발로 슬피 울며 천자께 하직하더니　　跣足哀號別至尊
사마씨 이번에는 그걸 본떴네.　　　　司馬今朝依此例
하늘이 그 업보를 손자에게 돌렸구나.　天敎還報衣兒孫

　조방의 할아비 조조가 복황후를 죽인 일이 그대로 사마사에 의해 되풀이된 걸 말함이다. 하지만 그게 진실로 하늘이 있어 응보를 그 자손에게 내린 것인지, 아니면 권력의 속성이 원래 그렇게 비정하고 잔혹해 우연히 비슷한 일이 되풀이되게 된 것인지는 누구도 알 길이 없다. 실은 그게 같은 현상을 두고 하나는 종교적으로 해석하고 다른 하나는 정치적으로 해석한 것에 지나지 않는지도.
　사마사의 전횡은 장황후를 죽인 것으로 그치지 않았다. 다음 날 조정의 여러 벼슬아치들을 모아놓고 조방을 옛적 창읍왕(昌邑王)에 비기면서, 스스로를 이윤, 곽광(霍光)으로 올려 임금을 바꿀 의논을 했다.
　천하의 사마사가 하는 말을 누가 감히 거스르겠는가. 단 한 사람의 반대도 없이 찬동을 하자 사마사는 처음 팽성왕(彭城王) 조거(曹據)를 세워 조방을 대신하려 했다. 그러나 조거가 궁궐의 어른인 태후의 아저씨뻘 되는 사람이라 그걸 거북하게 여긴 태후는 조카뻘 되는 고귀향공(高貴鄕公) 조모(曹髦)를 천거했다.
　조모는 위문제(魏文帝, 조비)의 손자요, 동해정왕(東海定王) 조임(曹霖)의 아들로 태후의 부름을 받아 제위에 올랐다. 그러나 사마사에게 먼저 절을 하고 태극전에 오를 만큼 이름뿐인 천자니 사실상 그때 이미 조씨의 위나라는 망해버린 것이나 다름없었다.

조방은 조모가 제위에 오르기 전 태후의 꾸짖음으로 궁궐에서 쫓겨났다.

"네가 음란하고 절제가 없으며, 창기와 배우를 가까이 하니, 천하를 이어 다스릴 수 없다. 옥새를 내어놓고 제왕(齊王)으로 돌아가라. 곧 길을 떠나도록 하되, 부름이 없으면 결코 조정으로 돌아와서는 아니 된다."

비록 죄목은 그럴듯했으나 실은 그게 사마사의 뜻이란 걸 모르는 사람은 아무도 없었다. 뒷사람이 그 일을 두고 또 시를 지었다.


지난날 조조가 한 승상 노릇할 제,　　　　昔日曹瞞相漢時

남의 과부와 고아를 업신여겼다.　　　　欺他寡婦與孤兒

그 누가 알았으리 마흔 해 뒤에　　　　誰知四十餘年後

그의 과부와 고아가 또한 업신여김 받을 줄.　寡婦孤兒亦被欺


조조가 업신여긴 남의 과부와 고아는 후한의 태후들과 어린 천자들이었고, 사십 년 뒤 업신여김을 당한 과부와 고아는 그의 손부(孫婦)인 곽태후와 증손뻘인 조방, 조모였을 것이다. 그게 참으로 천도(天道)라면, 두려워할진저, 권력을 다투는 사람들이여.

# 그 뒤 십 년

역사를 연의(演義)할 때의 어려움은 의미 있는 인물과 사건이 세월에 비례하지 않는다는 점이다. 『삼국지연의』에서도 그렇다. 너무 사건과 인물에 치우쳐 세월의 흐름이 제대로 반영되지 못하고 있다. 그런 약점은 후반으로 갈수록 두드러져 심할 때는 몇십 년의 일들이 역동적인 시절의 몇 달 사이에 일어난 것처럼이나 한 장회(章回) 속에서 처리되기도 한다.

오늘날의 사람들이 알아듣기 쉽게 말한다면 『삼국지연의』가 취급하는 시대는 황건난이 일어나는 서기 183년부터 오(吳)가 망하는 282년까지 약 백 년간이며 공명이 죽는 232년은 대략 그 한가운데에 해당된다. 그런데 『연의』의 여섯 가운데 다섯은 전반에 바쳐지고, 나머지 오십 년은 겨우 그 여섯 가운데 하나로 매듭짓고 있다. 삼국으로 갈라선 천하가 나름대로 안정된 뒤에 태어난 고만고만한 사람들의 이야기라 이해가 되지 않는 바는 아니나, 시간 감각에 착오를 일으킬 염려도 없지 않다.

좀 어색한 대로 다시 서력 기원을 빌려 알기 쉽게 세월의 흐름을 더듬어본다면, 제갈각의 요청을 받아 강유가 다시 위(魏)를 치러 나선 것은 서기 253년, 공명이 죽은 지 이십 년 만이었고, 사마사가 조방(曹芳)을 내쫓고 조모(曹髦)를 위주(魏主)로 세운 것은 그 이듬해인 254년의 일이었다. 그리고 다시 아홉 해 뒤인 263년에는 마침내 삼국 정립의 형세가 무너지게 된다. 위가 촉 정벌에 나서기 때문이다.

하지만 그 십 년 가까운 세월도 평온히 지난 것은 결코 아니었다. 그 앞 세대처럼 천하의 쟁패가 달린 떠들썩한 것은 못 되지만, 세 나라 모두가 크고 작은 내우외환에 시달리면서 천천히 시들어간 것이 그 십 년 동안의 일이었다.

먼저 위나라부터 살펴보자. 사마사는 자신을 반대하는 세력을 제거하고 임금까지 갈아치웠으나 그렇다고 위에 사람이 아주 없는 것은 아니었다. 사마사가 새 임금을 세운 그 이듬해 위의 진동장군 관구검과 양주자사(揚州刺史) 문흠(文欽)이 먼저 사마씨에게 반기를 들었다.

관구검과 문흠은 둘 다 조상(曹爽)과 가깝던 사람들이었다. 조상이 사마의에게 죽은 뒤 늘 불안히 여기다가 사마사가 천자를 내쫓고 멋대로 새 천자를 세워 명분을 주자 곧장 행동에 들어갔다. 수춘에 크게 제단을 쌓고 백마의 피를 찍어 맹세한 관구검과 문흠은 널리 세상에 고했다.

'사마사는 함부로 임금을 내쫓은 대역부도한 자이다. 이제 태후의 밀조를 받들고 회남의 인마를 모두 일으켜 역적을 치려 한다. 뜻 있는 이들은 모두 충의를 짚고 일어서라!'

그런 다음 크게 군사를 일으켜 관구검은 육만 대군으로 항성(項城)에 자리 잡고, 문흠은 이만 대군으로 밖에서 오가며 변화에 따라 움직이기로 했다.

그 소식을 들은 사마사는 마침 눈에 난 혹을 짼 뒤라 성치 못한 몸인데도 몸소 대군을 이끌고 나갔다. 낙양은 동생 사마소에게 맡기고 스스로는 양양에 자리 잡은 뒤 각처의 군마를 불러들였다.

제갈탄은 예주 군사를 일으켜 수춘을 치게 하고, 호준은 청주군사를 이끌고 관구검과 문흠이 돌아갈 길을 끊게 하며, 왕기(王基)는 전부병(前部兵)을 이끌고 먼저 진남을 치란 명을 받았다. 세 장수에게 명을 내린 뒤 사마사는 다시 문관과 장수들을 모아 싸울 일을 의논했다.

광록대부 정포(鄭褒)는 지구전을 권했으나 전부 대장 왕기는 관구검의 군사들이 마지못해 관구검을 따르고 있는 점을 들어 단기 결전을 주장했다. 왕기의 말을 따른 사마사는 전략 요충인 남돈성을 먼저 차지하고 관구검이 오기를 기다렸다.

관구검도 남돈성이 요충이 된다는 걸 알고 군사를 보냈으나 이미 그곳은 사마사의 군사가 차지한 뒤였다. 거기다가 동오의 손준이 수춘성을 노린다는 말에 놀란 관구검은 얼른 항성으로 군사를 물렸다.

거기서 기선을 잡은 사마사는 공세로 들어갔다. 문흠의 아들 문앙 (文鴦)이 홀몸으로 수십 명 위장을 죽이는 분전이 있었으나, 대세는 이미 기운 뒤였다. 문흠은 위나라의 신예 장수 등애의 출현으로 대 패한 뒤 수춘으로 돌아가려 했지만, 그곳마저 이미 제갈탄에게 점령 된 뒤라 하는 수 없이 동오로 달아났다.

항성 안에 틀어박혀 있다가 손발이 다 잘린 꼴이 된 관구검은 당 황했다. 벌써 성을 에워싼 호준, 왕기, 등애(鄧艾)의 세 갈래 군마와 성을 나가 싸웠으나 당해내지 못했다. 겨우 여남은 기만 데리고 신 현성으로 달아났다가, 그곳 현령 송백(宋白)의 속임수에 빠져 술에 취해 자는 중에 목을 잃었다.

회남은 평정되었으나 그 싸움에서 눈을 다친 사마사는 마침내 자 리에 눕고 말았다. 제갈탄에게 정동대장군을 더해 양주의 군마를 다 스리게 하고 자신은 허창으로 돌아갔다. 사마사는 허창으로 돌아간 지 얼마 안 돼 죽었다. 죽기 전에 아우 사마소를 불러 대장군의 인수 를 전함과 아울러 뒷일을 당부했다.

"내가 맡아온 일은 너무 크고 무거워 벗어던지려 해도 그럴 수가 없었다. 이제 네가 나를 이을 차례다. 큰일은 결코 남에게 맡겨서는 안 된다. 자칫하면 온 가문이 몰살당하는 화를 불러들이게 된다."

위주 조모는 사마사가 죽었다는 말을 듣자 사신을 허창으로 보내 조문한 뒤 사마소더러는 계속 그곳에 머물러 동오의 침입에 대비하 라 했다. 그러나 사마소는 심복 종회(鍾會)의 말을 들어 군사를 이끌 고 낙양으로 돌아갔다.

그 기회에 사마씨를 약화시켜볼까 하던 조모는 사마소가 군사를 이끌고 낙수(洛水) 가에 진을 쳤다는 말을 듣자 깜짝 놀랐다. 그에게 대장군에다 상서사(尙書事)를 맡겨 죽은 형의 뒤를 잇게 하니, 위의 정권은 여전히 사마씨의 수중에 남았다.

어떤 경우든 한 나라의 정권 담당자가 바뀌는 것은 적국에게는 한 좋은 기회로 치부된다. 위를 보는 촉의 눈길도 그러해서, 강유는 사마사가 죽고 사마소가 뒤를 이었다는 말을 듣자 곧 위를 칠 기회라 여겼다. 정서대장군 장익(張翼)이 말리는 것도 뿌리치고 하후패와 함께 포한(枹罕) 쪽으로 나갔다.

강유가 백만이라고 큰소리 칠 만큼 많은 군사를 이끌고 조수(洮水) 가에 이르자 위(魏) 국경을 지키던 군사가 옹주자사 왕경(王經)과 정서장군 진태(陳泰)에게 그 일을 알렸다. 왕경이 먼저 칠만 군사를 이끌고 나와 강유를 맞았다.

강유는 먼저 하후패와 장익에게 계책을 주어 보낸 뒤에 대군을 이끌고 조수에 배수진을 쳤다. 왕경이 몇 사람의 아장을 이끌고 나와서 강유를 꾸짖었다.

"위와 촉, 오는 이미 솥발 형태로 천하를 나누고 있다. 그런데 너는 어째서 자꾸 우리 위나라를 침범하느냐?"

"사마사가 까닭 없이 임금을 쫓아냈으니 이웃나라로서 마땅히 그 죄를 물어야 한다. 하물며 원수의 나라이겠느냐?"

강유가 그렇게 맞받았다. 왕경이 대꾸 없이 저희 편 네 장수들을 돌아보며 나지막이 말했다.

"촉군은 배수진을 쳤으니 싸움에 지면 모두 물에 빠져 죽고 말 것이다. 하지만 강유는 날래고 용맹한 장수이니 너희 네 사람이 모두 덤벼야 할 것이다. 만약 강유가 물러나는 낌새가 보이면 곧장 그 뒤를 뒤쫓으며 치라!"

그 말에 그들 네 장수는 좌우로 갈라 나와 강유에게 덤벼들었다. 강유는 그들과 몇 합 싸우다가 자기 진채 쪽으로 달아났다. 왕경은 대군을 휘몰아 촉군을 덮쳐왔다. 강유는 군사들을 이끌고 조서(洮西)로 달아났다. 물가에 거의 다다르자 강유가 문득 되돌아서며 장졸들에게 소리쳤다

"일이 급하다! 여러 장수들은 어찌하여 힘을 다하지 않는가?"

그 외침에 장수들이 힘을 다해 되받아치고 나왔다. 위병이 그 기세를 당해 낼 리 없었다. 크게 뭉그러져 달아났다. 그때 다시 장익과 하후패가 뒤편에서 달려 나와 두 갈래로 위병을 짓두들겼다. 위군은 도리어 촉병에 에워싸인 형국이 되어 크게 혼란에 빠졌다. 자기들끼리 밟고 밟히어 죽는 사람이 반이 넘었고 조수로 떼밀려 가서 빠져 죽은 사람도 헤일 수 없을 정도였다.

왕경은 겨우 백여 기를 이끌고 힘을 다해 싸움터를 빠져나가 적도성으로 달아났다. 크게 싸움에 이긴 강유는 뒤따라가 적도성을 공격하려 했다. 그때 장익이 말렸다.

"이미 공을 이뤘고 위세도 크게 떨쳤으니 이제 그칠 때입니다. 이제 억지로 나아갔다가 뜻대로 되지 않으면 뱀을 그리는데 다리를 덧붙이는 꼴이 나고 말 것입니다."

강유가 고개를 가로저으며 말했다.

"지난번에는 싸움에 지고도 오히려 나아가 중원을 종횡하고 싶었

소이다. 이제 조수의 싸움 한판으로 위나라 사람들의 간담을 서늘하게 만들었으니, 내가 보기에 적도성은 손바닥에 침 한번 뱉으면(힘을 쓰기 위해) 얻을 수 있을 것이오. 그대는 스스로 기상을 떨어뜨리지 마시오."

장익은 두 번 세 번 말렸지만 강유는 듣지 않았다. 군사를 몰아 적도성을 에워싸고 들이치기 시작했다.

이때 위의 정서장군 진태는 크게 군사를 일으켜 왕경의 원수를 갚아주려고 벼르고 있었다. 갑자기 연주자사 등애가 적지 않은 군사를 이끌고 와서 말했다.

"대장군(사마소)의 명령을 받들어 장군을 도와 촉병을 치러 왔습니다."

진태가 반가워하며 적을 칠 계책을 물었다. 등애가 조리있게 대답했다.

"만약 적이 조수에서 이긴 뒤에 강인들을 불러들여 관중과 농서 일대를 다투면서 인근 네 군에 격문을 돌렸다면 이는 우리가 크게 걱정해야 할 일이었습니다. 그런데도 적은 지금 적도성을 치고 있습니다. 적도성은 성벽이 높고 두꺼워 쉽게 떨어뜨릴 수 없습니다. 공연히 군사들의 힘만 허비하게 될 터이니, 우리는 항령에 진을 치고 있다가 군사를 내어 치면 촉군은 반드시 무너지고 말 것입니다."

진태가 기뻐하며 그 말을 따랐다. 그리고 쉰 명을 한 대(隊)로 하여 스무 대를 적도성 동남 높은 산 깊은 계곡으로 가게 했다. 깃발과 북, 피리, 봉화 따위를 갖춰 낮에는 숨고 밤에는 움직이는 방식으로 촉군 몰래 숨어들게 한 것이었다. 적군이 오면 낮에는 북치고 피리

불며 깃발을 내걸고 밤에는 봉화를 올리고 방포를 쏘아 놀라게 하라는 명도 잊지 않았다.

진태와 등애는 그 군사들이 매복을 마치기를 기다려 각기 이만의 군사를 이끌고 적도성으로 나아갔다. 그때 강유는 며칠이나 잇따라 공격을 퍼부었으나 성이 전혀 떨질 기색이 없어 답답해하고 있었다. 해질 무렵 파발마가 연거푸 와서 알렸다.

"양쪽에서 적군이 다가오고 있습니다. 한쪽은 위 정서장군 진태가 이끄는 군사이고, 다른 쪽은 연주자사 등애가 이끄는 군사들입니다."

강유가 놀라 하후패를 불렀다. 하후패가 어두운 얼굴로 말했다.

"등애는 병법에 능한 데다가 이곳 지리에도 밝아, 그가 군사를 거느리고 왔다면 힘든 싸움이 될 것입니다."

"등애는 어떤 사람이오?"

강유가 새삼 궁금한 듯 물었다. 하후패가 아는 대로 대답했다.

"등애는 의양(義陽) 사람으로 자를 사재(士載)라 씁니다. 어려서 아비를 잃어 한때는 소치기를 하는 등 어렵게 자랐지만 뜻이 커서 배움을 게을리 하지 않았습니다. 높은 산이나 큰 늪지를 보면 속으로 모두 헤아려, 어느 곳은 군사를 머물게 할 만하고 어느 곳은 군량을 저장할 만하며 어느 곳은 군사를 숨길 만하다고 말하고는 했습니다. 사람들은 모두 그런 그를 비웃었으나 오직 사마의만은 그 재주를 기특하게 여겨 마침내 군기(軍機)를 다스리는 데 써주었습니다. 또 등애는 말더듬이여서 언제나 무슨 말을 할 때는 애, 애(艾) 하며 제 이름을 반복하기 때문에, 사마의가 우스개로 '경은 자꾸 애, 애 하는데 도대체 등애가 몇 명이나 되는가'라고 물은 적이 있습니다.

등애는 바로 대답하기를 '봉이여, 봉이여[鳳兮 鳳兮, 『논어』「미자」편에
나오는 말. 공자를 가리킴] 하는 말이 있지만 한 마리 봉을 두고 말하는
것이옵니다'라고 했다 합니다. 그 배움이나 민첩한 자질을 대강이나
마 짐작할 수 있는 대꾸가 아니겠습니까?"

그러나 강유는 별로 대수롭게 여기지 않았다. 잠깐 생각에 잠겼다
가 말했다.

"적군은 먼 길을 오느라 지쳤을 것이오. 그들에게 쉴 틈을 주지
말고 바로 공격합시다."

그러고 장익에게는 남아 적도성을 공격하게 하고 자신과 하후패
는 진태와 등애의 군사를 맞으러 나갔다. 진태는 하후패가, 등애는
강유가 맡기로 했다.

하후패와 헤어진 강유가 채 오 리도 가기 전이었다. 갑자기 동남
쪽에서 한소리 포향이 울리더니 북소리 피리소리가 땅을 흔들고 봉
화 불꽃이 하늘을 찔렀다. 강유는 말을 달려 다가가보았다. 주위에
보이는 것은 모두 위병들의 깃발뿐이었다. 강유가 깜짝 놀라며 탄식
했다.

"우리가 등애의 계략에 말려들었구나!"

강유는 급히 하후패와 장익에게 사람을 보내 모두 적도성을 버리
고 물러나게 했다. 그리고 자신도 군사를 한중으로 돌렸다.

돌아오는 길은 강유가 스스로 후미가 되어 뒤쫓아오는 적을 막았
다. 뒤에서는 북소리 피리소리가 그치지 않았다. 그러다가 검각에
이르러서야 비로소 스무 군데의 봉화와 북소리 피리소리에 속았음
을 알아차렸다. 강유는 부끄러운 마음으로 군사를 거두어 종제(鍾

提)로 물러났다.

한편 후주는 강유가 적도에서 공을 세웠다 하여 대장군으로 올렸다. 조서를 받은 강유는 표문을 올려 은혜에 감사하고, 다시 위를 칠 궁리에 들어갔다.

강유가 물러가자 적도성에 갇혀 있던 옹주자사 왕경은 성문을 열어 등애와 진태를 맞아들였다. 왕경은 감사와 아울러 크게 잔치를 열어 두 사람을 대접하고 따라온 군사들에게도 큰 상을 내렸다.

진태가 표문을 올려 위주(魏主) 조모에게 등애의 공을 알리자 위주는 등애를 안서장군(安西將軍)으로 삼고 절(節)을 내렸다. 그리고 호동강교위(護東羌校尉)를 겸하며 진태와 함께 옹주 양주에 머무르게 했다. 진태가 잔치를 열어 등애를 추켜세우며 말했다.

"강유가 밤에 몰래 도망한 것을 보면 이제 싸울 힘이 없어진 것이오. 다시는 함부로 쳐들어오지 않을 것이외다."

등애가 희미하게 웃으며 받았다.

"제가 헤아리기로는 촉군이 반드시 쳐들어올 이유가 다섯 가지나 됩니다."

"그게 무엇무엇이오?"

"첫째로 촉군이 비록 물러가기는 했지만 그들에게는 한번 싸움에 이긴 기세가 있고 우리에게는 약해서 진 실적이 있기 때문입니다. 둘째로 촉군은 제갈량이 훈련시킨 정병이라 부리기가 쉽지만 우리는 장수가 수시로 바뀌고 군사들도 제대로 훈련되어 있지 않은 것입니다. 셋째로 촉군은 움직일 때 배를 타서 편하지만 우리 군사는 모두 걸어야 하기 때문에 지치게 되는 것입니다. 넷째로 적도 남안 농서 기산은 모두 싸워서 지켜야 할 곳인데, 촉군들은 한곳을 골라 힘을 모을 수가 있지만 우리는 군사를 네 군데로 갈라 지켜야 하니, 우리는 언제나 적군의 사 분지 일로 맞서게 되는 게 그렇습니다. 다섯째로 촉군은 남안이나 농서로 쳐들어오면 강인들의 양식을 먹을 수 있고, 기산으로 오면 그곳의 밀을 먹을 수 있어 군량을 걱정하지 않아도 된다는 것입니다."

그 말을 들은 진태는 감탄했다.

"공이 이미 귀신처럼 꿰뚫어보고 있으니 촉군쯤은 걱정할 게 무어 있겠소!"

한편 강유는 종제에서 큰 잔치를 열고 여러 장수들을 불러모아 위를 칠 일을 의논했다. 영사(令史) 번건이 말리는 투로 말했다.

"장군께서는 여러 번 한중을 나가셨지만 한번도 큰 공을 세우지 못하셨습니다. 그러다가 이번 조서 싸움에서 위나라 사람들을 꺾어 이미 위세를 세우셨는데 무엇 때문에 또다시 나가려 하십니까? 만일 다시 지기라도 한다면 세운 공마저 물거품이 되고 말 것입니다."

강유가 번건을 달래듯 말했다.

"그대들은 위나라가 땅이 넓고 사람이 많아 급하게 이기기 어려우리란 것만 알지, 오히려 우리에게 위를 이길 다섯 가지 이유가 있다는 것은 모르는 듯하이."

"무엇입니까?"

장수들이 입을 모아 물었다. 강유가 목소리를 가다듬어 말했다.

"적은 조서 싸움에서 크게 져서 사기가 꺾였지만 우리는 비록 물러나기는 해도 한 명의 군사도 잃지 않았으니, 이게 다시 위병과 싸운다면 이길 수 있는 첫째 이유가 된다. 또 우리 군사는 배를 타고 나아가 고단하지 않지만 적병은 물으로 걸어와서 맞아야 하니……."

그렇게 하나하나 짚어나가는데 대개 등애가 진태에게 말한 그 다섯 가지였다. 다 듣고 난 하후패가 그래도 걱정된다는 듯 말했다.

"등애는 비록 나이가 어리나 지략이 뛰어났습니다. 반드시 곳곳에 대비를 해두었을 것이라 전날과는 다를 것입니다."

그래도 강유는 기어이 그 말을 듣지 않고 기산으로 군사를 내었다.

이때 등애는 강유가 다시 나올 줄 짐작하고 먼저 기산에다 아홉 개의 진채를 세워 엄히 방비하고 있었다. 이에 강유는 계책을 바꾸어 약간의 군사로 기산을 칠 것처럼 꾸미게 하고 자신은 대군을 빼돌려 남안으로 나갔다.

하지만 이번에도 강유의 그 같은 계책은 등애에게 헤아려진 바 되어 어그러졌다. 무성산을 차지하여 진채를 세우려던 강유는 미리 가 있던 등애의 군사들을 보고 놀랐다. 위병들은 한차례 촉군을 들이쳐 전군을 혼란시키고는 산 위로 올라가버렸다. 강유가 산 밑에서 아무리 싸움을 걸어도 받아주지 않았다.

삼경까지 싸움을 걸다가 산에서 내려온 강유는 기슭에다 진채를 얽으려 했다. 군사들에게 나무와 돌을 날라다 영채를 얽게 하고 있는데 산 위에서 북소리 피리소리가 들리더니 위병들이 갑자기 쳐내려 왔다. 크게 혼란에 빠진 촉군들은 제대로 맞서보지도 못하고 벌판의 진채로 쫓겨났다.

다음 날이었다. 강유는 군량을 나르는 수레를 끌고 무성산으로 갔다. 그 수레를 군사들 바깥으로 둘러세워 진채의 목책을 대신하려 함이었다. 하지만 그마저도 강유의 뜻대로는 되지 않았다. 그날밤 이경 무렵 등애가 화공을 써서 수레들을 태워버리니 진채로 쓸 수가 없었다.

하는 수 없이 군사를 이끌고 물러난 강유가 하후패에게 말했다.

"남안을 얻을 수 없다면 상규를 먼저 빼앗는 것이 낫겠소. 상규는 곧 남안의 군량을 모아두는 곳이니 만약 상규를 잃는다면 남안은 절로 위태로워질 것이오."

그리고 하후패에게 군사 한 갈래를 주어 무성산에 머물게 한 다음 자신은 날랜 군사들과 용맹한 장수들을 모두 이끌고 상규로 떠났다.

강유가 장졸들을 재촉하여 밤새 걷는 사이에 먼동이 터왔다. 사방을 돌아보니 군사들은 산세 험한 골짜기를 지나고 있는데 길이 여간 거칠지 않았다. 강유가 길잡이를 불러 물었다.

"이 골짜기 이름이 무엇이냐?"

"단곡(段谷, 토막난 골짜기)이라 합니다."

그 말에 강유가 놀라며 말했다.

"이름이 좋지 못하구나. 단곡이라면 바로 단곡(斷谷, 끊어진 골짜기)이나 다름없다. 누가 이 골짜기 어귀를 막고 있다면 어찌하겠느냐?"

그러면서 어찌할 바를 몰라 망설이는데 앞서 가던 군사들이 달려와 알렸다.

"산 뒤편에서 먼지가 크게 일고 있습니다. 복병이 있는 것이 틀림없습니다."

놀란 강유가 서둘러 물러나기를 명했다. 그때 장전교위 사찬(師纂)과 등애의 아들 등충(鄧忠)이 이끄는 위병들이 양쪽에서 치고 들었다. 강유는 싸우면서 달아나기를 거듭하며 골짜기를 뚫고 나가려 했다. 다시 앞쪽에서 등애가 대군을 이끌고 길을 막았다.

세 갈래 적병에게 에워싸인 촉군은 크게 낭패했다. 다행히 소식을 듣고 달려온 하후패가 구해주어 위급을 면할 수 있었다.

겨우 군사를 수습한 강유는 다시 기산으로 쳐들어가려 했다. 하후패가 놀라운 소식을 알렸다.

"기산의 영채는 이미 진태에게 빼앗겼습니다. 지키던 우리 장수는 죽었고 나머지 군사들은 한중으로 돌아갔다 합니다."

이에 강유는 감히 동정으로 가는 길을 잡지 못하고 산골 후미진 샛길을 따라 한중으로 돌아갔다. 하지만 등애는 강유가 곱게 돌아가게 버려두지 않았다. 군사를 내어 급하게 뒤쫓아왔다.

강유는 여러 장수들에게 앞서 군사를 몰아가게 하고 자신은 뒤처져서 적을 막기로 했다. 뒤쫓는 위병을 경계하며 한창 가고 있는데, 진태가 한 무리의 위병을 이끌고 덮쳐왔다. 그때 강유의 군사는 지칠 대로 지쳐 있었다. 이리저리 부딪히며 에움에서 빠져나오려고 애썼지만 뜻대로 되지 않았다.

촉의 탕구장군 장의가 강유의 위급을 듣고 수백 기를 휘몰아 구하러 왔다. 그 덕분에 강유는 간신히 적병을 뚫고 빠져나올 수 있었다. 그러나 장의는 끝내 어지러이 쏘아대는 위병의 화살 아래 죽었다. 겨우 목숨을 건져 한중으로 돌아온 강유는 제갈량의 전례를 본받아 후주에게 표문을 올려 자신을 후장군(後將軍)으로 낮추고 대장군의 일만 맡아볼 수 있도록[行大將軍事] 빌었다.

서촉에서 불어온 불길은 껐으나 위의 내정은 아직도 평온하지가 못했다. 안으로 또 한차례의 거센 불길이 그 불씨를 키우고 있었으니, 그것은 다름 아닌 진동대장군(鎭東大將軍) 제갈탄이었다.

제갈탄은 낭야군 남양 사람으로 제갈량의 집안 조카였다. 일찍부터 위나라를 섬겼지만 제갈량의 조카라는 것 때문에 빛을 보지 못하다가 제갈량이 죽은 뒤에야 겨우 중임을 맡게 되었다.

그 무렵 제갈탄은 고평후로 양회(兩淮) 지방의 병마를 도맡아 거느리고 있었다. 관구검과 문흠을 칠 때 세운 공 때문에 사마사가 그를 높여 대장군을 삼은 뒤 사납고 날래기로 이름난 그 지방의 군마를 맡긴 터였다. 그러나 그는 사마씨의 사람이라기보다는 조위(曹魏)의 충신이라는 편이 옳았다.

사마소는 형을 이어 위의 대권을 잡자 은근히 딴마음이 일었다. 일을 벌이기 전에 지방에 흩어져 있는 장수들의 속부터 떠보기로 하고, 심복 가충(賈忠)을 지방으로 보냈다.

가충은 먼저 회남으로 가서 제갈탄을 찾아보고 사마씨가 위로부터 선위를 받으면 어떻겠느냐고 넌지시 물었다. 제갈탄은 그런 가충을 꾸짖고 자신의 뜻을 밝혔다.

"나는 위의 국록을 먹은 사람으로, 만약 조정에 무슨 일이 난다면 이 한목숨을 바쳐 나라의 은혜에 보답할 뿐이다!"

가충으로부터 그 말을 전해 들은 사마소는 가만히 양주자사 악침에게 밀서를 보내 제갈탄을 해칠 계책을 꾸미는 한편 제갈탄에게는 사공 벼슬을 내려 조정으로 불러들였다.

그게 자신을 해치기 위함인 걸 금세 알아차린 제갈탄은 먼저 사마소의 사자를 문초해 악침이 거기 관련된 걸 알아낸 다음, 불시에 양주를 들이쳐 악침을 죽이고 반기를 높이 들었다.

제갈탄은 양회의 군사 십여만과 양주에서 항복한 사만을 조련시키는 한편 동오에도 사람을 보내 도움을 청했다. 그때 동오의 대권은 손준에게서 그의 종제되는 손침(孫綝)에게로 넘어가 있었다.

손침은 제갈탄의 청을 받자 전역(全懌)과 전단(全端)을 대장으로 삼고, 주이(朱異)와 당자(唐咨)를 선봉으로 세운 뒤, 문흠을 길잡이로 딸려 칠만 대군을 제갈탄에게 보냈다. 거기 힘을 얻은 제갈탄은 곧 사마소를 칠 채비를 갖춤과 아울러 위주 조모에게 표문을 올려 군사를 일으킨 까닭을 밝혔다.

사마소도 크게 군사를 일으키고, 천자와 태후를 졸라 친정(親征)의 형식으로 밀고 내려왔다. 낙양과 장안의 군사 이십육만에 정남장군 왕기(王基)는 정선봉으로, 안동장군 진건은 부선봉으로 세우고 감군 석포(石苞)와 연주자사 주태(周太)를 좌우군으로 삼은 대군이었다.

사마소의 군사가 먼저 창칼을 맞대게 된 것은 동오의 군사들이었다. 동오의 선봉 주이는 위의 왕기가 맞붙었으나 세 합이 못 돼 몰리게 되는 바람에 오병은 대패해 오십 리나 쫓기게 되었다.

제갈탄이 문흠, 문앙 두 부자와 수만의 날랜 군사를 이끌고 성을 달려 나와 그런 오병과 세력을 합쳤다. 그러나 오병이 대의보다는 이득을 구하러 온 데 착안한 종회의 계책에 떨어져 제갈탄은 군사만 잃고 수춘성에 도로 갇히는 신세가 되고 말았다.

거기다가 도우러 온 오병도 손침의 조급함과 포악함 때문에 제갈탄에게는 끝내 이렇다 할 힘이 돼주지 못했다. 겨우 우전이 이끈 오병 만 명이 수춘성으로 들어갔을 뿐, 주이는 몇 번 진 죄로 손침에게 목이 달아나고, 손침이 돌아가면서 남긴 전위(全褘)는 손침이 두려워 오히려 위에 항복해버렸다. 뿐만 아니라, 전위는 다시 수춘성 안에 있는 아버지 전단과 숙부 전역에게까지 글을 보내 달랬다. 거기 넘어간 전역과 전단이 수천 오병과 함께 위에 항복하고 마니 성안의 제갈탄은 더욱 외로워졌다.

형세가 외로워지자 수춘성 안의 인심도 흔들리기 시작했다. 먼저 모사 장반(蔣班)과 초이(焦彝)가 제갈탄에게 속전속결을 권하였다가 제갈탄이 받아들여주지 않자 성을 넘어 위의 진채로 달아났다. 그다음은 문앙과 문호 형제였다. 그 아비 문흠 역시 제갈탄에게 급히 싸우기를 권하다 목이 달아나자 그들 형제는 성을 넘어가 사마소에게 항복하고 말았다. 문앙 형제가 위의 벼슬을 받고 그걸 자랑하며 성안을 보고 항복을 권하니 제갈탄의 군사들은 더욱 마음이 흔들렸다. 그 낌새를 알아차린 사마소가 일제히 성을 공격하자 북문을 지키던 장수 증선(曾宣)이 문을 열어 위병을 맞아들였다.

제갈탄이 겨우 남은 수백 군사로 맞서보려 했으나 될 일이 아니었다. 위장 호준을 만나 그 한칼에 목을 잃었다. 볼만한 싸움을 벌이다 죽은 것은 오히려 구원하러 왔다가 성안에 갇혔던 오장 우전(于詮)이었다. 우전은 항복을 권하는 왕기를 성난 소리로 꾸짖었다.

"명을 받들어 남의 어려움을 구하러 왔다가 어려움을 구해주지는 못하고 오히려 적에게 항복하란 말이냐? 내 어찌 차마 그런 의롭지 못한 짓을 하리!"

그리고 투구를 벗어던지며 다시 외쳤다.

"사람이 한번 나서 싸움터에서 죽는 것도 얼마나 복된 일이냐!"

제갈탄을 따르던 졸개들도 죽음 앞에서 씩씩했다. 항복만 하면 살려준다는데도 수백 명이 모두 항복 대신 목을 늘여 칼을 받았다.

위가 천자까지 나서서 남쪽에서 싸우는데 촉이 그대로 있을 리 없었다. 강유는 제갈탄이 사마소에 맞서 의병을 일으키고 동오의 손침까지 거들어 위주(魏主)가 몸소 싸움터로 나갔다는 말을 듣자 몹시 기뻐했다.

"이번에는 반드시 공을 이룰 수 있겠구나!"

그렇게 소리치며 곧 후주에게 표문을 올려 위를 칠 것을 허락해 달라고 아뢰었다.

중산대부(中散大夫) 초주가 「수국론(讐國論, 원래는 仇國論)」이란 글 한 편을 지어 강유에게 보내며 출정을 말렸다. 그 내용은 대강 이러했다.

'어떤 사람이 물었다. '옛날 약하면서 강한 자를 이길 수 있었던 사람은 어떤 술수가 있었던가?' 내가 말했다. '큰 나라에 살면서 걱정이 없는 사람은 언제나 태만함이 많았고, 작은 나라에 살며 걱정이 많은 사람은 언제나 잘 하려고 애쓴다. 잘하려고 애쓰면 곧 살리는 다스림[生治]이 되는 것은 이치의 마땅함이다. 그러므로 주나라 문왕은 백성을 길러 작은 나라로 큰 나라를 얻을 수 있었고, 월왕(越王) 구천은 무리를 불쌍히 여겨 약한 나라로 강한 나라를 망하게 하였으니 이게 바로 그 술수이다.'

어떤 사람이 또 물었다. '지난날 초나라는 강하고 한나라는 약해 홍구를 경계로 천하를 나누기로 약정하였으나, 장양(張良)은 백성들의 뜻이 이미 정해지면 다시 움직이기 어렵다 하여 군사를 이끌고 항우를 뒤쫓았고, 마침내는 항씨를 망하게 하였다. 어찌 반드시 문왕이나 구천처럼 하여야만 하는가?' 내가 대답했다. '상(商, 은)나라와 주나라 때에는 임금과 제후를 세상이 모두 존중하였고, 임금과 신하 사이도 오래고 굳건하였다. 그때에는 비록 한고조(漢高祖)가 있다 해도 어찌 칼에 기대 천하를 빼앗을 수 있었겠는가. 진나라가 제후를 없애고 지방 수령을 둔 뒤 백성들은 피폐하고 진나라의 부역은 모질어 천하가 흙더미 무너지듯 하자, 이에 호걸들이 아울러 일어 서로 다투게 되었다. 그러하되, 지금은 우리나 저들이나 모두 나라를 물려주어 세대가 바뀌었다. 이미 진나라 말기처럼 세상이 들끓던 때가 아니라, 육국(六國) 천하를 나누어 차지하고 있던 때와 같은 데가 있다. 그러므로 주 문왕이 될 수는 있어도 한고조가 되기는 어렵다. 때가 이르러서야 움직이고, 운세에 맞은 뒤에야 일어난 까닭에 탕왕과 무왕의 군사는 다시 싸울 것도 없이 이길 수 있었다. 진실로 백성들의 수고로움을 무겁게 여기고 때를 고름에 깊이 살폈다 할 만하다. 끝내 무(武)를 다하고 정벌을 함부로 하다가는, 불행히도 어려움을 만나 비록 지혜로운 사람이 있다 하더라도 마땅히 꾀해볼 바가 없게 되고 말리라'.'

그때 이미 촉은 내관 황호(黃皓)의 장난질로 안에서 깊이 썩어 들어가고 있었다. 그런데도 변방에서 아무것도 모르는 강유가 큰 나라인 위를 상대로 싸움을 벌이려 하니 충성되고 헤아림 깊은 대신으로서는 그냥 볼 수가 없어 쓴 글이었다.

하지만 강유는 보고 나서 성부터 냈다.

"이것은 썩어빠진 선비의 글이다!"

그렇게 소리치고는 기어이 위를 칠 군사를 일으켰다. 새로 얻은 장서(蔣舒)와 부첨(傅僉) 두 장수를 앞세우고 이번에는 장성(長城) 쪽으로 군사를 냈다.

장성을 지키는 위의 장수는 사마소의 친척 형뻘인 사마망(司馬望)이었다. 이붕(李鵬)과 왕진(王眞) 두 장수와 성안의 군사들을 이끌고 성 밖 이십 리 되는 곳에 진을 쳤다. 그러나 사마망은 강유의 적수가 아니었다. 한 싸움에 두 장수를 모두 잃고 성안으로 쫓겨 들어갔다.

강유는 그런 사마망을 뒤쫓아 급하게 성을 들이쳤다. 그런데 막 성을 떨어뜨리려 할 즈음 뜻밖의 구원병이 달려왔다. 위장 등애 부자였다. 한바탕 싸움이 있었으나 어느 쪽도 크게 이기지는 못하였다. 강유는 장성을 뺏지 못한 채 다시 등애와 맞서게 되었다.

등애는 자기 아들 등충을 성안으로 들여보내며 사마망에게 싸우지 말고 굳게 지키기만 하라 일렀다. 그러다 보면 남쪽의 싸움이 끝나 관중의 군사들이 몰려올 것이고, 강유는 오히려 양식이 떨어져 돌아갈 것인데, 그때 강유를 치자는 뜻이었다.

그러나 아무것도 모르는 강유는 등애에게 급하게 싸움을 걸었다. 등애는 금세 나와 싸울 듯하면서도 이 핑계 저 핑계로 싸움을 하루 이틀 미루었다. 그렇게 대여섯 번이나 싸움을 미룬 걸 보고서야, 등애의 속셈을 알아차린 부첨이 강유에게 말했다.

"아무래도 등애가 무슨 속임수를 쓰는 듯하니 방비가 있어야 할 것입니다."

강유도 그제야 등애의 속셈을 알아차렸다. 관중의 군사가 오기를 기다려 강유의 군사를 삼면에서 에워싸고 들이칠 생각임에 틀림없었다. 이에 강유는 오히려 손침과 연결해 거꾸로 등애를 골탕먹일 궁리를 하고 있는데 뜻밖의 소식이 날아들었다.

"사마소가 수춘을 들이쳐 제갈탄을 죽이고, 도우러 왔던 오병에게는 모두 항복을 받았습니다. 사마소는 우선 군사를 돌려 낙양으로 돌아갔으나 머지않아 이곳 장성을 구하러 올 것이라 합니다."

그 소식에 놀란 강유는 곧 군사를 물려 돌아갔다. 사마소의 대군이 이르면 당해내기 어려운 까닭이었다. 그러나 등애가 반드시 뒤쫓을 것이라 여겨 좁은 길목이나 험한 산길마다 뒤쫓는 적을 막을 준비를 하게 했다.

염탐하는 군사가 촉병이 물러난 걸 등애에게 알렸다. 그러나 등애는 어찌 된 셈인지 서둘러 뒤쫓는 대신 껄껄 웃으며 말했다.

"강유는 사마 대장군이 오실 것을 알고 먼저 군사를 물린 것이니 굳이 뒤쫓을 것은 없다. 오히려 함부로 뒤쫓다가는 그 꾀에 빠지고 말 것이다."

그리고 군사를 풀어 가만히 촉병을 뒤따르며 살펴보게 했다. 과연 등애가 본 대로였다. 촉병은 물러가면서 낙곡(駱谷) 좁은 길목에 장작과 마른 짚 검불을 쌓아두고 있었다. 위병이 뒤쫓아오면 거기 불을 질러 화공으로 나올 작정이었던 듯했다.

여러 장수들이 그런 등애의 밝은 눈에 한결같이 감탄해 마지않았다. 사마소도 대군을 움직일 필요 없이 촉병이 물러갔다는 말을 듣자 몹시 기뻐했다. 그게 모두 등애의 공임을 알고 크게 상을 내렸다.

한편 동오의 손침은 자신이 제갈탄을 구하러 보냈던 당자와 전단, 전역 등이 모두 위에 항복했다는 말을 듣자 몹시 성이 났다. 당자와 전단의 일족을 모조리 잡아들여 죽이게 했다. 이들이 위에 항복하게 된 데는 누구보다 그 자신의 허물이 컸건만 그쪽으로는 눈길 한번 돌리는 법이 없었다.

그때 오주 손량(孫亮)은 나이 열일곱이었다. 사람이 총명하고 영리해 포악한 손침을 싫어했으나 그 일가가 나라의 병권을 모두 잡고 있어 어찌할 수가 없었다. 틈만 엿보다가 어느 날 장인이며 황문시랑인 전기(全紀)를 불러 손침을 죽이라는 밀조를 내렸다.

전기는 장군 유승(劉丞)과 함께 손침을 죽이려 일을 꾸몄다. 그러나 그 어머니가 손침의 누이라 일이 이뤄지기 전에 먼저 손침에게 알려지고 말았다. 오의 국운이 그것밖에 안 되었음이리라.

손침은 전기와 유승 및 그 집안의 노소를 가리지 않고 모조리 죽인 뒤, 손량을 임금 자리에서 내어쫓았다. 그때 상서 환의(桓懿)가 손침에게 맞서 보았으나 손침의 칼에 의로운 피를 묻히고 죽었을 뿐이다.

손침이 손량 대신 오주로 세운 것은 낭야왕 손휴(孫休)였다. 손휴는 손권의 여섯째 아들로 대위를 이어받자 손침을 승상에 형주목을 겸하게 했다. 또 백관에게도 차례로 벼슬과 상을 내린 뒤 조카 손호(孫晧)에게도 오정후(烏程侯)를 내렸다.

손침은 자신이 승상으로 높아졌을 뿐만 아니라, 집안에 후(侯)가 다섯에 금병(禁兵)의 대장들이 또한 모두 피붙이였다. 그 권세가 임금인 손휴보다 더하면 더했지 덜하지 않았다.

손침은 갈수록 방자해지다가 그해 겨울 대단찮은 일로 손휴에게 감정을 품고 좌장군 장포(張布)를 찾아 찬역의 뜻을 밝혔다. 장포가 그 말을 손휴에게 일러바치자 오주 손휴는 놀랐다. 거기다가 며칠 뒤 손침이 정말로 군사를 움직이려는 기미를 보이자 한층 급해진 손휴는 노장(老將) 정봉(丁奉)을 불러 매달렸다.

"폐하께서는 너무 걱정하지 마십시오. 신에게 나라의 해근(害根)을 뽑아 없앨 계책이 하나 있습니다."

정봉은 그렇게 대답하고 납일(臘日, 동지 뒤 셋째 술일. 종묘에 제사를 지냄)인 다음 날을 잡아 일을 벌였다. 금군(禁軍)을 자기 형제가 장악하고 있다는 것만 믿고 아무 경계 없이 궁궐로 들어온 손침을 불시에 잡아 목 베 죽이고 삼족을 멸했다.

오주 손휴는 손침을 죽이는 것으로 그치지 않고 그의 일가붙이에 의해 저질러진 모든 잘못을 바로잡았다. 손침 및 손준의 손에 걸려 억울하게 죽은 이들이 모두 누명을 벗고, 쫓겨났던 이들을 다시 불러들이니 마치 나라가 새로워지는 듯했다.

촉의 후주 유선이 사신을 보내 그 일을 치하했다. 오에서도 설후(薛珝)를 사신으로 보내 답례했다. 설후가 돌아오자 손휴가 촉의 사정을 물었다. 설후가 본 대로 전했다.

"중상시(中常侍) 황호란 자가 권세를 잡고 있는데 공경(公卿)이란 자들은 모두 아첨만 일삼고 있었습니다. 조정에서는 곧은 말을 들을 수가 없고 백성들은 얼굴이 누렇게 떠 있었습니다. 마치 참새나 제비가 처마 끝에 살면서 큰집[大廈]이 불탈 것을 알지 못하는 것과 비슷했습니다."

바로 그 무렵 촉의 내정을 잘 보고 하는 소리였다.

"만약 제갈무후께서 살아계셨더라면 어찌 그런 꼴이 났겠는가!"

손휴는 그렇게 탄식하고 국서(國書)를 써서 성도에 보냈다.

사마소가 오래잖아 위나라를 찬탈하고 그 위엄을 드러내 보이기 위해 촉과 오를 침범할 것이니 서로 간 정신 차려 준비하고 있자는 내용이었다. 강유는 그런 오나라의 국서를 받자 지난번에 깎인 위신을 되찾을 때가 왔다 여겼다. 다시 후주에게 표문을 올려 위를 치러 가겠다고 나왔다.

후주가 마지못해 허락하자 대장군 강유는 이듬해 일찍 군사를 일으켰다. 촉한 경요(景耀) 원년의 일이었다. 선봉은 요화와 장익이요, 왕함(王숨)과 장빈(張斌)은 좌장군으로, 장서와 부첨은 우장군으로 세운 뒤 하후패와 함께 이십만 군사를 몰아 한중으로 나아갔다.

하후패와 의논 끝에 강유가 잡은 길은 기산 쪽이었다. 기산 어귀에 이른 강유는 일찍부터 농우의 군사를 이끌고 그곳을 지키던 등애와 다시 맞부딪치게 되었다.

그때 등애는 언젠가 촉병이 다시 올 줄 알고 모든 채비를 갖춰놓고 기다렸다. 곧 촉병이 진채를 칠 만한 곳에 미리 땅굴을 파놓고 촉병이 거기 자리 잡기만 하면 그걸 이용해 안팎에서 들이칠 작정이었다.

등애는 촉병이 정말로 자신이 점찍어 둔 곳에 진채를 내리자 됐다, 싶었다. 밤을 틈타 땅굴로 사람을 보내, 안팎에서 촉병의 진채를 들이쳤다. 그러나 강유가 침착하게 대응하는 바람에 첫 싸움에서는 크게 이기지 못했다.

이에 등애는 강유와 진법으로 싸우게 되었다. 그러나 도리어 강유의 장사권지진(長蛇捲地陣)이란 진법에 말려 위병은 기산의 진채만 빼앗기고 말았다.

그 뒤로도 등애는 한편으로는 정면으로 싸우고, 한편으로는 기습을 노렸으나 싸움은 영 뜻대로 풀리지 않았다. 그때 등애와 함께 싸우던 사마망이 내놓은 계책이 촉의 어지러운 내정을 이용한 반간계(反間計)였다.

그걸 받아들인 등애는 양양 사람 당균(黨均)에게 뇌물을 넉넉히 주고 촉의 중상시 황호를 매수하게 했다. 몰래 촉으로 숨어든 당균은 황호에게 금은보석을 바리바리 져다 바치고, 강유가 후주를 원망해 오래잖아 위에 항복할 것이란 말을 아뢰게 했다. 그리고 아래로는 백성들 사이에도 유언비어를 퍼뜨려 똑같은 말이 떠돌게 하니, 예전에 공명이 사마의를 내쫓게 할 때와 비슷했다.

황호가 곁에서 두 번 세 번 일러바치는 데다 성도 백성들까지 강유가 반역하려 한다는 말을 하자 후주는 깜짝 놀랐다. 곧 사람을 보내 강유에게 돌아오라고 이르게 했다.

강유가 영문도 모르면서 군사를 돌리려 하는데 요화가 나서서 말렸다.

"장수가 밖에 있을 때는 비록 임금의 명이라도 듣지 않을 수 있습니다. 조서가 있다고 해서 가볍게 군사를 움직여서는 아니 됩니다."

그러나 장익은 생각이 달랐다. 요화의 말에 고개를 가로젓고 나섰다.

"촉의 백성들은 대장군께서 해마다 군사를 움직이시는 데 원망을 품고 있습니다. 이번에 마침 이겼으니 그 틈을 타 군사를 돌리는 게 어떻겠습니까? 돌아가 인심을 가라앉힌 뒤에 따로 날을 잡아 일을 꾀해보는 게 좋을 듯합니다."

강유도 장익의 말을 옳게 여겼다. 곧 군사를 서로 돌리고 요화와 장익은 후군이 되어 뒤쫓는 위병을 막게 했다. 그 돌아가는 진용이 얼마나 단단하고 빈틈없던지 등애조차 감히 뒤쫓지 못했다.

성도로 돌아간 강유는 후주를 찾아뵙고 불러들인 까닭을 물었다. 후주에게 할 말이 있을 리 없었다. 우물쭈물 핑계를 대다가 다만 한중으로 돌아가 위에 변고가 생길 때까지 기다리라는 명을 내렸다. 이에 강유는 탄식하며 한중으로 돌아갔다.

강유가 돌아가자 이번에는 사마소에게 촉을 칠 마음이 생겼다. 그러나 새로 세운 위주 조모가 만만치 않은 사람이라 함부로 위를 비울 수가 없었다. 거기다가 중호군 가충 등이 사마소에게 위주의 잠룡시(潛龍詩, 몸을 숨기고 때를 기다린다는 내용의 시)를 고자질하니 사마소와 위주 조모의 사이는 절로 벌어졌다.

위(魏) 감로(甘露) 오년 사월(서력 기원후 253년 4월) 사마소는 조조를 본받아 위주에게 구석을 청했다. 내심 싫으면서도 사마소의 위세에 눌려 하는 수 없이 사마소에게 구석을 내린 조모는 분했다. 시중 왕침(王沈), 상서 왕경(王經), 산기상시 왕업(王業) 세 사람과 의논한 뒤 사마소를 죽이려 들었다. 그러나 이름뿐인 천자라 힘이 없어, 기껏 끌어모은 게 전중시위처럼 가까이 부리는 군사들과 창두(蒼頭)

관동(官童) 같은 궁중의 일꾼 삼백 명이었다.

왕경이 그런 조모를 붙들고 말렸으나 조모는 듣지 않고 사마소를 찾아 나섰다. 그러나 궁궐문을 나서기도 전에 사마소의 심복인 가충(賈充), 성제(成濟) 등이 거느린 정병과 만나 싸움 중에 성제에게 죽고 말았다.

뒤늦게 그 일을 들은 사마소는 은근히 놀랐다. 한편으로는 태후를 구슬려 죽은 조모의 죄상을 천하에 선포하게 하고, 다른 한편으로는 임금을 죽인 죄를 오로지 성제에게 덮어씌워 그 삼족을 모두 없앴다.

이때 사마소의 심복들이 바로 위를 넘겨받기를 권했으나 사마소는 듣지 않았다. 조조를 본떠 그 일은 그 아들 사마염에게 맡기기로 하고, 자신은 여전히 조씨(曹氏)를 세워 천자로 삼았다.

사마소가 조모를 대신해 세운 게 조조의 손자요 연왕(燕王) 조우(曹宇)의 아들인 조황(曹璜)이었다. 그가 바로 위의 마지막 임금인 원제(元帝)가 된다.

위의 그 같은 정변은 다시 강유에게 한 기회로 여겨졌다. 오나라에 사신을 보내 함께 군사를 일으켜 위를 치자 하고 자신은 십오만 대군을 일으켰다.

강유는 요화와 장익을 선봉으로 삼아 요화는 자오곡을 취하라 하고 장익은 낙곡을 취하라 했다. 그리고 스스로는 야곡으로 길을 잡아 한꺼번에 세 갈래 군마를 몰고 기산으로 나아갔다.

기산을 지키던 등애는 강유가 나오자 맞을 채비를 했다. 그때 거느리고 있던 장수 중에 왕관(王瓘)이란 이가 있었다. 등애에게 거짓 항복의 계교로 강유를 꺾자고 권했다. 곧 스스로를 지난번 위주 조모가 죽을 때 조모 편에 섰다가 함께 죽은 왕경의 조카라 하여 강유에게 항복을 믿게 한 뒤, 틈을 보아 안팎에서 호응해 강유를 사로잡자는 계교였다.

등애는 그 계교를 따랐으나 그걸 알아차린 강유가 오히려 거꾸로 이용하는 바람에 대패하고 말았다. 강유의 복병에 걸려 등애 자신이 보졸의 옷을 입고 겨우 목숨을 건져 달아나야 했을 정도였다.

그런데 왕관이 싸움의 방향을 이상하게 이끌어갔다. 거짓 항복으로 촉군 뒤에 있다가 등애가 대패했다는 소리를 듣자 위로 달아나는 대신 한중으로 들어갔다. 강유는 혹시라도 한중이 어찌 될까 두려워 군사를 한중으로 돌렸다. 그 바람에 싸움에는 이겼어도 아무것도 얻은 것 없이 제자리로 돌아가는 형국이 되고 말았다.

왕관은 뒤쫓아온 촉군이 사방으로 에워싸고 공격하자 달아나다 흑룡강에 뛰어들어 죽었다. 나머지 군사들은 모두 강유에게 사로잡혀 산 채로 땅에 묻혔다.

강유가 공명의 뜻을 이어 여덟 번째로 대위전(對魏戰)을 일으킨 것은 촉한(蜀漢)의 경요 오년 시월이었다. 그동안 군마를 기르고 군량을 쌓은 강유는 후주에게 표문을 올리고 삼십만 대군을 일으켜 조양으로 나아갔다.

이번에도 강유를 맞아 싸우게 된 위장(魏將)은 등애였다. 강유가 조양으로 온다는 말에 다른 장수들은 그게 허장성세라 주장했다. 조양으로 나오는 체하면서 기산을 치려 함이라는 것이었다. 그러나 등애는 조양을 근거로 둔전(屯田)을 하며 장구한 계책을 세우려는 강유의 뜻을 헤아리고 빈틈없는 채비를 했다.

그 바람에 싸움은 처음부터 촉에 이롭지 못했다. 전부를 맡은 하후패는 조양성을 뺏으러 갔다가 등애의 복병에 걸려 죽었다. 사마망이 성문을 열어두고 빈 성같이 꾸며 하후패를 꾀어들인 뒤 감추어둔 군사들로 하여금 화살을 퍼붓게 해 하후패와 오백 촉군을 몰살시켜 버린 까닭이었다.

하후패가 죽었다는 소식을 듣고 슬퍼하던 강유도 그날 밤 이경 무렵 등애의 야습을 받았다. 갑작스러운 데다 사마망까지 거들어 좌충우돌 죽기로 싸웠으나 등애에게 몰려 이십 리나 쫓겨난 뒤에야 겨우 군사를 수습할 수 있었다. 그때 장익이 강유에게 권했다.

"위병들이 모두 이곳에 있으니 기산은 틀림없이 비어 있을 것입니다. 장군께서는 군사를 정돈해 조양과 후하(侯河)를 들이치고 계십시오. 저는 가만히 한 갈래 군사를 이끌고 기산에 있는 위군의 진채를 쳐부순 뒤 장안으로 나아가겠습니다."

강유도 그 계책이 옳다 싶어 그대로 따랐다. 곧 장익에게 군사 한 갈래를 떼어주고, 자신은 남은 군사로 등애의 대군을 조양에 붙들어 두었다.

멋모르고 그런 강유와 며칠을 싸운 등애는 퍼뜩 이상한 생각이 들었다. 첫 싸움에 지고도 오히려 급하게 싸움을 거는 걸 보고 촉군의 숨겨진 계교를 짐작했다. 아들 등충에게 그곳을 맡기고 자신은 기산을 구하러 달려갔다.

등애가 없는 걸 감추기 위한 위군 쪽의 활발한 움직임이 이번에는 강유에게 의심을 일으켰다. 아무래도 그 갑작스런 움직임에 속임수가 있는 것 같아 살피다가 문득 등애가 없어진 걸 알았다. 강유는 등애가 틀림없이 장익의 계책을 눈치 채고 기산으로 달려갔다고 보아 자신도 기산으로 달려갔다.

강유가 기산에 이르렀을 때 먼저 간 장익은 뜻밖에 나타난 등애의 공격으로 한창 위급함에 빠져 있었다. 강유가 그런 등애의 등 뒤를 후려쳐 전세는 곧 뒤집혔다. 등애는 오히려 장익과 강유에게 에워싸여 위태로운 지경에 떨어지고 말았다.

다행히 그 싸움에서는 겨우 몸을 빼낼 수 있었으나 등애는 그 뒤로도 계속해 강유에게 몰리게 되었다. 기산 영채 깊숙이 들어앉아 굳게 지킬 뿐 싸우려 들지 않았다.

그런데 그것도 촉의 운세였는지, 뜻밖에도 성도에서 하루에도 세 번이나 잇따라 조서가 내려와 강유를 불러들였다. 어리석고 어두운 후주와 간악한 환관 황호가 손발이 맞아 해놓은 한심한 짓거리였다.

그때 촉의 우장군에 염우(閻宇)란 자가 있었다. 아무런 공도 없이 황호에게 뇌물을 써서 대장군까지 되었는데, 벼슬이 오르자 슬며시 딴생각이 났다. 강유의 자리를 노려 황호에게 뇌물을 듬뿍 안기자 황호가 후주에게 달려가 아뢰었다.

"강유는 위와 여러 번 싸웠으나 이렇다 할 공을 이루지 못했습니다. 염우로 하여금 강유를 대신해 대장군으로 세우는 게 좋을 듯합니다."

이에 황호의 말이라면 팥으로 메주를 쑨다 해도 믿는 후주가 조서를 내려 강유를 불러들였다.

한중으로 돌아간 강유는 그곳에 군마를 쉬게 하고 자신은 조정에서 온 사명(使命)과 함께 성도로 갔다. 유리한 싸움을 그만두어야 했던 아쉬움에다 자신을 불러들인 까닭이 궁금해 후주에게 뵙기를 청했다. 그러나 열흘을 두고 기다려도 후주가 만나주지를 않았다.

강유는 영문을 알 수가 없었다. 하루는 동화문에서 비서랑 극정을 만나자 가만히 물어보았다.

"공은 폐하께서 나를 불러들이신 까닭을 아시오?"

극정이 가볍게 웃으면서 아는 대로 털어놓았다.

"장군께서 여태까지 그걸 모르셨습니까? 황호의 짓입니다. 염우로 하여금 장군의 자리를 대신케 해서 공을 세우게 하려고 장군을 불러들이신 거지요. 그러나 위장 등애가 하도 군사를 잘 부린다 하니 감히 염우를 대장으로 내보내지 못하고 있는 것입니다."

그 말을 들은 강유는 크게 노했다. 주먹을 부르쥐고 이를 갈며 소리쳤다.

"내 반드시 이 간사한 내시 놈을 죽이고 말겠다!"

극정이 깜짝 놀라 그런 강유를 말렸다.

"대장군께서는 무후(武侯)의 뒤를 이으시어 맡으신 바 일이 무겁기 그지없으신 터에 어찌 그런 말씀을 함부로 하십니까? 만약 폐하께서 장군의 뜻을 받아들여 주시지 않는다면 도리어 좋지 못한 일만 생길 것입니다."

강유도 그 말을 듣자 깨달아지는 게 있었다. 노기를 억누르며 극정에게 감사했다.

"선생의 말씀이 옳은 듯하오. 새겨듣겠소이다."

그 다음 날이었다. 그날도 후주는 황호와 더불어 후원에서 술타령을 하고 있었다. 기다리다 못한 강유가 몇 사람을 데리고 바로 후원으로 들어갔다.

강유가 뛰어들었다는 소식을 들은 황호는 놀랐다. 얼른 호수 뒤에 붙은 작은 산[湖山] 곁에 몸을 숨겼다. 뒤이어 들어온 강유가 후주에게 절을 올린 뒤에 울며 아뢰었다.

"신은 기산에서 한창 등애를 에워싸고 몰아대는 중이었습니다. 그런데 폐하께서는 잇달아 세 사람이나 보내시어 신을 불러들이셨습니다. 그러신 폐하의 뜻이 어디에 있는지 실로 궁금하기 짝이 없습니다."

그러나 이번에도 후주에게 할 말이 있을 리 없었다. 꿀 먹은 벙어리처럼 한참이 지나도 입을 열지 못했다. 강유가 다시 아뢰었다.

"황호가 간교하게 나라의 권세를 오로지하고 있으니 이는 후한의 십상시 같은 무리올시다. 폐하, 가까이로는 장양(張讓)을 살피시고 멀리로는 조고(趙高)를 돌이켜보옵소서. 이런 무리는 빨리 죽여야만 조정이 맑고 평온해질 것이며, 중원도 그 뒤라야 되찾을 수 있을 것입니다."

그러자 후주가 히죽히죽 웃으며 말했다.

"황호는 그저 내 뒤를 따라다니며 잔심부름이나 하는 하찮은 내시외다. 설령 그에게 나라의 권세를 통째 맡긴다 해도 그걸 감당할 만한 능력이 없는 위인이오. 지난날 동윤(董允)이 매양 황호에게 이를 가는 게 알 수 없더니, 이제는 또 경이 왜 이러시오? 어째서 꼭 황호를 죽여야 한다는 게요?"

"폐하께서 오늘 황호를 죽이시지 않는다면 머지않아 큰 화가 미칠 것입니다."

강유는 그렇게 잘라 말하며 거듭 황호를 죽이자고 우겼다. 그러나 후주는 조금도 그런 강유의 말을 들어주려는 기색을 보이지 않았다. 오히려 좋은 말로 강유를 달랠 뿐이었다.

"어여삐 여기는 것은 살리려 애쓰고, 미워하는 것은 죽이려고 애쓴다[愛之欲其生 惡之欲其死, 『논어』 「안연」 편에 나오는 말]더니 정말로 그렇구려. 경은 어찌하여 한낱 내시도 너그럽게 용납하지 못하시오?"

그러더니 곁에 있는 신하를 시켜 호숫가 동산 그늘에 숨은 황호를 불러내게 하였다.

"대장군께서 크게 노여움을 품으신 듯하다. 네 스스로 대장군께 빌어라."

후주가 그렇게 말하자 황호는 강유 앞에 엎드려 울며 빌었다.

"저는 다만 폐하를 따르며 잔심부름이나 할 뿐 나랏일에는 간섭한 적이 없습니다. 장군은 다른 사람의 말만 듣고 저를 죽이려 하지 마십시오. 제 목숨은 장군의 손에 달렸으니 부디 가엾게 여겨주시기 바랍니다."

황호는 그렇게 말하고 머리를 땅에 찧으며 줄줄 눈물을 흘렸다. 이미 후주가 나서 용서를 권한 데다 황호까지 그렇게 나오니 강유도 어쩌는 수가 없었다. 분한 마음을 억누르며 후원을 빠져나갔다.

강유는 그 길로 극정을 찾아가 대궐 안에서 있었던 일을 남김없이 털어놓았다. 듣고 난 극정이 쓰게 입맛을 다시며 말했다.

"장군께 화가 머지않아 닥칠 듯합니다. 그리고 만약 장군이 위태롭게 되면 이 나라도 따라 망할 것입니다."

"그럼 이제 내가 어떻게 했으면 좋겠소? 선생께서는 부디 내게 내한 몸도 보살피고 나라도 지킬 수 있는 계책을 일러주시오."

강유가 극정에게 매달리듯 계책을 물었다. 극정이 한참 생각하다가 조용한 목소리로 말했다.

"농서에 답중(畓中)이란 곳이 있는데 땅이 매우 기름집니다. 장군께서는 어찌 지난날 무후께서 둔전하시던 일을 본받지 않으십니까? 천자께 말씀을 올려 답중에 자리 잡고 둔전을 하도록 하십시오. 그리하면 첫째로는 밀을 얻어 군량을 해결할 수 있을 것이요, 둘째로는 농우의 여러 고을을 엿볼 수 있으며, 셋째로는 위나라 사람들이 감히 한중을 넘보지 못할 것이고, 넷째로는 장군이 밖에서 병권을 쥐고 있어 딴 사람이 해치려 들지 못할 것입니다. 이것이야말로 화를 피하고 장군의 한 몸과 나라를 아울러 지키는 계책이 되지 않겠습니까?"

그 말을 듣자 강유도 깨달아지는 게 있었다. 기쁜 얼굴로 극정에게 고마움을 드러냈다.

"선생의 말씀은 실로 금옥보다 귀하외다. 꼭 그대로 따르겠소."

뿐만 아니었다. 다음 날 후주에게 표문을 올리고 답중에 둔전하여 공명이 하던 대로 하겠다는 뜻을 밝혔다. 황호에게만 정을 쏟고 있던 후주는 거북스런 강유가 스스로 멀리 떠나가 있겠다 하니 오히려 잘됐다 싶었다. 못 이긴 체 강유의 청을 들어주었다.

한중으로 돌아간 강유는 장수들을 모아놓고 말했다.

"내가 여러 번 군사를 냈으나 번번이 군량이 모자라 공을 이루지 못했다. 이제 나는 팔만 군사를 이끌고 답중으로 가서 밀 씨앗을 뿌리고 둔전하며 천천히 일을 꾀해보겠다. 그대들은 오랜 싸움에 힘들고 괴로웠을 것이니 군사를 정돈해 돌아가 한중이나 잘 지키도록 하라. 설령 위병이 온다 해도 천리나 군량을 나르고 험한 산과 언덕을 넘어야 하기 때문에 지쳐빠질 것이고, 그리되면 제대로 싸워보지도 않고 물러날 수밖에 없을 것이다. 그 틈을 타 뒤쫓으며 치면 못 이길 리 없으니, 모두 마음에 새겨듣고 그대로 따르라."

그리고 호제(胡濟)에게는 한수성을, 왕함(王含)은 낙성을, 장빈(蔣斌)은 한성을 지키게 하고 장서(蔣舒)와 부첨에게는 나머지 관애(關隘)를 맡겼다.

모든 장수들이 각기 맡은 곳으로 떠난 뒤에 강유도 팔만 군사를 이끌고 답중으로 갔다. 그리고 싸움을 서두는 대신 밭을 갈고 씨를 뿌리며 멀리 내다보고 하는 싸움 준비에 들어갔다.

강유가 답중에 둔전하여 길을 따라 마흔 곳에 영채를 세우고 긴 뱀 같은 진세를 펼쳤다는 말을 들은 등애는 놀랐다. 곧 세작을 풀어 강유가 자리 잡은 곳의 지형을 살피고 그걸 도본으로 그려오게 했다. 강유의 뜻을 살펴보기 위함이었다.

며칠 안 돼 세작들이 도본을 그려왔다. 그걸 본 등애는 비로소 강유의 뜻이 원대함을 알았다. 그대로 두어서는 안 될 일이라 여겨 도본과 함께 그 사실을 조정에 알렸다. 대략 위의 경원(景元) 사년의 일이었다. 촉으로는 염흥 원년, 공명이 죽은 지 서른한 해 만이었다.

# 흥한(興漢)의 꿈 한 줌 재로 흩어지고

등애가 올린 도본과 글을 본 사마소는 크게 노했다.

"강유가 여러 차례 중원을 넘보았는데도 그를 없애지 못하니 실로 배와 가슴의 모진 병과도 같구나!"

그러고는 곧 촉을 칠 의논을 시작했다. 어떻게 보면 사마소로서는 기다리고 있던 핑계 같기도 했다. 규모가 큰 대외 전쟁으로 한층 더 자신의 권세를 굳건히 함으로써 쇠약한 조위(曹魏)를 자연스레 이을 수 있을 것이기 때문이다. 사마소의 내심이 그러하니 의논은 하나마나였다. 곧 촉을 쳐 없애기로 결정을 보고 사마소는 크게 군사를 일으켰다.

이때 새로 뽑힌 장수가 종회(鍾會)였다. 종회는 영천 장사 사람으로 자를 사계(士季)라 했다. 태부 종요의 아들로 어려서부터 슬기로

울 뿐만 아니라 배포도 컸다. 한번은 종요가 두 아들을 데리고 위 문제(文帝)가 된 조비를 만난 적이 있었다. 형인 종육(鍾毓)은 여덟 살이고 종회는 일곱 살 때인데, 조비는 땀을 뻘뻘 흘리고 있는 종육에게 물었다.

"너는 어찌하여 그토록 땀을 흘리느냐?"

"떨리고 무서워 절로 이렇게 땀이 납니다."

종육이 그렇게 대답하자 조비가 이번에는 곁에 있는 종회에게 물었다.

"너는 어째서 땀을 흘리지 않느냐?"

그 물음에 종회가 대답했다.

"떨리고 무서워 감히 땀이 나오지 않습니다."

이에 조비는 종회를 유달리 기특하게 여기고 자라는 걸 눈여겨 살폈다고 한다. 점점 자라면서 병서를 즐겨 읽었고, 육도삼략(六韜三略)에 매우 밝아 사마의 같은 당대의 병가들도 그의 재주를 알아주었다.

사마소는 종회를 진서장군으로 올리고 청(靑), 연(兗), 예(豫), 형(荊), 양(襄) 다섯 주의 군마를 모아 촉으로 향하게 하는 한편 등애에게도 사람을 보내 정서장군 도독관외농상사(都督關外隴上使)로서 또한 서촉을 치라 했다. 종회는 군사를 내기에 앞서 그 일이 먼저 촉에 알려지는 게 싫었다. 동오를 친다는 소문을 퍼뜨리게 하는 한편 자기가 거느리게 된 다섯 주 군사들로 하여금 배를 만들게 했다.

그 소문을 들은 사마소가 종회를 불러 물었다.

"그대는 뭍길로서 촉을 칠 작정인데 배는 무엇 때문에 만드는가?"

종회가 조용히 그 까닭을 털어놓았다.

　"서촉은 우리 군사가 쳐들어가면 틀림없이 동오에 구원을 청할게 뻔합니다. 따라서 먼저 떠들썩하게 동오를 친다는 소문을 퍼뜨리면 동오는 제 발등의 불이 급해 함부로 움직이지 않을 것입니다. 거기다가 지금 배를 만들기 시작해야 서촉을 차지한 뒤 다시 그 배로 동오를 공격할 수 있지 않겠습니까? 서촉은 기껏해야 일 년이면 무너지고 말 것입니다."

　대단한 배짱이요, 자신이었다. 사마소는 그런 종회를 더욱 든든하게 여기며 얼른 군사를 내게 했다. 이에 종회가 먼저 군사를 서촉으로 움직이니 때는 위(魏) 경원(景元) 사년 칠월 초사흘이었다. 사마소는 떠나는 종회를 성 밖 십 리까지 배웅한 뒤에야 돌아갔다.

　서조연 소제(邵悌)가 사마소를 찾아보고 가만히 말했다.

　"이제 주공께서는 종회에게 십만의 군사를 주어 촉을 치게 하였습니다. 하지만 제가 보기에 종회는 품은 뜻이 커서 홀로 대권을 잡게 하여서는 아니 됩니다."

　"내가 어찌 그걸 모르겠는가?"

　사마소가 빙긋이 웃으며 그렇게 받았다. 소제가 다시 물었다.

　"주공께서 이미 알고 계신다면 왜 다른 사람으로 하여금 그 자리를 함께 맡도록 하지 않으십니까?"

　"조정의 신하들은 모두 아직 촉을 칠 수 없다고 말하고 있다. 이는 마음으로 겁내고 있기 때문이니, 만약 그런 사람들을 억지로 싸우게 하면 반드시 지고 말 것이다. 그런데 종회 홀로 촉을 치겠다고 나서니 이는 그가 겁을 내고 있지 않다는 뜻이다. 겁을 내지 않는다면 반드시 촉을 쳐부술 것이고, 그리되면 촉 땅 사람들의 의욕과 용기도 갈가리 찢기고 만다.

'싸움에 진 장수는 용기를 말하지 않고, 망한 나라의 대부(大夫)는 (그 망한 나라) 지킴을 꾀하지 않는다[敗軍之將 不可以言勇 亡國之大夫 不可以圖存]'란 말이 있다. 설령 종회가 딴 뜻을 품는다 해도, 지고 망한 촉 땅 사람들이 어찌 도울 수 있겠는가? 또 우리 위나라 군사들은 싸움에 이겼으니 돌아올 마음뿐이라 종회를 따라 모반하지는 않을 것이니 다시 무엇을 걱정하겠는가. 하지만 이 말은 그대와 나만 알고 있어야 한다. 결코 밖으로 새나가게 해서는 아니 된다."

사마소의 그 같은 말에 소제는 머리 숙여 탄복했다.

한편 한중 가까이 이르러 진채를 내린 종회는 장막을 걷고 모든 장수들을 불러모아 자신의 영을 듣게 했다. 거기에는 감군 위관과 호군 호열 외에 대장 전속(田續), 방회(龐會, 관운장에게 죽은 방덕의 아들), 전장(田章), 구건(丘健), 하후함(夏侯咸), 왕가(王賈), 황보개(皇甫闓), 구안(句安) 등 여든 명이 넘는 장수가 있었다.

종회가 그들을 보고 말했다.

"반드시 한 장수가 앞장을 서서 산을 만나면 길을 열고 물을 만나면 다리를 놓아야 한다. 누가 이 일을 맡아보겠는가?"

그러자 한 장수가 그 말을 받아 나섰다.

"제가 해보겠습니다."

종회가 보니 호장(虎將)이라 불리던 허저의 아들 허의(許儀)였다. 다른 사람들도 입을 모아 말했다.

"저 사람이 아니면 누구도 앞장을 설 수 없을 것입니다."

이에 종회가 허의를 불러내 일렀다.

"너는 부자 이대에 걸쳐 이름 있는 장수일 뿐만 아니라 다른 장수들이 모두 네가 선봉으로 알맞다 하니 마군 오천과 보졸 일천을 거느리고 한중으로 나아가라. 군사를 세 갈래로 나누어 너는 중로군(中路軍)을 거느리고 야곡으로 길을 잡고, 좌군은 낙곡으로 우군은 자오곡으로 나아가게 하라.

네가 지나갈 길은 모두 거칠고 험한 산길이다. 먼저 길을 고르고 다리를 놓아 군사들이 나아가기 쉽도록 만들라. 산을 뚫고 바위를 깨뜨려 길을 열 것이요, 만일 게을리 해 영을 어기는 날에는 군법으로 엄하게 다스릴 것이다."

그러자 허의는 군령장을 써두고 앞장을 서고, 종회는 뒤를 이어 십만 대군을 휘몰아갔다.

그 무렵 등애는 농서에 있었다. 촉을 치라는 조칙을 받자, 사마망(司馬望)은 강인을 막게 하고, 옹주 자사 제갈서, 천수 태수 왕기, 농서 태수 견흥, 금성 태수 양흔에게는 각기 이끈 군사를 데리고 자기 밑으로 와서 군령을 받으라 했다.

명을 받은 각처의 군마가 구름처럼 모여들 때였다. 등애는 밤에 꿈을 하나 꾸었다. 꿈속에 높은 산에 올라 한중을 바라보고 있는데 갑자기 발 아래에서 샘물이 솟았다. 솟는 물기운이 매우 세찬 샘이었다. 이내 놀라 깨어보니 온몸이 진땀에 흠뻑 젖어 있었다.

등애는 다시 잠들지 못하고 일어나 앉아 날새기를 기다렸다가 진로호군 소완(邵緩)을 불러 물었다.

"이 꿈이 어떠한가?"

소완은 평소 주역에 밝은 사람으로 알려져 있었다. 등애로부터 꿈 얘기를 자세하게 듣더니 머뭇거리며 풀이해주었다.

"주역에 이르기를 '산 위에 물이 있으면 건(蹇)이라 한다. 건괘(蹇卦, 水山蹇)는 서남쪽이 이롭고 동북쪽이 이롭지 못하다' 했습니다. 또 공자께서 말씀하시기를 '건은 서남쪽이 이롭다는 것은 그리로 가면 공을 이루기 때문이요, 동북쪽이 이롭지 못하다는 것은 그 길이 다한 곳이기 때문이다'라고 했습니다. 장군께서 이번에 가시면 반드시 촉을 이길 것입니다만, 안타깝게도 막히고 걸리는 일이 있어 돌아오시지는 못할 것입니다."

등애는 그 말을 듣고 어두운 낯빛을 지으며 기뻐하지 아니했다.

그때 갑자기 종회의 격문이 이르렀다. 군사를 일으켜 함께 한중을 치자는 내용이었다.

등애는 먼저 옹주 자사 제갈서에게 일만 오천의 군사를 주고 강유의 뒷길을 끊으라 했다. 이어 천수 태수 왕기에게 일만 오천 군사를 주며 왼쪽에서 답중을 공격하게 하고, 농서 태수 견흥에게도 일만 오천을 주며 오른쪽에서 답중을 치게 했다. 또 금성 태수 양흔은 역시 일만 오천의 군사로 감송(甘松)에서 강유의 등 뒤를 기습하게 한 뒤, 등애 자신은 삼만 군사를 이끌고 이리저리 다니면서 그 네 갈래 군사를 돕기로 했다.

이미 지난 일이지만, 종회가 군사들과 도성을 떠날 때도 좋지 않은 조짐은 있었다. 사마소와 함께 여러 벼슬아치들이 배웅했는데, 사람들은 모두 그 위풍당당한 종회의 출전을 부럽게 여겼다. 그러나 한 사람 상국참군 유실(劉實)만이 비웃듯 바라보며 말이 없었다. 태위 왕상(王祥)이 그 차가운 웃음을 알아보고 말 위에서 유실의 손을 잡으며 물었다.

"이번에 종회와 등애 두 사람이 가면 촉을 평정할 수 있겠습니까?"

"촉은 틀림없이 쳐부수겠지요. 하지만 두 사람 모두 살아서 도성으로 돌아오지는 못할 것 같습니다."

유실의 그 같은 말에 왕상이 그 까닭을 물었다. 유실은 그저 가만히 웃을 뿐 대답하지 않았다. 왕상도 야릇한 느낌이 들어 다시 묻지 않았다.

위의 대군이 밀고 들어온다는 소식은 곧 강유에게도 전해졌다. 염탐꾼들에게서 그 일을 들은 강유는 급히 후주에게 글을 올렸다.


'……좌거기장군 장익은 군사를 이끌고 양평관을 지키게 하시고, 우거기장군 요화는 음평교를 지키게 하십시오. 그 두 곳은 어느 곳보다 긴요한 곳이니, 그 두 곳을 잃게 되면 한중은 지키기 어렵습니다. 또 한편으로는 동오에 사신을 보내 구원을 청하는 것도 잊으셔서는 아니 됩니다. 입술이 없어지면 이가 시린 법, 그들도 가만히 앉아 우리가 망하는 걸 보고만 있지는 않을 것입니다. 저는 따로 답중의 군사를 일으켜 적을 막겠습니다.'


그때 후주는 경요(景耀) 오년을 염흥(炎興) 원년으로 바꾸고 매일같이 환관 황호와 더불어 궁중에서 잔치로 날을 보내고 있었다. 갑자기 날아든 강유의 표문에 놀란 후주는 그것도 의논 상대라고 황호를 잡고 물었다.

"지금 위나라가 종회와 등애를 대장으로 삼아 크게 군사를 일으켜 오고 있다 하니 어떻게 해야 좋겠는가?"

황호가 간신의 본색을 여지없이 드러냈다.

"그것은 강유가 공명을 탐내 한 소리일 뿐이니 너무 걱정하지 마십시오."

그렇게 후주를 안심시키고 엉뚱하게 점쟁이 노파를 불러들여 나라의 운세를 물어보게 했다. 후주는 그 말을 따라 점쟁이 노파를 불러들이고 갖은 정성을 다해 굿판을 마련해 주었다. 궁궐 한가운데서 모두를 물리치고 벌어진 굿판에서 노파가 푸닥거리 끝에 신들린 듯 말했다.

"나는 서천의 토신(土神)이외다. 폐하께서는 걱정 말고 태평이나 즐기시오. 몇 년 안에 위의 땅까지 모두 폐하께 돌아올 것이오."

그러고는 거품을 물고 스러졌다가 반나절이나 지나서야 깨어났다.

어리석은 후주는 그 말을 믿었다. 몹시 기뻐하며 점쟁이 노파에게 거듭 상을 내리고 전과 같이 즐기기에만 바빴다. 거기다가 황호가 가운데서 막아버리니 연이어 날아드는 강유의 표문은 다시 후주에게 이르지 못했다.

그사이 종회의 대군은 한중으로 쉼 없이 밀려들었다. 앞장서 오다가 남정관에 이른 허의가 슬며시 공명심이 일어 이끄는 장수들에게 말했다.

"이 관만 지나면 한중이다. 관 위에 인마가 많지 않으니 우리가 힘을 써서 한번 뺏아보자."

그러고는 장졸들을 휘몰아 대뜸 관을 덮쳤다.

성을 지키던 촉의 장수 노손(盧遜)은 진작부터 위나라 군사가 이를 것을 알고 있었다. 미리 관 앞 나무 다리 좌우에 군사들을 매복시키고 공명이 남긴 십시연노(十矢連弩)를 걸어두었다. 그리고 허의의 군사들이 몰려오자 딱다기 소리를 군호로 돌과 화살을 비오듯 퍼부었다.

놀란 허의가 급히 군사를 물렸으나 이미 앞선 수십 기는 한꺼번에 열 개씩 쏘아 부치는 쇠뇌에 맞아 쓰러진 뒤였다. 거기다가 관 안의 촉병들이 치고 나오니 위군은 여지없이 뭉그러졌다.

쫓겨간 허의는 종회에게 그 일을 알렸다. 그 소리를 들은 종회가 갑사 백여 기를 이끌고 남정관을 살피러 갔다가 허의와 똑같은 꼴을 당했다. 활과 쇠뇌에 쫓겨 급히 말 머리를 돌리는데 관 위에서 노손이 오백 군사를 이끌고 쳐내려왔다.

종회는 말을 박차 달리다가 다리 하나를 건너게 되었다. 그런데 다리 상판이 꺼지면서 말굽이 끼어버려 빠지지 않는 바람에 하마터면 말에서 떨어질 뻔했다. 말이 끝내 다리를 빼지 못하자 종회는 말을 버리고 뛰어서 다리를 건넜다. 그때 뒤쫓아 온 노손이 창을 들어 종회를 찌르려 했다.

마침 위군 속에 순개(荀愷)란 이가 그걸 보고 몸을 틀어 활을 쏘았다. 화살은 보기좋게 노손을 맞히어 노손은 비명과 함께 말에서 떨어졌다. 종회는 승세를 타고 무리를 휘몰아 다시 남정관으로 치고 들었다.

관 위의 촉병들은 위군 앞에 자기편이 있어 자랑하는 쇠뇌를 함부로 놓을 수가 없었다. 그 바람에 종회의 군사들에게 죽거나 흩어져 남정관은 그대로 떨어지고 말았다.

싸움이 끝난 뒤 종회는 순개를 호군(護軍)으로 올리고 안장을 갖춘 말과 갑옷 및 투구를 상으로 주었다. 그런 다음 허의를 불러 꾸짖었다.

"너는 선봉으로 산을 만나면 길을 뚫고 물을 만나면 다리를 놓아 우리 군사가 나아가기 편하도록 만들어야 했다. 길을 고르게 하고 다리를 고치는 것도 네 일이었다. 그런데 오늘 나는 다리에서 말발굽이 끼어 하마터면 말 아래로 떨어질 뻔했다. 만약 순개가 아니었더라면 나는 어김없이 죽음을 당하고 말았을 것이다. 너는 군령을 어겼으니 마땅히 군법에 부쳐야겠다!"

그러면서 좌우를 호령해 허의를 목 베게 했다. 여러 장수들이 말렸다.

"그 선친 허저는 조정에 많은 공을 세운 분입니다. 바라건대 도독께서는 부디 너그럽게 살펴 주십시오."

하지만 종회는 들은 척도 않았다.

"군법이 밝지 못하면 어떻게 무리를 이끌 수 있겠는가?"

성난 소리로 그렇게 외치며 기어이 허의를 목 베 여럿에게 보이게 했다. 장수들은 하나같이 놀라고 두려워하면서도 괴이쩍게 여겼다.

그때 촉장 왕함은 낙성을 지키고 장빈은 한중을 맡아 있었다. 둘 다 위군의 세력이 엄청남에 질려 감히 나가 싸우지 못하고 성안에서 굳게 지키기만 했다.

"군사를 부리는 데는 신속함을 귀하게 여긴다. 조금도 지체해서는 아니 된다."

종회는 그렇게 말하며, 전군 이보(李輔)에게는 낙성을, 호군 순개는 한성을 치게 하고 스스로는 양평관을 뺏으러 갔다.

양평관을 지키는 촉장은 장서와 부첨이었다. 관을 나가 싸울까 말까를 의논하고 있는데 종회의 대군이 와서 관을 에워쌌다.

종회가 채찍을 들어 관 위의 두 사람을 보고 소리쳤다.

"나는 십만 대군을 이끌고 여기 왔다. 일찍 항복한다면 벼슬을 높여 받아들일 것이나 쓸데없이 뻗댄다면 관이 부서지는 날 옥과 돌이 함께 타듯[玉石俱焚] 모두 함께 죽으리라!"

그 소리를 들은 부첨은 분했다. 장서에게 관을 지키라 하고, 스스로 날랜 병사 삼천 명을 골라 관을 나갔다.

큰소리와 달리 종회는 부첨이 나오자 싸움 한번 해보지 않고 달아났다. 위군도 모두 그런 종회를 뒤따랐다. 부첨은 기세를 타고 그들을 뒤쫓았다. 그러다가 위군이 다시 뭉쳐 덤벼오는 걸 보고 관으로 되돌아갔다.

그런데 이게 어찌 된 셈인가. 부첨이 돌아가니 관 위에는 어느새 위의 깃발이 펄럭이고 있었다. 부첨이 기가 막혀 쳐다보고 있는데 장서가 성벽 위에 나타나 말했다.

"나는 이미 위에 항복하였소. 장군도 어서 항복하시오."

그 소리에 성난 부첨이 소리 높여 장서를 꾸짖었다.

"나라의 은혜를 저버린 역적 놈아, 네 이제 무슨 낯으로 우리 폐하를 뵙겠느냐?"

그리고 돌아서서 위병과 힘을 다해 싸웠다. 하지만 워낙 머릿수가 모자라 오래 견디지 못했다. 그가 거느리고 있던 군사들도 열에 여덟 아홉은 죽거나 다쳤다. 부첨이 문득 하늘을 우러르며 외쳤다.

"나는 살아서 촉의 신하였으니 죽어서도 촉의 귀신이 될 것이다!"

그러고는 말을 박차 위군 속으로 돌진했다. 닥치는 대로 베고 찌르며 하는 동안 그도 여러 번 창칼을 맞아 전포와 갑옷이 모두 피투성이가 되었다. 그러다가 마침내 타고 있던 말이 쓰러지자 부첨은 스스로 목을 찔러 죽었다. 뒷사람이 시를 지어 그를 기렸다.

| | |
|---|---|
| 하루 충성스런 분노를 펼치니 | 一日抒忠憤 |
| 의로운 이름 천년을 우러르네 | 千秋仰義名 |
| 차라리 부첨처럼 죽을지언정 | 寧爲傅僉死 |
| 장서같이 살지는 아니하겠네 | 不作張舒生 |

양평관을 빼앗고 보니 관 안에는 군량과 말먹이에 병기들이 그득 쌓여 있었다. 종회는 몹시 기뻐하며 군사들을 배불리 먹이고 그날 밤은 양평관 안에서 쉬게 하였다.

그런데 밤이 깊어갈 무렵이었다. 갑자기 서남쪽에서 크게 함성이 일었다. 놀란 종회가 장막을 나가 살펴보았으나 밖에서는 아무런 움직임이 없었다. 그러나 겁먹은 위군은 밤새 잠들 수가 없었다.

다음 날 밤이 되었다. 이경 무렵 하여 다시 서남쪽에서 함성이 일었다. 위군이 놀라 살폈으나 이번에도 함성뿐 다른 움직임은 없었다. 이상한 느낌이 든 종회는 날이 밝자 사람을 풀어 부근을 살펴보게 하였다.

"멀리 십여 리나 나가 살펴보았으나 사람은 아무도 없었습니다."

되돌아온 군사들이 그렇게 알려왔다. 참으로 알 수 없는 일이었다. 이에 종회는 갑옷과 투구를 갖추고 수백 기를 딸린 뒤 스스로 서남쪽을 돌아보았다. 어떤 산 앞에 이르자 사방에서 살기가 뻗쳐오르며 음산한 구름이 모여들고 안개가 산마루를 감싸버렸다. 종회가 말고삐를 당기며 길라잡이에게 물었다.

"이것이 무슨 산이냐?"

"바로 정군산(定軍山)입니다. 지난날 하후연 장군께서 돌아가신 곳입니다."

길라잡이가 그렇게 대답했다. 종회는 그게 어두운 옛일이라 즐겁지 아니했다. 시무룩히 말 머리를 돌려 관으로 돌아가려 했다. 그런데 어떤 산비탈을 돌 무렵이었다. 갑자기 미친 듯한 바람이 일며 등 뒤에서 수천의 말 탄 군사들이 뛰쳐나왔다. 깜짝 놀란 종회는 무리를 이끌고 말을 박차 달아났다. 말에서 떨어지는 장수가 헤아릴 수 없을 지경이었다.

하지만 놀라운 일은 그것으로 그치지 않았다. 양평관에 돌아와보니 그 난리통에도 불구하고 죽은 사람이나 말은 하나도 없었다. 다만 미끄러져 다치거나 투구를 잃은 정도였다. 그들이 입을 모아 말했다.

"시커먼 구름 속에서 사람과 말이 뛰쳐나왔는데 가까이 다가와서는 사람을 죽이거나 다치게 하지는 않았습니다. 그저 한바탕 회오리바람처럼 휩쓸고 지나갔을 뿐입니다."

그 말을 들은 종회가 항복한 장수 장서에게 물었다.

"정군산에 무슨 사당이 있소?"

"상당은 없고 오직 제갈무후의 무덤이 있을 뿐입니다."

장서의 그 같은 대답에 종회가 놀라며 말했다.

"그렇다면 이것은 무후의 혼령이 나타나신 것이다. 내 마땅히 찾아보고 제사를 올려야겠다."

다음 날 종회는 제례에 쓸 소와 양과 돼지를 마련한 뒤 스스로 무후의 무덤 앞으로 나가 두 번 절하며 받들어 올렸다. 제사를 마치자 거센 바람이 멈추고 음산한 기운이 흩어졌다. 갑자기 맑은 바람이 불어오고 가랑비가 흩뿌리더니 다시 날이 맑아졌다. 위의 장졸들은 모두 크게 기뻐 절하며 감사하고 돌아왔다.

그날 밤 종회는 장막 안에 탁자에 엎드려 잠깐 잠이 들었다. 갑자기 한 자락 맑은 바람이 불어와 그쪽을 보니 한 사람이 나타났다. 윤건을 쓰고 깃털 부채를 들었는데 몸에는 학창의를 입고 발에는 검은 테 두른 흰 신을 신고 있었다. 키는 여덟 자쯤이나 될까, 관옥(冠玉) 같이 흰 얼굴에 주사를 바른 듯 붉은 입술이며 깨끗한 눈썹과 맑은 눈이 한가지로 신선 같은 데가 있었다.

"공은 어떤 분이십니까?"

놀란 종회가 몸을 일으키며 물었다. 그 사람이 말했다.

"오늘 아침 무거운 예로 대접받은 터이나 한마디 그대에게 할 말이 있어 왔소. 비록 한나라의 운이 다하고 천명은 거스르기 어렵다하나, 동천과 서천의 백성들이 전쟁의 참화에 휩쓸리게 된 것은 실로 가여운 일이 아닐 수 없소. 그 땅에 들어서거든 부디 백성들의 목숨을 함부로 앗지 않도록 하시오."

그러고는 소매를 떨치며 사라졌다. 종회가 그를 잡으려 하다가 문득 깨어나 보니 한바탕 꿈이었다. 그게 무후의 혼령임을 깨달은 종회는 몹시 놀랍고 괴이쩍게 여겼다. 곧 전군(前軍)에게 영을 내려 흰 깃발 위에 '보국안민' 넉 자를 써서 들게 하고, 어디를 가든 함부로 사람을 죽이는 자는 자신의 목숨으로 그 죄를 갚아야 한다는 엄명을 내렸다.

 이에 종회가 한중으로 들어가자 백성들은 모두 성을 나와 절을 하며 맞아들였다. 종회도 그들을 하나하나 어루만지며 위로하고, 터럭만큼도 백성들의 재물을 빼앗거나 괴롭히는 일이 없게 했다.

 그 무렵 답중에 있던 강유도 그런 위군의 침입을 맞아 적절하게 대응해나갔다. 요화, 장익, 동궐 등에게 격문을 보내 위병을 막게 하는 한편 자신도 장졸을 이끌고 싸움을 기다렸다.

 오래잖아 위병이 밀려들었다. 강유는 군사를 이끌고 맞아 싸우러 나갔다. 천수 태수 왕기(王頎)가 앞서 말을 달려 나오며 큰 소리로 외쳤다.

 "우리 군사는 사졸 백만에 좋은 장수만도 천여 명이 넘는다. 모두 스무 갈래로 길을 나누어 나오는 중인데 앞선 갈래는 이미 성도에 이르렀을 것이다. 네 어찌 천명(天命)도 모르고 항거하려 하느냐?"

 그 소리를 들은 강유는 왈칵 성이 났다. 아무 소리 없이 창을 끼고 달려 나가 왕기를 덮쳤다.

 왕기는 싸운 지 세 합을 넘기지 못하고 달아나기 시작했다. 강유가 기세를 올려 그를 뒤쫓았다. 그런데 이십 리쯤이나 갔을까, 갑자기 북소리 징소리가 요란하더니 한 무리의 군사들이 길을 막았다.

앞선 장수의 깃발에는 '농서 태수 견흥'이라는 여섯 글자가 크게 씌어져 있었다.

"이런 쥐새끼 같은 무리는 나의 적수가 못 된다."

강유는 그렇게 비웃으며 군사를 몰아치고 들었다. 다시 견흥을 뒤쫓기를 십 리나 했을까, 이번에는 등애가 군사를 이끌고 길을 막았다. 그래도 강유는 기죽지 않고 등애의 군사들을 상대로 혼전을 벌이고 있는데, 문득 등 뒤에서 북소리 징소리가 요란했다. 놀라 군사를 물린 강유에게 급한 전갈이 들어왔다.

"감송에 있는 우리 영채를 위의 금성 태수 양흔(楊欣)이 모두 태워버렸습니다."

그 소리에 더욱 놀란 강유는 장수들에게 깃발을 어지럽게 벌여 세워 등애와 맞서게 하고, 자신은 후군을 거두어 감송을 구하러 달려갔다.

감송에 이른 강유는 이내 양흔과 마주쳤다. 그러나 어찌 된 셈인지 양흔은 강유와 맞설 생각을 않고 되돌아서서 달아나기 시작했다. 강유가 그 뒤를 쫓았으나 어떤 바위산 아래 이르자 산 위에서 통나무와 돌이 굴러떨어져 더 나아갈 수 없었다. 하는 수 없이 군사를 돌려 돌아오는데 남겨두고 온 촉군을 가볍게 쳐 흩어버린 등애가 어느새 대군을 이끌고 따라와 강유를 에워쌌다.

강유는 말 탄 군사를 휘몰아 간신히 위병을 뚫고 본채로 돌아갔다. 그러나 더 싸울 힘이 없어 굳게 지키며 구원병이 오기만을 기다렸다. 홀연 유성마가 달려와 알렸다.

"종회가 양평관을 깨뜨려 장서는 항복하고 부첨은 싸우다 죽었습니다. 이로써 한중은 적의 손에 들어간 것이나 다름없습니다. 낙성을 지키던 왕함과 한성을 지키던 장빈은 한중이 함락됐다는 말을 듣자 성문을 열고 위에 항복했고 호제는 성도로 달아났다고 합니다."

그 소리를 듣고 놀란 강유는 곧 군사를 몰아 한중으로 달려갔다. 금성 태수 양흔이 강천 어귀에 군사를 벌여놓고 있었다.

강유는 성난 외침과 함께 말을 박차 양흔을 덮쳤다. 양흔은 겨우 한 합을 부딪고는 말 머리를 돌려 달아나기 시작했다. 강유가 활을 꺼내 쏘았으나 연거푸 세 번이나 화살을 날려도 빗나가기만 했다.

절로 화가 나서 활을 꺾어버린 강유는 창을 꼬나들고 양흔을 뒤쫓았다. 그때 강유가 탄 말이 헛디뎌 쓰러지며 강유를 땅에 내동댕이쳤다. 그걸 본 양흔이 말을 되돌려 강유를 덮쳐왔다. 얼른 몸을 일으킨 강유가 급하게 창을 내질렀다. 창은 바로 양흔이 탄 말의 머리를 찔렀다. 그러나 뒤쫓아온 위군이 몰려들어 말에서 떨어진 양흔을 떼메고 가버렸다.

다시 말에 오른 강유가 그런 양흔을 뒤쫓으려 했다. 그때 누군가 뒤에서 등애의 군사가 밀고 들어옴을 알렸다. 머리와 꼬리가 서로 돌볼 수 없는 지경에 빠진 강유는 군사를 거두었으나 한중을 되찾으려는 뜻은 버리지 않았다. 막 군사를 내려는데 다시 급한 전갈이 들어왔다.

"위의 옹주 자사 제갈서가 벌써 우리의 돌아갈 길을 끊어버렸습니다."

이에 나아갈 수도 물러날 수도 없게 된 강유는 산이 험한 곳에 진채를 세우고 하늘을 우러러 탄식했다.

"하늘이 나를 망하게 하는구나! 이제 이 일을 어찌한단 말인가?"

그때 부장 영수(寧隨)가 말했다.

"위병이 음평교를 끊었다 하나, 옹주에는 군사가 많지 않을 것입니다. 장군께서 만약 공함곡에서 지름길로 옹주를 친다면 제갈서는 틀림없이 음평의 군사를 물려 옹주를 구할 것인즉, 그때 장군께서는 군사를 이끌고 교두곡을 지나 검각으로 옮기십시오. 거기서 굳게 지키신다면 한중을 회복하실 수도 있을 것입니다."

강유도 그 말을 옳게 여겼다. 곧 군사를 공함곡으로 돌려 옹주를 치러 가는 체했다.

놀란 제갈서는 제 근거지인 옹주를 지키러 달려가고 군사 한 갈래만 남겨 음평교를 지키게 했다.

강유는 북쪽으로 삼십 리쯤 가다가 얼른 군사를 돌려 교두곡으로 되돌아갔다. 짐작대로 위군의 대부대는 옹주를 지키러 가고 얼마 되지 않는 군사만 남아 음평교를 지키고 있었다. 강유는 가볍게 그들을 무찌르고 진채마저 태워버렸다. 제갈서가 속은 줄 알고 되돌아왔을 때는 이미 강유가 지나간 지 반나절이나 지난 뒤였다.

강유는 검각으로 가는 길에 요화와 장익을 만났다. 강유가 그간의 일을 묻자 장익이 대답했다.

"내시 황호가 점쟁이 노파의 말만 믿고 천자를 꼬드겨 군사를 내지 못하게 했습니다. 저는 한중이 위태롭게 되었다는 말을 듣고 스스로 군사를 일으켜 떠났습니다만 이미 양평관은 종회에게 빼앗긴 뒤였고, 장군께서 어려움에 빠져 계시다는 말이 들리더군요. 그래서 이렇게 달려오는 길입니다."

이에 세 사람은 거느린 군사를 합쳐 적을 막기로 했다. 그때 요화가 말했다.

"지금 우리는 사면으로 적을 받고 있습니다. 양식을 나를 길이 없으니 잠시 군사를 물려 검각을 지키고 있는 게 나을 듯합니다."

그러나 강유는 한중을 포기하고 검각으로 물러나기가 괴로웠다. 얼른 결정을 내리지 못하고 있는데 급한 전갈이 들어왔다.

"종회와 등애가 군사를 나누어 열 갈래로 쳐들어오고 있다 합니다."

그 소리를 들은 강유는 장익과 요화에게 군사를 나누어 적을 막으라 했다. 그때 요화가 다시 권했다.

"이곳 백수는 땅이 좁고 길이 여러 갈래라 싸울 곳이 못 됩니다. 물러나 검각을 지키는 게 옳을 듯합니다. 만약 검각을 잃는다면 우리는 돌아갈 길이 끊기고 맙니다."

이에 드디어 강유도 마음을 바꾸었다. 즉시 군사를 이끌고 검각으로 향했다. 그런데 촉군이 거의 관 아래에 이르렀을 때였다. 갑자기 북소리 피리소리가 들리고 크게 함성이 일더니 무수한 깃발이 일어서면서 한 무리의 군사가 길을 막았다.

그때 보국대장군 동궐은 위군이 밀려온다는 소문을 듣고 군사 이만과 더불어 검각을 지키고 있었다. 갑자기 흙먼지가 크게 이는 걸 보고 위군이 오는가 싶어 군사를 이끌고 관을 나왔다. 그런데 맞고 보니 자기편 강유와 장익, 요화의 군사들이었다. 동궐은 크게 기뻐하며 그들을 관 위로 맞아들였다. 오랜만에 보는 예가 끝나자 동궐이 통곡하며 후주와 황호의 일을 말했다. 강유가 그런 동궐을 위로했다.

"공은 너무 상심 마시오. 이 강유가 살아 있는 한 위가 촉을 삼키는 것을 용납하지 않을 것이오. 우선 이 검각을 굳게 지키면서 천천히 적을 물리칠 계책을 짜봅시다."

동궐이 그래도 눈물을 거두지 못하고 말했다.

"이 관을 지켜낼 수 있다고 하더라도 성도에 사람이 없으니 어찌하겠습니까? 만에 하나 그곳이 적에게 기습이라도 당하게 된다면 모든 일은 글러지고 맙니다."

"성도는 산이 험하고 땅이 거치니 쉽게 빼앗을 수 있는 땅이 아니오. 너무 걱정할 것 없소."

그렇게 서로 주고받고 있는데 군사들이 달려와 위장 제갈서가 군사를 휘몰아 관 아래 이르렀음을 알렸다. 강유는 군사 오천을 이끌고 위세 사납게 성을 나가 위병을 들이쳤다. 제갈서가 당해내지 못해 수많은 인마와 물자를 잃고 몇십 리나 달아난 뒤에야 겨우 진채를 내렸다.

그때 종회는 검각에서 이십오 리쯤 되는 곳에 군사를 머물게 하고 있었다. 제갈서가 스스로 찾아와 죄를 빌자 성난 종회가 말했다.

"나는 네게 음평교를 지켜 강유가 돌아갈 길을 끊으라 하였는데 어찌하여 잃었는가? 거기다가 지금은 또 내 명도 듣지 않고 멋대로 군사를 내었다가 이렇게 지고 쫓겨왔으니 용서할 수 없다."

"강유는 꾀가 많아 거짓으로 옹주를 치려는 것처럼 하니 구하러 가지 않을 수가 없었습니다. 그런데 그사이에 빠져 달아나니 어찌 뒤쫓지 않을 수 있겠습니까? 관 아래에서 다시 지게 될 줄은 생각하지 못했습니다."

제갈서가 그렇게 변명했으나 성난 종회는 그를 끌어내 목 베게 했다. 감군 위관이 그런 종회를 말렸다.

"제갈서가 싸움에 진 죄가 있다고는 해도 정서도독 등애 장군의 아랫사람입니다. 함부로 죽여서는 아니 됩니다."

그러자 종회가 큰 소리로 대꾸했다.

"나는 천자의 조서와 진공(晉公)의 명을 받들어 촉을 토벌하러 나온 사람이다. 제갈서가 아니라 등애라도 죄가 있으면 목을 벨 것이다!"

하지만 여럿이 말리자 마지못해 목숨만은 살려주었다. 제갈서를 죄인 싣는 수레에 묶어 낙양으로 보내 사마소에게 처분을 맡겼다. 그리고 제갈서가 거느렸던 군사들은 모조리 거두어 제 밑에다 흘어버렸다. 그 일이 등애의 귀에 들어가자 일은 커졌다.

"나는 종회 제놈과 벼슬이 같을 뿐만 아니라 오래 변방을 지키며 공이 많은 사람이다. 그런데 그놈이 감히 스스로를 높여 내게 함부로 그런 소리를 할 수 있단 말이냐!"

등애는 그렇게 소리친 뒤 아들 등충의 간곡한 말림에도 불구하고 종회를 만나러 갔다.

종회는 등애가 왔다는 말을 듣고 곁에 두고 부리는 이에게 물었다.

"등애가 군사를 얼마나 거느렸더냐?"

"여남은 기뿐이었습니다."

누가 그렇게 알려주자 종회는 즉시 자신의 장막 안팎에 수백 명의 무사를 줄지어 세웠다. 오래잖아 등애가 말에서 내려 종회를 보러 들어왔다. 예를 마치고 보니 무사들이 삼엄하게 늘어서 있어 기가 죽었다. 성난 마음을 함부로 드러내지 못하고 떠보는 말부터 했다.

"장군이 한중을 얻게 된 것은 이 조정의 크나큰 행운이오. 이제는 어서 계책을 정해 검각을 취하는 게 좋을 듯하오."

"장군의 밝은 살피심으로는 어떻게 해야 될 것 같습니까?"

종회가 짐짓 겸손한 척 물었다. 등애는 자신이 무능하다는 평계로 세 번이나 답을 피했다. 그래도 종회가 부득부득 물어 마침내 입을 열었다.

"내 어리석은 마음으로 헤아리기에는, 한 갈래 군사를 이끌고 음평 샛길을 따라 한중 덕양정으로 나간 뒤 기병(奇兵)을 써서 성도를 치면 강유는 놀라 구하러 달려올 것이외다. 그때 장군이 그 빈곳을 틈타 검각을 빼앗으면 큰 공을 이룰 수 있을 것이오."

그 말을 들은 종회는 몹시 기뻐했다.

"장군의 그 계책이 참으로 신묘합니다. 그럼 먼저 군사를 이끌고 떠나십시오. 나는 여기서 이겼다는 소식이나 기다리겠습니다."

그러면서 두 번 묻는 법도 없이 등애의 계책을 받아들였다. 이에 뜻이 맞은 두 사람은 마음에 없던 술까지 마시고 헤어졌다. 자신의 장막으로 돌아간 종회는 여러 장수들을 모아놓고 빈정거렸다.

"사람들은 등애가 유능하다고 하지만, 오늘 보니 보잘것없는 재주로구나!"

"어째서 그렇습니까?"

여럿이 그렇게 까닭을 묻자 종회가 자신에 차 말했다.

"음평 샛길은 산이 높고 고개가 험해 촉군 백여 명만 그 요긴한 곳을 지키면서 돌아갈 길을 끊는다면 등애의 군사는 모두 굶어 죽고 말 것이다. 나는 큰길로 떳떳하게 가겠다. 촉 땅을 쳐부수지 못할까 봐 걱정할 게 무엇이냐?”

그러면서 구름사다리와 돌을 쏘아 부치는 시렁[砲架]를 걸고 검각 관을 치기 시작했다.

한편 종회와 작별하고 그 진채 문을 나서 말에 오른 등애는 따르 는 군사를 돌아보며 물었다.

“오늘 종회가 나를 어떻게 대하더냐?”

“말이나 표정으로 보아서는 장군의 말씀을 전혀 그럴듯하게 여기 지 않으면서도 입으로만 마지못해 따르는 듯했습니다.”

물음을 받은 군사가 솔직히 대답했다. 그러자 등애가 빙긋이 웃으 면서 말했다.

“그는 내가 성도를 빼앗지 못할 줄 알고 있다. 하지만 나는 반드 시 빼앗고 말 것이다!”

등애가 좋은 기색으로 자신의 영채로 돌아가자 사찬과 등충을 비 롯한 여러 장수들이 물었다.

“오늘 종진서(鍾鎭西, 진서대장군)와 무슨 좋은 의논이 있었습니까?”

“나는 참마음을 밝혔는데 저는 나를 보잘것없는 재주로 여기더구 나. 저는 지금 한중을 얻은 것을 무슨 큰 공이나 세운 줄로 알지만 내가 강유를 답중에 묶어두지 않았다면 제까짓 게 무슨 수로 그 같 은 공을 세울 수 있었겠느냐? 게다가 이제 내가 성도를 우려빼면 한 중을 얻은 것보다 훨씬 큰 공이 될 것이다.”

그러고는 그날 밤으로 진채를 뽑아 음평 샛길을 향해 나아갔다.

검각에서 칠백 리쯤 떨어진 곳에 진채를 내린 등애는 먼저 사마소에게 글을 올려 성도를 치러 가는 걸 알리는 한편 장수들을 불러 새삼 다짐을 받았다.

"나는 지금 촉의 비어 있는 곳을 지나 성도를 치러 간다. 너희들과 함께 길이 잊혀지지 않을 공을 세우러 가는 길인 바, 너희들도 그런 나를 기꺼이 따라주겠느냐?"

그러자 모든 장수들이 입을 모아 대답했다.

"군령을 받들어 만 번 죽더라도 마다하지 않고 따르겠습니다."

이에 등애는 먼저 아들 등충에게 영을 내렸다.

"너는 오천 군사를 거느리고 떠나되, 몸에 갑옷을 입히지 말고 도끼와 정만 들려 데리고 가라. 가다가 길이 험하면 바위를 깨뜨리고 골짜기가 있으면 다리를 놓아 뒤따르는 군사들이 지나기에 어려움이 없게 해야 한다."

그리고 다시 삼만 군사를 가려 뽑은 다음 마른 양식과 밧줄을 준비하게 하여 등충을 뒤따라 갔다. 그 나아가는 방법도 신중해서 백 리마다 진채를 세우고 삼천 명씩 머물게 하는 식이었다.

그해 시월 음평을 떠난 등애의 군사는 깎아지른 듯한 벼랑과 험한 골짜기 사이를 스무 날에 걸쳐 칠백 리나 갔지만 사람은 전혀 만날 수가 없었다. 그사이 백 리마다 영채를 세우고 사람을 남겨 등애 곁에 남아 있는 인마는 이천으로 줄어 있었다. 그러나 등애는 군사가 적은 걸 조금도 걱정하지 않고 앞으로 나아가다 마천령(摩天嶺)이란 고개 앞에 이르렀다. 높을 뿐만 아니라 말을 타고는 아무래도 넘기 어려운 고개였다.

이에 등애는 말을 버리고 군사들과 함께 기어올랐다. 고개 위에 이르니 먼저 떠난 아들 등충이 길을 뚫고 있는데, 군사들이 일하다 말고 울고 있었다. 등애가 까닭을 묻자 아들 등충이 까닭을 밝혔다.

"이 고개 서쪽은 모두 높은 봉우리와 깎아지른 듯한 바위벽으로 되어 있습니다. 아무리 끌로 파고 정으로 쪼아도 헛되이 힘만 들 뿐 길을 뚫을 수가 없어 모두 울고 있는 것입니다."

"우리 군사가 여기까지 이미 칠백 리나 왔다. 이제 머지않아 강유(江油) 땅에 이르게 되는데 어찌 다시 돌아갈 수 있겠느냐?"

등애는 그렇게 대꾸하고 곧 장졸들을 불러 소리쳤다.

"호랑이 굴에 들어가지 않고 어떻게 호랑이 새끼를 잡겠는가? 이제 여기서 공을 이루면 부귀와 영화는 우리 것이다. 나와 함께 힘써 공을 이뤄보지 않겠느냐?"

그러자 여럿이 입을 모아 다짐했다.

"장군께서 하라시는 대로 따르겠습니다."

이에 등애는 먼저 군사들이 가지고 있던 군기(軍器)며 양식을 모두 골짜기 아래로 던지게 했다. 그리고 이어 스스로 두꺼운 담요로 몸을 싼 채 골짜기 아래로 뛰어내렸다. 부장(副將)들도 담요가 있는 자는 등애를 따라 했고, 없는 자는 밧줄을 허리에 묶어 나뭇가지를 휘어잡으며 벼랑을 내려섰다.

그렇게 마천령을 넘은 등애와 그가 이끈 이천 군사 및 먼저 등충이 데리고 왔던 오천 군사는 골짜기 바닥에 이르자 다시 갑옷을 두르고 병기를 찾아 쥐었다. 그리고 주위를 살피며 앞으로 나아가려 하는데 문득 길가에 비석 하나가 서 있는 게 보였다. 승상 '제갈무후가 썼노라'라는 제자(題字) 밑에는 이런 글귀가 보였다.

두 불이 처음 일어날 때 이곳을 넘는 사람이 있다

二火初興有人越此

두 선비가 재주를 다투나 오래잖아 절로 죽으리라

二士爭衝不久自死


그걸 본 등애는 깜짝 놀랐다. 두 불이 일어난 첫 해란 염흥(炎興) 원년인 그해를 이름이요, 이사(二士)는 자신과 종회를 가리키고 있음에 분명한 까닭이었다. 그러나 등애의 놀람은 거기서 그치지 않았다. 얼마 가지 않아 비어 있는 영채가 하나 보여 알아보니 대답은 이랬다.

"듣기로 제갈무후께서 살아 계실 때에는 이 영채에다 이천 군사를 두어 험한 길목을 지키게 했다고 합니다. 그러나 후주(後主) 유선이 여기 있던 군사를 거두어버려 지금은 비어 있다는 것입니다."

등애로서는 다시 간담이 서늘한 소리였다. 촉의 후주가 어리석은 걸 다행으로 여기며 장수들에게 마지막으로 한 번 더 다짐을 받았다.

"우리는 나아갈 수는 있으나 돌아갈 길은 없다. 앞에 있는 강유성은 양식이 넉넉히 마련돼 있는 곳이니 너희들은 나아가면 살 것이요, 물러나면 죽을 뿐이다. 힘을 다해 성을 치지 않으면 안 될 것이다."

장수들이 이번에도 한목소리로 대답했다.

"여기서 한번 죽기로 싸워보겠습니다!"

이에 힘을 얻은 등애는 말 한 마리 없는 군사를 이끌고 밤길을 달려 강유성으로 밀고 들었다.

그때 강유성을 지키던 촉의 장수는 마막(馬邈)이란 자였다. 동천을 이미 잃었다는 소리를 들어 방비를 하고는 있었으나, 큰길이 뚫린 쪽으로만 힘을 모으고 있었다. 그것도 강유가 검각을 굳게 지키고 있음을 믿는 터라 그리 엄중하지도 못한 방비였다.

그날도 군사를 조련하는 시늉만 내고 집으로 돌아온 마막은 아내 이씨(李氏)와 화롯가에 앉아 마음 느긋하게 술을 마셨다. 아내가 걱정스런 얼굴로 물었다.

"듣기로 국경 쪽의 형세가 매우 위급하다 하더이다. 장군은 조금도 걱정하는 빛이 없으니 어찌 된 일입니까?"

"나라의 큰일은 강백약(姜伯約)이 알아서 할 터인데 나 같은 게 무에 걱정할 게 있소?"

마막이 그렇게 대꾸하자 그 아내가 정색을 하고 말했다.

"비록 일이 그렇다 하더라도 장군이 이 성을 지키는 것 또한 무겁게 여기지 않으면 안 됩니다."

마막은 아무 생각 없이 받았다.

"천자가 내시 황호의 말만 믿고 술과 여자에 빠져 지내니 내가 헤아리기에 화가 머지않은 듯싶소. 위군이 이곳에 이른다면 항복하는 것이 상책이 될 것이니 무엇 때문에 걱정하고 있겠소?"

그러자 그의 아내가 성난 얼굴로 일어서더니 마막의 낯에 침을 뱉으며 소리쳤다.

"당신은 사내가 되어 그렇게 불충한 마음을 품고서도 몸을 굽혀 나라의 벼슬과 봉록을 받아먹었단 말이오? 내 이제 무슨 낯으로 당신 같은 사람과 마주 보며 살 수 있겠소!"

아무리 여자라 하나 그 말이 그르지 않으니 마막에게 대꾸할 말이 있을 리 없었다. 무안해서 가만히 앉아 있는데 갑자기 집안 사람이 뛰어들어와 알렸다.

"위나라 장수 등애가 어느 길로 왔는지 이천의 군사를 이끌고 성을 에워싸고 있습니다."

놀란 마막은 황망히 성을 나가 등애에게 항복하고 말았다. 등애를 맞아들여 당 위에 앉힌 뒤 그 아래 엎드려 울며 말했다.

"저는 오래전부터 항복할 뜻을 품고 있었습니다. 이제 성안 백성들과 거느린 군사들 모두를 불러 장군께 항복드리게 하겠습니다."

이에 등애는 그 항복을 받아들이고 강유의 군사들을 거두어 자신이 거느린 뒤 마막을 길잡이[嚮導官]로 세웠다. 그런데 갑자기 마막의 부인이 스스로 목매 죽었다는 전갈이 들어왔다. 등애가 까닭을 묻자 마막이 있었던 일을 털어놓았다. 등애가 그 부인의 밝고 어짊에 감동하여 후하게 장례 지내주게 하는 한편 스스로 가서 술잔을 올렸다.

뒷사람이 시를 지어 마막의 부인 이씨를 기렸다.

| 후주가 어두워 한 왕실 기우니 | 後主昏迷漢祚顛 |
| 하늘이 등애 보내 서천을 치게 했네 | 天使鄧艾取西川 |
| 불쌍하다, 파촉의 여러 이름난 장수들 | 可憐巴蜀多名將 |
| 강유 땅 이씨에게도 미치지 못했네 | 不及江油李氏賢 |

강유성을 힘들이지 않고 차지한 등애는 비로소 음평 샛길에 남겨둔 군사를 모두 그리로 불러들였다. 그리고 시각을 지체함이 없이

그다음 부성으로 쳐들어갔다.

부성도 강유성이나 비슷했다. 등애가 갑자기 군사를 몰아 에워싸자 한번 싸워보지도 않고 항복해버렸다. 두 성이 잇달아 떨어지자 그 급한 소식은 후주의 귀에도 들어갔다. 놀란 후주가 황호를 불러 물었다.

"위병이 쳐들어왔다니 어찌해야 되겠는가?"

"결코 그럴 리가 없습니다. 아마도 잘못 전해진 것이겠지요. 귀신과 사람이 아울러 폐하를 그릇되게 하지는 않을 것입니다."

하지만 후주는 이번에는 황호의 말조차 미덥지 않았다. 전에 앞날을 좋게 말해준 적이 있는 점쟁이 노파를 찾게 했으나 그녀는 어디로 갔는지 자취를 찾을 길이 없었다.

그사이 멀고 가까운 곳에서 위급을 알리는 글이 마치 눈발 흩날리듯 조정으로 날아들었다. 급한 전령들도 잇달아 뛰어들었다. 그 지경에 이르러서야 후주는 벼슬아치들을 모조리 불러모으고 계책을 물었다.

모든 벼슬아치들이 서로의 얼굴만 쳐다볼 뿐 입을 열지 못하는 가운데 극정(郤正)이 나와서 말했다.

"일이 매우 급하게 되었습니다. 폐하께서 무후의 아드님을 불러 적을 물리칠 계책을 의논해보도록 하십시오."

원래 공명에게는 제갈첨(諸葛瞻)이란 아들이 있었는데 자를 사원(思遠)이라 했다. 남양의 은사 황승언의 딸 황씨 부인이 낳은 아들이었다. 황씨 부인은 모습이 비록 못생겼으나 재주가 뛰어나 공명은 그 재주 때문에 그녀를 맞았다고 한다.

제갈첨은 그런 부모의 피를 받아 어렸을 적부터 총명했다. 후주는 그를 사위로 맞아 부마도위(駙馬都尉)로 삼았는데 뒷날에는 무후의 벼슬까지 이었다. 그래서 경요 사년에는 행군호위장군이 되었으나 그때는 황호가 한창 나랏일을 농탕질 치고 있을 때라 병을 핑계로 나오지 않았다.

후주는 극정의 말을 들어 그런 제갈첨을 불러들였다. 사신 셋을 거듭 보내 부른 뒤에야 제갈첨은 후주 앞에 나타났다. 그를 잡고 후주가 울며 말했다.

"등애의 군사가 벌써 부성에 이르러 성도가 위태롭게 되었소. 경은 돌아가신 무후의 정을 보아서라도 짐을 살려주시오!"

그러자 제갈첨 역시 울며 아뢰었다.

"신 부자는 선제의 두터운 은덕을 입었고 폐하께서도 지극하게 대해주셨습니다. 비록 간과 뇌를 땅바닥에 쏟는다 하더라도 나라의 은혜를 다 갚을 수가 없습니다. 바라건대 폐하께서는 성도에 있는 모든 군사를 일으켜 신에게 딸려주십시오. 신은 그들과 더불어 한번 죽기로 싸워 결판을 내겠습니다."

그 말을 들은 후주는 곧 성도의 군사 칠만을 모아 제갈첨에게 주었다. 제갈첨은 아들 제갈상(諸葛尙)을 선봉으로 세워 그날로 성도를 떠났다. 제갈상은 비록 열아홉 살이었으나 병서도 두루 읽고 무예에도 능해 사람들의 기대를 모으고 있었다.

한편 등애는 마막으로부터 서천의 지리를 그려둔 도본 한 권을 얻었다. 거기에는 부성에서 성도까지의 백육십 리 사이에 있는 산과 내와 길이며 지형의 높낮이와 험하고 거침이 뚜렷이 나와 있었다.

그 도본을 살피던 등애가 문득 놀란 얼굴로 말했다.

"우리가 이 부성만을 지키고 있는 동안 적병이 저 앞산을 차지해 버리면 어찌 공을 이룰 수 있겠는가? 꾸물거려 날을 끌다가 강유의 군사들이 이르기라도 한다면 우리 군사들이 위태롭게 된다."

그러고는 곧 사찬과 등충을 불러 일렀다.

"너희들은 한 갈래 군사를 이끌고 이 밤으로 지름길을 달려 면죽으로 가라. 가서 촉병을 막고 있으면 나도 뒤따라가겠다. 결코 늑장을 부려서는 아니 된다. 만약 적병들이 먼저 험하고 요긴한 곳을 차지하게 되는 날에는 반드시 너희들을 목 벨 것이다."

사찬과 등충은 군사들을 이끌고 길을 떠났다. 거의 면죽에 이르렀을 무렵 촉병들과 만나자, 양군은 각기 진세를 펼쳤다. 사찬과 등충이 말에 올라 문기 아래로 나가보니 촉병들은 팔괘진(八卦陣)를 펼쳐놓고 있었다.

한차례 요란한 북소리가 울리더니 촉군의 문기가 열리면서 수십 명 장수들이 네 바퀴 달린 수레 한 대를 밀고 나왔다. 수레 위에는 윤건에 깃털 부채 들고 학창의를 입은 사람이 단정히 앉아 있었고, 그 머리 위에 펄럭이는 누른 깃발에는 '한 승상 제갈무후'라 씌어 있었다.

사찬과 등충은 놀란 나머지 온몸에 진땀이 흘렀다. 저도 모르게 군사들을 돌아보며 소리쳤다.

"공명이 아직도 살아 있었구나. 이제 우리는 끝장이다!"

그러고는 급히 군사를 돌리려 했다. 기세를 얻은 촉병들이 그런 위군을 덮쳐 이십 리나 뒤쫓았다. 그때 마침 등애가 나타나 쫓기는

위군을 구하니 촉병도 쫓기를 그만두었다

양군이 각기 군사를 물린 뒤 등애가 사찬과 등충을 장막으로 불러 꾸짖었다.

"너희들은 싸워보지도 않고 돌아서서 달아났다. 어찌 된 까닭이냐?"

"촉군 진중에서 제갈공명이 군을 이끌고 있는 걸 보고 급히 군사를 물렸습니다."

등충이 어물거리며 대답했다. 등애가 성난 소리로 꾸짖었다.

"제갈공명이 되살아났다 하더라도 두려워할 게 무엇이냐? 너희들은 가볍게 군사를 물리다 싸움에 졌으니 군법에 따라 목을 베겠다!"

여러 장수들이 애써 말려 등애의 노여움을 거두게 했다. 그리고 사람을 시켜 알아보니 내막은 이랬다.

"공명의 아들 제갈첨이 대장이요, 제갈첨의 아들 제갈상이 선봉이었습니다. 수레 위에 앉은 것은 나무로 깎은 공명의 유상(遺像)이라 합니다."

그 말을 들은 등애는 등충과 사찬을 불러 엄하게 말했다.

"이기느냐 지느냐는 이 한판 싸움에 달렸다. 너희들이 이번에도 이기지 못한다면 반드시 목을 베겠다!"

이에 사찬과 등충은 다시 일만의 군사를 이끌고 싸우러 나갔다. 이번에는 제갈상이 홀로 뛰쳐나오더니 창 한 자루로 마음껏 용맹을 펼쳐 두 사람을 물리쳤다. 그런 다음 좌우의 군사를 휘몰아 위군 진지를 좌충우돌하며 짓밟기를 수십 번이나 거듭했다.

그렇게 되니 위군은 크게 몰릴 수밖에 없었다. 죽은 자는 수를 헤아릴 수가 없을 정도였고, 사찬과 등충도 상처를 입은 채 달아났다.

제갈첨이 군사를 휘몰아 이십 여리나 위병을 뒤쫓으며 죽였다.

무참하게 지고 만 사찬과 등충은 등애를 찾아가 죄를 빌었다. 두 사람이 몹시 다쳐 등애도 차마 죄를 물을 수 없었던지 그들을 꾸짖어 물리치고 장수들을 불러모았다.

"촉의 제갈첨이 아비의 뜻을 잘 이어받아 두 차례나 우리 군사 만 여 명을 죽였다. 만약 빨리 그를 쳐부수지 못한다면 뒷날 반드시 큰 화가 될 것이다!"

그러자 감군 구본(丘本)이 나서서 말했다.

"어찌하여 글을 보내 달래보지 않으십니까?"

등애도 한번 해볼 만한 일이라 여겼다. 곧 글 한 통을 닦아 사자에게 주어 촉군 영채로 보냈다. 제갈첨이 열어보니 그 내용은 대강 이러했다.

'정서장군 등애는 행도호위장군 제갈사원(思遠, 제갈첨의 자) 휘하에 글을 드리오. 가만히 살피건대, 근래의 어질고 재주 있는 이로 공의 선친 만한 이가 없었소. 지난날 초려를 나설 때부터 이미 천하가 셋으로 나뉠 것임을 아셨고 형주와 익주를 평정하여 마침내 패업을 이룩하셨으니 고금을 통틀어도 따를 만한 이가 드물 것이오. 그 후 여섯 번이나 기산으로 나오셨으되 끝내 뜻을 이루지 못하신 것은 지모나 군사가 모자라서가 아니라 천명이었소. 지금 촉은 후주가 나약하여 왕기는 이미 다 되었소. 이 등애는 천자의 명을 받고 촉을 쳐서 이미 많은 땅을 점령한 터라, 성도가 무너지는 것이 아침저녁의 일이 되었는데 어찌 공은 천명과 인심에 순순히 따르지 않으시오. 만약 의를 짚어 귀순한다면 이 등애는 우리 폐하께 상주하여 공을 낭야왕으로 삼아 조종을 빛낼 수 있게 하겠소. 결코 빈말이 아니니 아무쪼록 밝게 살펴주시오.'

그 글을 읽은 제갈첨은 크게 노했다. 편지를 발기발기 찢어버린 뒤 사자를 선 채로 목 베게 했다. 그리고 그 목을 등애에게 돌려보내 자신의 굳은 뜻을 밝혔다.

성난 등애는 곧 군사를 내어 제갈첨과 싸우려 했다. 구본이 그런 등애를 말렸다.

"장군께서는 가볍게 나아가셔서는 아니 됩니다. 마땅히 적이 생각하지 못한 군사[奇兵]를 내어 이기셔야 할 것입니다."

성난 중에도 등애는 그 말을 옳게 여겼다. 곧 천수 태수 왕기와 농서 태수 견홍을 불러 뒤편에 군사를 매복시킨 다음 스스로 군사를 이끌고 진채를 나갔다.

때마침 싸움을 걸어볼까 하던 제갈첨은 등애가 스스로 군사를 이끌고 나왔다는 말을 듣자 바로 위군을 덮쳐갔다. 등애는 제대로 싸워보지도 않고 달아나기 시작했다. 기세가 오른 제갈첨은 함부로 군사를 휘몰아 그런 위군을 뒤쫓았다.

그런데 얼마 가지 않아 위의 복병이 양편에서 밀려 나왔다. 거기다가 등애가 되돌아서서 치고 드니 촉군은 견뎌낼 재간이 없었다. 한바탕 크게 지고 면죽으로 물러났다. 등애는 그런 제갈첨을 뒤쫓아 면죽성을 철통같이 에워싸버렸다.

그렇게 되자 성도에 남은 군사를 모조리 긁어 나온 제갈첨은 급했다. 팽화(膨和)란 장수에게 글을 주어 오주 손휴에게 보내 구원을 청했다. 손휴는 그냥 볼 수 없는 일이라 여겨 곧 구원병을 냈다. 노장 정봉을 장수로 삼고 정봉(丁封)과 손이(孫異)는 부장으로 삼아 오만 군사를 이끌고 촉을 구하게 했다. 정봉(丁奉)은 부장 정봉과 손이에게 이만 군사를 거느려 면중으로 나아가게 하고 스스로는 삼만 군사와 더불어 수춘으로 나아갔다.

하지만 제갈첨은 구원병이 오기를 지그시 기다리지 못했다. 구원병이 얼른 이르지 않자 장수들을 불러놓고 말했다.

"오래 지키기만 하는 것은 좋은 계책이 아니다."

그러고는 아들 제갈상과 장준에게 성을 지키라 한 뒤 스스로 갑옷 입고 성을 나갔다.

등애는 제갈첨이 성문을 크게 열고 쳐나오자 얼른 군사를 물리게 했다. 복병을 감추고 쓰는 계책이었으나 제갈첨은 다시 걸려들었다. 힘을 다해 군사를 휘몰아 위군을 뒤쫓았다. 그런데 얼마쯤이나 뒤쫓았을까, 갑자기 한소리 포향이 들리더니 사방에서 위군이 쏟아져 나왔다.

제갈첨은 거꾸로 위군에게 에워싸여 고단한 신세가 되었으나 조금도 두려워하지 않았다. 군사를 휘몰아 좌충우돌하니 잠깐 동안에 죽은 위병이 수백 명이 넘었다. 등애는 제갈첨이 굳세게 저항하자 사로잡으려던 생각을 바꾸었다. 숨겨두었던 군사들에게 활을 쏘게 하니 제갈첨은 비오듯 쏟아지는 화살을 맞고 말 아래로 떨어졌다.

"나는 있는 힘을 다했다. 마땅히 죽어 나라의 은혜에 보답하리라!"

제갈첨은 그렇게 외치며 칼을 뽑아 스스로의 목을 찔렀다.

성 위에서 아버지가 죽는 광경을 본 제갈상은 참지 못했다. 불길이 이는 눈으로 갑주를 걸치고 말에 올랐다. 장준이 그런 제갈상을 말렸다.

"젊은 장군. 가볍게 나서서는 아니 되오!"

제갈상이 긴 탄식과 함께 외쳤다.

"우리 부자와 조손(祖孫)은 나라의 두터운 은혜를 입었소. 이제 아버님께서 이미 적의 손에 돌아가셨는데 내가 살아 무얼 하겠소!"

그러고는 말을 채찍질해 뛰어나가 싸움터에서 죽었다.

뒷사람이 시를 지어 제갈첨과 제갈상 부자를 기렸다.

충신의 꾀함이 모자라서가 아니라　　　不是忠信獨少謀
푸른 하늘이 촉한을 끊었음이네　　　蒼天有意絶炎劉
그해 제갈량의 훌륭한 아들손자　　　當年諸葛留嘉胤
절의는 참으로 무후를 이을 만했네　　　節義眞堪繼武侯


등애는 제갈 부자의 죽음을 의롭게 여겨 그 시체를 거둬 함께 묻어주었다. 그리고 힘을 다해 면죽성을 공격하니, 장준, 황숭, 이구 세 사람은 힘을 다해 싸웠으나, 촉병의 수는 적고 세력은 외로워 모두 전사하고 말았다.

후주 유선은 등애가 면죽성을 빼앗고 제갈첨 부자가 싸움에 져서 죽었다는 소식을 듣자 몹시 놀랐다. 급히 여러 벼슬아치들을 궁궐로 불러들여 의논했다. 곁에서 모시는 신하 한 사람이 아뢰었다.

"성 밖의 백성들은 늙은이와 어린이를 이끌고 각기 목숨을 건지려고 달아나고 있습니다. 그 울음소리가 천지를 흔드는 것 같습니다."

그 말에 후주는 더 한층 놀라고 두려워 어찌할 줄 몰랐다. 거기다가 위병들이 벌써 성 아래로 밀려들고 있다는 소식이 들어오자 겁먹은 벼슬아치들이 입을 모아 전했다.

"군사는 힘이 없고 장수는 적으니 적과 맞설 수가 없습니다. 성도를 버리고 남중칠군(南中七郡)으로 달아나는 것이 좋겠습니다. 그곳은 땅이 험준해 지키기가 좋을 뿐만 아니라 한편으로는 만병의 힘을 빌려 다시 성도를 회복할 길이 있을 것입니다."

그때 광록대부 초주가 나서서 말했다.

"그건 아니 되오. 남만은 이미 오래전에 우리에게 반역했을 뿐만 아니라, 우리가 그들에게 혜택을 베푼 것도 없소. 만약 그곳으로 갔다가는 반드시 큰 화를 당할 것이오."

"우리 서촉과 동오는 동맹을 한 나라입니다. 이제 일이 급하니 차라리 그리로 가보는 게 어떻겠습니까?"

초주의 말에 찔끔한 벼슬아치들이 다시 그런 의논을 들고 나왔다. 그러나 초주는 이번에도 머리를 가로젓고 나섰다.

"그것도 아니 되오. 옛날부터 남의 나라에 의지했다가 임금 자리로 되돌아간 임금은 없었소이다. 또 신이 헤아리기에는 위는 오를 삼킬 수 있어도 오가 위를 쳐 이길 수는 없을 것입니다.

만약 위가 오를 쳐부수는 날에는 어찌하실 것입니까? 그때 다시 위에 항복하면 폐하께서는 두 번 남의 신하 노릇을 하게 되니 곧 두 번 욕을 당하는 격입니다. 오로 가지 마시고 항복한다면 바로 위에게 항복하도록 하십시오. 위는 반드시 땅을 주어 폐하를 세울 것이니 그리하면 위로는 종묘를 지킬 수 있고 아래로는 백성들을 보살필 수 있을 것입니다."

실로 엄청난 소리였으나 이제는 그것도 생각해보지 않을 수 없었다. 그러나 후주는 결단을 내리지 못하고 궁궐 안으로 들어가 누워버렸다. 초주는 일이 급한 것을 보고 다시 상소를 올려 위에 항복하기를 권했다.

마침내 후주도 항복하기로 결정을 내렸다. 사람을 불러 항서(降書)를 짓게 하려 할 때 홀연 한 사람이 나와 초주를 꾸짖었다.

"살기만 주장하는 썩은 선비놈이 어찌 함부로 나라의 큰일을 말하느냐? 예부터 이제까지 남의 나라에 항복하는 천자가 어디 있더란 말이냐?"

후주가 그렇게 소리치는 사람을 보니 그는 다섯째 아들인 북지왕(北地王) 유심(劉諶)이었다. 후주의 일곱 아들 중에 가장 총명하고 용기 있는 이였다. 후주가 그런 심에게 나무라듯 말했다.

"지금 모든 대신들이 다 항복하기를 주장하는데 너만 홀로 혈기를 믿고 마다하는구나. 만약 싸워서 지면 이 성안은 그대로 피바다가 될 것인즉, 그때는 어찌하겠느냐?"

유심이 씩씩하게 대꾸했다.

"지난날 선제께서 살아 계실 적에는 초주 같은 이는 함부로 나랏일을 말하지 못했습니다. 그런데 이제 되지도 않은 말로 나랏일을 의논하고 있으니 온당치 못합니다. 신이 알기로 이 성도 성안에는 아직 수만의 군사가 있고, 검각에도 강유가 거느린 군사가 온전히 버티고 있습니다. 강유는 위병이 성도를 치려 한다는 말을 들으면 반드시 달려와 구원할 것인데, 그때 안에서 호응해 안팎으로 위병을 친다면 반드시 큰 공을 이룰 수 있을 것입니다. 어찌 한낱 썩은 선비의 말만 듣고 선제께서 일으킨 기업을 가볍게 폐한단 말입니까?"

실로 옳은 소리였으나 마음 약한 후주에게는 턱없는 우김으로만 들렸다. 한번 그쪽으로 생각을 돌려보는 법도 없이 꾸짖기부터 먼저 했다.

"너 같은 어린것이 어떻게 천시(天時)를 알겠느냐?"

"만약 세력이 떨어지고 힘이 다해 화가 눈앞에 이른다면, 부자와 군신이 성을 등지고 싸우다 함께 죽어 선제의 혼령을 뵙는 것이 옳습니다. 어찌 욕되게 항복을 한단 말입니까?"

유심이 울며 다시 그렇게 말했으나 소용없었다. 후주는 끝내 아들의 말을 들으려 아니했다.

마침내 유심이 통곡하며 소리쳤다.

"선제께서 이 나라를 세우신 게 쉬운 일은 아니었습니다. 그런데도 하루아침에 이 나라를 적에게 넘기려 하시니 나는 차라리 죽을지 언정 항복하지는 않겠습니다!"

그 울음소리가 대궐 안을 메우는 것 같았으나 후주는 군사를 불러 아들을 쫓아내고 항복을 전하는 글을 짓게 했다.

촉의 사서시중 장소(張昭)와 부마도위 등량(鄧良), 초주 세 사람이 항서와 옥새를 받쳐들고 위진(魏陣)으로 찾아가자 등애는 몹시 기뻐했다. 옥새를 거둬들이고 항서를 읽은 뒤 세 사람에게 말했다.

"세 분은 어서 성안으로 돌아가 백성들의 마음을 편안케 하시오."

세 사람이 돌아가 후주에게 등애의 답서를 바치자 그걸 뜯어본 후주는 적이 마음이 놓였다. 한목숨 건진 것은 말할 것도 없고 항복 뒤에도 모든 게 잘 풀릴 듯했기 때문이었다.

후주는 곧 사람을 강유에게 보내 빨리 위나라에 항복하라는 조서를 내리고 상서랑 이호(李虎)를 등애한테 보내 서촉의 모든 문서와 장부를 바쳤다. 그때 촉의 호수(戶數)는 이십팔만이요, 인구는 남녀를 합쳐 구십사만이었다. 창고에는 곡식 사십만 섬이 쌓여 있었고, 그밖에 금과 은이 삼천 근에 비단이 이십만 필이 있었다.

후주가 항복의 예를 올리기로 잡은 날은 그해 동짓달 초하루였다. 북지왕 유심은 그 소리를 듣고 참지 못했다. 자신의 궁으로 달려가 아내 최씨에게 항복하여 더럽게 사느니보다 깨끗이 죽을 일을 의논했다. 최씨가 남편의 뜻을 받들어 기둥에 머리를 부딪고 먼저 자결하자, 유심은 어린 세 아들을 죽인 뒤 처자의 목을 베어 소열묘(昭烈廟, 유비의 사당)로 갔다.

"신은 백년 기업을 남에게 바치는 걸 차마 볼 수 없었습니다. 먼저 아내와 자식을 죽여 거리낌을 없애고 이제 목숨마저 할아버님께 바칩니다. 할아버님의 혼령이 계시다면 이 손자의 마음을 굽어살피소서!"

유심은 그렇게 아뢴 뒤에 한바탕 통곡과 함께 피눈물을 쏟으며 스스로 목을 베어 죽었다. 실로 한 나라의 왕자다운 죽음이었다. 촉의 백성들은 그 소문을 듣자 하나같이 슬퍼해 마지않았다.

유심이 죽은 다음 날 촉은 성문을 활짝 열고 항복했다. 후주 유선은 태자 및 아들인 여러 왕들과 모든 벼슬아치들을 거느리고 성을 나갔다. 얼굴을 가리고 스스로 몸을 묶은 뒤 관을 실은 들것을 멘 처랑한 꼴로 북문 밖 십 리나 걸어가 등애에게 무릎을 꿇었다.

등애는 싸움에서뿐만 아니라 항복한 적을 거둬들이는 데도 뛰어난 장수였다. 스스로 뛰어내려가 꿇어앉은 후주 유선을 일으켜 세우고, 관과 들것을 불사르게 해 촉의 군신들을 안심시켰다. 그리고 유선과 수레를 나란히 해서 성안으로 들어가니 그것으로 촉한은 막을 내렸다.

뒷사람이 시를 지어 그 일을 노래했다.

| | |
|---|---|
| 위병 몇만이 서천으로 들어가자 | 魏兵數萬入川來 |
| 후주는 목숨 아껴 할 일마저 다 못했네. | 後主偸生失自裁 |
| 황호에 끝내 나라를 속일 뜻 있으니 | 黃皓終存欺國意 |
| 강유의 큰 재주도 부질없구나. | 姜維空貧濟時才 |
| 충의 다한 선비의 마음 참으로 맵고 | 全忠義士心何烈 |
| 절개 지킨 왕손의 뜻 실로 슬퍼라. | 守節王孫志可哀 |
| 소열황제의 나라 세움 쉽지 않았건만 | 昭烈經營良不易 |
| 그 공업 하루아침에 재가 되었구나. | 一朝功業頓成灰 |

약한 게 백성이던가, 성도 사람들은 모두 향불을 피워 들고 등애의 군사를 맞아들였다. 등애는 후주에게 표기장군을 내린 뒤에 나머지 촉의 벼슬아치들에게도 그 높고 낮음에 알맞은 위(魏)의 벼슬을 내렸다. 그리고 후주를 궁궐로 돌려보내니 촉의 군신은 그저 감격할 뿐이었다.

등애는 다시 방을 붙여 백성들을 안심시키고, 촉의 창고들을 고스란히 인수받았다. 촉의 태상 장준과 익주별가 장소에게는 서천 각 고을의 군민을 달래라 일렀으며, 한편으로는 사람을 강유에게 보내 항복을 권했다. 낙양에 사람을 보내 싸움에 이긴 소식을 전했음은 말할 나위도 없었다.

그다음 등애가 손대려 한 것은 촉의 간신 황호였다. 황호가 간특 하다는 걸 들어서 잘 아는 등애는 성도가 안정되는 대로 그를 잡아 다 목 베려 했다. 그러나 황호는 금은보석으로 등애의 측근들을 매 수해 겨우 목숨을 건졌다.

한편 태복 장현(蔣顯)이 검각에 이르러 후주의 칙명을 전하며 항 복을 권하자 강유는 깜짝 놀라 말을 잃었다. 강유를 따르던 장수들 은 모두 그 기막힌 소식에 원한이 끓어올랐다. 이를 갈며 눈을 부릅 뜬 채 머리털을 곤두세웠다.

"우리들이 여기서 죽기로 싸우고 있는데 어째서 먼저 항복한단 말이냐!"

성난 장수들이 칼을 뽑아 돌을 찍으면서 입을 모아 그렇게 외치 고 큰 소리로 울었다. 그 울부짖는 소리가 수십 리 저편까지 들릴 지 경이었다. 강유는 그들이 깊이 한나라를 생각하고 있음을 보고 허탈 에서 깨어나 오히려 그들을 좋은 말로 위로했다.

"장수들은 모두 너무 걱정하지 말라. 내게 한 계책이 있으니 반드 시 한실은 회복될 것이다."

"그게 어떤 계책입니까?"

장수들이 눈물을 거두고 입을 모아 물었다. 강유는 귓속말로 그들 에게 자신의 계책을 밝혔다. 듣고 난 장수들도 고개를 끄덕이며 비로소 평온을 되찾았다.

다음 날 강유는 검각 관 위에 두루 흰 깃발을 꽂고, 먼저 사람을 위장(魏將) 종회에게 보내 항복의 뜻을 밝혔다.

강유가 저항을 끝냄으로써 촉한의 저항은 모두 끝났다. 강유에게 따로 속셈이 있었다 해도, 그로써 촉한은 선주, 후주 이대 오십 년 만에 완전히 막을 내렸다.

저 복사꽃 흐드러진 동산에서 유, 관, 장 세 사람이 형제의 의를 맺은 뒤로 꼭 팔십 년, 서기로는 262년의 일이었다. 그때 그 세 사람이 기치를 들고, 그 기치를 따라 숱한 사람들이 피를 뿌렸던 홍한(興漢)의 꿈은 그렇게 한 줌 재로 흩어지고 말았다.

# 패업도 부질없어라,
# 조위도 망하고

강유가 장익, 요화, 동궐 등을 이끌고 항복하러 온다는 말을 들은 종회는 크게 기뻤다. 사람을 보내 강유를 장막 안으로 맞아들이게 하고 목소리를 부드럽게 해 물었다.

"강백약은 어찌 이리 늦으셨소?"

강유가 얼굴빛을 고쳐 눈물을 쏟으며 말했다.

"나라의 모든 군사를 거느린 이 몸이외다. 이제 이렇게 온 것도 오히려 빠르다 할 수 있소."

그 당당한 대꾸에 종회는 오히려 강유를 높이 보게 되었다. 자리에서 내려와 맞절을 하고 귀한 손님 모시듯 대했다. 강유는 그런 종회를 슬며시 추켜주었다.

"듣기로 장군은 회남에서 오신 이래로 한번도 그 계책이 어긋남이 없었다 합니다. 사마씨(司馬氏)가 오늘날 저같이 번성하는 것도 모두 장군 덕분이라는 걸 알기에 이 강유는 달게 머리를 숙이는 것입니다. 만약 등애였다면 죽기로 싸워 결판을 낼지언정 어찌 이리 욕되게 항복할 수 있겠습니까?"

그 말을 듣자 종회는 더욱 강유가 마음에 들었다. 화살을 꺾어 맹세하며 형제의 의를 맺고 깊이 그를 사랑하였다. 이에 강유는 전에 거느리던 군사를 거느리게 되었다. 강유는 속으로 그걸 기뻐하며 뒷날을 보기로 하고 장현을 성도로 돌려보냈다.

한편 등애는 사찬(師纂)을 익주자사로 삼고, 견홍과 왕기에게도 각기 주군을 나눠주어 다스리게 했다. 그리고 면죽에는 축대를 쌓아 자신의 전공을 기린 다음 촉의 여러 벼슬아치들을 불러모아 크게 잔치를 열었다.

술이 반쯤 오른 등애가 문득 그들을 손가락질하며 말했다.

"그대들은 운 좋게도 나를 만나 이 오늘이 있게 되었다. 만약 다른 장수가 왔으면 틀림없이 모두 죽어 없어졌을 것이다."

그 말에 촉의 벼슬아치들이 모두 일어나 그에게 절하며 고마움을 드러냈다. 그때 검각에서 돌아온 장현이 알렸다.

"강유는 진서장군 종회에게 항복했습니다."

그 말을 들은 등애는 종회에게 깊이 한을 품었다. 자신이 세운 공을 가만히 앉아서 가로챈 듯한 느낌 때문이었다.

등애는 그대로 있을 수 없다 싶어 글 한 통을 쓴 뒤 사람을 시켜 낙양에 있는 진공(晉公) 사마소에게 바치게 했다.

'신 등애는 듣기로 군사를 부리는 것은 먼저 요란스런 소문을 낸 뒤에야 그 내실을 얻게 되는 것이라 했습니다. 이제 촉을 평정한 기세를 타고 자리를 말듯 오를 쳐야 할 것입니다. 큰 싸움을 겪은 뒤라 장수와 사졸이 모두 지쳐 있어 얼른 움직이지 못하고 있습니다. 먼저 농우의 군사 이만과 촉병 이만을 보내 소금을 굽고 쇠붙이를 달구며 배를 짓게 해, 물을 타고 태려갈 계책을 준비케 함이 좋겠습니다. 그런 다음 사자를 보내 이해로 저들을 달래게 하면 오나라는 군이 싸우지 않고도 평정할 수 있을 듯싶습니다. 거기다가 또 하나 아뢸 것은 촉주 유선의 일입니다. 유선을 잘 대접하며 손휴(孫休)를 공격해야지, 그러지 않고 유선을 낙양으로 끌고 가게 되면 오나라 사람들은 틀림없이 겁을 먹을 것입니다. 그들이 겁을 먹으면 어떻게 우리에게 귀순하라고 권할 수 있겠습니까. 따라서 유선은 잠시 이곳에 머물게 하였다가 내년 겨울쯤에나 낙양으로 불러들이는 게 낫겠습니다. 지금은 유선을 부풍왕(扶風王)으로 봉하고, 재물을 그의 신하들에게 내리시며 그 아들들을 공경으로 삼아 그가 귀순한 것에 은총을 내리시는 체하십시오. 그리되면 오나라 것들은 한편으로는 위엄에 눌리고 한편으로는 너그러움에 끌리어 바람에 쏠리듯 우리에게로 돌아올 것입니다.'

그 같은 글을 읽은 사마소는 등애가 그같이 엄청난 일을 제멋대로 결정한 데 의심부터 품었다. 이에 먼저 글 한 통을 써서 위관에게 보내고, 이어 등애에게 천자의 조서를 내리게 했다.

'정서장군 등애는 그 뛰어난 위엄과 재주로 적의 땅 깊이 들어가 함부로 천자를 칭하는 적의 우두머리를 사로잡고 그 항복을 받았다. 군사는 때를 잃지 않고 싸움은 하루를 넘기지 않아 구름 걷듯 자리 말듯 촉을 평정했으니, 옛적 백기(白起)가 강한 초(楚)를 쳐부수고 한신(韓信)이 굳센 조(趙)를 이긴 공에 뒤떨어지지 않는다. 이에 등애를 태위로 올리고 식읍 이만 호를 더하며 아울러 그 두 아들도 정후(亭侯)에 식읍 천 호를 내린다.'

그런 조서에 이어 감군 위관이 사마소의 글을 등애에게 전했다. 등애가 말한 일은 천자께 아뢴 뒤에 할 일인 만큼 함부로 벌이지 말라는 내용이었다.

그걸 읽고 난 등애가 불끈해서 말했다.

"장수가 밖에 있을 때는 임금의 명도 듣지 않는 수가 있다 했다. 내가 이미 조서를 받들어 멀리 싸우러 나왔거늘 내 하려는 바를 누가 가로막을 수 있단 말인가!"

그러고는 다시 글을 써서 낙양으로 보냈다.

그러잖아도 그 무렵 조정에는 등애에게 반역의 뜻이 있다고 떠드는 사람이 있어 사마소의 의심이 한층 깊어져 있었다. 그런데 다시 등애가 보낸 글이 이르자 사마소는 처음부터 못마땅해 봉을 뜯었다. 거기에는 대강 이런 내용이 씌어 있었다.

'이 등애는 명을 받들어 서쪽을 정벌하러 왔고, 이제 역적의 우두머리는 항복을 했습니다. 마땅히 우선 권도(權道)로 일을 풀어 방금 항복한 이들의 마음을 다독여야 할 것입니다. 만약 나라의 명을 기다려 행하자면 오가는 길이 멀어 해와 달만 늘일 뿐입니다. 『춘추(春秋)』에 따르면, 대부(大夫)는 나라 밖에 나가 있을 때는 나라를 평안케 하고 이롭게 하는 일이라면 그 뜻대로 펼쳐나갈 수 있다 했습니다. 지금 오는 아직 항복하지 않고 오히려 촉과 힘을 합쳐 맞서려 하니, 늘상 해오던 데에 얽매여 좋은 때를 놓쳐서는 아니 될 것입니다. 무릇 군사를 부림에는 나아가는 데 이름 얻기를 구하지 않고, 물러나는 데 죄 입기를 피하려 하지 않는다[兵法進不求名 退不避罪] 했습니다. 이 등애가 비록 옛사람의 절도는 없다 해도 끝내 나라에 해를 끼칠 일은 결코 않을 것입니다. 먼저 이 글을 올리고 제 뜻대로 행할 것인 바, 부디 너그럽게 보아주십시오.'

그런 등애의 글을 읽는 사마소는 크게 놀랐다. 가충(賈充)을 불러 걱정스레 말했다.

"등애가 공을 믿고 교만해져서 일을 제멋대로 처리하려 한다. 반역할 형상을 드러낸 것이니 이 일을 어찌하면 좋겠는가?"

"주공께서는 왜 종회를 높여 등애를 억누르지 않으십니까?"

가충이 그렇게 깨우쳐주었다. 그 말을 옳게 여긴 사마소는 곧 종회를 사도(司徒)로 삼고 위관을 감독양로군마로 세운 뒤 위관에게 글을 주어 종회와 함께 등애를 살피게 했다. 등애의 반역을 막기 위함이었다.

'진서장군 종회는 나아감에 적이 없었으며 그 앞길을 막을 어떤 군센 담도 없었다. 여러 성을 손아래 거두고 흩어진 백성들을 거둬들이니 촉의 큰 군사는 스스로를 결박지어 귀순했다. 꾀를 냄에는 빠뜨림이 없고, 일을 치름에는 공 아닌 게 없으니 이에 종회를 사도로 삼고 현후(縣侯)에 봉한다. 아울러 식읍 만 호를 더하며, 그 두 아들도 정후로 올리고 식읍 천 호를 내린다.'

위관으로부터 그런 조서를 받은 종회는 곧 강유를 청해 의논했다.

"등애는 공이 나보다 높아 태위의 자리에 올랐으나 지금 사마공(司馬公)은 등애를 의심하고 있소이다. 위관을 감군(監軍)으로 삼아 내게 따로 글을 주고 등애를 억누르라 하는데 백약의 생각은 어떠시오?"

그러자 강유가 기다렸다는 듯 말했다.

"제가 듣기로 등애는 그 출신이 보잘것없어 어릴 때는 농가에서 소를 쳤다고 합니다. 이제 어쩌다가 음평의 샛길을 찾아내 나뭇가지를 잡고 벼랑에 매달려 이번의 큰 공을 세웠을 뿐입니다. 그 지모가 좋아서가 아니라 실은 나라의 홍복에 힘입은 거지요. 만약 장군께서 검각에다 이 강유를 잡아두지 않으셨다면 그가 어찌 그런 공을 이룰 수 있었겠습니까? 이제 촉주를 부풍왕으로 세우고 촉인들의 마음을 힘써 끌어모으려는 것으로 미루어 그 반역할 뜻은 말 않아도 알아볼 듯합니다. 진공의 의심은 실로 마땅한 것입니다."

그 말을 들은 종회는 매우 기뻐했다. 그 기색을 본 강유가 다시 은근하게 말했다.

"바라건대 잠시 좌우의 사람을 물려주십시오. 제가 한 가지 은밀히 말씀드릴 일이 있습니다."

종회는 두말 않고 곁의 사람들을 모두 장막에서 내보냈다. 강유가 소매에서 지도 한 장을 꺼내놓고 종회에게 말했다.

"이 지도는 지난날 무후께서 초려를 나오실 제 선제께 바친 것입니다. 그리고 말하기를 익주의 땅은 기름진 들이 천리요 백성은 번성하고 나라는 부유해 한번 패업을 이뤄볼 만하다 했습니다. 이에 선제께서는 그 말을 따라 성도에다 촉(蜀)을 열게 되었습니다. 그런데 등애가 이제 그곳에 이르렀으니 어찌 머리가 돌지 않겠습니까?"

등애를 헐뜯는 말에 종회는 턱없이 즐거워하며 지도에 그려진 산과 내의 형세에 대해 묻기 시작했다. 강유는 그 물음에 하나하나 아는 대로 일러주었다.

"그럼 이제 어떤 계책으로 등애를 없애겠소?"

이윽고 종회가 다시 강유에게 물었다. 강유가 역시 미리 생각해 둔 게 있다는 듯이나 대답했다.

"진공이 등애를 의심하고 있는 틈을 타면 됩니다. 먼저 조정에 표문을 올려 등애가 반역하려는 뜻을 품고 있음을 말씀드리십시오. 그러면 진공은 틀림없이 장군께 등애를 치라는 명을 내리실 것입니다. 그때는 한번 싸움으로 등애를 사로잡을 수 있을 것입니다."

이에 종회는 그 말을 따라 사람을 낙양에 보내 표문을 올렸다. 등애는 일을 제멋대로 하여 촉인들의 인심을 사고 있으니, 오래잖아 틀림없이 반역하리라는 내용이었다.

그런 종회의 표문에 조정의 벼슬아치들은 모두 놀랐다. 종회는 또 사람을 풀어 등애가 올리는 표문을 도중에서 가로챈 뒤 그 알맹이를 바꾸어 올렸다. 등애의 필체를 흉내 내되 내용은 오만하기 그지없는 표문이었다.

그런 등애의 표문을 읽은 사마소는 몹시 성이 났다. 곧 사람을 종회의 진채에 보내 등애를 잡아들이라 하는 한편 가충에게 삼만 군사를 주어 야곡으로 달려가게 했다. 뿐만이 아니었다. 사마소는 또 위주 조환(曹奐)을 달래 몸소 어가를 이끌고 싸움에 나서게 했다. 서조연 소제(邵悌)가 사마소에게 물었다.

"종회의 군사는 등애의 군사보다 여섯 배나 많습니다. 이제 종회에게 등애를 잡게 한 것으로도 넉넉한데 무엇 때문에 명공까지 몸소 나가시려 합니까?"

그러자 사마소가 가만히 웃으며 말했다.

"그대는 벌써 지난날에 한 말을 잊었는가? 그대는 지난날 종회가 반드시 반역할 것이라고 말했다. 나는 지금 등애 때문에 나가는 것이 아니라 종회 때문에 나가려는 것이다."

소제도 마음 놓았다는 듯 따라 웃었다.

"저는 명공께서 그걸 잊으셨을까 봐 일부러 물어본 것입니다. 이미 뜻이 그러하시다면 안심입니다. 그러나 그게 결코 밖으로 새나가서는 아니 될 것입니다."

사마소가 크게 군사를 일으켜 떠나려 할 즈음 먼저 간 가충이 또한 종회에게도 반역의 뜻이 있음을 몰래 일러바쳐왔다. 그런데 어찌된 셈인지 사마소는 오히려 가충을 꾸짖듯 말했다.

"너를 보내놓고 내가 너를 또한 의심하면 그때는 어쩔 것이냐? 내가 장안에 이르면 모든 것이 절로 밝혀질 것이니 앞질러 의심하지 말라."

자신의 속셈이 한 사람에게라도 더 알려지는 걸 막기 위함이었다.

오래잖아 사마소가 장안에 이르렀다는 소문이 종회의 귀에 들어갔다. 종회는 사마소까지 나선 데 놀라며 강유를 불러 등애를 잡을 계책을 물었다.

"먼저 감군 위관을 보내 등애를 잡아들이게 하십시오. 등애가 만약 위관을 죽이려 한다면 반역할 뜻이 참으로 있었음을 드러내게 되는 것입니다. 그때 장군께서 크게 군사를 일으켜 그를 치면 됩니다."

종회도 그 말을 옳게 여겼다. 곧 위관에게 수십 기를 이끌고 성도로 가서 등애 부자를 잡아오게 했다. 그 말을 들은 위관의 졸개들이 위관을 말렸다.

"이것은 종(鍾)사도가 등(鄧)정서장군으로 하여금 장군을 죽이게 해 그 반역의 뜻이 드러나게 하려는 것임에 틀림없습니다. 결코 가서는 아니 됩니다."

위관도 그걸 모를 사람이 아니었다. 그러나 어찌 된 셈인지 고개를 가로저으며 짧게 말했다.

"내게도 다 생각이 있으니 너무 걱정 말라."

이어 위관은 떠나기에 앞서 스무남은 곳에 격문을 띄웠다. 그 격문에는 이렇게 씌어 있었다.

'나는 조서를 받들어 등애를 사로잡으러 왔을 뿐 그 나머지는 죄를 물을 게 없다. 만약 일찍이 등애를 버리고 돌아오면 상을 주고 벼슬을 올릴 것이며, 등애를 도와 아니 나오면 삼족을 멸하리라.'

그리고 두 대의 죄인 싣는 수레를 마련해 끌고 성도로 나아갔다.

새벽닭이 울 무렵 해서, 먼저 보낸 격문을 읽은 등애의 장수들이 모두 달려 나와 위관에게 항복했다. 그때 등애는 아직도 자신의 거처에서 잠들어 있었다. 위관은 데려간 수십 기만 이끌고 아무도 지켜주는 이가 없는 등애의 침실로 뛰어들며 소리쳤다.

"폐하의 조서를 받들어 등애 부자를 잡으러 왔다. 등애는 순순히 오라를 받으라!"

자다가 변을 당한 등애는 깜짝 놀라 굴러떨어지듯 침상에서 내려왔다. 위관은 무사들을 꾸짖어 등애를 묶게 한 다음 마련해 온 수레에 실었다. 그 소란에 잠을 깬 까닭을 물으러 왔던 등애의 아들 등충 역시 아비처럼 묶여 수레에 실었다.

그때까지 등애 곁에 붙어 있던 장졸들이 비로소 일을 알고 손을 쓰려 했으나 끝내 등애 부자를 뺏어내지는 못했다. 오래잖아 먼지를 자옥이 일으키며 종회의 대군이 달려오자 모두 흩어져 달아나기에 바빴다.

종회와 강유는 말에서 내리기 바쁘게 등애가 거처하던 곳으로 갔다. 등애 부자가 초라한 죄인의 꼴로 묶여 있었다. 종회는 채찍으로 그런 등애의 머리를 치며 꾸짖었다.

"소나 먹이던 어린것이 어찌 감히 이 같은 짓을 했느냐?"

강유도 옆에서 나라 잃은 원한을 섞어 거들었다.

"하찮은 것이 험한 산길로 요행을 얻어 큰 공을 세우는가 싶더니, 끝내는 오늘 이 꼴이구나."

악에 받친 등애도 지지 않았다. 모진 욕설로 종회와 강유에게 대들었다. 종회는 그런 등애를 그 아들과 함께 죄인 싣는 수레에 가둬 낙양으로 보냈다.

뜻밖으로 쉽게 등애를 잡고 그 장졸까지 거둬 위세가 더 높아진 종회는 기쁘기 그지없었다. 강유를 잡고 그 기쁨을 털어놓았다.

"내 오늘에야 평생의 원을 풀었소."

그러나 강유는 어찌 된 셈인지 어두운 낯빛으로 말했다.

"지난날 한신(韓信)은 괴통(蒯通)의 말을 듣지 않았다가 미앙궁(未央宮)에서 화를 당했고, 대부 문종(文種)은 범여(范蠡)의 말을 따라 오호(五湖)로 물러나지 않았다가 칼 위에 엎드려 죽고 말았습니다. 그 두 사람이 그리된 게 공이 모자라서였습니까? 모두 이롭고 해로운 걸 밝게 알지 못하고 때를 살피는 데 재빠르지 못했기 때문입니다. 이제 장군도 큰 공을 세워 그 위세가 주군을 떨게 할 정도가 되었으니 옛사람들의 일을 지나쳐 보지 마십시오. 배를 띄워 발자취를 감춘 뒤 지난날 장량이 했던 것처럼 아미령(峨嵋嶺)에 올라 적송자(赤松子)와 함께 노니는 게 좋을 것입니다."

종회는 대뜸 강유의 말을 알아들었다. 그러나 걱정하기는커녕 웃음까지 띠며 말했다.

"공의 말씀은 틀렸소. 내 나이 아직 마흔이 차지 않았소이다. 나아가 얻을 궁리를 해야 할 때이거늘, 어찌 물러나 한가로이 노니는 쪽을 고르란 말이오?"

강유는 됐다 싶었다. 목소리를 가다듬어 종회를 부추겼다.

"만약 물러나 한가롭게 지낼 뜻이 아니시라면 어서 좋은 대책을 세우도록 하십시오. 이 일은 명공의 지모로도 능히 할 수 있으니 이 늙은이는 번거롭게 여러 소리 하지 않겠습니다."

"백약이 참으로 내 마음을 알아주는구려."

종회는 흐뭇해 두 손을 비비며 껄껄 웃고 그렇게 말했다. 그리고 그날부터 강유와 함께 크고 작은 일을 모두 의논했다. 생각보다 쉽게 종회를 꼬드기는 데 성공한 강유는 몰래 후주에게 글을 보냈다.

'바라건대 폐하께서는 며칠만 더 욕을 참고 견뎌주십시오. 이 강유는 반드시 위태로운 사직을 다시 평안케 하고, 가린 달과 해를 다시 밝게 하며, 한실이 끝나 없어지는 일을 막겠습니다.'

한편 종회는 그런 강유의 속셈도 모르고 밤낮 없이 강유와 반역할 일만 의논했다. 그런데 갑자기 사마소에게서 편지가 날아들었다. 종회가 뜯어보니 대략 이런 내용이 적혀 있었다.

'나는 사도가 쉽게 등애를 잡지 못할까 걱정되어 군사를 이끌고 장안까지 와 있다. 내가 가까운 곳에서 지켜보고 있음을 먼저 글로써 알리는 바다.'

그걸 본 종회는 마음이 편치 않았다.

"내 군사는 등애보다 몇 배나 되는데 이게 무슨 소리냐? 진공은 내가 혼자 처리하지 못할까 봐 대병을 이끌고 스스로 나왔다지만, 아무래도 의심쩍구나."

그렇게 중얼거리고 곧 강유를 불러 그 일에 대해 의논했다. 듣고 난 강유가 그런 종회의 의심을 부채질했다.

"임금이 신하를 의심하면 그 신하는 반드시 죽음을 당하게 됩니다. 장군은 등애의 일을 보지 못하셨습니까?"

그러자 드디어 종회도 이를 악물었다.

"내 뜻은 이미 결정되었소. 잘 되면 천하를 얻을 것이오, 못 돼도 서촉으로 물러나 지킨다면 유비처럼 될 것이외다."

"요사이 듣자니 곽태후가 죽었다 합니다. 곽태후의 유조(遺詔)를 거짓으로 내세워 사마소를 치고 임금을 죽인 그의 죄를 묻는 게 어떻겠습니까? 명공의 재주라면 중원을 자리 말듯 하고도 남음이 있을 것입니다."

"좋소이다. 백약께서 선봉이 되어주시오. 일이 이뤄지면 함께 부귀를 누리도록 하겠소."

"명공을 위해서라면 개나 말의 힘이라도 아끼지 않겠습니다. 다만 여러 장수들이 따라주지 않을까 걱정입니다."

"그건 걱정하지 마시오. 내일이 마침 원소절(元宵節)이니 옛 궁궐에다 많은 등불을 걸어놓고 여러 장수들을 청해 잔치를 벌이면서 다짐을 받아두겠소. 내 뜻을 따르지 않는 자는 어김없이 목을 벨 것이오!"

둘의 의논이 거기까지 이르니 모두 강유가 바라는 대로였다. 이대로 가면 촉한을 다시 일으키는 날이 머지않다는 생각에 강유는 속으로 기뻐해 마지않았다.

다음 날이 되었다. 종회는 강유와 더불어 여러 장수를 불러 모아놓고 잔치를 벌였다. 몇 차례 술이 돈 뒤 종회가 갑자기 술잔을 잡은 채 큰 소리로 울기 시작했다. 놀란 장수들이 그 까닭을 묻자 종회가 미리 꾸며 가지고 있던 조서 한 장을 내보이며 말했다.

"곽태후께서 돌아가시면서 이런 조서를 남기셨다. '사마소는 남궐에서 천자를 죽인 대역무도한 자로 장차는 위(魏)마저 빼앗을 것이니 내게 그를 치라는 명을 내리신 것이다. 너희들도 각기 여기에 이름을 얹고 나와 함께 이 일을 이뤄보도록 하자.'"

그리고 다시 미리 준비한 격문 한 통을 내밀었다. 그러나 놀란 장수들은 서로서로 얼굴만 바라볼 뿐 말이 없었다. 종회는 장수들이 얼른 따르지 않는 걸 보고 칼을 뽑아들며 소리쳤다.

"누가 이 명을 어기겠느냐? 그런 자는 목을 베리라!"

거기 놀란 장수들은 종회의 말을 아니 따를 수가 없었다. 그 자리에서 종회가 시키는 대로 뜻을 함께한다는 글 아래 이름을 적어넣었다.

종회는 그래도 마음이 놓이지 않는지 장수들을 모두 궁궐 안에 가두고 군사를 풀어 엄히 지키게 했다. 강유가 그런 종회에게 가만히 말했다.

"내가 보니 장수들은 아무래도 따라주지 않을 듯합니다. 모조리 땅에 묻어버리는 게 좋겠습니다."

그게 자신의 힘을 줄이려는 속셈인 줄도 모르고 종회가 한술 더 떴다.

"나는 이미 궁궐 한 구석에다 큰 구덩이 하나를 파게 하고 아울러 큰 몽둥이 수천 개를 다듬게 했소. 따르지 않는 자는 모조리 때려 죽여 묻어버릴 것이오."

하지만 그것도 하늘의 뜻인지, 그 일은 뜻밖에도 곁에 있던 종회의 심복 장수 구건(丘建)을 통해 궁궐 안에 갇힌 장수들에게 알려지고, 다시 궁궐 밖에 있는 장수들의 귀에까지 들어갔다.

바깥에 있는 장수들 중에 제일 먼저 그 소식을 들은 것은 호연(胡

淵)이었다. 궁궐 안에 갇힌 아비 호열(胡烈)로부터 그 소식이 담긴 글을 받은 호연은 곧 바깥에 있는 모든 영채에 그 일을 알렸다. 성난 각 영채의 장수들이 호연의 장막으로 몰려와 말했다.

"우리가 비록 죽게 된다 한들 어찌 역적을 따를 수야 있겠소?"

그런 장수들의 뜻을 안 호연이 결연히 말했다.

"정월 열여드렛날 우리 모두 힘을 합쳐 쳐들어가기로 합시다."

그리고 그날 쓸 계책까지 밝혔다. 감군 위관은 그런 호연의 계책을 옳다 여겼다. 거기 따라 군마를 정돈하는 한편 궁궐 안에 갇힌 장수들에게도 그걸 알리게 했다.

일이 그렇게 돌아가는지 알 리 없었으나 예감이란 게 있던지, 어느 날 아침 종회가 강유를 잡고 말했다.

"어젯 밤 꿈에 큰 뱀 수천 마리가 나를 물었소. 이게 좋은 꿈이겠소? 나쁜 꿈이겠소?"

"꿈에 용이나 뱀을 보는 것은 모두가 좋은 조짐이올시다. 걱정하지 마십시오."

강유는 일이 자신의 뜻대로 되어가는데 들떠 별 생각 없이 종회를 달래놓고 보았다. 그 말에 마음을 놓은 종회가 이야기를 다른 데로 돌렸다.

"이제 구덩이도 다 팠고 몽둥이도 마련됐으니 장수들을 끌어내 한 사람 한 사람 물어보는 게 어떻겠소?"

강유는 그 말을 받아 일을 더욱 급하게 몰았다.

"그자들은 모두 따를 마음이 없어 보였습니다. 오래 두면 반드시 화를 일으킬 것이니 일찍 죽여 없애는 게 좋겠습니다."

그러자 종회는 강유에게 무사들을 이끌고 가서 궁궐 안에 갇힌 장수들을 끌어내오게 했다. 강유는 명을 받기 바쁘게 움직였다. 그러나 촉한의 부흥은 하늘의 뜻이 아닌지, 막 무사들을 이끌고 떠나려던 강유가 갑자기 가슴을 쓸어안고 앓다가 정신을 잃고 쓰러졌다. 좌우에서 부축해 일으켰으나 제정신을 되찾은 것은 반나절이 지난 뒤였다.

겨우 몸을 추스려 종회가 시킨 대로 하려는데 문득 급한 전갈이 들어왔다.

"궁궐 밖에서 사람들이 모여 떠드는 소리가 매우 시끄럽습니다."

그 말을 종회가 얼른 사람을 보내 알아보게 했다. 그러나 미처 회보가 오기도 전에 함성이 크게 일며 여기저기서 수많은 군사들이 쏟아져 들어왔다.

"이것은 틀림없이 갇혀 있는 장수들이 꾸민 짓입니다. 먼저 그들을 죽여야 합니다."

강유가 그렇게 권했으나 종회에게는 그걸 따를 시간조차 없었다. 어느새 저편 군사들이 궁문 안으로 짓쳐들고 있었기 때문이었다.

종회는 급했다. 얼른 전각 문을 닫게 하고 몇 안 되는 자기편 군사를 전각 지붕 위로 올려보냈다. 종회의 군사가 기왓장을 벗겨 던지니 그 통에 이쪽저쪽에서 수십 명이 죽었다.

궁궐 밖 사방에서 불길이 오르는 가운데 저편 군사들이 전각문을 부수고 쏟아져 들어왔다. 종회는 스스로 칼을 빼들고 막아서 대여섯 명을 베어 죽였다. 그러나 뒤이어 쏟아지는 화살을 어쩌지 못해 고슴도치같이 되어 쓰러졌다.

그런 종회를 목 벤 군사들이 전각 위에 있는 강유를 에워쌌다. 강유는 이리 뛰고 저리 뛰며 그들을 베었으나 불행히도 다시 가슴앓이가 시작되어 견뎌낼 수가 없었다. 더 싸울 수 없음을 알고 하늘을 우러러보며 크게 외쳤다.

"내 계책이 이루어지지 않은 것도 모두 하늘의 뜻이로구나!"

그리고 스스로 목을 찔러 죽으니 그때 강유의 나이 쉰아홉이었다.

종회와 강유가 죽은 걸 안 위관은 피를 보고 날뛰는 장졸들을 진정시켰다.

"모든 군사들은 각기 영채로 돌아가라. 가서 왕명을 기다리고 있으라."

그러나 군사들은 일이 그 지경이 되도록 종회를 꼬드긴 강유에게 원수를 갚는다며 그 배를 갈랐다. 그 쓸개가 달걀만큼이나 컸다. 군사들은 다시 성안을 뒤져 강유의 가족까지 모두 죽인 뒤에야 겨우 저희 영채로 돌아갔다.

한편 등애의 부하들은 종회와 강유가 죽는 걸 보자 등애의 죄는 씻겨진 걸로 알았다. 밤길을 마다않고 잡혀간 등애를 구하러 뒤쫓아갔다.

그 소리를 들은 위관은 깜짝 놀랐다.

"등애를 사로잡은 것은 바로 나다. 그런데 만약 그가 놓여난다면 나는 죽어도 장사 지낼 땅조차 없을 것이다."

위관이 그렇게 걱정하자 호군(護軍) 전속(田續)이 나와서 말했다.

"지난날 등애가 강유성을 칠 때 나를 죽이려 한 적이 있습니다. 여러 장수들이 말려 겨우 이 한목숨을 건졌는데 이제 그 원수를 갚을까 합니다."

전속이 그렇게 스스로 나서자 위관은 기뻤다. 전속에게 군사 오백을 주며 등애를 죽이라 했다.

전속은 면죽에서 이제 막 풀려나 성도로 돌아가려는 등애를 따라잡았다. 그러나 등애는 전속이 이끈 군사 역시 자기를 구하러 온 옛 부하들인 줄 알고 마음 놓고 있다가 갑자기 덤벼든 전속의 한칼에 목숨을 잃고 말았다. 그 아들 등충도 어지럽게 싸우는 군사들 틈에서 죽었다.

한번 인 피바람은 촉 쪽으로도 옮아 붙었다. 장익(張翼)을 비롯한 몇몇 촉장과 태자 유선, 한수정후 관이(關彝)도 그 소용돌이 속에서 모두 죽었다.

관이의 죽음에 대해서는 『삼국지』 정사(正史)에 달리 전하는 바가 있다. 관운장에게 죽은 방덕의 아들 방회(龐會)가 위의 장수가 되어 종회를 따라왔다가, 촉이 망하자 관이를 비롯해 남은 관운장의 후손들을 모조리 잡아죽였다고 한다. 인과로 풀이하기에는 너무도 끔찍한 복수극이다.

놀란 군민들이 이리저리 쫓겨다니다가 서로 밟고 밟히는 통에 죽은 머릿수도 헤아릴 수 없을 정도였다. 종회와 등애, 강유의 죽음으로 시작된 성안의 소동은 보름이나 계속되었다. 그러다가 왕명을 받고 먼저 이른 가충이 방을 붙여 백성들을 안심시킨 뒤에야 겨우 혼란은 가라앉았다.

위는 위관을 남겨 성도를 지키게 하고, 후주는 낙양으로 데려갔다. 그런 후주를 뒤따른 것은 상서령 번건과 시중 장소, 광록대부 초주, 비서랑 극정 등 몇 사람뿐이었다. 요화와 동궐은 모두 병을 핑계로 따라가지 않고 있다가 슬픔과 울분 속에 죽었다.

후주가 낙양으로 끌려간 것은 위 경원(景元) 오년의 일이었다. 위가 촉을 멸망시킨 걸 기뻐해 연호를 바꾸니 그해는 곧 함희(咸熙) 원년이 되었다.

그해 봄 삼월 오나라 장수 정봉은 촉이 이미 망해버린 걸 보고 군사를 거두어 저희 나라로 돌아갔다. 중서승 화핵이 오주 손휴에게 아뢰었다.

"오와 촉은 입술과 이 같은 사이라 할 수 있습니다. 옛말에 입술이 없어지면 이가 시리다 했습니다. 신이 헤아리기에 사마소는 반드시 오마저 삼키려 들 듯하니 바라건대 폐하께서는 한층 더 나라의 방비를 엄히 하도록 하십시오."

손휴는 그 말을 옳게 여겨 따랐다.

육손의 아들 육항(陸抗)을 진동대장군에 형주목으로 삼아 강구를 지키게 하고, 좌장군 손이(孫異)는 남서의 여러 험한 길목을 지키게 했다. 또 강을 따라 수백 곳에 둔전하는 영채를 지어 노장 정봉에게 맡기고 위병의 침입을 막게 했다. 촉이 망하고도 이십 년이나 더 오를 버티게 해준 방비였다.

한편 후주가 낙양에 이르렀을 때는 사마소도 이미 조정으로 돌아와 있었다. 사마소가 끌려온 후주를 꾸짖었다.

"공은 황음무도하여 어진 이를 내쫓고 다스림을 그르쳤으니 이치로 보아 마땅히 주륙을 당해야 할 것이오."

그 말에 후주는 얼굴이 흙빛이 되어 어찌할 줄 몰랐다. 곁에 있는 문무 벼슬아치들이 입을 모아 사마소를 말렸다.

"촉주가 나라의 기강을 잃었으나 다행히 일찍 항복했으니 마땅히 죄를 용서해주는 것이 좋겠습니다."

이에 사마소는 못 이긴 채 그 말을 따르고 유선을 안락공(安樂公)에 봉했다. 그리고 살 집을 마련해줌과 아울러 매달 쓸 물건과 비단 만 필에 남녀 종 백 명을 주었다. 유선의 아들 유요(劉瑤)와 촉에서 따라온 번건, 초주, 극정도 모두 후(侯)에 봉헌했다.

황호는 나라를 좀먹고 백성을 해쳤다 해 무사들로 하여금 저자에 끌어내게 하고 여럿이 보는 앞에서 사지를 찢어 죽였다. 하지만 정사의 기록은 아니다.

그때 촉의 건녕 태수 곽과(霍戈)는 아직도 위에 항복하지 않고 있었다. 위가 어떻게 후주를 대접하는가를 살핀 뒤에 뜻을 정하기로 하고 사람을 가만히 낙양으로 보냈다. 후주가 안락공의 벼슬까지 받고 평안히 지낸다는 걸 알자 드디어 위에 항복했다.

곽과가 항복한 다음 날 후주는 몸소 사마소를 찾아가 그 앞에 절하고 너그러운 처분에 감사했다. 사마소는 크게 잔치를 열어 유선을 대접하며 음악으로 그의 마음을 떠보았다.

먼저 위악(魏樂)을 들려주고 거기 맞춘 춤을 보여주자 유선을 따라온 촉의 벼슬아치들은 슬퍼하고 괴로워하는 빛을 띠었으나 유선은 즐거워할 뿐이었다.

다음에 사마소는 촉인을 시켜 촉악(蜀樂)을 들려주어보았다. 그때도 촉의 벼슬아치들은 모두 눈물을 흘렸으나 유선은 아무렇지도 않은 듯 웃고 떠들었다. 술이 얼큰해진 사마소가 가충을 보고 말했다.

"사람이 정이 없다 해도 어찌 저 같을 수가 있겠는가? 설령 제갈 공명이 살아 있어 도왔다 해도 저런 됨됨이로는 오래 나라를 지켜내지 못했을 것이다. 하물며 강유 따위겠는가!"

그리고 후주 유선을 향해 물었다.

"촉이 생각나지 않으시오?"

"이렇게 즐겁게 지내니 그곳이 생각나지 않습니다."

유선이 사마소의 물음에 그렇게 대답했다. 사람이 모자라도 한참 모자라 보였다. 한참 뒤 후주는 옷을 갈아입으려고 술자리를 떴다. 극정이 뒤따라 가만히 일렀다.

"폐하께서는 어찌하여 촉이 생각나지 않는다고 답하셨습니까? 만약 그가 다시 묻는다면 울면서 이렇게 대답하십시오. 선친의 묘소가 멀리 촉 땅에 있으니 서쪽만 바라보아도 슬픕니다. 어느 날 하루 생각나지 않는 날이 없습니다. 그렇게 하면 진공은 반드시 폐하를 풀어주어서 촉으로 돌아가게 해줄 것입니다."

후주는 그 말을 머릿속에 새겨듣고 다시 술자리로 돌아갔다. 술이 한창 거나해진 사마소가 다시 물었다.

"정말로 촉 땅이 그립지 않으시오?"

후주는 각정이 시킨 대로 울며 말하려 했으나 눈물이 나지 않아 그저 눈을 감고 각정의 말을 되뇌었다.

"어찌하여 극정이 한 말과 비슷하오?"

듣고 난 사마소가 그렇게 물었다. 눈을 뜬 후주가 깜짝 놀라 사마소를 쳐다보며 털어놓았다.

"실은 말씀하신 대롭니다."

그러자 사마소와 좌우에 앉았던 사람들은 모두 소리내어 웃었다. 사마소가 지레짐작으로 해본 소린지, 사람을 시켜 후주와 극정이 하는 말을 엿듣고 한 소린지는 알 수 없으나, 후주의 사람됨이 변변치 못함은 그로써 더욱 뚜렷이 드러난 셈이었다.

사마소는 그런 후주의 못남을 성실함으로 여겨 그 뒤로는 다시 그를 의심하지 않았다. 뒷사람들은 그 일을 이리저리 말하고 있으되, 뉘 알랴, 실은 그게 후주가 한목숨을 지키는 데 가장 좋은 계책일 수도 있는 것을. 게다가 이 일도 정사의 기록에는 없다.

한편 위의 조정 대신들은 사마소가 서천을 거둬들인 공을 내세워 그를 왕으로 봉하자는 표문을 위주 조환에게 올렸다. 그때 조환은 이름만 천자일 뿐 자신의 뜻을 내세울 처지가 못 되었다. 정권이 모두 사마씨의 손에 있으니 감히 그 청을 마다하지 못하고 사마소를 진왕(晉王)으로 세웠다. 뿐만 아니라 그 아비 사마의는 선왕(宣王), 그 형 사마사는 경왕(景王)으로 올려 한층 사마씨의 위세를 더했다.

사마소의 아내 왕씨(王氏)는 왕숙(王肅)의 딸로 사마소와 사이에 아들 둘을 낳았다. 큰아들은 사마염(司馬炎)인데, 인물과 생김이 우람하고 씩씩했으며, 머리칼을 펴고 서면 땅바닥에 드리우고 팔이 길어 손은 두 무릎을 지났다. 사람됨이 밝으면서도 무(武)에 뛰어났고 담량도 남다른 데가 있었다.

둘째 사마유(司馬攸)는 형과 달랐다. 성정이 부드럽고 따뜻하며, 몸가짐이 겸손하고 검소했다. 효성이 지극하고 형제간의 우애도 깊어 사마소가 그를 더 사랑했으나, 그 형 사마사가 아들 없이 죽어 그로 하여금 그 뒤를 잇게 했다.

사마소는 평소에 늘 입버릇처럼 말하기를,

"천하는 우리 형님의 천하다."

라 했다. 따라서 형 사마사의 뒤를 잇는다는 점으로 보나, 자신의 정애로 보나 둘째 사마유를 세자(世子)로 세우려 들지 않을 수 없었다. 산도(山濤)가 그런 사마소를 말렸다.

"맏이를 제쳐두고 그 아래를 세워 뒤를 잇게 하는 것은 예에도 어긋날 뿐만 아니라 상서롭지 못한 일입니다."

가충, 하증(何曾), 배수(裴秀) 등도 역시 산도를 편들어 말했다.

"맏왕자께서는 총명하고 신무(神武)하시어 세상에서 드문 재주를 지니셨습니다. 또 사람들의 바람이 이미 그분에게로 모아지고 있고, 타고난 용모도 한낱 남의 신하로 머물러 있을 상(相)이 아닙니다."

그래도 한번 사마유에게로 기울어진 사마소의 마음은 얼른 바뀌지 않았다.

태위 왕상(王祥), 사공 순의(筍顗)까지 나서 사마소를 말렸다.

"전에도 맏이를 제쳐놓고 그 아래를 세웠다가 나라가 어지러워진 일이 여러 번 있었습니다. 부디 깊이 헤아려주십시오."

그렇게 되자 사마소도 드디어 마음을 돌렸다. 사마염을 세워 세자로 삼았다.

세자를 정하는 일이 매듭지자 다시 대신들이 몰려와 말했다.

"올해 양무현에 하늘이 한 사람을 내려보냈는데 키가 두 길이나 되고 발자국 길이가 석 자 두 치나 되며, 머리는 희고 수염은 푸른데다 누런 홑옷에 누런 머리띠를 매고 있었다 합니다. 그 사람이 명아주 지팡이를 짚고 다니며 스스로 말하기를 '나는 민왕(民王)으로 너희에게 알린다. 천하는 주인이 바뀌어야 태평함을 누릴 수 있을 것이다'라고 했다는 것입니다. 그렇게 소리치며 거리를 떠돌기 사흘 만에 홀연 자취를 감추었는데, 이는 전하에게 상서로운 일입니다. 전하께서는 열두 줄 면류관을 쓰시고 천자의 정기를 앞세우시어 위엄을 높이도록 하십시오. 금은으로 짠 수레에 여섯 필 말을 매심과 아울러 왕비는 황후(皇后)로, 세자는 태자(太子)로 올려 세우심이 마땅할 것입니다."

그 말을 들은 사마소는 속으로 가만히 기뻤으나 그에게는 천자의 자리에 오를 운이 없었던 모양이었다. 부중으로 돌아와 밥상을 받다가 중풍을 맞고 쓰러졌다.

다음 날이었다. 사마소의 병세가 위급하단 말을 듣고 태위 왕상, 사도 하증, 사마 순의와 여러 대신들이 문안을 왔다. 그때 사마소는 이미 말을 할 수가 없었다. 다만 손가락으로 세자 사마염을 가리키고 죽었다. 그해 팔월 신묘(辛卯)날의 일이었다.

"천하의 큰일은 모두 진왕에게 달려 있었소. 먼저 세자를 진왕으로 세운 뒤에 장례를 치르는 게 좋을 듯하오."

하증이 그렇게 말하자 모두 그를 따라 그날로 사마염을 진왕으로 세웠다. 사마염은 하증을 승상으로 삼고 사마망(司馬望)은 사도, 석포(石苞)는 표기장군, 진건은 거기장군으로 올렸으며 그 부친 사마소에게는 문왕(文王)이란 시호를 바쳤다.

사마소의 장례를 마친 뒤 진왕(晉王) 사마염은 가충과 배수를 궁안으로 불러들여 물었다.

"일찍이 조조가 말하기를 만약 천명(天命)이 내게 이른다면 나도 주문왕(周文王)이 될 수 있지 않은가, 라고 했다는데 그게 정말이오?"

가충이 얼른 대답했다.

"조조는 대를 이어 한의 녹을 먹은 이로 사람들이 그에게 역적의 이름을 붙일까 겁이 나서 그런 말을 한 것입니다. 그것은 그 아들 조비로 하여금 천자가 되게 하려는 뜻임에 분명합니다."

"고(孤)의 부왕(父王)은 조조와 견주어보아 어떠한가?"

사마염이 한층 속셈을 드러내 보이며 다시 그렇게 물었다. 가충이 그가 묻는 뜻을 알아차리고 열을 올려 듣기 좋은 말을 골랐다.

"조조는 비록 공이 이 땅 전체를 뒤덮을 만했으나 아래로 백성들은 그 위세에 머리를 수그렸을 뿐 그 덕에 마음이 움직였던 것은 아니었습니다. 또 그 아들 조비가 뒤를 이어서 백성들을 모질게 끌어다 부리고 동서로 싸움을 벌여 하루도 편할 날이 없었습니다. 그 뒤 선왕(宣王, 사마의) 경왕(景王, 사마사)께서 여러 차례 큰 공을 세우시고 널리 은덕을 베푸시니, 천하의 인심은 그리로 돌아선 지 오래됩니다. 거기다가 문왕(文王, 사마소)께서는 촉을 아울러 공이 우주를 두를 만한데, 조조 따위 하고야 어찌 견줄 수나 있겠습니까?"

그러자 힘을 얻은 사마염이 드디어 속셈을 바로 드러내었다.

"조비가 한의 왕통을 이었다면 고는 어찌 위의 왕통을 잇지 못하겠는가?"

가충과 배수 두 사람이 입을 모아 그런 사마염보다 한술 더 떴다.

"그렇습니다. 전하께서는 조비가 한으로부터 왕통을 이어받던 옛 일을 본받으십시오. 수선대(受禪臺)를 쌓아 천하에 널리 알리고 대위(大位)에 오르시는 것입니다."

그 말에 사마염은 몹시 기뻐하며 뜻을 굳혔다.

다음 날이었다. 사마염은 칼을 찬 채 궁궐로 들어갔다. 그 무렵 위주 조환은 연일 조회를 열지 않고 있었다. 까닭 없이 마음이 어지러워 몸둘 곳을 모를 지경이었다.

사마염이 그런 위주를 찾아 똑바로 후궁으로 들어오자 위주 조환은 놀랍고 두려웠다. 얼른 용상에서 내려가 사마염을 맞아들였다.

서로 자리를 잡고 앉은 뒤에 사마염이 먼저 입을 열었다.

"위의 천하는 누구의 힘으로 이룩되었다 생각하시오?"

그 갑작스런 물음에 위주 조환이 떨리는 목소리로 대답했다.

"모두가 진왕(晉王)의 부조(父祖)께서 내리신 것입니다."

그러자 사마염이 뜻 모를 웃음을 지으며 다시 물었다.

"내가 보기에 폐하는 문(文)도 도(道)를 말할 수 있을 만큼이 되지 못하고 무(武)에도 나라를 경영할 만큼 밝지 못합니다. 그런데도 어째서 덕 있는 이에게 나라의 주인 자리를 물려주지 않으십니까?"

그게 무엇을 뜻하는지를 알아들은 위주는 놀란 나머지 할 말을 잊었다. 그때 마침 그 자리에 있던 황문시랑(黃門侍郞) 장절이 조환을 대신해 큰 소리로 말했다.

"진왕의 말씀은 옳지 못하십니다. 지난날 위무황제(魏武皇帝, 조조)께서는 동쪽을 쓸고 서쪽을 쳐 없애며 남쪽을 무찌르고 북쪽을 쳐부수어 대업을 이루셨습니다. 결코 쉽게 이 천하를 얻으신 것은 아니었습니다. 거기다가 지금의 주상은 덕은 있을지언정 죄는 없는데 어찌하여 남에게 그 자리를 물려주란 말입니까?"

사마염이 벌컥 성을 내어 그런 장절의 말을 받았다.

"이 나라는 원래 대한(大漢)의 것이었다. 그런데 조조가 천자를 끼고 제후를 호령하다가 마침내 스스로 위왕이 되어 한실을 찬탈했다. 우리 아버지 할아버지는 삼대에 걸쳐 위를 도와 오늘이 있게 했다. 위가 천하를 얻은 것은 결코 조씨가 잘해서 그리된 것이 아니고 실은 우리 사마씨의 힘이었다. 온 세상이 모두 그 일을 알고 있는데 이제 내가 왜 그런 위를 물려받지 못한단 말이냐?"

그러자 장절도 지지 않고 맞섰다.

"만일 그렇게 한다면 그것은 나라를 도둑질하는 역적의 짓이오!"

그 소리에 사마염은 더욱 성이 났다.

"좋다. 그러면 나는 한을 위해 원수를 갚아주려 한다. 안 될 게 무어 있느냐?"

그러고는 무사들에게 소리쳤다.

"무엇들 하느냐? 이놈을 끌어내 때려죽여라!"

그 말에 무사들이 장절을 끌어내 바로 그 전각 아래서 때려죽였다. 덜컥 겁이 난 위주 조환은 사마염에 무릎을 꿇고 울며 목숨을 빌었다. 사마염은 아무 소리 없이 몸을 일으켜 전각을 나가버렸다.

조환은 급한 나머지 가충과 배수를 잡고 물었다.

"일이 매우 급해졌소. 이제 나는 어찌해야 되겠소?"

가충이 기다렸다는 듯 대답했다.

"하늘이 정한 운수가 이미 다했으니 폐하께서는 하늘의 뜻을 거스르려 하지 마십시오. 마땅히 한의 헌제가 했던 일을 본받아 수선대를 고치시고 대례(大禮)를 갖춰 제위를 진왕께 물려주도록 하십시오. 위로 하늘의 뜻을 받들고 아래로 백성들의 마음을 따라 그리하신다면 폐하 스스로를 지키시는 데 아무런 걱정이 없을 것입니다."

조환은 별수 없이 그 말을 따랐다. 가충을 시켜 수선대를 고치게 한 뒤 동짓달 갑자일로 날을 잡아 사마염에 제위를 넘겨주었다. 문무의 벼슬아치들을 두루 모아놓고 위주가 몸소 전국(傳國)의 옥새를 받쳐올리니 꼭 사십오 년 만에 조비가 한 짓을 그 손자가 그대로 당한 셈이었다. 뒷사람이 그 일을 두고 노래했다.

위는 한을 삼키고 진은 위를 삼키니　　　　魏吞漢室晋吞曹
돌고 도는 하늘의 이치 빠져나갈 길 없구나.　　天運循環不可逃
가련하다 장절은 나라를 위해 죽었으나　　　張節可憐忠國死
주먹 하나로 어찌 태산 높은 걸 막을 수 있으랴. 一卷怎障泰山高


수선대 위로 오른 사마염에게 옥새를 바친 조환은 대를 내려가 신하의 옷으로 바꿔 입고 벼슬아치들 틈에 끼어 머리를 숙였다. 사마염이 수선대 위에 자리 잡고 앉자 가충과 배수가 칼을 짚고 좌우로 갈라서더니 조환에게 명했다.

"조환은 폐하께 두 번 절하고 땅에 엎드려 명을 기다리라."

조환이 그대로 하자 가충이 다시 목소리를 가다듬어 사마염의 명을 전했다.

"한(漢) 건안 이십오년 위가 한으로부터 나라를 물려받은 지 어느덧 사십오 년이 지났다. 이제 하늘이 내리신 위(魏)의 복록은 끝나고 천명은 진(晋)으로 넘어왔다. 사마씨는 공과 덕이 하늘과 땅에 가득해 가히 황제의 바른 자리로 나아갈 만하므로 이에 위를 이어받는

다. 너를 진류왕(陳留王)에 봉하고 금용성(金墉城)에 머물러 살게 할 것이니, 이 시각으로 곧 떠나라. 부름이 없으면 결코 경도(京都)로 들어와서는 아니 된다.”

그 말을 들은 조환은 울며 절하고 물러났다. 태부 벼슬에 있는 사마부(司馬孚)가 그런 조환 앞에 엎드려 울며 말했다.

“신은 한번 위의 신하가 되었던 몸입니다. 끝내 위를 저버리지 않을 것입니다.”

사마부는 사마의의 아우이다. 사마염은 그러는 사마부를 갸륵히 여겨 괘씸함을 억누르고 오히려 그를 안평왕(安平王)으로 높였다. 그러나 사마부는 끝내 받지 않고 물리쳤다. 위의 마지막 충신은 오히려 사마씨 가운데서 나온 셈이었다.

그날 문무의 모든 벼슬아치들은 대(臺) 아래서 두 번 절을 올리고 세 번 만세를 불러 위를 대신한 진을 받아들였다. 사마염은 나라 이름을 대진(大晉)이라 하고 연호를 바꾸어 그해를 태시(太始) 원년으로 삼으며 천하에 크게 사면령을 내렸다. 이로써 위의 천하는 아주 끝나버린 셈이었다. 뒷사람이 시를 지어 흥망이 무상함을 노래했다.

진이 하는 짓 위와 같아　　　　　　晋國規模如魏王

진류왕의 자취 산양공을 닮았구나　　陳留蹤跡似山陽

수선대 앞의 일 두 번 거듭되니　　　重行受禪臺前事

돌아보며 그때의 쓸쓸함을 거두네.　回首當年止自傷

산양공(山陽公)은 조비(曹丕)에게 쫓겨난 한(漢) 헌제가 받았던 작위였다. 그 조비의 손자인 조환이 천자의 자리에서 쫓겨나 진류왕으로 내려섰으니 이 또한 인과응보라 할 수 있을 것인가.

진제(晉帝) 사마염은 사마의를 높여 선제(宣帝)로, 큰아버지 사마사는 경제(景帝)로, 아버지 사마소는 문제(文帝)로 시호를 올렸다. 그리고 일곱 사당을 지어 윗대 조상들의 공덕을 기렸다. 그 일곱 사당에 든 신위의 으뜸은 한정서장군(漢征西將軍) 사마균(司馬鈞)으로 사마염의 육대조였다. 그다음은 오대조인 예장 태수(豫章太守) 사마량(司馬亮), 그다음은 고조인 영천 태수(潁川太守) 사마전(司馬雋), 그다음은 증조부인 경조윤(京兆尹) 사마방(司馬防) 그리고 다음이 할아비인 선제 사마의였다. 거기다가 큰 아버지인 경제 사마사와 아버지인 문제 사마소를 합쳐 일곱이었다.

큰 탈 없이 위를 둘러엎은 진제 사마염은 새 왕조를 여는 데 따르는 크고 작은 일들이 어느 정도 마무리지자 다시 천하를 하나로 아우르는 일에 눈길을 돌렸다. 매일 신하들을 불러모아 동오마저 삼킬 의논으로 밤낮을 지샜다.


여기서 망해버린 위를 개괄하고 아울러 마지막 삼국의 힘을 비교해보자.

위는 건안 이십오년 시월 조비가 헌제에게서 선양받은 뒤로 문제(文帝) 조비, 명제(明帝) 조예, 그리고 삼소제(三少帝)로 불리어지는 조방·조모·조환을 합쳐 오대 사십오 년 만에 망했다. 뒷날 무제(武帝)로 추존된 조조를 더하고, 그가 위공(魏公)이 된 건안 십팔년부터 치더라도 육대 오십이 년 만에 망한 셈이다. 그 위를 세우기 위해 피를 뿌리고 죽어간 수많은 맹장 열사(烈士)며 치러야 했던 수백 번의 싸움을 돌이켜보면 허망할 만큼 짧았던 왕조의 수명이었다.

삼국의 영토 크기는 대강 천하 열세 주 가운데서 위가 온전한 일곱 주와 세 주의 일부를 지배했고, 오가 온전한 주 하나와 다른 두 개의 주 대부분, 촉은 온전한 주 하나에 지나지 않았다. 삼국의 인구는 위가 촉을 멸망시킬 때를 기준으로 위가 사백이십구만, 촉이 백팔만 정도였으며, 오가 멸망했을 때의 인구는 약 이백오십육만이었다.

촉의 멸망과 오의 멸망 사이에는 이십 년의 시차가 있다는 걸 감안한다 할지라도 영토와 인구로 본 삼국의 국력 비교는 대략 위가 여섯에 오가 둘, 촉이 하나 정도로 말할 수 있을 듯싶다. 그런데 이제 그 여섯과 하나를 합친 진(晋)이 겨우 둘로 버티는 오를 노리는 형국이 되었다.

# 나뉜 것은 다시 하나로

사마염이 위의 천하를 빼앗았다는 소문은 오주 손휴(孫休)의 귀에
도 들어갔다. 손휴는 사마염이 틀림없이 오를 치러 올 줄 알고 걱정
하던 나머지 병이 들었다.

자리에 누운 지 여러 날이 지나도록 일어나지 못하던 손휴가 어
느 날 갑자기 승상 복양흥(濮陽興)을 궁궐로 불러들였다. 남은 목숨
이 길지 않음을 스스로 깨닫고 뒷일을 당부하기 위함이었으나 때는
너무 늦은 뒤였다. 오주는 복양흥의 팔을 잡고 손가락으로 태자 손
완(孫琓)을 가리킬 뿐 말 한마디 못 남기고 숨이 끊어졌다.

침전을 나간 복양흥은 여러 벼슬아치들과 함께 태자 완을 임금으
로 세울 의논을 했다. 그때 좌전군 만욱(萬彧)이 나서서 말했다.

"태자는 너무 어려 정치를 맡아 할 수 없소이다. 오정후(烏程侯)

손호(孫皓)를 세우는 게 나을 듯하오."

"그렇소. 호(皓)는 재주와 아는 게 많고 결단력이 있으니 제왕감이라 할 만하오."

좌장군 장포(張布)도 만욱을 거들어 그렇게 말했다. 그러나 손휴로부터 손짓으로나마 당부를 받은 복양흥은 얼른 결정을 내릴 수가 없었다. 궁궐의 어른인 주태후(朱太后)를 찾아보고 어떻게 할까를 물었다.

"나는 일찍 남편 여원 아낙에 불과한데 어찌 나랏일을 알겠소? 경들이 잘 생각해서 세우도록 하시오."

주태후가 그런 말로 결정을 복양흥에게 미루었다. 이에 복양흥도 손호를 세워 오주로 삼기로 뜻을 굳혔다.

손호의 자는 원종(元宗)으로 손권의 태자인 손화(孫和)의 아들이었다. 그해 칠월에 제위에 올라 연호를 원흥(元興)으로 고쳤다. 손호는 손완을 예장왕(豫章王)에 봉하고, 아버지 손화(孫和)를 문황제(文皇帝)로 추존함과 아울러 어머니 하씨(何氏)를 태후로 올렸다. 또 정봉을 좌우대사마로 높여 썼고, 이듬해는 연호를 고쳐 감로(甘露) 원년으로 했다.

그러나 손호는 여러 사람이 바란 그런 임금이 못 되었다. 대위에 오른 뒤로는 날로 흉포해졌고, 술과 여자에 깊이 빠져드는가 하면 환관인 중상시 잠혼(岑昏)을 지나치게 믿었다. 복양흥과 장포가 보다 못해 그 그릇됨을 말하다가 끔찍한 꼴만 당하고 말았다. 손호는 그들을 목 베고 그들의 삼족을 죽여 없앴다.

그걸 본 신하들이 모두 입을 다물자 손호는 더욱 거침이 없었다.

연호를 다시 보정(寶鼎)으로 고치고 육개와 만욱으로 승상을 삼은 뒤 무창에 자리를 잡았다.

손호가 무창에 자리 잡으니 양주의 백성들은 강물을 거슬러 올라 물자를 대느라 고생이 이만저만 아니었다. 그런데도 손호는 사치와 향락을 일삼아 나라와 백성들의 살림이 아울러 거덜날 판이었다. 육개가 다시 보다 못해 글로 말렸다.


'요사이 아무런 재난이 없는데도 백성들의 목숨이 다해가고, 아무한 일도 없는데 나라의 재물이 바닥났으니 신은 실로 그걸 괴롭게 여깁니다. 일찍이 한실이 쇠약해짐에 세 나라 일어났으나 그중 조씨(曹氏)와 유씨(劉氏)는 올바른 다스림의 도를 잃어 이제 그 나라는 진(晉)의 것이 되었습니다. 이는 바로 눈앞에 밝게 보여준 본보기로 신은 다만 폐하를 위하고 나라를 아깝게 여겨 걱정하는 바입니다. 무창은 땅이 거칠고 메말라 왕자(王者)가 도읍할 곳이 못 됩니다.
아이들이 하는 노래에 이르기를,

| | |
|---|---|
| 건업의 물은 먹어도 | 寧飮建業水 |
| 무창의 고기는 못 먹겠네. | 不食武昌魚 |
| 건업으로 돌아가 죽을지언정 | 寧還建業死 |
| 무창에 머물러 살지는 못하겠네. | 不止武昌居 |

하는 것이 있는데, 이는 백성들의 마음과 하늘의 뜻을 밝혀주고 있는 것입니다. 지금 나라에는 일 년을 버틸 재물이 없어 그 뿌리가 드러날 지경이고, 벼슬아치들은 백성을 억누르는 데만 모질 뿐 불쌍히 여기는 법이 없습니다.

대제(大帝, 손권) 때는 후궁에 궁녀가 다 차지 않았는데, 경제(景帝) 이래로 수천을 헤아리게 되어 그로 인해 재물의 쓰임은 더욱 심해졌습니다. 또 좌우에는 그 자리에 있어서는 안 될 사람들만 있고, 벼슬아치들은 무리를 지어 서로 끼고 돌며 충성스런 이를 해치고 어진 이를 안 보이게 가리니, 이는 모두가 다스림을 좀먹고 백성들을 병들게 하는 것들입니다. 바라건대 폐하께서는 부역을 줄이시고, 백성들을 쥐어짜는 일이 없게 하옵소서. 궁녀를 추려 내치시고 깨끗한 벼슬아치들을 뽑아 세우시면 하늘은 백성들이 즐거이 폐하를 따르게 할 뿐만 아니라 나라를 평안케 해주실 것입니다.'

육개의 그 같은 상소는 구절구절 옳았으나 오주 손호는 귀담아 듣지 않았다. 오히려 크게 토목공사를 일으켜 소명궁(昭明宮)을 짓게 하니, 벼슬아치들은 모두 나무를 베러 산으로 내몰렸다.

손호는 거기 그치지 않고 또 상광(尙廣)이란 점쟁이를 불러 엉뚱하게 천하를 얻을 일을 점쳐보게 했다. 상광이 점괘를 뽑아보고 말했다.

"폐하의 점괘에는 길조가 나왔습니다. 경자년(庚子年)에 푸른 해가리개[日傘]를 덮고 낙양으로 드실 것입니다."

그러자 그 말을 믿은 손호는 크게 기뻐하며 중서승 화핵(華覈)을 불러 물었다.

"선제께서는 경의 말을 받아들여 강을 따라 수백의 영채를 얽게 하고 장수들을 나누어 지키게 하면서, 노장(老將) 정봉에게 그들을 도맡아 거느리게 하셨소. 이제 짐은 한(漢)의 옛 땅을 모두 아우를 뿐만 아니라 촉의 원수를 갚아주려 하는 바, 어느 곳을 먼저 쳐야겠소?"

화핵이 놀라 그런 손호를 말렸다.

"촉은 성도를 지켜내지 못해 마침내 나라가 무너지고 말았습니다. 이제 사마염은 틀림없이 우리 오를 삼키려는 마음이 있을 것입니다. 폐하께서는 마땅히 덕을 닦으시어 백성들을 평안케 하는 것으로 상책을 삼으시옵소서. 억지로 군사를 일으키는 것은 삼대 밭을 헤치고 불을 끄려는 것과 같아서 스스로가 타 죽을 뿐입니다. 부디 헤아려 행하시옵소서."

그러자 손호가 벌컥 성을 내며 소리쳤다.

"짐은 때를 보아 옛적의 위엄을 되찾으려 하는데 네 어찌 그따위 이롭지 못한 소리를 지껄이느냐? 만약 오래된 신하로서 낯을 봐주지 않는다면 당장 네 목을 자르게 했을 것이다!"

그리고 무사들을 꾸짖어 화핵을 밖으로 끌어내게 했다. 화핵은 궁궐 밖으로 나가며 하늘을 우러러 탄식했다.

"이 아름다운 강산이 참으로 아깝다. 머지않아 남의 것이 되고 말겠구나!"

그런 다음 남의 눈에 띄지 않는 곳에 숨어 살며 다시는 나오지 않았다.

손호는 그래도 깨우치지 못하고 제 뜻대로 밀고 나갔다. 진동장군 육항(陸抗)에게 명해 거느린 군사를 일으켜 양양을 뺏으라 했다.

그 소식은 곧 세작에 의해 낙양으로 들어갔다. 진주(晉主) 사마염은 오의 육항이 양양을 엿본다는 소리를 듣자 신하들을 불러놓고 어떻게 할까를 물었다. 가충이 나와 말했다.

"신이 듣기로 오주 손호는 덕을 닦아 백성을 다스리려고는 않고 도리에 어긋나는 일만 함부로 하고 있다 합니다. 폐하께서는 도독 양호(羊祜)에게 조서를 내려 군사를 이끌고 막으라 하십시오. 그 뒤 오나라에 변란이 일 때를 기다려 들이친다면 동오는 손바닥 뒤집듯 쉽게 얻을 수 있을 것입니다."

사마염은 그 말이 맞다 싶었다. 곧 사자를 양양으로 보내 양호에게 그 같은 뜻을 전하게 했다. 양호는 조서를 받자 곧 군사를 점검하고 오군을 맞을 채비를 갖추었다.

양양을 맡아 지킨 이래로 양호는 그곳 군민들의 인심을 얻고 있었다. 오나라 사람으로 항복한 뒤 다시 오나라로 돌아가려 하면 두말 없이 보내주었고, 국경을 지키는 군사를 줄여 그들로 하여금 밭을 팔백여 경(頃)씩이나 일구게 했다. 따라서 그가 처음 양양에 왔을 때는 백일 먹을 군량이 없었으나 그 이듬해에는 십 년 먹을 양식을 쌓아둘 수 있었다.

양호는 군중에서도 되도록이면 아랫사람들의 마음을 편하게 했다. 가벼운 옷차림에 띠를 느슨하게 매고 다닐 뿐 갑옷 차림으로 공연히 군사들을 겁주지 않았다. 또 장막을 지켜주는 군사도 열 명 정도로 줄여 군사들로 하여금 자기를 가깝게 여기도록 했다.

하루는 거느리고 있는 장수 하나가 양호에게 와서 말했다.

"살피고 온 군사들의 말에 따르면 오병들이 모두 마음이 풀려 있고 게으름에 젖어 있다 합니다. 그들이 준비 없는 틈을 타서 들이친다면 반드시 크게 이길 수 있을 것입니다."

그러자 양호가 가볍게 웃으며 받았다.

"너희들은 육항을 너무 작게 보는구나. 그 사람은 아는 게 많고 꾀도 남다르다. 얼마 전 오주의 명을 받고 서능을 우려뺀 일을 잊었느냐? 그때 보천(步闡)과 그 밑의 장졸 수십 명을 죽였으나 나는 그들을 구해내지 못했다."

양호는 그 말에 이어 타이르듯 보탰다.

"육항이 장수로 있는 한 우리는 그저 지키고만 있어야 한다. 그쪽 내부에서 변고가 생기기를 기다린 뒤에야 오병을 칠 수 있을 것이다. 만약 시세를 살피지 않고 가볍게 나갔다가는 형편없이 져서 내쫓길 뿐이다."

그걸 전해 들은 모두가 그의 식견에 감복하며 그저 제 땅을 지키는 데만 힘을 다했다.

그 뒤 어느 날이었다. 양호가 장수들을 이끌고 사냥을 나갔다가 마침 사냥을 나온 오의 육항 및 그 장수들을 만났다.

양호는 자기편 장수들에게 영을 내렸다.

"우리 군사는 경계를 넘어서는 아니 된다."

이에 장수들은 진(晉) 땅 안에서만 맴돌며 사냥을 했다. 멀리서 그걸 본 육항이 감탄했다.

"양호의 군사들은 기율이 잘 서 있구나. 함부로 덤빌 수 없다."

그리고 그 역시 자기편 경계 안에서만 사냥을 하다가 날이 저물자 각기 자기편 영채로 돌아갔다.

영채로 돌아온 양호는 사냥에서 잡은 짐승들을 일일이 살펴, 먼저 오나라 군사들의 화살을 맞았다가 자기편 군사에게 잡힌 것은 모두 오병에게 돌려주었다. 양호가 사람을 시켜 아깝게 놓친 짐승들을 모두 돌려주자 오병들은 매우 기뻐하며 그 일을 육항에게 알렸다. 육항은 심부름 온 진나라 군사를 불러 물었다.

"너희 대장은 술을 마실 줄 아느냐?"

"잘 빚어진 술이면 잡수십니다."

그 군사가 아는 대로 대답했다. 그러자 육항이 껄껄 웃으며 말했다.

"내게 좋은 술 한 말이 있는데 갈무리해둔 지 오래된 것이다. 네게 줄 테니 가져가서 너희 도독께 올려라. 그리고 아울러 그 술은 이 육(陸)아무개가 손수 빚어 마시는 술로, 특히 한잔을 보내니 어제 함께 사냥했던 정으로 알고 드시라고 아뢰어라."

이에 심부름 왔던 군사는 술 한 말을 지고 돌아갔다. 그 군사가 돌아간 뒤 곁에 있던 장수들이 육항에게 물었다.

"장군께서 그 사람에 술을 주신 뜻은 무엇입니까?"

그러자 육항이 아무렇지도 않은 얼굴로 대꾸했다.

"그가 먼저 우리에게 멋을 부렸는데, 우린들 가만히 있을 수 있느냐?"

실로 양호의 좋은 맞수다운 말이었다. 그 말에 오장(吳將)들은 모두 놀라움을 금치 못했다.

한편 자기 진채로 돌아간 진나라 군사는 양호를 찾아보고 육항이 보낸 술을 바치며 거기서 있었던 일을 죄다 일렀다. 양호가 빙긋 웃으며 말했다.

"그도 내가 술을 마시는 걸 안단 말이지?"

그리고 술항아리를 열게 해 한 잔을 따라 마셨다. 곁에 있던 장수

진원(陳元)이 말렸다.

"그 술 속에 간사한 수작을 부렸으면 어쩌려고 그러십니까? 도독께서는 잘 살피신 뒤에 천천히 마시십시오."

그러자 양호가 더욱 소리 높이 껄껄거리며 말했다.

"육항은 독한 사람이 아니다. 걱정할 거 없다."

그리고 그 자리에서 육항이 보낸 술독을 다 비웠다. 뿐만 아니라 그 뒤로는 사람을 보내 서로 안부를 물으며 왔다갔다했다.

하루는 육항이 양호에게 사람을 보내 안부를 물었다. 양호가 그 심부름꾼에게 물었다.

"육장군은 평안하시냐?"

그 심부름꾼이 아는 대로 대답했다.

"장군께서는 병이 나시어 며칠째 장막 밖을 나오지 않으셨습니다."

"내가 헤아리기에 그 사람의 병은 나와 같을 것이다. 내가 마침 약을 달여둔 게 있으니 네가 가져가 잡숫게 하여라."

양호가 그렇게 말하고 달여둔 약을 병에 담아 보냈다. 심부름꾼이 약을 가지고 돌아가 육항에게 바치며 양호의 말을 전하자 곁에 있던 오장들이 육항을 가로막았다.

"양호는 우리의 적이니 이 약도 반드시 좋은 약은 아닐 것입니다."

육항이 그들을 타이르듯 말했다.

"사람에게 독물을 쓸 정도라면 어찌 천하의 양호가 되었겠느냐? 너희들은 너무 의심하지 말라."

그리고 약을 따라 마셨다. 다음 날 육항의 병이 씻은 듯이 낫자 장수들이 그 일을 경하했다.

육항이 장수들을 보고 말했다.

"그가 우리를 너그럽게 대하는데 우리는 거칠게 대하면 그는 반드시 싸우지 않고 우리를 이기게 될 것이다. 지금은 각기 제 땅이나 지키며 지내는 게 좋겠다. 애써 자질구레한 이득을 얻으려 하지 말라."

그 말에 여러 장수들도 옳게 여겨 따랐다. 그런데 홀연 오주가 사자를 보내왔다는 전갈이 들어왔다. 육항이 사자를 불러들여 찾아온 까닭을 물었다.

사자가 오주의 뜻을 전했다.

"폐하께서 장군에게 말씀하시기를 어서 빨리 군사를 내어 진이 먼저 쳐들어오지 못하게 하라 하셨습니다."

그런 느닷없는 오주의 명에 잠시 말이 없던 육항은 한참 뒤에 사자에게 말했다.

"그대는 먼저 돌아가시오. 폐하께는 내가 상소를 올리겠소."

그리고 사자가 돌아가기 바쁘게 육항은 글 한 통을 써서 건업의 오주에게로 보냈다.

근신이 육항에게서 온 글을 올리자 손호는 겉봉을 뜯고 읽어보았다. 거기에는 진을 아직 칠 때가 아니라는 것과 아울러 오주에게 덕을 닦고 형벌을 삼가 백성을 편안하게 해줄 것을 권하는 글이 적혀 있었다. 다 읽고 난 오주는 몹시 성이 났다.

"짐이 듣자 하니 육항은 변경에 있으면서 적과 서로 내통한다는 말이 있었다. 이제 보니 정말로 그렇구나!"

그렇게 소리치며 사자를 보내 육항의 병권을 빼앗고 벼슬도 사마(司馬)로 낮춰버렸다. 대신 좌장군 손기(孫冀)로 하여금 육항의 자리를 차지하게 하니 이로써 오는 그 기둥 하나를 뽑힌 격이 되고 말았다. 그러나 오주의 불같은 성미를 잘 아는 신하들은 아무도 그 일을 말리지 못했다.

오주의 못된 다스림은 거기서 그치지 아니했다. 스스로 연호를 건형(建衡)으로 고치고 오래잖아 다시 봉황(鳳凰)으로 고쳤다. 그리고 그 봉황 원년(元年)에는 제멋대로 되지도 않을 일을 벌여, 가뜩이나 궁한 군사를 국경에 보내 벌여놓았으니 아래위가 모두 그를 원망했다.

승상 만욱(萬彧), 장군 유평(留平), 대사농 누현(樓玄) 세 사람은 오주가 너무도 무도함을 보고 바른 말로 그를 말리다가 모두 죽임을 당했다. 그때를 앞뒤로 십 년 동안 오주가 죽인 충신만도 마흔 명이 넘었다. 그래 놓고도 궁궐을 드나들 때는 언제나 오만 철기(鐵騎)를 데리고 다니니 신하들은 모두 두려워 떨 뿐 어찌할 바를 몰랐다.

한편 양호는 육항이 병권을 빼앗기고 오주가 더욱 포악한 짓을 한다는 말을 듣자 오를 칠 때가 왔다고 보았다. 사람을 낙양에 보내 표문을 올리고 오를 치자고 권했다.


'무릇 때와 운세는 하늘이 주신 것이라 해도 공업은 반드시 사람에 의해서 이루어지는 것입니다. 이제 강회 땅의 험한 것은 검각에 못지않되, 손호의 포학함은 유선보다 더하며, 오나라 사람들의 고단함도 파촉보다 더 심합니다. 그러나 대진(大晉)의 군세는 그 어느 때보다 성하니, 이때에 사해를 하나로 아우르지 못하고 다시 어느 때를 기다려 지키고만 있겠습니까……'

그러면서 오를 치기를 권하는 양호의 표문을 읽은 사마염은 매우 기뻤다. 곧 영을 내려 군사를 일으키려 했으나, 가충, 순욱, 풍순 등이 힘써 말려 그대로 이루어지지는 않았다.

양호는 진주가 자신의 청을 들어주지 않기로 했다는 말을 듣자 탄식해 마지않았다.

"천하의 일은 뜻대로 되지 않는 게 열에 여덟아홉이로구나. 이제 하늘이 주는 걸 거두어 들이지 않으니 어찌 안타깝고 안타까운 일이 아니랴!"

그러다가 함녕 사년 마침내 양호는 조정으로 돌아가 병을 핑계로 벼슬을 내놓았다. 진주 사마염이 그런 양호를 잡고 물었다.

"경은 나라를 평안케 할 어떤 계획이 있으시오? 부디 짐에게 일러 주시오."

"손호의 포학함이 이미 심해 이제라면 싸우지 않고도 이길 수가 있습니다. 그러나 만약 불행히도 손호가 죽어 다시 어진 임금이 들어서게 된다면 그때는 폐하께서 쉽게 오를 얻지 못하실 것입니다."

양호가 그렇게 대답했다. 그러자 사마염도 깨달은 바가 있어 얼른 물었다.

"경이 이제 급히 군사를 몰고 오를 치러 가는 게 어떻겠소?"

그러자 양호가 어두운 얼굴로 대답했다.

"신은 이미 나이 많고 병이 잦아 그같이 큰일을 감당하지 못합니다. 폐하께서는 따로 슬기롭고 용맹 있는 장수를 뽑아 쓰도록 하옵소서."

그리고 사마염 앞을 물러나 벼슬 없는 홀가분한 마음으로 돌아갔다.

자신의 큰 뜻을 펴보지 못한 한이 병을 더했는지, 그해 동짓달이 되자 양호의 병세는 위독해졌다. 사마염은 몸소 양호의 집으로 병문안을 갔다. 사마염이 양호가 누운 침상 곁으로 다가가자 양호가 눈물을 흘리며 말했다.

"신이 만 번 죽는다 한들 폐하의 은혜를 어찌 다 갚을 수 있겠습니까?"

사마염 역시 울며 때늦은 탄식과 함께 물었다.

"짐은 경을 써서 오를 치지 못한 걸 한스럽게 여기고 있소. 이제 누가 경의 큰 뜻을 이을 만하오?"

그러자 양호가 눈물 그득 괸 눈으로 고마움을 나타내며 대답했다.

"신은 곧 죽을 것이나 폐하의 물음이 간절하니 어리석은 정성이나마 다하지 않을 수가 없습니다. 신이 보기에는 우장군 두예(杜預)라면 맡겨볼 만합니다. 만약 오를 치시려면 반드시 그 사람을 써보십시오."

"착한 이를 드러내고 어진 이를 천거하는 것은 아름다운 일이오. 그런데 경은 어찌 조정에 사람을 천거하면서도 스스로 그 천거하는 글을 불사르고, 이제야 이렇게 말로 해서 다른 사람들로 하여금 그 일을 모르게 하시오?"

사마염은 양호가 상주로 두예를 천거하지 않고, 직접 가서 물은 뒤에야 대답하는 게 서운한 듯 물었다.

"벼슬아치를 뽑아 쓰는 것은 조정의 일인데 천거받은 사람은 천거해준 사람의 집에 사사로이 고마움을 나타내는 수가 많습니다. 신이 바라는 바 아니올시다."

양호는 마지막 힘을 모아 그렇게 대꾸하고 이내 죽었다.

사마염은 울며 궁궐로 돌아가 양호에게 태부 벼슬과 거평후(鉅平侯)를 추증했다. 남주의 백성들은 양호가 죽었다는 소리를 듣자 저자를 거두고 울며 슬퍼했다. 강남 쪽의 국경을 지키던 장사들도 모두 소리내어 울며 그 죽음을 슬퍼했다. 양양 사람들은 양호가 살았을 제 즐겨 거닐던 현산(峴山)에다 사당을 짓고 사철 제사를 드렸다.

진주 사마염은 죽은 양호의 말대로 두예를 높여 진남대장군 형주사(荊州事)로 삼았다. 동오를 칠 큰일을 맡기기 위한 사전 채비였다.

두예는 사람됨이 듬직하면서도 일을 맡아서는 무엇에도 익숙하고 막힘이 없었다. 또 배움을 좋아해 게으르거나 지루해하지 않았다. 좌구명(左丘明)의 『춘추전(春秋傳)』을 가장 아껴 앉으나 누우나 손에 잡고 있었으며, 바깥에 나갈 때도 반드시 사람을 시켜 『좌전(左傳)』을 말안장에 걸게 했으므로, 사람들은 그걸 '좌전벽(左傳癖)'이라 일컬었다.

두예는 진주의 명을 받들어 양양으로 내려갔다. 그리고 그곳에 자리 잡고 앉아 백성들을 어루만지고 군사를 기르며 동오를 칠 채비를 하였다.

그때 오나라는 정봉, 육항 같은 믿을 만한 인물들이 모두 죽은 뒤였다. 그러나 오주 손호는 매일 잔치를 열어 신하들까지 매일 술에 취해 지내게 만들었다. 한편으로는 황문랑 열 사람에게 규탄관(糾彈官)이란 직책을 주어 술잔치가 끝난 뒤 신하들이 술자리에서 한 잘못을 일러바치게 하고, 거기 걸려드는 자가 있으면 얼굴 가죽을 벗기거나 눈알을 뽑았다. 그 때문에 오나라 사람들은 잔뜩 간이 오그라들어 숨소리조차 크게 내쉬지 못했다.

그런 오나라의 사정을 안 진(晉)의 익주자사 왕준이 상소를 올려 오를 치자고 청했다.

'손호가 거칠고 음란하며 대진(大晉)을 거스름에 더욱 흉악해지니 되도록이면 빨리 쳐 없애야겠습니다. 만약 손호가 죽고 어진 임금이 들어서게 된다면 적은 더욱 굳세어질 것입니다. 거기다가 신이 동오를 치기 위해 배를 만든 지 벌써 칠 년이나 돼 배는 나날이 썩어가고, 신의 나이도 일흔이라 언제 죽을지 모릅니다. 만약 이 세 가지 중에 하나만 어그러져도 오나라를 엿보기 어려워지니 폐하께서는 부디 이때를 놓치지 않도록 하시옵소서.'

그런 왕준의 글을 읽은 진주는 곧 신하들을 불러놓고 물었다.

"왕준의 말은 죽은 양호의 말과 거의 같다. 이제 짐도 뜻을 굳혀 동오를 치고자 하는데 경들은 어찌 생각하는가?"

그러자 시중 왕혼이 일어나 말했다.

"신이 듣기로 손호는 북으로 쳐올라올 마음을 먹고 군사를 정비해 지금 그 성세가 한창 높으니 당장 맞싸우기 어려울 듯합니다. 다시 일년을 더 기다려 적이 더 지친 뒤에야 공을 이룰 수 있을 것입니다."

진주는 그 말을 듣고 보니 또 그게 그럴듯해 보였다. 조서를 내려 군사를 움직이지 못하게 하고, 후궁으로 돌아갔다. 사마염이 비서승 장화(張華)와 바둑을 두며 한가롭게 날을 보내는데 근신이 들어와 알렸다.

"변경에서 표문이 한 장 올라왔습니다."

사마염이 그걸 뜯어보니 두예가 올린 글이었다.

'지난날 양호가 조정의 신하들을 잘 헤아려보지 못해 남몰래 폐하께만 계책을 올렸던 까닭에, 조정의 신하들이 일을 의논하는 데 뜻이 한가지로 되지 못하게 한 듯합니다. 그러나 무릇 일이란 이로움과 해로움을 서로 견주어보고 결정하는 것입니다. 이번 오를 치는 일을 헤아려보면 이로운 것은 열에 여덟아홉이 되나 해로운 것은 거의 없습니다. 지난가을 이래로 역적을 치려는 형세는 이미 여러 번 드러내 보인 셈이니 만약 이번에 또 그만두면, 겁을 먹은 손호는 무창으로 도읍을 옮기고 강남의 여러 성을 수리할 것입니다.

그리하여 그 성안으로 백성들을 옮겨버리면 성은 떨어뜨릴 수가 없고, 들에는 빼앗아 먹을 만한 게 없어 내년의 계책 또한 이루어지기 어려워집니다……'

진주가 막 그런 표문을 다 읽었을 때였다. 거기 실린 내용을 함께 본 장화가 문득 몸을 일으켜 두던 바둑판을 쓸고 두 손을 모으며 말했다.

"폐하께서는 성무(聖武)하시고, 나라는 넉넉한 데다 군사는 강합니다. 거기 비해 오주는 음란하고 포악하며, 그 백성들은 근심에 싸이고 나라는 피폐해 있습니다. 지금 만약 오를 친다면 힘들이지 않고 평정할 수 있습니다. 부디 폐하께서는 더 주저하지 마십시오."

그제야 진주도 뜻을 굳혔다.

"경의 말은 이로움과 해로움을 잘 살펴서 한 말이다. 짐이 다시 무얼 걱정하겠는가?"

그러고는 곧 대전으로 나가 오를 치라는 명을 내렸다.

"진남대장군 두예는 대도독이 되어 십만 군사를 이끌고 강릉으로 나아가라. 진동대장군 낭야왕 사마주(司馬伷)는 도중으로 나아가고, 정동대장군 왕혼(王渾)은 횡강으로 나아가며, 건위장군 왕융(王戎)은 무창으로 나아가고 평남장군 호분(胡奮)은 하구로 나아가되, 각기 이끄는 군사는 오만으로 하고 모두 두예가 쓰려는 대로 움직여라. 용양장군 왕준과 광무장군 당빈은 강물을 따라 동쪽으로 내려간다. 수군 육군 합쳐 이십만에 싸움배 만 척을 준다. 그리고 관남장군 양제(楊濟)는 군사를 이끌고 양양에 머물러 이들 여러 갈래 인마를 절제(節制)하라."

그런 사마염의 명에 따라 진의 대병이 움직이자, 그 소식은 곧 동오에도 전해졌다. 깜짝 놀란 오주 손호는 승상 장제(張悌)와 사도 하식(何植) 사공 등수(鄧修) 등을 불러놓고 진나라 군사를 물리칠 의논을 했다. 장제가 나서서 말했다.

"거기장군 오연(伍延)을 도독으로 삼아 군사를 이끌고 강릉으로 가 적을 맞게 하고, 표기장군 손흠(孫歆)은 하구로 가서 적을 맞게 하십시오. 신도 장수가 되어 좌장군 심영(沈瑩)과 우장군 제갈정(諸葛靚)을 데리고 나가겠습니다. 십만 군사와 더불어 우저에 머물면서 우리 편 여러 갈래 군마와 접응하겠습니다."

자못 씩씩한 장제의 말에 손호도 못 미더운 대로 따랐다. 장제가 바라는 대로 인마를 주어 보냈다.

하지만 아무래도 손호는 마음이 놓이지 않았다. 후궁으로 돌아가 얼굴 가득 걱정 빛을 띠고 있는데 중상시 잠혼이 들어와 그 까닭을 물었다.

"진이 크게 군사를 일으켜 밀고 내려와 여러 길로 군사를 보내 막게 했으나 그래도 왕준이 걱정이다. 왕준은 군사가 수만에 싸움배도 넉넉히 갖춘 데다 흐르는 물을 따라 내려오니 그 기세도 날카롭기 그지없다. 짐이 어찌 걱정이 되지 않겠느냐?"

손호가 한숨을 쉬며 그렇게 속을 털어놓았다.

"신에게 한 가지 계책이 있습니다. 왕준의 배들을 모두 콩가루로 만들어버리겠습니다."

잠혼이 문득 그런 큰소리를 쳤다. 손호가 반가워 물었다.

"그게 어떤 계책이냐?"

"강남에는 쇠가 많이 납니다. 그 쇠를 두들겨 이어진 고리 백여 줄을 만들게 하되 길이는 수백 길이 되도록 합니다. 고리는 그 하나의 무게가 이삼십 근이 되게 하여 강을 따라 긴요한 곳에 가로 걸쳐 두고, 다시 한 길 남짓한 쇠말뚝 수만 개를 만들어 물속에 박아둡니다. 그리하면 진나라 놈들의 배가 바람을 타고 달려오다가 쇠고리줄에 걸리거나 쇠말뚝에 부딪쳐 깨져버릴 것이니 무슨 수로 강을 건널 수 있겠습니까?"

손호가 들어보니 그럴듯했다. 곧 나라 안의 대장장이를 끌어모아 강가에서 밤낮으로 쇠고리와 쇠말뚝을 만들게 했다. 그리고 다 만들어지기 바쁘게 그것들로 물 위를 가로지르고 물속에 박아넣었다. 한 편 강릉에 이른 진의 도독 두예는 아장 주지(周旨)를 불러 영을 내렸다.

"너는 수군 팔백 명을 데리고 작은 배로 몰래 장강(長江)을 건너 낙향을 야습하라. 그리고 숲이 무성한 곳에 기치를 많이 세운 뒤에 낮에는 방포 소리 북소리를 요란하게 내고 밤에는 곳곳에 횃불을 들어라."

주지는 그런 두예의 명을 따라 장강을 건넌 뒤 파산(巴山)에 숨었다.

다음 날 두예는 수륙의 군사를 한꺼번에 움직여 밀고 나아갔다. 앞서가서 살핀 군사가 돌아와 알렸다.

"오주는 오연은 뭍길로, 육경(陸景)은 물길로 나오게 하고, 손흠을 선봉으로 삼아 모두 세 갈래로 우리를 막게 하고 있습니다."

그러나 두예는 망설임 없이 군사를 몰고 나아갔다. 오래잖아 손흠이 이끈 배들이 먼저 이르렀다. 양쪽 군사가 맞부딪자 두예는 어찌된 셈인지 오래 싸우지도 않고 물러났다. 손흠은 군사를 강 언덕에 부려 그런 두예를 뒤쫓았다.

오병이 한 이십 리나 뒤쫓았을까. 갑자기 한소리 포향이 울리며 사방에 진병이 쏟아졌다. 놀란 오병은 급히 되돌아서 달아났다. 두예가 기세를 타고 그런 오병을 뒤쫓으며 죽이니 거기서 죽은 오병만도 헤아릴 수 없을 만큼 많았다.

손흠은 꽁지가 빠지게 낙향으로 달아났다. 그러나 성안에는 이미 진의 아장 주지가 이끈 팔백 군사가 들어차 어지럽게 횃불을 흔들고 있었다.

"북쪽에서 온 군사들이 날아서 강을 건너기라도 했단 말이냐!"

놀란 손흠은 그렇게 탄식하며 얼른 군사를 물리려 했다. 그때 어느새 성안에서 달려 나온 주지가 큰 고함 소리와 함께 손흠을 베어 말 아래로 떨어뜨렸다.

오의 육경이 강릉에 이르러 보니, 강 남쪽 언덕에 한 줄기 불길이 일고 있고, 파산 위에는 큰 깃발 하나가 펄럭이는데 거기에는 진(晉) 진남장군 두예라는 글씨가 씌어 있었다. 벌써 적이 강을 건넌 줄 알고 놀란 육경은 얼른 강 언덕에 배를 대고 도망하려 했다. 그러나 또한 갑자기 달려 나온 진장(晉將) 장상(張尙)에게 목을 잃고 말았다.

오연의 신세도 그 둘보다 나을 게 없었다. 자기편 군사들이 모두 싸움에 진 걸 알자 싸워보지도 않고 성을 버리고 달아나다가 진의 복병에게 사로잡히고 말았다. 오연이 묶여 두예에게 끌려가자 두예는 차갑게 말했다.

"싸워보지도 않고 달아나는 장수를 살려둬 봤자 어디에 쓰겠는가!"

그리고 무사들에게 영을 내려 목을 베게 했다.

두예가 한 싸움으로 강릉을 우려빼니 완상 일대와 황주(黃州) 여러 고을 수령들은 모두 바람에 쓸리듯 진에 항복해 왔다. 두예는 사람을 보내 그곳 백성들을 안심시키고 군사들에게도 백성들의 물건은 터럭 하나 건드리지 못하게 했다. 그런 다음 군사를 움직여 무창으로 나아가니 무창 역시 한번 싸워보지도 않고 항복했다.

무창까지 빼앗자 두예가 이끈 진군의 위세는 더욱 떨쳐 울렸다. 두예는 그곳으로 모든 장수들을 불러모으고 오의 도읍인 건업을 우려뺄 의논을 시작했다. 호분이 먼저 나와 말했다.

"백 년이나 묵은 오래된 역적을 하루아침에 뿌리째 뽑기는 어려운 일입니다. 이번 봄은 강물이 불어 오래 군사를 머물게 할 수 없으니 이만 돌아갔다가 내년 봄에 다시 크게 군사를 내는 게 낫겠습니다."

두예가 고개를 무겁게 가로저으며 말했다.

"지난날 악의(樂毅)는 제서(濟西)의 한 싸움으로 강한 제(齊)나라를 아울렀다. 지금 우리 군사는 위세가 크게 떨쳐 마치 대쪽을 쪼개는 듯한 기세로 나가고 있다. 그러나 몇 철을 지내고 나면 싸울 마음이 풀어져 다시 어떻게 손을 대기 어려울 것이다."

그리고 여러 장수들을 격려해 한꺼번에 밀고 나가 건업을 치게 했다.

그 무렵 진의 용양장군(龍驤將軍) 왕준은 수군을 이끌고 물결을 따라 동오로 내려가고 있었다. 앞서 살피러 나갔던 군사들이 돌아와 알렸다.

"오나라 것들이 쇠로 밧줄을 만들어 강물을 가로질러놓고, 또 물속에는 쇠말뚝을 박아 우리 배가 내려오는 걸 막으려 하고 있습니다."

그러자 왕준은 껄껄 웃으며 큰 뗏목 수십만 개를 만들게 했다. 그리고 풀잎을 묶어 사람 형상을 한 군사에 갑옷을 입히고 창칼을 들려 그 뗏목에다 태운 뒤 흘려보냈다.

오병들은 그게 살아 있는 사람인 줄 알고 한번 싸워보는 법도 없이 달아나기 바빴다. 물속에 박혀 있던 쇠말뚝도 큰 뗏목에 부딪치자 쓰러지거나 뽑혀버렸다.

뿐만이 아니었다. 뗏목에다 높이 열 길에 굵기 열 아름이나 되는

섶을 묶어 싣고 마유(麻油)를 부어놓은 다음 그 위에 작은 횃불을 켜 놓으니, 뗏목이 흐르다 쇠줄에 걸리면 횃불이 넘어져 그 불이 기름 부은 섶에 옮아 붙었다. 아무리 쇠고리로 엮어진 밧줄이라 해도 그 불길에야 어떻게 견디겠는가. 오래잖아 녹아 끊어져버리니 진병은 거침없이 대강을 따라 내려갈 수 있었다.

몸소 싸움터에 나와 있던 동오의 승상 장제는 좌장군 심영과 우장군 제갈정에게 영을 내려 그런 진병을 막으라 했다. 영을 받은 심영이 제갈정을 찾아보고 말했다.

"물 위쪽의 우리 군사들이 제대로 막지 못했으니 진군은 반드시 이곳까지 올 것이오. 여기서 힘을 다해 싸워 다행히 이기면 강남은 평안할 것이오. 그러나 이제 강을 건너 싸우러 갔다가 불행히 싸움에 지게 되면 큰일을 그르치게 될 것이외다."

"공의 말씀이 옳소."

구태여 멀리 나가 싸울 마음이 없던 제갈정도 그렇게 맞장구를 쳤다. 그런데 미처 그 말이 끝나기 전에 군사 하나가 달려와 알렸다.

"진병이 물결을 타고 내려오는데 그 기세가 당해내기 어려울 듯합니다."

쇠고리와 쇠말뚝만 믿고 있던 심영과 제갈정은 그 뜻밖의 소리에 크게 놀랐다. 황황히 장제에게 달려가 의논했다.

"동오가 위태롭습니다. 달아나 숨는 게 어떻겠습니까?"

제갈정이 그렇게 장제에게 물었다. 장제가 눈물을 흘리며 대답했다.

"동오가 망하리라는 것은 어리석은 사람이나 슬기로운 이나 모두가 알고 있소. 그러나 이제 임금과 신하가 모두 항복하고 한 사람도 나라를 위해 죽는 사람이 없다면 그 또한 욕됨이 아니겠소?"

이미 죽음을 각오한 사람의 말이었다. 제갈정 역시 그 뜻을 받아들여 울며 돌아갔다.

장제는 심영과 더불어 군사를 몰아 적을 막았다. 진병은 머릿수로 밀고 내려와 금세 장제의 군사를 에워쌌다. 먼저 오병의 영채로 뛰어든 진장은 주지였다. 장제는 힘을 다해 싸웠으나 마침내는 어지럽게 엉겨 싸우는 군사들 틈에서 죽고 말았다. 심영도 주지에게 죽음을 당하자 장수를 모두 잃은 오병들은 사방으로 흩어져 달아났다.

그렇게 우저마저 빼앗은 진병은 더욱 오나라 깊숙이 밀고 들어왔다. 왕준이 싸움에 이긴 소식을 보내자 진주 사마염은 몹시 기뻐했다. 그때 곁에 있던 가충이 아뢰었다.

"우리 군사는 오래 밖에 나가 힘든 싸움을 하고 있습니다. 물과 풍토가 맞지 않아 반드시 병이 일 것이니, 군사를 불러들이셨다가 뒷날 다시 일을 꾀하시는 게 좋을 듯합니다."

장화가 그런 가충을 가로막고 나섰다.

"이제 우리의 대병이 그 둥지로 들어갔으니 오나라 것들은 모두 간이 오그라들었을 것입니다. 한 달을 넘기지 않고 틀림없이 손호를 잡을 수 있습니다. 그런데 가볍게 군사를 불러들여 이미 이룬 공까지 없이 하기에는 참으로 모든 게 너무 아깝습니다."

그러자 진주가 미처 무어라고 대꾸하기도 전에 가충이 바로 장화를 꾸짖었다.

"너는 천시(天時)와 지리(地利)를 알지도 못하면서 공훈만을 내세

위 우리 사졸들을 지치고 괴롭게 만들려고 드는구나. 비록 네 목을 친다 해도 천하에 네 잘못을 빌기에는 모자랄 것이다."

장화가 내시라 더욱 함부로 내뱉는 소리였다. 사마염이 민망해서 장화를 편들고 나섰다.

"그것은 짐의 뜻이다. 장화는 다만 나와 뜻이 같았을 뿐이니 그걸로 너무 나무라지 말라."

그때 다시 두예의 표문이 올라왔다는 전갈이 들어왔다. 진주가 뜯어보니 왕준과 마찬가지로 어서 빨리 군사를 몰아 나아가야 한다는 뜻이 담겨져 있었다. 진주는 거기서 더욱 뜻을 굳혀 정벌을 서두르라는 명을 내렸다.

진주의 명을 받은 왕준과 두예는 뭍과 물길로 북소리도 요란하게 밀고 나아갔다. 그 기세에 눌린 오나라 사람들은 진의 깃발이 이르는 곳마다 달려와 항복했다. 그 소식을 들은 오주 손호는 놀란 나머지 낯빛까지 변했다. 그런 손호에게 여러 신하들이 채근하듯 물었다.

"북쪽에서 내려온 군사들은 날로 가까워 오는데 강남의 군사와 백성들은 싸워보지도 않고 항복하고 있습니다. 이 일을 어찌했으면 좋겠습니까?"

"어찌하여 싸우지 않는단 말인가?"

손호가 씁쓸한 얼굴로 되물었다. 모든 신하들이 입을 모아 말했다.

"오늘 이 지경이 된 것은 모두가 잠혼의 죄이니 바라건대 폐하께서는 그자를 먼저 죽여주십시오. 그리하면 저희들은 모두 죽기로 싸워 적을 막아보겠습니다."

그래도 손호에게는 아직 잠혼을 감싸는 마음이 있었던지 얼른 들

412

어주려 하지 않았다.

"한낱 내시가 어찌 나라를 그르칠 수 있겠느냐?"

그 같은 손호의 말에 신하들이 목청을 높여 소리쳤다.

"폐하께서는 촉의 황호를 보지 못하셨습니까?"

그러고는 오주의 명을 기다리지도 않고 우르르 궁중으로 몰려들어가 잠혼을 죽였다. 죽여도 그냥 죽이는 게 아니라, 토막토막을 내그 생고기를 씹을 만큼 끔찍하게 죽였다.

그 한바탕 소동이 끝난 뒤 도준(陶濬)이 나와 아뢰었다.

"신이 거느린 군사는 적고 싸움배는 모두 작습니다. 군사 이만과큰 배만 있으면 적을 쳐부술 수 있습니다."

이에 손호는 어림군을 도준에게 내어주며 대강 상류에서 적을 막게 하고, 전장군 장상(張象)은 수군을 이끌고 하류에서 적과 싸우게했다.

두 사람이 각기 군사를 이끌고 막 떠나려 하는데 뜻밖에 서북풍이 크게 일며 오병의 기치가 모두 배 안으로 쓰러졌다. 그러자 그게불길하게 느껴진 탓인지 군사들이 모두 배에 타려 하지 않고 사방으로 흩어져 달아나버렸다. 남아서 적을 기다리는 것은 다만 장상이거느린 수십 명뿐이었다.

그 무렵 진장 왕준이 이끈 군사는 배마다 돛을 활짝 펴고 삼산(三山)을 지나고 있었다. 뱃길을 잡고 있던 군사가 왕준을 찾아보고 말했다.

"바람과 물결이 너무 심해 배를 움직일 수 없습니다. 바람이 가라앉기를 기다려 나아가는 게 좋겠습니다."

그 소리에 왕준이 화를 벌컥내며 칼을 빼들고 꾸짖었다.

"나는 바야흐로 석두성(石頭城)을 손에 넣으려 하고 있다. 머물러 있자니 그게 무슨 소리냐?"

그리고 크게 북을 울리게 하며 거침없이 나아갔다. 그 기세에 눌린 오장 장상이 군사들을 이끌고 와서 항복했다. 왕준이 그런 장상에게 말했다.

"참으로 항복한 것이라면 어서 앞장을 서서 공을 세우라."

그 말을 들은 장상은 자신의 배로 돌아가 석두성에 이른 뒤 소리를 질러 성문을 열게 하고 진병을 맞아들였다.

오주 손호는 진병이 벌써 성안으로 들어왔다는 말을 듣자 스스로 목을 찔러 죽으려 했다.

중서령 호충(胡沖)과 광록훈 설영이 그런 손호를 말렸다.

"폐하께서는 어찌하여 안락공 유선을 본받지 않으십니까?"

손호는 그 말을 따라, 스스로 묶고 관을 진 채 여러 신하들을 이끌고 왕준에게 항복했다. 왕준은 그를 풀어주고 관을 불태운 뒤 왕을 대하는 예로 그를 대해주었다. 뒷사람이 시를 지어 그 일을 한탄했다.

| | |
|---|---|
| 왕준의 다락 있는 배 익주에서 내려가니 | 王濬樓船下益州 |
| 금릉 땅의 왕기 시커멓게 걷히네 | 金陵王氣黯然收 |
| 천발 쇠사슬이 강바닥에 잠기니 | 千尋鐵鎖沈江底 |
| 한 폭 항복 깃발 석두성에 걸렸어라 | 一片降旗出石頭 |
| 한세상 몇 번이나 옛일을 슬퍼할까 | 人世幾回傷往事 |
| 산 모습 옛 그대로 찬 물결 베고 있네 | 山形依舊枕寒流 |

이제 온 세상 모두 한 집이 되었는데          今逢四海爲家日
옛 보루 쓸쓸하고 갈대숲은 가을이네          古壘蕭蕭蘆荻秋

이리하여 동오의 네 주 여든세 군 삼백십삼 현과 오십 이만 삼천호, 군리(軍吏) 삼만이천, 병(兵) 이십삼만, 남녀노유 이백삼십 만이며, 미곡 이백팔십만 섬, 배 오천여 척, 후궁 오천여 명은 모두 대진(大晉)에게로 돌아갔다. 촉한이 망하고 꼭 이십 년 만의 일이었다.

왕준은 대사가 정해지자 방을 붙여 백성들을 안심시키고 모든 창고를 봉했다. 그 다음 날 오장 도준의 군사는 그 소식을 듣자 싸워보지도 않고 무너져버렸다.

뒤이어 진 낭야왕 사마주와 왕융의 대병이 이르렀다. 모두 왕준이 큰 공을 세운 걸 보고 마음으로 기뻐해 마지아니했다. 두예 또한 그 다음 날 이르러 삼군을 배불리 먹이고 상을 준 뒤, 모든 창고를 열어 백성들을 구제하니 그제야 동오의 백성들도 마음을 놓았다.

오의 건평 태수(太守) 오언(吳彥)만이 아직도 성을 의지해 맞서고 있었으나 오래가지는 않았다. 그도 오가 망해버린 걸 알고는 곧 진에 항복했다.

왕준이 표문을 올려 이긴 소식을 전하자 진의 조정은 경하해 마지아니했다. 진주는 술잔을 들고 기쁨의 눈물을 흘리며 말했다.

"이는 모두 양호의 공이라 할 수 있다. 그가 스스로 보지 못하게 된 게 안타깝구나!"

그때 손권의 종손(從孫)으로 진나라의 표기장군이 되어 있던 손수(孫秀)란 이가 있었다. 조정에서 돌아오자 남쪽을 바라보고 소리내

울며 한탄했다.

"옛날 토역장군(討逆將軍, 손견)은 한낱 교위(校尉)로서 나라를 일
으켰는데, 이제 손호는 강남을 가지고도 스스로 내던져버렸구나. 넓
고 넓은 푸른 하늘아, 이 어찌 된 일이냐!"

한편 왕준은 군사를 진으로 돌리면서 손호도 함께 낙양으로 끌고
갔다. 궁궐로 들어간 손호는 대전에서 머리를 조아리고 진제(晉帝)
를 보았다. 진제가 자리를 내주며 앉기를 권하고 말했다.

"짐이 이 자리를 만들어놓고 경이 오기를 기다린 지 오래된다."

"신도 남쪽에서 이런 자리를 만들어놓고 폐하를 기다렸습니다."

손호가 그렇게 대답했다. 그런데 여기서 다시 한번 살펴보고 싶은
것은 손호의 사람됨이다. 그가 망국의 임금인 데다, 천하통일의 실
세도, 촉한정통론(蜀漢正統論)의 비호도 업지 못해 『연의』는 줄곧 그
를 나쁘게만 몰아왔으나, 실제로는 당차고 똑똑한 인물이었던 것으
로 보인다. 그가 진에게 항복한 것은 그야말로 역부족 때문이었고,
그것은 진제의 물음에 답한 그의 말로도 넉넉히 짐작이 간다.

가충이 그런 손호의 기를 죽여본답시고 따지듯 물었다.

"듣자 하니 당신은 남쪽에 있을 때 사람의 눈알을 뽑고 얼굴 가죽
을 벗겼다는데 어째서 그런 끔찍한 짓을 했소?"

그러자 손호는 위엄을 갖춰 받아넘겼다.

"남의 신하가 되어 그 임금을 해치려 들거나 간사하여 아첨을 일
삼고 불충하는 무리는 그같이 벌해야 할 것이오."

그 말에 가충이 오히려 부끄러움을 느끼며 입을 다물었다.

진제는 손호를 귀명후(歸命侯)에 봉하고, 아들과 손자에게는 중랑

(中郎) 벼슬을 내렸다. 그를 따라온 오의 옛 신하들도 모두 열후(列侯)에 끼워주었고 오 승상 장제는 싸움터에서 죽었다 해서 그 자손에게 벼슬을 내렸다. 또 오를 평정하는 데 으뜸가는 공을 세운 왕준은 보국대장군(輔國大將軍)으로 높였고 그밖에 다른 장수와 사졸들도 모두 그 공에 따라 상을 주고 벼슬을 올렸다.

그리하여 솥발같이 갈라섰던 세 나라는 다시 하나가 되었다. 그뒤 촉주(蜀主) 유선은 진 태강 칠년(기원후 287년)에 죽었고, 위주 조환은 태강 원년(280년)에 죽었으며, 오주 손호는 태강 사년(283년)에 죽었는데 모두가 제 명대로 산 선종(善終)이었다.

# 결사(結辭)

　하늘 아래의 큰 흐름은 나뉘면 다시 아우러지게 되어 있다던가.
이로써 이웃나라 솥발[鼎足]처럼 나뉘어 서고, 꽃답고 빼어난 이들
구름같이 일어 다투며 치닫던 온 해[百年]는 다했다. 착한 이 모진
이 가릴 것 없이 모두 죽고, 힘센 이 여린 이며 고운 이 미운 이 또
한 모두 죽어, 이제는 한결같이 끝 모를 때의 흐름 저쪽으로 사라
졌다.

　부질없을진저, 그들의 빛나는 꿈 큰 뜻 매운 얼을 추켜세움이여.
이미 그 몸이 스러진 뒤에 낯 모르는 사람들 사이를 떠도는 이름이
뜻있다 한들 그 얼마이겠으랴. 그걸 위해 한 번뿐인 삶을 피로 얼룩
지우거나 모진 아픔에 시달리고, 또는 외로움과 고단함 속에 내던진
그들이 저승에서 뉘우치고 있지 않다 뉘 잘라 말할 수 있을 것이랴.

까닭 모를레라, 그들의 어리석음이며 어두움과 못남을 뒤에 살아 깎아내리고 꾸짖음도. 누군들 하늘과 땅의 고임받는 아들딸로 태어나, 더러운 이름 아래 죽고 업신여김 속에 되뇌어지기를 바랐으랴. 한 자투리의 땅이나 몇 닢의 돈에 그 뜻을 팔고, 끝을 날카롭게 한 쇠붙이나 무리의 힘에 눌려 남 앞에 무릎 꿇을 때, 하마 그 마음의 단근질이 없었는지 어찌 알랴.

그러하되, 헛된 매달림일지라도 없음[虛無]보다는 있음[存在]이 값지게 여겨져야 하고, 그게 우리의 좀스러움이 될지라도 가림[選擇]과 나눔[分別]은 뚜렷이 지켜져야 한다. 우리가 있음에 껴 있기 때문이요, 아직도 뒤를 이어 이 땅을 살아야 할 우리가 끝없이 남아 있기 때문이며, 그 삶은 어둠보다는 밝음에, 굽음보다는 곧음에 이끌어져야 함을 우리의 지난 겪음이 일러주기 때문이다.

우리의 몸과 마음이 주어진 동안만을 모였다 흩어지는 없음으로 보기보다야 비록 있음의 빈 껍질에 지나지 않을지라도 길이 남는 이름을 믿는 게 한결 든든하지 않겠는가. 이름이라도 기림받는 이름을 가꾸어 삶을 아득한 없음에서 건져내야 하지 않겠는가. 그리하여 그런 애씀 가운데서 이 살이[生]가 더욱 밝고 따뜻하고 편해지도록 서로를 북돋우고 뒷사람을 부추기는 게 작은 대로 앎과 슬기로움을 가진 이의 할 바가 아니겠는가.

무릇 말과 글의 쓰임은 여러 갈래이나, 이로써 이웃나라, 흘러간 때, 스러진 삶에 여러 낮 여러 밤을 친 한 작은 구실로 삼으며, 아울러 옛사람의 긴 노래 한 가락으로 그 어지러운 처음과 끝을 읽어본다.

| | |
|---|---|
| 한고조 칼 빼들고 함양으로 드니 | 高祖提劍入咸陽 |
| 불타는 붉은 해 동쪽 바다에 뜨고, | 炎炎紅日升扶桑 |
| 광무제 크게 일어 뒤를 이으니 | 光武龍興成大統 |
| 그해 하늘 가운데 높이 솟았다. | 金烏飛上天中央 |
| 슬퍼라, 헌제 천하를 물려받음이여. | 哀哉獻帝紹海宇 |
| 한의 해 서편 하늘에 짐이로구나 | 紅輪西墜咸池傍 |
| 하진이 꾀 없어 나라 어지럽자 | 何進無謀中貴亂 |
| 양주의 동탁이 조당에 자리 잡네. | 凉州董卓居朝堂 |
| 왕윤이 계책 써서 역적의 무리 죽이니 | 王允定計誅逆黨 |
| 이각과 곽사 다시 창칼을 드는구나. | 李傕郭氾興刀槍 |
| 도적은 사방에서 개미 떼처럼 일고 | 四方盜賊如蟻聚 |
| 온 세상의 간특한 영웅 매처럼 나래친다. | 六合奸雄皆鷹揚 |
| 손견 손책은 강남에서 일어나고, | 孫堅孫策起江左 |
| 원소 원술은 하량에서 떨쳐 서며, | 袁紹袁術興河梁 |
| 유언 부자는 파촉에 근거하고, | 劉焉父子據巴蜀 |
| 유표의 군사는 형양에 머무르네. | 劉表軍旅屯荊襄 |
| 장막 장로는 남정을 움키고 | 張邈張魯霸南鄭 |
| 마등 한수는 서량을 지키며, | 馬騰韓遂守西凉 |
| 도겸 장수 공손찬도 각기 | 陶謙張繡公孫瓚 |
| 웅재 떨쳐 한 땅을 차지했네. | 各逞雄才占一方 |
| 조조는 권세를 오로지해 승상 되더니 | 曹操專權居相府 |
| 뛰어난 인재 모아 문무로 썼다. | 牢籠英俊用文武 |
| 천자를 떨게 하고 제후를 호령하더니 | 威震天子令諸侯 |

사나운 군사 휘몰아 중원을 휩쓸었다. 　　　　　總領貔貅鎭中土

누상촌 현덕은 원래가 황손, 　　　　　　　樓桑玄德本皇孫

관우 장비와 의를 맺어 천자 돕기 원했으나 　　義結關張願扶主

동서로 뛰어다녀도 근거할 땅 없고 　　　　東西奔走恨無家

장수 적고 졸개 모자라니 떠돌이 신세였다. 　將寡兵微作羇旅

남양 땅 세 번 찾으니 그 정 얼마나 깊은가. 　南陽三顧情何深

와룡선생은 한눈에 천하의 나뉨을 알아보네. 　臥龍一見分寰宇

먼저 형주 뺏고 뒤에 서천 차지하니 　　　　先取荊州後取川

패업과 임금의 길 거기 촉 땅에 있었다. 　　霸業王圖在天府

안됐구나, 유현덕은 삼 년 만에 죽게 되니 　鳴呼三載逝升遐

백제성에서 어린 자식 당부 그 슬픔 컸으리라. 白帝託孤堪痛楚

공명은 여섯 번이나 기산으로 나가, 　　　孔明六出祁山前

힘을 다해 천자를 도우려 했으되, 　　　　願以雙手將天補

어찌 알았으랴, 받은 목숨 거기서 끝나 　　何期歷數到此終

긴 별 한밤중에 산그늘로 떨어지네. 　　　長星夜半落山塢

강유 홀로 그 기력 높음만 믿고, 　　　　姜維獨憑氣力高

아홉 번 중원을 쳤으나 헛되이 애만 썼다. 　九伐中原空劬勞

종회와 등애 군사를 나눠 밀고 드니 　　　鍾會鄧艾分兵進

한실의 강산, 조씨 것이 되었네. 　　　　漢室江山盡屬曹

조비로부터 사대 조환에 이르러 　　　　丕叡芳髦纔及奐

사마씨가 다시 천하를 가로챔에 　　　　司馬又將天下交

수선대 앞에는 구름과 안개 일고, 　　　受禪臺前雲霧起

석두성 아래는 물결조차 없었다. 　　　　石頭城下無波濤

진류왕이며 귀명후 안락공 같은 이들,　　　陳留歸命與安樂

그 왕공 벼슬은 그런 뿌리에 나온 싹이네.　　王侯公爵從根苗

어지러운 세상일 끝난 데 알 수 없고　　　　紛紛世事無窮盡

하늘의 뜻 넓고 넓어 벗어날 수 없어라.　　天數茫茫不可逃

천하 솥발처럼 셋으로 나뉨 이미 한바탕 꿈인데　鼎足三分已成夢

뒷사람이 슬퍼함을 핑계로 부질없이 떠드네.　後人憑弔空牢騷

# 삼국지 10

## 오장원五丈原에 지는 별

**개정 신판 1쇄 인쇄** 2020년 3월 10일
**개정 신판 1쇄 발행** 2020년 3월 25일

**지은이** 나관중
**옮기고 엮은이** 이문열

**발행인** 양원석　**편집장** 최두은　**책임편집** 차지혜
**디자인** 박진영, 남미현, 김미선　**영업마케팅** 양정길, 강효경

**펴낸 곳** ㈜알에이치코리아
**주소** 서울시 금천구 가산디지털2로 53, 20층 (가산동, 한라시그마밸리)
**편집문의** 02-6443-8844　**도서문의** 02-6443-8800
**홈페이지** http://rhk.co.kr
**등록** 2004년 1월 15일 제2-3726호

ISBN 978-89-255-6889-8 (03820)
　　　978-89-255-6915-4 (세트)